CHONGWENGUAN

读古人书　友天下士

百余年前，崇文书局于武昌正觉寺开馆刻书，成晚清四大书局之一。所刻经籍，镌工精雅，数量众多，流布甚广，影响巨大。为赓续前贤，昌明国学，弘扬文化，本社现致力于传统典籍的出版。既专事文献整理，效力学术，亦重文化普及，面向大众。或经学，或史论，或诸子，或诗词，各成系列，统一标识，名之为"崇文馆"。

崇文馆

中国古典诗词校注评丛书

陆机诗全集 【汇校汇注汇评】

杨 明 著

长江出版传媒 崇文书局

中国古典诗词校注评丛书
编撰委员会

前　言

一

　　陆机(261—303,即三国吴景帝孙休永安四年至晋惠帝司马衷太安二年),我国中古时期的诗文大家。吴郡吴县(今江苏苏州)人。陆氏为当地大族,与顾、朱、张并为吴之四姓,三国之时最为兴盛。陆机以文学垂世,而其祖、父都是文韬武略、功业显赫的人物。祖父陆逊,二十一岁便入孙权幕府,孙权以兄孙策之女妻之,那也便是陆机的祖母。陆逊最著名的功绩是从蜀汉手中夺取荆州和大破刘备连营,后又破走魏将曹休,因此备受孙权宠信,委以经营镇守吴国西境的重任,并任丞相。但是后来却因在维护太子地位的问题上拂逆孙权之意,愤恚而死。其次子陆抗,也就是陆机之父,同样承担西境防卫之重任,多历年所,官至大司马、荆州牧。可惜吴国的政治已经日渐衰败,末帝孙皓昏庸而残暴,陆抗屡屡上疏陈政事,终亦不能挽其颓势。公元 274 年秋,陆抗卒于任上,年四十九。当时陆机仅十四岁,便与兄陆晏、陆景、陆玄及弟陆云分领父兵。吴国有世袭领兵的制度,陆氏兄弟所率领者,即此世袭之私兵。陆晏拜裨将军,为夷道监(夷道在今湖北宜都);陆景为偏将军、中夏督,统率水军;陆机则为牙门将。陆云留吴,陆机与兄一同西上荆州。在荆州数岁,孙皓天纪三年,即晋武帝司马炎咸宁五年(279)冬,晋军大举伐吴。早在十多年前,公元 263 年,蜀汉已亡于

1

魏国，当时司马昭尚在，晋尚未受禅。如今晋军压境，吴已没有足够的力量与之抗衡。晋军二十余万，由西到东，分为六路，气势汹汹，所向皆克。其中最西一路王濬自巴蜀东下，即唐人刘禹锡所云"王濬楼船下益州"，于晋武帝太康元年（280）二月攻破秭归、西陵、荆门、夷道，陆晏坚守夷道，被杀。三天之后，陆景也战死。一时间洪波电击，风云惨色。陆机当时应也在守卫之列，覆巢之下，自无完卵，事后他在《赠弟士龙》诗中说自己"虽备官守，位从武臣。守局下列，譬彼飞尘。……与众同湮。颠踣西夏"，但语焉不详。而陆云的答诗有云："王旅南征，阐耀灵威。予昆乃播，爰集朔土。"所谓"爰集朔土"，应是指播迁至洛阳而言。晋军攻破江汉，俘获甚多，大约陆机在乱中被裹挟北上。具体情况已难以考证。次年太康二年（281），陆机南返，先回到建业旧居，然后护送牺牲的二位兄长的灵柩归葬华亭。在建业曾与弟陆云短暂相会。

　　陆云在吴亡之后，不久便被晋扬州刺史周浚召为从事。晋、吴原为敌国，但吴国既破，晋亦必须注意吸收吴当地之人才，方能有利于其统治。陆氏兄弟原有盛名，故陆云迅即被周浚征召。从陆氏兄弟这一方面说，虽然国破家亡，晏、景二兄死于晋军之手，但大势已去，从此服事于晋也是不得不然的事情。须知带头降晋的正是吴主孙皓本人。当大兵压境之时，他一面奉书于晋军请降，一面遗书于群臣，说道："今大晋平治四海，劳心务于擢贤，诚是英俊展节之秋也。……舍乱就理，非不忠也。莫以移朝改朔，用损厥志。"（《三国志·吴书·孙皓传》裴注引）那就是说，吴臣改事晋朝，不但不是不忠，而且还正应事晋以展其才志。孙皓入晋，即被封为归命侯，待遇颇丰，其太子拜为中郎，诸子为王者都拜为郎中。在这样的情势之下，陆云接受聘任，实在可以理解。而且，还应考虑如下的因素，即正统观念久已根深柢固。晋完成了统一大业，即被视为正统。效力于正统的统治，也正是顺理成章。天下三分，不论是雄踞中原的曹魏,还是偏于一隅的吴、蜀,都绝不满足于割据一方,而是以一统天下、恢复到大汉王朝那样的局面为职志。天下大势,分久必合,是一种深入人心、牢不可破的观念。因此到了自己这一方无可奈何被破灭的时候,也就比较能够顺应历史潮流,接受新的局面。陆云之出仕是这样,若干年后陆机的奉诏北上,也是如此。

当时陆云由寿春(今安徽寿县,时为扬州刺史治所)回建业与兄长相聚。自父亲陆抗逝世陆机随陆晏、陆景西上,至此已首尾八年。二人的心情可想而知。陆机旋即往华亭经营二位兄长的葬事。华亭当时并非县名。亭是乡以下的行政区划建制。"华亭"之名在史籍中最早出现就是《三国志·吴书·陆逊传》。陆逊因夺取荆州的功劳,被封为华亭侯。那可能是因为陆氏在华亭有居处。据晋和南朝人的著述,那里有清泉茂林,有昆山为陆氏家族葬地。陆机后来在洛阳回忆该地,深情地说:"仿佛谷水阳,婉娈昆山阴。"(《赠从兄车骑》)临死时还叹息:"欲闻华亭鹤唳,不可复得。"其地当时在吴郡的娄、嘉兴、海盐三县交界一带,并不属于吴县,今日则属上海松江区。陆机在安葬二兄后,即隐居于此,首尾凡十年之久。他对华亭是很有感情的。不过今日有学者因此说陆机是上海松江人,却是不妥的。华亭或许有陆氏家族经营的别墅和坟墓,也是陆机青年时代多年居留之地,关系颇深,但他的籍贯,仍是吴郡吴县,即今之苏州。

陆机在华亭闭门读书,由于他的声名远播,终于为晋王朝聘用。公元290年末,陆机三十岁,太傅杨骏辟他为祭酒。该年晋武帝司马炎逝世,太子司马衷继位,即晋惠帝。惠帝不慧,本来有一些大臣是不愿意他继承帝位的,但另一些人出于政治利益的考虑,坚持相反的意见。例如权臣贾充,将女儿嫁给了他为太子妃,当然就竭力维护其太子的地位。武帝曾经犹豫,但终究信从了贾充一派的意见。武帝认为司马衷之子司马遹聪慧,以后可经由司马衷传位于遹。武帝死,惠帝即位,年三十二。既然不慧,便大权旁落,被杨骏所攫取。杨骏是武帝皇后之父,惠帝的从外祖父(惠帝生母死后,其从妹即杨骏女立为皇后)。其人乃庸材,而权力欲望颇强。他安插亲信,疏远大臣,排斥皇族诸王。陆机受诏进京,便是担任他的太傅祭酒之职。当时著名文人潘岳,也被辟为太傅主簿。这都是杨骏意欲博取好士声名、自高身价的表现。陆机于是应诏北上。其出发之时,应已在次年即惠帝永平元年(291)初。

杨骏欲独揽大权,不料早已有人虎视眈眈。那不是他人,正是惠帝皇后贾氏。贾后名南风,貌寝,而权力欲望极强,为人则阴险残忍。真正能操控惠帝的,不是杨骏,而是贾后。她设计诬杨骏欲反,挑动司马氏皇族中人,杀害杨骏,废杨太后(即惠帝堂姨,不久被逼死),征汝南王司马亮入朝,与大臣卫瓘一同辅政。卫瓘为人方正,当年曾暗讽武帝废太子,故早已为贾南风所怨恨。于是贾后又利用楚王司马玮与汝南王司马亮有隙,使玮杀亮及卫瓘,而随即又以此为罪名,杀死司马玮。一举除去一位大臣和两位皇族。这都是惠帝即位之次年即291年所发生的事。诛杨骏在三月,杀汝南王亮、卫瓘和楚王玮在六月。而陆机正是在这一年来到洛阳。

杨骏被杀,牵连甚广,其官属有许多也都被杀戮,潘岳也险些被害。陆机是年初自江南启程,推测他到洛阳后可能并未来得及莅太傅祭酒之职,或许虽任职而时日甚浅。总之他幸运地并未受到牵连。大约在本年末,他被任命为太子洗马。太子即惠帝子司马遹,为惠帝谢才人所生,本年十四岁,出就东宫,也就是独立居住东宫,并置官属。太子洗马相当于东宫之秘书郎,共八人,掌管图书文件,太子行释奠之礼祭祀孔子及讲论经书时,亦掌管其事,太子出行时则当值者前驱引导。官阶不高,为七品,但却是清显之职。陆机任此职,是颇为愉快的。

陆机以边远之人来到洛阳,颇为北方一些世家大族人士所轻

4

忽。如范阳大族卢志当着大家的面,问陆机道:"陆逊、陆抗与您关系亲疏如何?"直呼对方祖、父的名讳,是极为失礼的事,陆机随即应对:"就像您与卢毓、卢珽的关系一样。"毓、珽乃卢志的祖、父。卢志当场默然失语。不过也有人态度友善,如大臣张华,便一向重视南方人士,一见陆机,如旧相识,称"伐吴之役,利获二俊(指陆机与弟云)",并推荐给诸公。陆机兄弟对张华也十分钦重,执礼有如师长。

　　贾后设计杀害汝南王亮、卫瓘及楚王玮之后,专擅国柄,而对张华尚能敬重,以之为侍中、中书监,委以朝政。史称"华遂尽忠匡辅,弥缝补阙,虽当暗主虐后之朝,而海内晏然,华之功也"。(《晋书·张华传》)这段比较太平安定的岁月维持了不到十年。在这期间,陆机先是担任太子洗马,两三年后,元康四年(294)改任吴王司马晏的郎中令,曾奉命归吴干事(所干何事,不详),随即回到洛阳,先后任尚书中兵郎、殿中郎、著作郎。元康六年(296)冬,本拟请假回家乡,但适逢边境有匈奴及氐、羌反叛,公务繁忙,未能如愿。这段时期内,陆机所交游的人士中,贾谧是赫赫有名的重要的人物。贾谧本姓韩,父亲韩寿原是贾充的掾吏,与贾女贾午有染,"韩寿偷香"故事说的就是那回事。贾午乃贾南风之妹。贾充有子早夭,死后无嗣,其妻郭氏乃以外孙韩谧作为孙子,继承贾充的封爵,为鲁郡公。贾谧好学,喜宾客,故贵游豪戚莫不趋附。当时有"二十四友"之名目,陆机、陆云兄弟以及潘岳、欧阳建、挚虞、刘琨、左思等著名文人都列名其中。贾谧历官散骑常侍、后军将军,后来又曾为秘书监、侍中。他虽然不是太子官属,但经常出入东宫,因此与任太子洗马的陆机多有交往。后来陆机为著作郎,贾谧为秘书监,是上下级的关系。贾谧既为贾充之后,又依倚姨母贾后权势,遂奢侈骄横,且常与贾后一起干涉朝政。其年龄略长于太子,对太子很不礼貌,积有罅隙,遂渐渐有了废太子之心,贾后也一向猜忌太子,二人乃合谋,使黄门侍郎潘岳伪作太子书,诬陷太子欲加害于惠帝和贾后。于是废为庶人,幽禁于洛阳金墉城,杀太子生母谢氏。那是元康九年十二月的事。大臣张华、裴頠等争而不得,只能屈从。次年永康元年(300)又将太子幽禁于许昌宫,三月,终将其杀害。陆机曾为东宫僚属,心中自然悲愤,但也不敢有所表示。后来他作《愍怀太子诔》,哀痛动人,且直斥贾后曰:"如何晨牝,秽我朝听。仰索皇家,惟尘明圣。"但那已是贾后、贾谧被废杀之后的事了。

如上所述,贾后杀害杨骏、卫瓘、汝南王亮、楚王玮之后,有一段短暂的表面的安定。而太子被废杀,这暂时的安定也被打破了,陆机的命运也从此变得险恶。史家称西晋的政治动乱为"八王之乱",所谓"八王",除司马亮、司马玮之外,为赵王伦、齐王冏、河间王颙、成都王颖、长沙王乂、东海王越六人。他们都是皇族,而且血缘关系亲近。河间王颙、东海王越是司马懿之弟的孙子,其他六王均出于司马懿:汝南王亮、赵王伦是司马懿之子,楚王玮、齐王冏、成都王颖、长沙王乂都是司马昭之孙,司马玮、颖、乂三人更是亲兄弟。可是他们兄弟叔侄间相攻相残,西晋朝廷迅即崩坏。陆机便处在这样的动乱之中,无所适从。就在太子被害那年,赵王伦以此为由,废杀贾后,诛贾谧等。他阴谋篡位,为了扫清障碍,竟牵连杀死大臣张华、裴頠等人。其党羽为泄私愤,肆行杀戮,潘岳、欧阳建、石崇等都被诛杀。而陆机却幸免于祸,而且被赵王伦任用为其相国参军,随后又为中书侍郎。中书侍郎官居五品,比陆机原来所任的尚书郎、著作郎又升高一品。其职务乃中书监、令之副,有起草文书诏命的任务。陆机此际虽然升迁,却忧心忡忡,因为赵王伦的野心已昭然若揭,若其篡位,各种昭告朝野的文书由自己经手,那便关系重大,一旦惠帝反正,将成为难以逭逃的罪责。于是与友人顾荣、冯熊等商议,诈称内妹(表妹,舅之女)丧,出宫回家以避之。赵王伦果然篡位改元,惠帝出宫居金墉城,朝中诸官员送至城下,陆机也在其中。那是惠帝永康二年(301)正月的事。三月,齐王冏、成都王颖、河间王颙、常山王乂举兵讨伐,四月,诛杀赵王伦及其党羽,惠帝反正。赵王伦的皇帝梦,只不过做了三个月而已。齐王冏怀疑陆机曾参与禅让文的起草工作,遂将其逮捕下狱。幸得成都王颖和陆机故主吴王晏的救理,方得出狱,闲居家中。于是齐王冏执掌朝政,却又骄奢专断,甚至鞭打进谏者至死,顿失人心。次年年底,河间王颙、成都王颖、长沙王乂(由常山王封长沙王)便又举兵,斩杀齐王冏,又一次大肆杀戮。

这样混乱血腥的形势,自然使人们产生了危机感。来自吴国的张翰,决然弃官,飘然而去,在历史上留下一段秋风莼鲈的佳话。陆机的挚友顾荣,虽未弃职,但忧惧不已,沉湎于酒,甚至见刀绳便起自杀之念。顾荣和另一位吴国人士戴若思都劝陆机还吴,而陆机不从。他自负才能名望,抱有匡时之志,而将希望寄托于成都王司马颖。成都王颖不但营救陆机出狱,而且对陆机、陆云兄弟十分赏识。他辟用陆机为自己的大将军司马,并上表朝廷,任陆机为平原内史。陆云则前已任清河内史,转为成都王颖大将军右司马。兄弟二人相继来到魏郡邺县(今河北磁县南),即司马颖所镇守之地。陆机感激司马颖的全济之恩,又认为司马颖讨赵王伦有大功,而能推功不居,谦退自守,又出资财赈救饥民,掩埋战士遗骸,甚得人心,将能够成就大业。其实陆机完全想错了。司马颖也是庸材,而且同样怀抱野心。他那些收买人心的举动,都是其僚属卢志出的主意。待到司马冏既死,他自以为天下归心,野心膨胀,而骄奢废政事,更甚于司马冏。他认为长沙王乂在洛阳,惠帝受其控制,是进一步攫取大权的障碍,遂与河间王颙联合,攻打洛阳,以驱赶长沙王为名。司马乂则操控惠帝,与之对抗。陆机不幸,陷入其中,最后的悲剧时刻来临了。

当时司马颖引兵自邺南下,屯于朝歌(今河南淇县),而以陆机为前将军、前锋都督,督率诸将二十余万兵,南向洛阳。那是惠帝太安二年(303)的秋天。军势虽盛,其实诸将对陆机并不心服,因为陆机本是吴人,如今一旦位居北土诸将之上,便遭嫉恨。有司马颖所宠幸的宦者孟玖,原与陆机、陆云结怨,如今其弟孟超也在军中为小督,未战时纵兵掳掠,陆机逮捕其为首者,孟超乃领铁骑百余人,冲入陆机麾下夺之,还谩骂陆机:"貉奴,你能做都督吗!"又散布恶言,说陆机将会反叛。陆机竟无可奈何,不敢处以军法。到作战时,孟超根本不听调度,轻兵独进而败死。十月,陆机大军与司马乂军作战,大败,兵士纷纷赴洛阳城外的七里涧而死,死者如积,涧水为之不流。于是孟玖进谗于司马颖,说陆机怀有二心。一些谄媚于孟玖的将领附和作证。司马颖乃大怒,派人领兵收捕陆机。兵到之时,正值天明,陆机脱下戎装,戴白色便帽,神色自若。乃作书与司马颖,辞旨甚为凄恻。既而长叹:"华亭鹤唳,再也听不到了。"遂遇害于军中。年仅四十三岁。史载该日昏雾塞天,大风吹折树木,突降大雪盈尺。士卒知陆机冤屈,莫不堕泪。其二子及弟陆云,也都遭杀害。

二

陆机虽然有政治抱负,但却成了残酷政治斗争的牺牲品。他写过好些有关治国的文章。他的理想政治,大体上不出君明臣贤的框架,对于合理地任用人才尤为致意。他又主张分封诸侯,以为分封制可以达到长治久安、使中央朝廷更加稳固的效果。但是这些想法在险恶的争斗之中显得那样苍白无力。陆机实在算不上一位政治家或政治思想家。他在洛阳时正当玄学思潮盛行的年代,以清谈著称的王戎、王衍、乐广等人与他同处于朝廷。他处于风气之中,接受了玄学的熏陶,这使得他的作品常常表现出抒情与说理相融合的特点,有时显得颇有理趣,但是在学术思想上说不上有何建树,他也不是一位哲学思想家。陆机的建树,他在历史上的地位,还是在于文学方面。在这方面他取得了重大的成就,影响深远,以至唐太宗李世民称他为"一代文宗"。这里我们专论他的诗歌创作。

本书将现存陆机的诗歌分成两卷。卷二是拟古和乐府,卷一是其他的四言和五言诗。

卷一里的作品,有不少是写与亲人友朋的离别之情和对故乡的眷恋,特别是离开江南故里奉诏北上时所作的几首,如泣如诉,最为动人。此外还有不少赠答之作,有五言也有四言,也值得注意。四言诗是《诗经》的主要形式,汉魏以来仍有好些诗人采用这种古老的形式,并不因五言的兴起、发展而废弃。陆机那个时代,写四言诗的还相当多,人们似乎热衷于用它来创造一种古典之美。陆机实在是其中的佼佼者。他极其纯熟地利用经书等古典著述里的语汇,形成一种典雅的风格,但是并不平板堆垛,照样能够抒发深挚的情感,表达曲折的心思。吴亡后所作《赠弟士龙》和入晋之后的《答贾谧》两篇,前者长达六百一十六字,后者也有三百五十二字,都是洋洋大篇,很值得注意,在今天仍有欣赏的价值。前一篇写作时陆机才只有二十一岁,不能不说其天才是惊人的。

卷二是拟古和乐府。拟古即模拟汉代《古诗》。汉代不知名作者的许多五言诗作,反映了一般文人的比较普遍的思想感情,又具有很高的艺术价值,齐梁时代的评论家刘勰和锺嵘给它们极为崇高的评价,称之为"五言之冠冕""惊心动魄""一字千金"。陆机不曾予以评论,但是模仿其中十二首(一说十四首)的命意、结构而另铸新辞,那本身体现了对《古诗》的欣赏和重视,这在《古诗》接受史上值得注意。然而后人对他的拟作多给以否定的评价。大体而言,一是认为模拟是缺乏创造性的事情,何况陆机的拟作可说是亦步亦趋,有人甚至因此而将陆机说成是一位缺少性灵、徒事模仿的诗人;二是认为《古诗》朴素自然,"若秀才对朋友说家常话"(明谢榛《四溟诗话》),而陆机拟作则辞藻华丽,丧失了原作的佳处。这些观点不无道理,但我们也必须看得全面一些,作一些解释。首先,十来首拟古只不过是陆机全部诗作的一小部分,不能因此而断定他就是个只知模仿的作家。陆机之所以写作这组作品,很可能是受《古诗》感染,因欣赏而发生创作冲动。其《文赋》云:"游文章之林府,嘉丽藻之彬彬。慨投篇而援笔,聊宣之乎斯文。"说的就是因观览古人、他人之作而产生创作欲望的情形。人家写得那么好,读之兴起,我也不妨一试,这种情况确实是常有的事。至于追求绮丽而不如《古诗》原作直率,那正是时代风气的反映。由两汉经建安到西晋,无论诗还是文,都正在经历一个由质到文的过程。人们艳称的建安正处于"以文被质"的转捩时期,嗣后的西晋,则进一步朝着绮丽的方向发展。陆机拟古之作,正是时代潮流的反映。贬低陆机《拟古》,那反映的乃是后世论者的趣味。

陆机的乐府诗,按照《文心雕龙·乐府》"无诏伶人,故事谢丝管"的说法,应该都是案头之作,未曾配以乐曲歌唱。这部分作品共有三十多首,不论从数量上还是质量上,都是陆机诗歌中的重要部分。它们都是拟用汉魏乐府旧题,而内容、题材多种多样,戎旅、游仙、地方风景、女性生活,均有涉及,而最多也最值得注意的,还是那些感叹人生之作,从中很可以窥见诗人的心理和情怀。他叹息人生苦短,欲及时行乐,又想抓住这有限的生命建功立业。他想要立身耿介,坚守节操,又不能不希世从俗,还以"守一不足矜"自解。他深切地感到世道艰险,如履薄冰,却又自以为可以做到见微知著,避祸趋福。他深感运命非自己所能把握,但又以为"惟命有分可营",总还有努力的余地。种种复杂矛盾的心态,都体现于乐府诗作之中,使得它们显得真实、有深度,远不是一般的拟乐府之作所可比并。至于陆机乐府诗的风格，也是多种多样。或古直悲凉，或沉郁雄壮，或奇峭耸动，或悱恻缠绵，或绮思藻语，呈现出多彩的面貌。

关于陆机诗歌的艺术表现，有几点应该着重谈一下。

首先，其诗在创造新语、镕铸新鲜意象方面卓有成绩。它们沾溉后人，丰富了文学语言的宝库。例如《为顾彦先赠妇》"京洛多风尘，素衣化为缁"写倦于仕宦的情绪，便屡屡为后人所袭用；"离合非有常，譬彼弦与筈"慨叹聚散不恒乃人生常事，可称妙喻。《赠顾令文为宜春令》"悠悠我思，托迈千里"，说自己的思念寄托于行人身上，随行千里之外，构想颇奇。王维的"惟有相思似春色，江南江北送君归"，李白的"我寄愁心与明月，随君直到夜郎西"，似乎都是同一机杼。固然青胜于蓝，但首创之功亦不容忽视。《日出东南隅行》"秀色若可餐"，后世成为成语。《长歌行》"年往迅劲矢，时来亮急弦"，可说启发了成语"光阴似箭"的形成。《君子行》"休咎相乘蹑，翻覆若波澜"，喻人生祸福多端，难以掌控，令人想起王维的"人情翻覆似波澜"。《拟青青陵上柏》"人生当几时，譬彼浊水澜"，不仅是波澜，更加以"浊水"。李善曰："言浊水之波易竭也。"固然不错，而似乎同时还带有嫌憎不喜的感情色彩。《拟庭中有奇树》"芳草久已茂，佳人竟不归"，从淮南小山《招隐士》的"王孙游兮不归，春草生兮萋萋"化出，惆怅低回，莫可名状，故也屡屡为后人所模拟。《拟明月何皎皎》"照之有余晖，揽之不盈手"，其造语或许受《淮南子》影响，但奇思妙想，颇有天真的意趣，可说是夺胎换骨，后人袭用者也多。《拟西北有高楼》"哀响馥若兰"，《拟今日良宴会》"高谈一何绮，蔚若朝霞烂"，是所谓"通感"的好例。还有如写山泉："山溜何泠泠，飞泉漱鸣玉。哀音附灵波，颓响赴曾曲。""哀音"二句，形容动听的泉声向着一重重山石幽曲处奔赴而去。其描写重点在泉声而不在其形貌，也颇有特色。又如形容秋风，说"时风

11

肃且熠"。秋风肃杀,那是常语;而用一"熠"字,那是企图将秋日风中景物明朗鲜丽之感融入这个字眼。虽然《楚辞·招魂》已有"光风"之语,但陆机造语还是令人感到新鲜。凡此之类,都体现了陆机在文学语言方面的创造力。《文赋》说:"谢朝华于已披,启夕秀于未振。"又说:"必所拟之不殊,乃暗合乎曩篇,虽杼轴于予怀,怵他人之我先。苟伤廉而愆义,亦虽爱而必捐。"陆机是非常重视创新的,绝不甘心于蹈袭陈言。他之拟《古诗》,在立意、结构上是步趋如一,在词语意象上则是穷力追新的,这从上面举的例子便很容易看出来。

其次,陆机诗歌有一个特点,即力求说得尽,说得透,无论抒情、描写以至议论,都淋漓尽致,唯恐不尽。如《古诗·迢迢牵牛星》写织女相思之苦,说:"盈盈一水间,脉脉不得语。"陆机拟为"引领望大川,双涕如沾露"。《今日良宴会》写音乐,只说"弹筝奋逸响,新声妙入神",陆机则说"齐僮《梁甫吟》,秦娥《张女弹》。哀音绕栋宇,遗响入云汉"。同篇《古诗》写听曲者的议论,只平平叙述:"令德唱高言,识曲听其真。"陆机则描写为"高谈一何绮,蔚若朝霞烂"。《古诗》简质平和,拟作则刻意形容,尽量做到鲜明而富于力度。再举一个描写女色的例子。我们知道汉代一些乐府诗如《陌上桑》《羽林郎》写女子的美丽,其正面的笔墨只停留于服饰,《焦仲卿妻》复加以"指如削葱根,口如含朱丹,纤纤作细步"数语,曹植《美女篇》则有"顾眄遗光采,长啸气若兰"写其神情气息。而陆机的《日出东南隅行》则极力铺陈形容,既写衣服首饰,更将其眉目、肌肤、容态、歌舞一一写出,使人觉得华艳满目,应接不暇。所采取的乃是赋的写法。再如《门有车马客行》写故乡来人,主人"投袂赴门涂,揽衣不及裳。拊膺携客泣,掩泪叙温凉",也是刻画尽致,颇为鲜明生动的。《百年歌》描绘老境,也是从各个方面着笔,十分生动。尤其是"形体虽是志意非。多言谬误心多悲,子孙朝拜或问谁"数句,写其心思悲凉而瞀乱的景况,非常传神。还有《挽歌》描写送葬情景,尤其是设想死人在墓穴中所见种种阴森可怖之状,也是极力铺写,淋漓尽致。这样的例子颇为不少。

又比如陆机写离别的《赴洛》诗:"抚膺解携手,永叹结遗音。无迹有所匿,寂漠声必沈。肆目眇不及,缅然若双潜。"行人与送别的亲人终究不能不分道扬镳,渐渐远去,淡出视野之外,这是离别之际最令人难堪的一幕。《诗·邶风·燕燕》简练地写道:"瞻望弗及,泣涕如雨。"后来的如李白说"孤帆远影碧山尽,唯见长江天际流",苏轼说"登高回首坡垄隔,但见乌帽出复没",都是语短而情长。陆机则就这一幕反复渲染,从形与声两方面说。先说亲人的长叹声似乎还在耳边回响,然后说亲人的身影音声都杳不可觅,归于一片沉寂,最后说行人依然极目远眺,还想到对方也已看不见自己的身影,听不见自己的声音了。如此一步步写来,唯恐言不能尽意。《于承明作与士龙》也是这样,"伫眄要遐景,倾耳玩余声",从形与声两方面说,并且是竭力要把对方的身影和声音留在眼前和耳畔,那便更显出无限的依恋;"饮饯岂异族,亲戚弟与兄",似乎用语累赘,实际上是强调此乃亲兄弟之别离;"婉娈居人思,纡郁游子情。……俯仰悲林薄,慷慨含辛楚。怀往欢绝端,悼来忧成绪",上下句意思显得重复,甚至有"合掌"之嫌,但那并非是由于才力薄弱,不是由于要勉强凑成对偶语,而是因为想要竭力表达哀伤的心情。类似的情形,在陆机诗中多有。那便显得刺刺不休,不能像《燕燕》以及李白、苏轼诗句那样含蓄有余味。但我们应该知道,那也正是诗史中的一个阶段。《文赋序》说:"恒患意不称物,文不逮意。"因有此患,故竭力拟想体会,并将所体会者统统说出,唯恐不尽。在那个时代,诗人们还不懂得追求含蓄不露、意在言外、令读者自己品味流连那样的审美表现。就是到了谢灵运那里,也还是说"意实言表,而书不尽""但患言不尽意,万不写一"(《山居赋》),

为文辞不能充分达意、不能曲折尽致地传达意象和美感而遗憾。自觉地以少胜多，主动追求言已尽而意有余的诗美，那是唐宋以后的事了。

再次，陆机诗的立意，不少地方为他人所难到，常常显得意多、思深而笔折。下面举一些例子：

比如写离别之际情怀。《于承明作与士龙》云："南归憩永安，北迈顿承明。永安有昨轨，承明子弃予。"与弟士龙分袂于永安、承明二亭之间，孤身来到承明亭，回忆昨日情景，倍感凄凉。清人何焯评曰："二句极淡极悲。"而用一"弃"字，谓自己被亲人所抛弃。似乎无理，却恰好传达出那种如怨如慕的情绪。此字恐非常人胸中所有。《豫章行》写兄弟离别，与慨叹人生短促相结合："寄世将几何，日昃无停阴。前路既已多，后涂随年侵。促促薄暮景，亹亹鲜克禁。曷为复以兹，曾是怀苦心？远节婴物浅，近情能不深！行矣保嘉福，景绝继以音。"先是深慨老之将至，不料却由此引出那么何必再为离情所苦的想法；而又笔锋一转，说那只有十分超脱的人才做得到吧，常人是难以自拔的；却又勉励行人善自珍摄，且望其勿断音信。如此数层曲折，诚如王夫之所言"承授之间尤多曲理"。"远节""近情"之语其实包含圣人、常人与情感关系之命题，乃魏晋哲学所讨论者。陆机诗每含哲理，此其一例。

叹息人生苦短，不如及时行乐，是汉代《古诗》以来常见于诗歌的话题。陆机《董逃行》也是抒发此慨，但别有深曲之趣。先说"昔为少年无忧，常怪秉烛夜游，翩翩宵征何求，于今知此有由，但为老去年遒"，从前少年时对于长辈的急急忙忙寻欢作乐感到奇怪，如今自己也渐入老境，才理解了。然后说"聊乐永日自怡，赍此遗情何之"，那么就赶快行乐吧，什么都别留恋。看来很豁达了，不料接着却又说："世道多故万端，忧虑纷错交颜。老行及之长叹！"还是放不下世间种种，还是满怀忧虑。《折杨柳行》哀叹人生既短，世路

14

又多变而艰难,最后四句说:"寤寐岂虚叹,曾是感与摧。弭意无足叹,愿言有余哀。"先说感慨摧伤,不能不长叹;接着说且休休,有什么放不开;却马上又说:一提起这就悲从中来。如此句句转折,沉郁顿挫,更见出其幽愤之深切。

陆机有一些诗篇模拟思妇或弃妇口气,揣摩她们的心理,善于体贴,不落俗套。《古诗·行行重行行》结末云"弃捐勿复道,努力加餐饭",只是无可奈何,姑且放开。陆机《为顾彦先赠妇》说:"离合非有常,譬彼弦与筈。愿保金石躯,慰妾长饥渴。"则以"人生原不可能有合无分"自慰,有如苏轼所谓"月有阴晴圆缺,此事古难全";而自己唯一心愿乃是良人无恙,良人无恙,己之忧思便得稍减。其心思曲曲,颇耐体味。《为陆思远妇作》云:"拊枕循薄质,非君谁见荣。"独宿自怜,除了您谁能让我焕发光彩?不言憔悴而憔悴可知,一心系念盼其速归之急切也跃然如见。《为周夫人赠车骑》云:"君行岂有顾,忆君是妾夫。……京城华丽所,璀粲多异端。男儿多远志,岂知妾念君。""忆君"句几不成语,为后人所讥讪,其实此句与"君行"句相对,谓其夫说走便走,对自己并无挂念,而自己则长相思念,只因您是我的良人。由对比之中见出其凄苦。"京城"四句更道出其夫"岂有顾"的原因:外面吸引人之事物甚多(包括丽人),且男子原本心意宽广,不似女子局处深闺,唯良人是念。按《诗经·卫风·氓》云:"士之耽兮,犹可说(脱)也;女之耽兮,不可说(脱)也。"钱锺书先生有妙解,至引古罗马诗人名篇:"盖女柔弱,身心不如男之强有力也。"男子心力之强,便正是"多远志"。钱先生曰:"男子心力不尽耗于用情,尚绰有余裕,可以傍骛。"陆机此作似乎平平,其实大可咀嚼。以上皆写思妇,《塘上行》则描写弃妇。"天道有迁易,人理无常全。男欢智倾愚,女爱衰避妍。"将自己的被遗弃说成合乎天道人理,是豁达语,其实是痛极而自慰语。"不惜微躯退,但惧苍蝇前。愿君广末光,照妾薄暮年。"不求男子回心转意，只求其一点余末微光，稍具哀怜之心，勿信谗言而已。此种危苦之情，一般写弃妇者所鲜见，可知诗人体察之深切，其中自也寓有他自己的人生感慨。

《饮马长城窟行》是一首写军旅生涯的作品。诗人以大部分篇幅写将士转战的艰辛和命悬一线的悲惨，但是却结束于昂扬雄壮的音调："将遵甘陈迹，收功单于旃。振旅劳归士，受爵稾街传。"明人孙鑛评曰："劲爽而饶姿态。""饶姿态"便包含情感之复杂丰富。表现这样的矛盾情绪可谓开后世军旅之作如鲍照某些作品以及盛唐边塞诗的先河。

为了极力表达人所未言的情绪、场景以至事理，陆机的诗句有时不免显得生硬甚至板拙。《拟明月皎夜光》云"服美改声听，居愉遗旧情"，写昔日朋友富贵之后便遗弃旧友。"服美"句是说服饰用具精美，于是说的话、说话的态度、听到的话全都跟以前不一样了。也就是"一阔脸就变"的意思。《古诗》原作云："不念携手好，弃我如遗迹。"陆机所拟遣词造句不如原诗自然，但无疑比原作深至。又如《失题》佚句："堂宴栖末景，游豫蹑余踪。"也觉生硬，初读似觉费解，而细思之，诗人是想要努力表现旧地重游时那种怅惘的心情，说今日堂上欢乐，恍如是在往日景象之中；今日优游悦乐，步履所及犹是当时踪迹。虽然句法尚欠圆熟，但我们不要忽视诗人那力求捕捉难以言传的情绪、场景的苦心。再如上文说到的《日出东南隅行》："绮态随颜变，沈姿无乏源。俯仰纷阿那，顾步咸可欢。""沈（沉）姿"句亦似呆拙，但诗人是要说美女姿容安详闲雅，而又姿态横生，层出不穷。人情每喜新厌旧，所谓"频见则不美"；美人则贵在"一回经眼一回妍，数见何曾虑不鲜"（王次回《旧事》）。陆机此句实包含此种体验，较之"众媚不可详"（傅玄《有女篇》）那样的表现，句法虽生，而用意却深至。

以上就陆机诗的艺术表现略加分析。粗枝大叶，希望有助于读者的欣赏。读惯了唐诗宋词那些语言流转、结构精致、兴象宛然、意境深远之作，回过头来读陆机的诗，可能会觉得不那么美，不那么诱人。但是只要沉潜涵咏，透彻理解之后，就也会觉得有滋有味。初读是有一点儿"隔"，但打通之后，便觉耐人品味之处正自不少。文学欣赏，当尽量扩大范围，识得"异量之美"，不宜局于一隅，好丹非素。是所望于读者。

三

下面就本书体例等方面的问题，作一些简要的说明。

《晋书·陆机传》云："所著文章凡三百余篇，并行于世。"那是包括诗歌和赋、论等各体作品而言的。可惜经过梁末和隋代的动乱，到了唐代，这些作品已经散佚了许多。再到北宋，大约陆机的文集已不复存在，因此《崇文总目》不见著录。这是非常令人叹惋的事情。今日所见陆机的集子，最初是宋人重新辑录编成的。辑录的依据，是总集《昭明文选》《玉台新咏》《乐府诗集》和类书《艺文类聚》《初学记》等。类书引书多有删节，因此陆机集子里的作品，不论是诗歌还是其他文章，也有些篇并不完整。宋人编的这个本子，名为《陆士衡文集》。其宋代刻本今天已不得见，但有明正德年间陆元大刊本，系据南宋宁宗庆元年间徐民瞻刻于华亭之《晋二俊文集》翻刻。此明本流传至今，《四部丛刊》曾据以影印。又有清人据宋本的影钞本，原为鲍廷博旧藏，今归国家图书馆，1981 年曾由国家图书馆出版社缩印出版。此影宋钞本与陆元大本均出于徐民瞻本，但文字等有所异同。至于明清人以至今人所编总集，其中的陆机作品虽较之徐民瞻本数量增加，且重新编次，但都是从传世习见文献之中辑佚，并非别有珍本可据。

宋人所编《陆士衡文集》的辑录工作做得比较粗疏，有些存在于类书等典籍中的陆机作品也失之眉睫。明清人所编总集里的陆机作品便增加了不少，但仍有未尽。还有如唐初编的总集《文馆词林》，中土久佚，清末方才流传回国，此前学者自然无从利用。今人编录陆机作品，在辑佚方面当然后来居上。本书也有新的收获。

本书将现存陆机的所有诗歌，包括残篇断句，分成两卷。卷二是拟古和乐府，卷一是其他的四言和五言诗。卷一里的作品，凡能够大致判断写作年代的，放在前面，依其先后排列。但是这样的作品并不多。难以判定作年的则放在后面。断篇残句若按题目可以有所归属的，置于该题目之下；无所归属甚至不知题目的，置于全卷的最后。卷二拟古和乐府诗的编排，则大体依照上述宋人所编《陆士衡文集》原来的次序，也就是陆元大翻刻本和影宋钞本的次序。

既然宋人所编本只是一个辑录本，且所依据的总集、类书今日具在，也不乏善本，故本书不以陆元大本或影宋钞本为统一的工作底本，而是溯其渊源，以各篇作品所从出的总集、类书之善本作为底本。若某篇见于两种以上典籍，则一般取时代较早者。如乐府诸篇，有既见录于《玉台新咏》或《艺文类聚》，又见收于《乐府诗集》，且文字均属完具者，即以《玉台》或《类聚》为底本。《百年歌》一篇，今见于《艺文类聚》，但陆元大本、影宋钞本比《类聚》多出三句（《陆士衡文集》内尚未知其出处者唯有此三句），乃以影宋钞本《陆士衡文集》为底本。凡所据底本，在各篇题解中予以说明。

本书的校勘，用书甚多，而以宋代以前的文献为主。但异文并不一一列出，只举其较有关系者，且只说"一作某"，而不列举何本作某字，以避繁琐。但是当底本文字有误而根据他本改动时，必一一列出所据文本。凡改字必有依据。

现将所用底本及校本罗列如下：

《文选》：《文选》本身版本复杂，今以韩国奎章阁藏六家本（韩国 daunsam 出版社影印本)所反映之李善注本用为底本(简称《文选》李善本),奎章阁藏六家本所反映之五臣注本(简称《文选》五臣本)、《四部丛刊》本(系影印南宋建州刊本)、北宋天圣明道本(残,影印件)、尤袤刻本(中华书局影印)、陈八郎本(影印件)、《文选集注》本(残,上海古籍出版社影印《唐钞文选集注汇存》)皆用作校本。

《玉台新咏》:以明崇祯六年赵均刻本(北京图书馆出版社据中国国家图书馆藏本影印,为《中华再造善本》之一种)为底本,校本兼用此本及吴兆宜注、程琰删补《玉台新咏笺注》(穆克宏点校,中华书局出版)。

《文馆词林》:以影印日本弘仁本为底本,以《适园丛书》本为校本。

《乐府诗集》:傅增湘藏宋本(文学古籍刊行社影印,人民文学出版社重印)。

《北堂书钞》:南海孔氏三十有三万卷堂刊本(中国书店影印)。

《艺文类聚》:汪绍楹校绍兴刻本(上海古籍出版社排印)。

《初学记》:兼用中华书局排印本、影印日本宫内厅书陵部藏宋刊本(上海古籍出版社出版),二本文字不同时,分别称排印本《初学记》、影宋本《初学记》。

《太平御览》:中华书局缩印《四部丛刊》影宋本。

《韵补》:中华书局影印宋刻本。

《文镜秘府论》:卢盛江校考《文镜秘府论汇校汇考》(中华书局出版)。

《陆士衡文集》:《四部丛刊》影印陆元大刊本、国家图书馆藏影宋钞本。二本文字不同时,分别称陆本《陆士衡文集》、影宋钞本《陆士衡文集》。

陆机诗载于《文选》者,有李善、五臣等注,本书自多加参考,特别是李善注，尽量加以利用，但并非照录原文。李注所未明或未及者补之，不同意李注处亦另作新注。李注以征引典故出处为主，少有加以解释、串讲者，本书则除适当征引典故外，于难解处多作阐释。今人著述如郝立权《陆士衡诗注》以及其他专著及单篇论文，本书有所借鉴，若加引述亦予以标明。

本书于校注之前有题解，除对于题目本身需要解释者（如题中涉及的人物、所用乐府旧题）加以说明外，还就写作背景、内容、写作艺术方面可注意之处略作提示，并标明该篇载于何种典籍（限于宋代以前完整载录的典籍）及本书所据底本。各篇附有汇评，总评则置于全书之末。总评内有少量不是单评其诗，而是泛论诗文，也录以备考。

书中谬误不足处，在所难免，尚祈方家和广大读者不吝指正。

目　录

卷一

卷二

赠弟士龙 并序

余夙年早孤，与弟士龙衔恤丧庭①。续忝末绪，墨绖即戎②，时并蒙发③，悼心告别，渐蹈八载④。家邦颠覆，凡厥同生，凋落殆半⑤。收迹之日⑥，感物兴哀。而士龙又先在西⑦，时迫当祖送二昆⑧，不容逍遥，衔痛东徂⑨，遗情惨怆⑩。故作是诗，以寄其哀苦焉。

於穆予宗，禀精东岳⑪。诞育祖考，造我南国⑫。南国克靖，寔繇洪绩⑬。惟帝念功，载繁其锡⑭。其锡惟何？玄冕衮衣⑮。金石假乐，旄钺授威⑯。匪威是信，称不远德⑰。奕叶台衡，扶帝紫极⑱。其一

笃生二昆，克明克俊⑲。遵涂结辙，承风袭问⑳。帝曰钦哉，纂戎烈祚㉑。双组式带，绥章载路㉒。即命荆楚，对扬休顾㉓。肇敏厥绩，武功聿举㉔。烟煴芳素，绸缪江浒㉕。昊天不吊，胡宁弃予㉖！其二

伊予鄙人，允德之微㉗。阙彼遗懿，则此顽违㉘。王事靡盬，旌旆屡振㉙。委籍奋戈，统厥征人㉚。祁祁征人，载肃载闲㉛。骙骙戎马，有骊有翰㉜。昔予翼考，惟斯伊抚㉝。今予小子，谬寻末绪㉞。其三

有命自天，崇替靡常㉟。王师乘运，席卷江湘㊱。虽备官守，位从武臣㊲。守局下列㊳，譬彼飞尘。洪波电击，与众同湮㊴。颠踣西夏，收迹旧京㊵。俯惭堂构，仰懵先灵㊶。孰云忍愧，寄之我情㊷。其四

猗我俊弟，嗟尔士龙㊸。怀袭瑰伟，播殖清风㊹。非德莫勤，非道莫弘㊺。垂翼东畿，曜颖名邦㊻。绵绵洪统，非尔孰崇㊼？依依同生，恩笃情结㊽。义存并济，胡乐之悦㊾。愿尔偕老，携手黄发㊿。其五

昔我西征，扼腕川涯(51)。掩涕即路，挥袂长辞(52)。六龙促节，逝不我待(53)。自往迄兹，旷年八祀(54)。悠悠我思，非予焉在(55)？昔并垂发，今也将老(56)。含忧茹戚，契阔充饱(57)。嗟我人斯，胡恤之早(58)！其六

天步多艰，性命难誓(59)。常惧殒弊，孤魂殊裔(60)。存不阜物，没不增壤(61)。生若朝风，死若绝景(62)。视彼蜉蝣，方之乔客(63)。眷此黄垆，譬之弊宅(64)。匪身是吝，亮会伊惜(65)。其惜伊何？言纾其思(66)。其思伊何？悲彼旷载(67)。其七

出车戒涂，言告言归(68)。蓐食警驾，夙兴宵驰(69)。蒙雨之阴，照月之晖。陆凌峻坂，川越洪漪(70)。爰届爰止，步彼高堂(71)。失尔朔迈，良愿中荒(72)。我心永怀，匪悦匪康(73)。其八

昔我斯逝，兄弟孔备(74)。今予来思，我凋我瘁(75)。昔我斯逝，族有余荣(76)。今予来思，堂有哀声。我行其道，鞠为茂草(77)。我履其房，物存人亡(78)。拊膺泣血(79)，洒泪彷徨。其九

企伫朔路，言欢尔归(80)。心存言宴，目想容晖(81)。迫彼窀穸，载驱东路(82)。系情桑梓，肆力丘墓(83)。栖迟中流，兴怀罔极(84)。眷言顾之，使我心恻(85)。其十

【题解】

晋武帝咸宁五年(279)冬，晋兵二十余万分为六路，大举伐吴。时陆机兄陆晏、陆景率兵在夷道(今湖北宜都)、乐乡(今湖北松滋东北长江南岸)防守，次年太康元年二月，晋王濬大军压境，晏、景皆兵败被杀。陆机时为

牙门将,也在军中,被俘入洛阳。三月,吴主孙皓面缚请降。吴亡。太康二年(281),陆机南返,在建业(吴国都,今江苏南京)旧居,将护送二兄灵柩归葬华亭(今上海松江)。陆云于吴亡后已应晋扬州刺史周浚之召,为从事,在寿春(今安徽寿县)。此时自寿春返建业,与陆机相见。陆机此诗即作于与陆云见面之前。

诗共十章。一至四章由祖、父之功业,述及二兄与己承袭父业,西上荆州防守,而遭逢湮灭的过程。五至八章述对陆云的情谊和殷切思念,回忆离别至今八年来的悲苦心情。最后两章写自己回到建业旧居又将东归故里,触目伤怀,仍盼望与陆云相见。全诗脉络分明,结构匀称,详略得当。诗用四言,多用经史典籍中的语汇和成句,尤以用《诗经》者为多。(为避免繁琐,未悉数注出)这样颇显得风格典雅。诗中叙事与抒情结合,充满对往日家族荣耀的追念和经历重大变故的伤痛,缠绵往复,真实感人。这是所知的陆机作品中最早的一首,显示出青年诗人卓越的创作才能。

此诗题目一作《与弟清河云》。陆云晚年曾为清河内史,题中“清河”二字乃后人所加。现据明人冯惟讷《诗纪》等改今题。

此诗宋人所编《陆士衡文集》未收录,见于初唐所编《文馆词林》卷一百五十二、宋刻本《陆士龙文集》卷三,文字小有异同。今据影印日本弘仁本《文馆词林》载录,个别文字底本有误,则据《陆士龙文集》校改。

【校注】

①“余夙年”二句:夙年,早年。衔恤,怀忧,含悲。丧庭,举行丧礼的场所,灵堂。按:吴末帝孙皓凤凰三年(274)秋,陆机、陆云之父大司马、荆州牧陆抗卒,时陆机十四岁,陆云十三岁。

②“续忝”二句:墨绖,“墨”,原作“黑”,据《陆士龙文集》改。续,继,接着。忝,谦辞,犹言辱没,有愧于。末绪,前人遗留的事业。绖(dié),丧服所系之带,以麻为之,系于头上及腰部。此代指丧服。墨绖,服丧期间从事于军务,不宜着丧服,故将丧服染黑。乃用《左传》僖公三十三年“子墨衰绖”典故。即,就,至。即戎,犹从戎。二句谓接着便继承先人遗留的事业,服丧期间即从事于军务。按:陆抗卒,陆机与兄陆晏、陆景、弟陆云分领其兵众,且立即西上守边,故云。《陆士龙文集》“忝末绪”作“会逼王命”,谓适

3

逢君命之期已经迫近。

③萦发:缠束头发。指居丧时以绖束发。

④八载:陆抗卒于吴末帝孙皓凤凰三年(274),至作此诗时晋武帝太康二年(281),为第八年。

⑤"凡厥"二句:指陆晏、陆景皆已牺牲。同生,同父所生,兄弟。

⑥收迹:收敛行迹,此谓隐居不出。陆机时将归隐,故云。皇甫谧《释劝论》:"士或收迹林泽。"傅咸《申怀赋》:"永收迹于蓬庐。"

⑦"而士龙"句:陆云当时已为晋扬州刺史周浚辟用为从事,在扬州治所寿春,其地在建业西北。

⑧祖送:饮酒送别行人,此指送灵枢出发往葬地。昆:兄。

⑨东徂:往东方。徂(cú),往。此指前往华亭。华亭,在今上海松江。陆氏世居于此。陆机祖父陆逊因战功封华亭侯。

⑩遗情:留情,谓留恋顾念,情不能已。"惨怆",《陆士龙文集》作"西慕"。

⑪"於穆"二句:於(wū),叹词。穆,美。《诗·周颂·清庙》:"於穆清庙。"东岳,泰山。二句谓我陆氏祖宗禀受东岳泰山之精气而兴盛。《诗·大雅·崧高》:"维岳降神,生甫及申。"谓四岳降下神灵精气,而成就申伯、甫侯之大功业。此处用其意。陆氏远祖为春秋时陈公子敬仲,敬仲自陈奔齐,后世遂有齐国,在东方,故曰"禀精东岳"。

⑫"诞育"二句:《诗·大雅·生民》述后稷之生,云:"诞弥厥月,先生如达。""诞"乃"大"意。(一说是发语词)而后世遂以"诞育"为称颂人之出生之语。盖起于后汉。《后汉纪·和帝纪下》:"诞育陛下。"蔡邕《光武济阳宫碑》:"诞育灵姿。"考,父死曰考。造,成就。南国,指吴国。陆机祖陆逊、父陆抗皆有大功于吴国。

⑬"南国"二句:克,能。靖,安。寔,是。繇(yóu),由,自。二句谓吴国能够安定,是由于祖、父的大功绩。

⑭"惟帝"二句:惟,发语词。载,助词,加强语气。锡,赐。二句谓皇帝顾念其功绩,给以众多赏赐。《左传》襄公二十一年:"惟帝念功。"

⑮"其锡"二句:玄冕,行礼时所戴之冠。上有版,前低后高,以麻布或

丝织物上下覆盖,上玄(黑而有赤之色)下纁(浅赤色),故曰玄冕。又以彩色缫绳贯彩色之玉,垂于前,谓之旒。自王至卿大夫,其冕之旒数依次递减。衮衣:礼服,画有卷龙。《诗·大雅·韩奕》:"其赠维何？乘马路车。"此套用其句式。

⑯"金石"二句:金石,谓钟磬,皆雅乐器。假,给与、赐予。旄,一种旗,竿首饰以牦牛尾。钺,形似斧而大,有长柄,用于礼仪,象征威权。二句谓赐予金石之乐,授以旄钺以重其威。

⑰"匪威"二句:匪,古与"彼"通。信,通"伸",伸张。称,举、扬。谓举而行之。丕,大。《尚书·洛诰》:"公称丕显德。"二句谓伸张其威权,发扬其宏远的德用。

⑱"奕叶"二句:奕,重。奕叶,累世。台衡,三台、阿衡,指三公。陆逊为丞相,陆抗为大司马,汉代皆为三公官。紫极,原指北极星,为太一天帝,居紫微(星垣名)内。紫微既为北极星之所居,故也称紫极或紫极宫。借指朝廷。二句谓陆逊、陆抗累世为三公,在朝廷中枢辅佐吴帝。

以上十六句为第一章,述祖、父为吴国建立大功。

⑲"笃生"二句:笃,厚。克,能。俊,才能兼人。谓天降淳厚之气,乃生二兄(陆晏、陆景),故能明智而才能出众。《诗·大雅·大明》:"笃生武王。"《诗·大雅·皇矣》:"克明克类。"

⑳"遵涂"二句:"涂",原作"风",据《陆士龙文集》改。涂,通"途",道路。结辙,车辙交结,喻不偏离。问,通"闻",声名。二句谓二兄遵循祖、父的道路而不偏离,承袭其风猷美誉。

㉑"帝曰"二句:钦,敬慎。《尚书·尧典》:"帝曰:'往,钦哉!'"乃天子勉勖臣下之语。纂,通"缵",继承。戎,大。纂戎,继承而光大。烈,事业。祚,禄。二句谓吴帝勉励其敬慎从事,继承光大先人的功业。当指陆晏继承陆抗封为江陵侯而言。

㉒"双组"二句:"式",原作"贰",据《陆士龙文集》改。组,官印的绶带。式,语助词。绥,旗竿上装饰,用以表明贵贱身份,故云"绥章"。章,明也。《诗·大雅·韩奕》:"王锡韩侯,淑旂绥章。"载,行。二句谓二兄双双佩戴官印,旗帜行于道路。

5

㉓"即命"二句:荆,地名,即楚,一地二名。对,回答,报答。扬,称扬。休,美好。二句谓从命前往楚地,报答称扬天子美好的顾念。《诗·大雅·江汉》:"对扬王休。"时陆晏为裨将军、夷道监,陆景拜偏将军、中夏督,驻乐乡。夷道为宜都郡治所,今湖北宜都;乐乡在今湖北江陵西、长江南岸。其地皆属楚。

㉔"肇敏"二句:敏厥,原作"厥敏",据《陆士龙文集》改。肇,谋。敏,疾。厥,其。绩,事。《诗·大雅·江汉》:"肇敏戎公。"按:《毛传》释"戎公"为"大事",《郑笺》则释为"女(汝)事"。陆机"肇敏厥绩",其实亦袭用《江汉》。聿,语助词。举,成功。二句谓谋求敏捷迅速地做好其事,于是武功乃成。

㉕"烟煴"二句:烟煴,阴阳二气和谐貌。芳素,芬芳纯朴。绸缪,连绵不绝貌。浒,水涯。二句颂扬二兄上承祖、父,其德业风范美好有如天地之和气,连绵不绝于江水之涯。按:陆逊、陆抗及晏、景三世驻守经营于荆州之江陵、乐乡、夷道、西陵一带,即今湖北江陵至宜昌,皆沿长江。

㉖"昊天"二句:昊天,广漠的天空,苍天。《诗·小雅·节南山》:"不吊昊天。"《郑笺》释吊为善,云昊天不善、不祥。《左传》襄公十三年引《诗》,杜预注云"言不为昊天所恤",则释吊为哀怜、顾恤。皆通。此云"昊天不吊",谓上天不善待我,或上天不顾恤我。胡,何。宁,乃。予,我,我们。《诗·大雅·云汉》:"父母先祖,胡宁忍予!"二句实指二兄为晋军所败亡身殉国之事。

以上十六句为第二章,述二兄继承祖、父,西上守边,而为上天所遗弃。

㉗"伊予"二句:伊,发语词。鄙人,陆机自谓。允,确实。"伊予"句,一作"嗟予人斯"。"允",一作"胡"。

㉘"阙彼"二句:阙,去,失去。懿,美好。则,通"即",近,靠近。顽,钝。违,过错。二句自谦未能继承先人遗芬,近乎愚钝而行事不当。"懿",一作"轨"。

㉙"王事"二句:靡,无。盬(gǔ),不坚固。《诗·小雅·四牡》:"王事靡盬。"谓王事无不坚固,我当为之行役奔走。此用其语。振,举起。

㉚"委籍"二句:委,放弃。籍,指书籍、文籍。征人,行人,指行役在外之兵士而言。陆抗卒后,陆机兄弟分领父兵。

㉛"祁祁"二句:祁祁,众多貌。载,语助词。闲,通"娴",娴习,熟练。

㉜"骙骙"二句:骙(kuí)骙,马行雄壮貌。《诗·小雅·采薇》:"四牡骙骙。"骃(yīn),浅黑杂白色的马。翰,白色马。《诗·鲁颂·駉》:"有骃有騢。"

㉝"昔予"二句:翼,美。惟、伊,皆语助词。"斯",原作"新",据《陆士龙文集》改。斯,此。指上述"征人"而言。抚,安抚,治理。

㉞"今予"二句:《尚书·金縢》:"予小子新命于三王。"谬,谦辞,犹言不合格。寻,循,继续。末绪,见注②。

以上十六句为第三章,谓自己虽不肖,但也统率父兵。

㉟"有命"二句:崇替,犹言兴废。《诗·大雅·大明》:"有命自天。"又《诗·大雅·文王》:"天命靡常。"

㊱"王师"二句:王师,指官军。运,运命。贾谊《过秦论》:"席卷天下。"《三国志·吴书·陆抗传》抗上疏:"顺天乘运,席卷宇内。"

㊲"虽备"二句:官守,群官。众官各守其业,故曰"官守"。武臣,陆机领父兵,为牙门将军。其官第五品。

㊳局:局部,部分。官各有分职,故称为"局"。

㊴"洪波"二句:《汉书·司马相如传》司马相如《天子游猎之赋》:"星流电击。"《汉书·叙传》"述《卫青霍去病传》第二十五":"长驱六举,电击雷震。"湮,没。

㊵"颠踣"二句:颠踣(bó),颠覆,跌倒。西夏,此指荆州夷道、乐乡一带,为吴之西境。韦昭《吴鼓吹曲·摅武师》:"肃夷凶族,革平西夏。"时陆机当与兄晏、景同守西境。收迹,见注⑥。旧京,指建业。按:陆云答诗云:"予昆乃播,爰集朔土。……上帝休命,驾言其归。"言陆机播迁至北方,后得以南归,可与陆机所云对照。

㊶"俯惭"二句:堂构,指祖上所建的堂室屋宇,亦喻父祖创建的事业。惵,惭愧。先灵,先人的神灵。按:二句"俯""仰"对举,则"堂构"理解为具体的屋宇为妥。屋宇在下,神灵在上,故以"俯""仰"为言。谓置身于祖屋之中,深觉有愧于先人在天之灵。

㊷"孰云"二句:云,能。二句谓谁能忍受羞愧,将我的愧怍之情寄托到

他那里吧。乃惭愧至极的话。《汉书·韦玄成传》："谁能忍愧,寄之我颜。"《三国志·吴书·薛莹传》载莹献诗:"孰能忍愧,臣实与居。"

以上十六句为第四章,谓晋已灭吴,自己流离颠沛之后回到建业故居,羞愧莫名。

㊸"猗我"二句:猗,叹美之词。《诗·小雅·小明》:"嗟尔君子。"

㊹"怀袭"二句:袭,服,持有。瑰伟,即瑰玮,美石、美玉,喻人品、才能美好卓异。播殖,播种、种植,喻传布、培养。《诗·大雅·烝民》:"穆如清风。"

㊺"非德"二句:谓陆云所努力者无非是德,所弘扬者无非是道。《论语·卫灵公》:"人能弘道。"

㊻"垂翼"二句:垂翼,以鸟为喻,言未显示其才能。畿,地域,地界。东畿,指吴国。《周易·明夷》初九:"明夷于飞,垂其翼。"繁钦《禄里先生训》:"吕尚垂翼北海,以待鹰扬之任。"曜颖,显示才干,犹言脱颖而出。吴质《答东阿王书》:"愧无毛遂耀颖之才。"名邦,指寿春。寿春曾为战国楚都,汉初为淮南王刘安国都,又秦、汉时为九江郡治所,汉末、三国魏为扬州刺史治所,魏时又为淮南郡治所,位置重要,人物众盛,故称名邦。太康元年,陆云被晋扬州刺史周浚召为从事(一云为主簿),甚受赏识,周浚常称其为"当今之颜渊"(见《世说新语·赏誉》注引《陆云别传》)。

㊼"绵绵"二句:洪统,宏大的相传不绝的系统,指陆氏家族的德业、地位而言。崇,提高,发扬。二句谓陆氏先人相传之德业,不是你有谁能发扬光大之?

㊽"依依"二句:依依,思恋貌。同生,见注⑤。"恩笃","恩"字原脱,据《陆士龙文集》补。笃,深厚。

㊾"义存"二句:胡,何。之,语中助词,无义。二句谓兄弟之间,有互助成事之义,那是何等快乐喜悦。

㊿"愿尔"二句:黄发,年老则发黄。二句谓希望和你携手不离,直至一同老去。《诗·邶风·击鼓》:"执子之手,与子偕老。"

以上十六句为第五章,赞美陆云并抒发兄弟深情。

(51)"昔我"二句:"腕",原作"捥",据《陆士龙文集》改。西征,西行,指为

8

牙门将西上荆州。扼腕,握住自己的手腕,是慷慨激动的表示。

㉒"掩涕"二句:掩涕,掩面流泪。即路,就路,上路。袂,衣袖。

㉓"六龙"二句:六龙,传说日神以六龙驾车。节,指行车之节度、节奏。促节,犹言疾驱。逝,去。二句谓时日飞驰而去,不待人。

㉔旷:谓时间久远。祀:年。

㉕"悠悠"二句:悠悠,忧伤貌。思,伤感。《诗经》中屡见"悠悠我思"之语,此二句谓:《诗》云"悠悠我思",这忧伤不在我心中又在哪里? 极言自己忧思之深,难以释怀。"予",《陆士龙文集》作"尔"。

㉖"昔并"二句:垂发,指童幼之时。按:陆机为此诗时仅二十一岁,言"将老",乃夸张之词,言其疲惫不堪。

㉗"含忧"二句:茹,食,吃。戚,悲愁。契阔,勤苦。又久别相思曰契阔。充、饱,皆满、足之意。"契阔"句,谓辛苦备尝。

㉘"嗟我"二句:斯,语气词。《诗·豳风·破斧》:"哀我人斯。"胡,何。恤,忧。"胡恤"句感叹早早便遭罹忧患。

以上十六句为第六章,回顾昔年西上,兄弟离别,至今已经八年,感叹早逢忧患,备历辛苦。

㉙"天步"二句:步,行。天步,天之所施行。《诗·小雅·白华》:"天步艰难。"誓,要约,约定。二句谓天多施行降下艰难,性命无常,难以期约。

㉚"常惧"二句:弊,通"毙"。《陆士龙文集》作"毙"。殒毙,死亡。裔,边。殊裔,极边远之地。二句谓常常忧惧死后孤魂流落远方。以下六句也都是所忧惧的内容,"惧"字直贯至"方之乔客"。

㉛"存不"二句:阜,增多,增加。二句承上谓总是担心自己无所建树,忧惧自己生与死皆渺小不足道。

㉜"生若"二句:景,光。二句仍言忧惧自己生如朝风暂过,死如光灭影绝。

㉝"视彼"二句:视,比,比如。蜉蝣,一种小虫,朝生夕死。方,比,比方。乔,通"侨"。《陆士龙文集》作"侨"。侨客,暂时寄居的客人。

㉞"眷此"二句:眷,回头看。黄垆,黄泉下土,指墓穴。二句谓看这墓穴,就如同破宅一般。

㊻"匪身"二句:匪,非。吝,惜,贪恋。亮,确实。伊,语助词。二句云并非贪恋此身,实在是珍惜相会的机会。意谓自己并非惜命,怕的是未能团聚会面便溘然死去。

㊼"其惜"二句:言,助词。纾,舒解。二句承上言为何珍惜相会的机会?因为会面即可舒解忧思。

㊽"其思"二句:旷,久远。旷载,多年。二句承上言忧思些什么呢?是因离别太久而悲伤。

以上十六句为第七章,述说流离他乡的悲苦心境,切盼兄弟相会以纾解忧思。

㊾"出车"二句:戒,备。戒涂,准备上路。言,我。"言告言归",用《诗·周南·葛覃》成句,谓我告人我将归去。指自洛阳南归。

㊿"蓐食"二句:蓐(rù),草垫,草席。蓐食,食于寝卧的草席之上,言进食甚早。《左传》成公七年:"蓐食潜师夜起。"警驾,整备驾具。夙兴,早起。宵,通"宵",夜。

○"陆凌"二句:凌,凌越。坂,山坡。漪,水波动貌,此指水波。

○"爰届"二句:爰,语气词。届,到。高堂,指建业旧居而言。按:第四章"收迹旧京""俯惭堂构"已言回到建业;自第六章"昔我西征"起至此,述说西上离别、流落异乡、跋涉归来之情景与心情,皆属回忆。

○"失尔"二句:失,错失,错过。迈,行。朔迈,北行。指陆云往寿春。寿春在建业西北。荒,空。二句谓与你相错而过,你已往寿春,良好的愿望(指相见)中途成空。按:陆机作此诗时,尚未与陆云相见。陆云答诗云:"旷年殊域,觐未浃辰。"是后来陆云亦归至建业,二人曾短暂相会。

○"我心"二句:匪,非,不。《诗·大雅·烝民》:"仲山甫永怀。"《诗·大雅·公刘》:"匪居匪康。"

以上十六句为第八章,谓长途跋涉,归至旧居,却不得与陆云相见。

○"兄弟"句:孔,甚,很。孔备,很齐全,全在。

○"今予"二句:思,语助词。我凋我瘵,谓我已衰病。《陆士龙文集》作"或凋或瘵",谓兄弟有的凋丧死去,有的衰病忧伤。按:《诗·小雅·采薇》:"昔我往矣,杨柳依依。今我来思,雨雪霏霏。"陆机此处构思受其影

10

响,下四句亦同。

⑦余荣:谓甚为荣显繁盛。余,多。

⑦鞠:通"鞠"。鞠(jū),穷尽。《诗·小雅·小弁》:"踧踧周道,鞠为茂草。"

⑦"我履"二句:其房,与上文"高堂""其道"皆指陆氏建业故宅而言。《荀子·哀公》:"其器存,其人亡,君以此思哀,则哀将焉而不至矣。"《后汉书·东平宪王苍传》章帝《赐苍及琅邪王京书》:"其物存,其人亡,不言哀而哀自至。"嵇康《声无哀乐论》:"夫言哀者,或见几杖而泣,或睹舆服而悲,徒以感人亡而物存,痛事显而形潜。"抒发物存人亡之悲由来已久。

⑦拊膺:轻击其胸。

以上十六句为第九章,倾诉回到旧居物是人非之悲感,与第四章"俯惭堂构,仰慙先灵"相呼应。

⑧"企伫"二句:企,踮起脚跟。伫,久立。皆形容期盼之状。曹植《求通亲亲表》:"实怀鹤立企伫之心。""朔",原作"明",据《陆士龙文集》改。朔路,向北的道路。"言欢"句,谓以你的归来为欢悦。时陆云尚未归。

⑧"心存"二句:宴,乐。言宴,指言谈愉悦情状。目想,因想念而浮现目前。曹操《祭桥玄文》:"心存目想。"曹植《任城王诔序》:"目想宫墀,心存平素。"

⑧"迫彼"二句:窀穸(zhūn xī),埋葬。《左传》襄公十三年"唯是春秋窀穸之事"杜预注:"窀,厚也;穸,夜也。厚夜,犹长夜。……长夜,谓葬埋。"东路,指自建业前往故里华亭之路。此二句言归葬二兄灵柩之期已经迫近。

⑧"系情"二句:桑梓,原指父亲所种之树木,见《诗·小雅·小弁》,后世代指故里。肆力,用力。丘墓,坟墓。据南朝宋齐时陆道瞻所撰《吴地记》,陆氏祖坟在华亭。(陆道瞻《吴地记》已佚,此据众书所引。)此言"肆力丘墓",当指修治侍奉祖坟而言。由此二句,知陆机有归隐华亭之意。

⑧"栖迟"二句:栖迟,止息不进之意。"栖迟"句,《陆士龙文集》作"婉兮娈兮"。婉娈,眷恋。罔,无。极,尽。

⑧"眷言"二句:眷,回头看,引申为眷恋意。言,语助词,无义。《诗·

11

小雅·大东》:"眷言顾之。"《周易·井》九三:"为我心恻。"王弼注:"为,犹使也。"

以上十六句为第十章,谓即将离开建业往华亭归葬二兄,将隐居于华亭,感慨无限,而仍切盼与陆云相见。

【汇评】

陈祚明《采菽堂古诗选·补遗》卷一:此平原生平言情之作也。观其不敢尽言处,用心良悲。颇复条递详稳。○(七章)"毙宅",意新。"没不增壤",亦异。

于承明作与士龙

牵世婴时网,驾言远祖征[①]。饮饯岂异族,亲戚弟与兄[②]。婉娈居人思,纡郁游子情[③]。明发遗安寐,寤言涕交缨[④]。分涂长林侧,挥袂万始亭[⑤]。伫眄要遐景,倾耳玩余声[⑥]。南归憩永安,北迈顿承明[⑦]。永安有昨轨,承明子弃予[⑧]。俯仰悲林薄,慷慨含辛楚[⑨]。怀往欢绝端,悼来忧成绪[⑩]。感别惨舒翮,思归乐遵渚[⑪]。

【题解】

陆机安葬二位兄长灵柩于华亭,此后在华亭闭门读书,约有十年。至晋惠帝永熙元年(290)末,太傅杨骏征辟他为祭酒,次年永平元年(291)春,乃离开故乡,北上洛阳。此诗当即北上时与陆云分别而作。陆云初为扬州刺史周浚辟为从事(一云主簿),后曾为太子舍人、浚仪(今河南开封)县令,因遭嫉恨而去职归家。此时当在家,故送别其兄。《晋书·陆机传》云:"至太康末,与弟云俱入洛。"叙事粗略不确。承明,亭名。李善注云他所见的《陆机集》题为"与士龙于承明亭作"。亭乃行政地理区划,在乡之下、里之上。亭之内有行旅住宿之馆舍。《文选集注》引《钞》,云承明亭在苏州北,同书引陆善经语,又云在昆山县南,与华亭相连。二说皆不知所据,又不一致,未必可信。诗中永安、万始亦皆亭名。据诗意,陆机与陆云分别于万始亭后,独自北行至承明亭,乃作此诗。此诗竭力刻画初别时心境,语浅情深,真切感人。诗载于《文选》卷二十四、《陆士衡文集》卷五。今据《文选》录载。

【校注】

①"牵世"二句:婴,缠绕。邹阳《狱中上书自明》:"岂拘于俗,牵于世。"曹植《责躬诗》:"举挂时网。"言,助词,无义。徂,往。

②"饮饯"二句:饯,送行时饮酒。古人送行启行必饮,起于祭路神的风俗,称为"祖道"。"异族",一作"他族"。戚,亲。亲戚,此指兄弟。

③"婉娈"二句:婉娈,眷恋之意。纡郁,纠缠郁结。

④"明发"二句:明发,暗夜开发,天色已明,指黎明。《诗·小雅·小宛》:"明发不寐,有怀二人。"郑玄云"明发不寐"之意,谓从夜至旦不寐。陆机云"明发遗安寐",实用《诗经》语,亦谓通宵失眠。言,助词。缨,冠系,帽带。《淮南子·缪称》:"涕流沾缨。"

⑤"分涂"二句:长林,大片树林。挥袂,挥动衣袖,谓分别。"分涂""挥袂",皆言离别。上下句述同一事,长林即万始亭之树林。

⑥"伫眄"二句:眄,看,望。要,求。景,影。遐景,远方的身影。玩,贪。余声,留下的声音。二句写与亲人分别后仍竭力追寻的情景。

⑦顿:止舍。

⑧弃予:谓送行者将自己抛弃。《诗·小雅·谷风》有"弃予如遗"之句,此用其语。按:送者终有一别,不可能长久相伴;而行者留恋之情尤切,孤独之感特深,极悲而怨,明知事乃不得不然,仍有"弃予"之叹。

⑨"俯仰"二句:"林",原作"外",据奎章阁本《文选》之五臣本、《文选集注》卷四十八、《四部丛刊》本《文选》、尤刻本《文选》、陈八郎本《文选》及《陆士衡文集》改。薄,草木交错。慷慨,情绪激昂。辛楚,痛苦。《文选》苏武诗:"俯仰内伤心。"嵇康《兄秀才公穆入军赠诗》:"俯仰慷慨。"

⑩"怀往"二句:端,发端,开头。绪,丝头,亦指丝。二句谓怀想过往,其欢乐已渺不可得;哀伤未来,忧思已成乱丝一团。

⑪"感别"二句:舒,舒展,展开。翮,羽茎,羽管,借指羽翼。遵,循,沿。渚,水中小洲。《诗·豳风·九罭》:"鸿飞遵渚。"二句以鸟喻。言感念别离,如离鸟展翅而衔悲;思欲归去,效鸿飞遵渚之欢欣。昨日方才别离,旅途刚刚开始,却已念及将来归去情景。又,"思归"句也可解释为:遥想送行者归去,是何等欢乐,犹如遵渚之鸿鸟。以此愈加见出行人的悲切。

【汇评】

陈继儒评:诗甚婉娈。若非弟,伤于刺刺不休矣。(见卢之颐辑十二家评《昭明文选》)

孙鑛评:写离情委至。(见天启二年闵齐华刻《孙月峰先生评文选》)

陈祚明《采菽堂古诗选》卷十:述情非不切,而未能低徊。

何焯《义门读书记》卷四十六:("永安有昨轨"二句)永安则犹有昨轨可寻,承明则悄然独往,人殊路绝矣。二句极淡极悲。

方廷珪:按中间刻入处,极真极挚。意只在眼前,人却说不出。○("伫眄"二句)二句叙初别之景,写得出。(见乾隆三十二年仿范轩刻《昭明文选集成》)

王闿运《八代诗选》眉批:宽和。结似促。(据夏敬观《八代诗评》所附)

赴　洛

希世无高符,营道无烈心①。靖端肃有命,假楫越江潭②。亲友赠予迈,挥泪广川阴③。抚膺解携手,永叹结遗音④。无迹有所匿,寂漠声必沈⑤。肆目眇不及,缅然若双潜⑥。南望泣玄渚,北迈涉长林⑦。谷风拂修薄,油云翳高岑⑧。嘼嘼孤兽骋,嘤嘤思鸟吟⑨。感物恋堂室,离思一何深⑩。伫立忼我叹,寤寐涕盈衿⑪。惜无怀归志,辛苦谁为心⑫!

【题解】

此诗为陆机应命北上赴洛阳时所作。晋灭吴后,为笼络人心,巩固统治,乃征用吴地人士。陆机之名,远传至京都,故亦蒙召辟。据史料记载,太熙末,太傅杨骏辟陆机为祭酒。太熙为晋武帝司马炎年号,即公元290年。该年四月,武帝崩,其子司马衷即位,是为晋惠帝,改元永熙。史家所谓"太熙末",其实已是惠帝永熙之年。武帝病重时,杨骏以武帝杨皇后之父的身份受顾命,超居重位。五月,进位太傅,辅政,高选掾属,遂征辟陆机为太傅祭酒。据诗中"谷风"之语,陆机应命北上,当已在次年即惠帝永平元年(291)春。全诗竭力描写离别亲友时的哀伤之情,反复渲染,唯恐不尽。初读似觉复沓而用力太过,细品之则亦为其所感动。诗中"解携"一语,成为后世诗文中常语。诗载《文选》卷二十六、《陆士衡文集》卷五。今据《文选》录载。

【校注】

①"希世"二句:希,希望,祈望。行事祈望得到世人认可,获取美誉,谓之希世。《庄子·让王》:"希世而行。"《史记·董仲舒传》:"(公孙弘)希世用事,位至公卿。"符,表现出来的征兆。二句谓欲追求世间之声誉功利,乃未见自己身上有何高卓之处;欲修治道术,又无猛进坚定之意志。

②"靖端"二句:靖端,站立的样子安静而端正,形容严肃恭谨。肃,恭敬。有命,指朝廷的教命。此即征辟为太傅祭酒之命令。假,借助。楫,船桨,代指舟船。江,指长江。潭,渊,深水。《楚辞·九章·抽思》:"长濑湍流,溯江潭兮。"

③"亲友"二句:迈,行。挥泪,流涕以手挥之,抹泪。阴,水之南曰阴。

④"抚膺"二句:抚膺,即"拊膺",轻击其胸。解,松开,放开。永叹,长叹。结,郁积不散之意。遗音,指声音留在耳边。结遗音,谓送别亲友的话声长留耳边如结。

⑤"无迹"二句:"无迹"句承"解携手",谓分别之后亲友已了无踪迹,其形影如藏匿而不可见;"寂漠"句承"结遗音",谓其遗音虽然还在耳边,但也终究要归于沉寂。按:此二句似嫌笨拙,然而真切地表现出极度孤独之感。

⑥"肆目"二句：肆目，极目。眇，远。"不及"，一作"弗及"。《诗·邶风·燕燕》："瞻望弗及，伫立以泣。"缅，遥远。双潜，行人不见送者，料想送者亦不见行人，故曰双潜。双方已经隔绝，极写寂寞孤单之状。

⑦"南望"二句：玄，幽远。渚，水边。长林，大片树林。

⑧"谷风"二句：谷风，东风。《诗·邶风·谷风》："习习谷风，以阴以雨。"《毛传》："东风谓之谷风，阴阳和而谷风至。"薄，草木交错。修薄，大片草木。油，云兴起貌。

⑨"亹亹"二句：亹亹，前进貌。思鸟，言其鸟思群而忧伤。曹植《赠白马王彪》："归鸟赴乔林，翩翩厉羽翼。孤兽走索群，衔草不遑食。"由鸟兽两方落笔，此处亦然。

⑩"感物"二句：堂室，指旧居。李善注引曹植《杂诗》："离思一何深。"

⑪"伫立"二句：忾，通"慨"，感慨。衿，衣之交领。

⑫"惜无"二句：《诗·小雅·小明》："岂不怀归。"谁，何。谁为心，何为心，何以为心。二句承上言乡思虽深切，然而并无归去之意，辛苦烦忧，如何安顿我心。

【汇评】

孙鑛评：以拙语转巧思，亦自耐咀嚼。（见天启二年闵齐华刻《孙月峰先生评文选》）〇（"无迹"二句）晦拙。（见于光华《文选集评》）

王夫之《古诗评选》卷四：不使超然有得者辄入吟咏，抑之，沉之，闲之，勒之，诗情至此，殆一变矣。唐人往往从此问津，而诗几为刊削风华之器。乃其止有域，其发有自，固不为唐人浊重驳烦任首谋之罪。即如发端二语，唐人实用，此虚用；唐人以之言情，此以之纪事；唐人申说无已，此一及便止。位置之间，居然别之远矣。

陈祚明《采菽堂古诗选》卷十：起二句士衡常调，故自矜琢。通首情非不真，述叙平平耳。

清佚名评：（"希世"二句）超忽。（见国家图书馆藏汲古阁本《文选》）

王闿运《八代诗选》眉批：宽和。缓缓而来，仍无懈处，层层凝炼，却饶宽局，是陆诗独绝处。此篇尤易寻其妙。（据夏敬观《八代诗评》所附）

赴洛道中作二首

其一

总辔登长路①,呜咽辞密亲。借问子何之,世网婴我身②。永叹遵北渚,遗思结南津③。行行遂已远,野途旷无人。山泽纷纡余,林薄杳阡眠④。虎啸深谷底,鸡鸣高树巅⑤。哀风中夜流,孤兽更我前⑥。悲情触物感,沈思郁缠绵⑦。伫立望故乡,顾影凄自怜⑧。

【题解】

此首及下一首,当亦惠帝永平元年(291)春所作。此首写孤身北上途中所见所闻,无一不触发悲感。诗载《文选》卷二十六、《陆士衡文集》卷五。今据《文选》录载。

【校注】

①总:聚于一处。辔:驾马的缰绳。驾时会总缰绳于手中,故曰总辔。

②"世网"句:嵇康《答难养生论》:"不缨世网。"婴,缠绕。

③"永叹"二句:永叹,长叹。遵,沿,循。渚,水边。秦嘉《赠妇诗》:"遗思致款诚。"津,渡口。二句谓长叹沿江北岸前行,而总还是念念不忘南岸的渡头。(因为那是与亲友离别的地方,即《赴洛》所云"亲友赠予迈,挥泪广川阴"。)按:此二句与《赴洛》之"南望泣玄渚,北迈涉长林"呼应。

④"山泽"二句:纡余,曲折貌。杳,远。阡眠,茂密貌。

⑤"鸡鸣"句:《相和歌·鸡鸣》:"鸡鸣高树巅。"

⑥"哀风"二句:《文选》王康琚《反招隐诗》:"哀风半夜起。"李善注引崔琦《七蠲》:"再奏致哀风。"更,过。

⑦沈:滞。沈思,谓情绪低沉郁结而不扬。

⑧"顾影"句:李善注引丁仪妻《寡妇赋》:"贱妾茕茕,顾影为俦。""顾影"成为形容孤独之意象。即形影相吊之意。《楚辞•九辩》:"惆怅兮而私自怜。"

【汇评】

吴聿《观林诗话》:"鸡鸣高树巅",古乐府(原作"县录",从丁福保说改)也,而陆士衡、陶渊明皆用之。士衡对用"虎啸深谷底",渊明以对"犬吠深巷中"。

明佚名评:("总辔登长路")一起自是沉着。(见余碧泉刻《文选纂注》评本)

吴淇《六朝选诗定论》卷十:题是《赴洛道中作》诗。即自道中截起。盖士衡自家中起身渡江,尚有诸亲随送,"总辔登长路",与诸亲分手矣。此诗身在江北,诸亲已归南津,故遗思惓惓也。……"望故乡"者,谓行道半日,便举目有山河之异。"顾影自怜",即元剧所云"破题儿第一夜"也。

陈祚明《采菽堂古诗选》卷十:稍见凄切,景中有情。

王闿运《八代诗选》眉批:宽和。(据夏敬观《八代诗评》所附)

其二

远游越山川,山川修且广①。振策陟崇丘,安辔遵平莽②。夕息抱影寐,朝徂衔思往③。顿辔倚嵩岩,侧听悲风响④。清露坠素辉,明月一何朗⑤。抚几不能寐,振衣独长想⑥。

【题解】

此首与上一首盖同时之作。写登山循陆、朝行暮宿情景。写景寥寥数笔,而境界凄清,颇为人所赏。诗载《文选》卷二十六、《陆士衡文集》卷五。今据《文选》录载。

【校注】

①"山川"句:曹植《送应氏》:"山川阻且远。"

②"振策"二句:振策,挥鞭。陟,登。李善注引秦嘉诗:"振策陟长衢。"

"安"，一作"按"，"安""按"通。按辔，谓勒紧缰绳，使马徐行。遵，循，沿。莽，草密生曰莽。刘向《九叹·忧苦》："遵野莽以呼风兮。"

③"夕息"二句：抱影，形容孤独。与"顾影"意同。《楚辞》严忌《哀时命》："廓抱景而独倚兮。"徂，往。思，忧伤。

④"顿辔"二句：顿，止。顿辔，犹停驾。"嵩"，一作"高"，嵩即高之意。侧听，侧耳而听。悲风响，高岩之下，尤为风疾声厉。

⑤"清露"二句：素，白色。素辉，指月光。一何，何其，多么。

⑥"抚几"二句："几"，一作"枕"。几，矮桌。古人席地而坐，以几为凭倚。振衣，整理衣服。《楚辞·渔父》："新浴者必振衣。"

【汇评】

杨慎《升庵诗话》卷二：谢朓诗："寒城一以眺，平楚正苍然。"楚，丛木也，登高望远，见木杪如平地，故云平楚，犹诗所谓平林也。陆机诗："安辔遵平莽。"谢语本此。唐诗"燕掠平芜去"，又"游丝荡平绿"，又因谢诗而衍之也。

王世贞评：（"清露"句）唐诗"露濯清辉苦"，本此句。（见卢之颐辑十二家评《昭明文选》）

郭正域评：婉夷平淡，天然之作。（见万历三十年博古堂刻《新刊文选批评》）

锺惺《古诗归》卷八："衔思往"比"征夫怀往路"更深。妙。

陆时雍《古诗镜》卷九：末数语清湛如溜。

陈祚明《采菽堂古诗选》卷十："夕息"二句，晋人常调，稍苍。

洪若皋《梁昭明文选越裁》：大陆病在才富不能运，语滞不能清。此作颇能运动，而语亦清。

沈德潜《古诗源》卷七：二章稍见凄切。

方廷珪：刻意中极新极隽，气尤流走。（见乾隆三十二年仿范轩刻《昭明文选集成》）

王闿运《八代诗选》眉批：清净。此篇劲急警动。夜中悲风，以为大雨至矣，及仰望俯视，明月高悬。此中每多此境，南人赋之，始觉凄亮入妙。（据夏敬观《八代诗评》所附）

19

东宫作

羁旅远游宦，托身承华侧^①。抚剑遵铜辇，振缨尽祇肃^②。岁月一何易，寒暑忽已革^③。载离多悲心^④，感物情凄恻。慷慨遗安愈，永叹废餐食^⑤。思乐乐难诱，曰归归未克^⑥。忧苦欲何为，缠绵胸与臆^⑦。仰瞻陵霄鸟，羡尔归飞翼。

【题解】

此首为陆机入东宫任太子洗马时所作。具体作年不详。据诗意，当是任此职之初期所作。东宫，太子所居。陆机入洛，原是受杨骏辟召为太傅祭酒，而晋惠帝贾皇后阴谋专权，乃诛杀杨骏。时为永平元年(291)三月，随即改元元康。当时杨骏亲党以至官属受牵连者甚众，死者达数千人。陆机为其祭酒而得无事，疑其本年春日启程北上，抵达洛阳之日，离杨骏被杀已无多日，故其任祭酒为时甚短，甚至或许尚未正式履职，故得免于难。大约本年末，陆机被征为太子洗马。太子乃司马遹，字熙祖，为惠帝长子，母曰谢才人。于永熙元年(290)八月立为太子，年十三。次年出就东宫。元康九年(299)废为庶人，次年永康元年为贾皇后矫诏杀害，年仅二十三。同年赵王伦废杀贾后，追复太子，谥愍怀。太子洗马乃清显之职。洗马即"先马"，秦汉时其本职为前驱导引，后来逐渐演变为东宫之秘书郎性质，掌管图书文件，太子行释奠之礼祭祀孔子及讲论经书时，亦掌管其事，太子出行时则当值者仍前驱引导。据《晋书·职官志》，太子洗马共八人。本诗原载《文选》卷二十六，与上《赴洛》("希世无高符")一起，题为《赴洛二首》。《陆士衡文集》卷五与《文选》同。皆误。李善所见《陆机集》云此篇乃"东宫作"，今据以改正。据《文选》录载。

【校注】

①"羁旅"二句：羁旅，寄居他乡。《左传》庄公二十二年："羁旅之臣。"

承华,东宫中门名。《文选》李善注引《洛阳记》:"太子宫在大宫东,中有承华门。"

②"抚剑"二句:抚,持。遵,循,随从。铜辇,辇,车。铜辇,李善注:"太子车饰,未详所见。"朱珔《文选集释》卷十七谓汉晋制度,同姓诸侯皆得乘金路;铜辇亦属所谓金路。按:金路者,谓车上之材,其末端以金为饰。则铜辇,当是车上之材末端以铜为饰。又据李善注,"铜辇"一作"彤辇",谓雕画美丽之车辇,亦通。振缨,整理冠带。祗(zhī),恭敬。《汉书·韦贤传》:"皇帝祗肃旧礼。"尽祗肃,努力做到毕恭毕敬。

③革:变。

④"载离"句:载,语气词。离,历,经过。《诗·小雅·小明》有"载离寒暑"之句,谓经过夏暑冬寒季节变迁。陆机此处"载离",其意即"载离寒暑",乃歇后语。曹植《杂诗》:"烈士多悲心。"

⑤"慷慨"二句:愈,应作"念"。念(yù),安宁。"餐食",一作"寝食"。

⑥"思乐"二句:诱,引起。克,能。二句谓想要快乐,却快乐不起来;因为说归去归去,其实是不能归去的。因不能归,故无以乐。二句实有因果关系。《诗·小雅·采薇》:"曰归曰归,岁亦莫止。"

⑦"忧苦"二句:臆,胸,内心。上句谓为何如此忧苦,意思是想要抛却忧苦,下句谓但是忧苦之情还是缠绵于深心,无法解脱。二句间有转折关系。

【汇评】

王夫之《古诗评选》卷四:陆以不秀而秀,是云夕秀。乃其不为繁声,不为切句。如此作者,风骨自拔,固不许两潘腐气所染。

何焯《义门读书记》卷四十六:("抚剑遵铜辇"句)按长吉"台城应教人,秋衾梦铜辇",用此。

清佚名评:"思乐"二句率浅。(见刘大文刻顾大猷辑《选诗》)

王闿运《八代诗选》眉批:宽和。(据夏敬观《八代诗评》所附)

东　宫

软颜收红蕊,玄鬓吐素华①。冉冉逝将老,咄咄奈老何②。

【题解】

此四句见《艺文类聚》卷十八《人部·老》,无题目,只云"晋陆机诗曰"。《文选》谢灵运《晚出西射堂》李善注、江淹《杂拟·刘太尉琨》李善注两次引前二句,皆云"陆机东宫诗"。明清人所编总集如冯惟讷《古诗纪》卷三十五、张燮《七十二家集·陆平原集》卷四、张溥《汉魏六朝百三家集》卷四十九均题为"咏老"。按:四句确是形容老境,但李善注应有所依据,或许是陆机在东宫时叹老之将至,故有此等语。惜仅存四句,不能窥见全诗意旨。今据《艺文类聚》录载,而仍依李善注题作《东宫》。

【校注】

①"软颜"二句:谓年轻时容颜柔软红润如鲜花,今已凋谢。"软",《文选》谢灵运《晚出西射堂》李善注、江淹《杂拟·刘太尉琨》李善注引作"柔"。"蕊",李善引作"藻"。"玄鬓"句,谓黑发中夹杂白发。"鬓",江淹《杂拟·刘太尉琨》李善注引作"髪(发)"。

②"冉冉"二句:冉冉,行进貌。此指时光流逝而言。咄咄,惊叹声。奈老何,谓老境将至,又能如何! 无奈之语也。汉武帝《秋风辞》:"少壮几时兮奈老何!"

皇太子宴玄圃宣猷堂有令赋诗

三正迭绍,洪圣启运①。自昔哲王,先天而顺②。群辟崇替③,降及近古。黄晖既渝,素灵承祜④。乃眷斯顾,祚之宅土⑤。三后始基，世武丕承⑥。协风傍骇，天晷仰澄⑦。淳曜六合，皇庆攸兴⑧。自彼河汾，奄齐七政⑨。时文惟晋，世笃其圣⑩。钦翼昊天，对扬成命⑪。九区克咸，谠歌以咏⑫。皇上纂隆，经教弘道⑬。于化既丰，在工载考⑭。俯厘庶绩，仰荒大造⑮。仪刑祖宗，妥绥天保⑯。笃生我后，克明克秀⑰。体辉重光，承规景数⑱。茂德渊冲，天姿玉裕⑲。蕞尔小臣，邈彼荒遐⑳。弛厥负担，振缨承华㉑。匪愿伊始，惟命之嘉㉒。

【题解】

　　此诗大约也是初任太子洗马时作。皇太子，即司马遹。玄圃，园名，在东宫之北。传说昆仑山有三级，最上曰层城，为天帝所居；其下曰玄圃。东宫次于帝居，故以玄圃名其园。（据《资治通鉴》卷一百六十一胡三省注）《太平御览》卷一百七十六："陆机四言诗序曰：太子宴朝士于宣猷堂皇，遂命机赋诗。"或许是此诗残序，而将"皇太子"之"皇"字误置于"堂"字之下。

　　全诗凡二十二韵、四十四句。前面三十二句从古代哲王说到魏晋禅代，歌颂司马氏"三后"（司马懿、司马师、司马昭）以及晋武帝、晋惠帝的功绩；然后方才说到皇太子，仅用六句；最后六句说自己得以为东宫僚属深以为幸。言及太子者，语句既不多，内容亦空泛。明人王世贞《艺苑卮言》批评其"冒头"冗长，"凡十六韵而始及太子"，不为无见。但此等应命之诗，本不易作。太子司马遹虽有早慧之名，而立为太子之后，惟喜游乐，纵恣任性，乏善可陈。作为其臣僚且应其令而赋诗的陆机，恐也只能如此措辞；不能不以大部分笔墨用于敷陈晋德，尤其是用于颂扬太子祖父、晋朝的开国皇帝晋武帝。设身处地想来，陆机此作可谓得体。即使"冒头"部分，亦可略见其运思剪裁、用笔详略之得当。

　　诗载《文选》卷二十、《陆士衡文集》卷五。今据《文选》录载。

【校注】

　　①"三正"二句：三正，指夏、商、周三代。三代历法，所设正月不同，故称"三正"。商以夏历之十二月为正月，周以夏历之十一月为正月。绍，继

续。洪圣,大圣人,此指夏禹、商汤、周文王。启运,谓膺受天命开启国运。

②"自昔"二句:自昔,在昔,在从前。哲,智。《尚书·酒诰》:"在昔殷先哲王。"先天,谓行事先于天。《周易·乾·文言》:"夫大人者……先天而天弗违。"谓虽然行事在天之先,但合乎天意,故天亦不违逆之。顺,谓顺乎天意。此指取代前朝、建立新朝而言。《周易·革·彖》:"汤、武革命,顺乎天而应乎人。"

③辟:君。崇:兴。替:废。

④"黄晖"二句:黄晖,指魏。魏为土德,服色尚黄。渝,变。素灵,指晋。传说魏时张掖郡删丹县生巨石,上有马形,又有"金取之"等文字。既而司马氏受禅,太尉属程猗解说道:"金者,晋之行也。……此言司马氏之王天下,感德而生,应正吉而王之符也。"(《宋书·符瑞志》)金属西方,其色为白,故曰"素灵"。素,白也。祜,福。按:依五德终始之说,金为土所生,晋为金德,故代土德而立。

⑤"乃眷"二句:眷,眷然,顾念貌。顾,回看。祚(zuò),即"胙",回报,赏赐。宅,居。《诗·大雅·皇矣》:"乃眷西顾,此维与宅。"谓上帝乃眷然看视西方,见周文王之德,而赐与之居所。陆机此处用其语意。《左传》隐公八年:"胙之土。"《尚书·禹贡》:"是降丘宅土。"

⑥"三后"二句:后,君主。三后,指司马懿及其子司马师、司马昭。魏末司马昭封晋王,追加司马懿为晋宣王,司马师为晋景王;晋武帝即位,又追尊司马懿、司马师、司马昭为宣皇帝、景皇帝、文皇帝。故称"三后"。始基,谓开始营造、形成晋王朝的基础。《左传》襄公二十九年:"美哉,始基之矣。"世武,晋武帝司马炎,司马昭子,庙号世祖。丕,大。《尚书·君奭》:"惟文王德丕承。"

⑦"协风"二句:协风,和风。《国语·周语》:"有协风至。"傍,通"旁"。旁,广大,普遍。骇,起。暑,日影,日光。澄,指无日食月食,日月之光明而无损。风和日丽,乃政治清明之象。

⑧"淳曜"二句:淳,大,又美也。曜,明。六合,天地四方。按:《国语·郑语》称颂上古时帝喾火正黎"淳耀敦大,天明地德,光照四海"。而司马氏出自黎,陆机此处即以称美黎之语以美之。皇,大也,又美也。庆,福。攸,

助词。

⑨"自彼"二句：河汾，黄河、汾水。魏元帝曹奂景元四年(263)，进大将军司马昭位为相国，封晋公，以太原、西河、河东、平阳、冯翊等十郡为邑，加九锡之礼。次年又进爵为晋王。其封地古属于晋，主要在河汾一带。奄，大。《尚书·尧典》："(舜)在璇玑玉衡，以齐七政。"(伪古文《尚书》在《舜典》)七政之义，说者不同。或曰指日月五星。日月光明，但日食、月食时光明被掩，五星运行或不相逢或有聚合，凡此均反映了人君政治之得失，故谓之七政。此其一说。又一说，谓春、秋、冬、夏、天文、地理、人道七项，皆与政治密切相关，谓之七政。"齐七政"之"齐"，乃分辨之意。齐七政，谓观天文以验政事之得失。此处"奄齐七政"，亦即大行其政之意。《尚书》所谓舜"齐七政"，谓舜观察、验视日月五星之运行情况，以知受尧禅让之当与不当。故陆机此语，其实是以司马氏代魏比附尧舜禅让之事。二句谓司马氏受封于晋地，大行其政，将受魏禅而治理天下。

⑩"时文"二句：时，是，此。文，文德。《周礼·考工记》："时文思索。"笃，厚。蔡邕《祖德颂》："世笃其仁。"二句谓此富有文德之晋君，世世代代都非常之圣明。

⑪"钦翼"二句：钦、翼，皆恭敬之义。昊天，上天。昊乃广大之意。《尚书·尧典》："钦若昊天。"对扬，报答、发扬。《诗·大雅·江汉》："对扬王休。"成命，谓早已具有的天命。《诗·周颂·昊天有成命》："昊天有成命，二后受之。"言周自后稷已承受天命，而文王、武王继受其业。此用其语意。

⑫"九区"二句：九区，指九州。咸，通"诚"。诚，和。《诗·鲁颂·閟宫》："克咸厥功。"譙，安乐。"譙歌"，一作"讴歌"。

⑬"皇上"二句：皇上，指晋惠帝。纂，继。隆，丰大。纂隆，谓承继而丰大之。经，治理。经教，谓实行教化。《论语·卫灵公》："人能弘道。"

⑭"于化"二句：工，臣工，官。载，则。考，成。二句谓在教化方面既已隆盛，在百官庶务方面也都很成功。《诗·小雅·湛露》："在宗载考。"此仿其句。

⑮"俯厘"二句：厘，治理。庶，众。绩，事。《尚书·尧典》："允厘百工，庶绩咸熙。"此合为一句。荒，大。造，成功。此处"大造"指天地之造化而

言。天地所成甚大,故曰"大造"。按:"仰荒大造",谓尊大天地之所造就。《诗·周颂·天作》:"天作高山,大王荒之。"谓天生此高山,有益于万物,大王(周文王祖父)能尊大之,增广其德泽。陆机用其义。

⑯"仪刑"二句:仪、刑,皆法、效法意。《诗·大雅·文王》:"仪刑文王。"妥、绥,皆安定意。保,安,安定。《诗·小雅·天保》:"天保定尔。"二句谓以祖宗为法,安定此天所保安之皇晋。

⑰"笃生"二句:笃生,谓天降淳厚之气而生。参《赠弟士龙》注⑲。后,指太子司马遹。陆机为太子官属,以太子为君主。秀,出众。

⑱"体辉"二句:重光,谓其德如日月。日月皆发光,故曰重光。《尚书·顾命》:"昔君文王、武王宣重光。"按:"重光"乃颂扬君王语。又据崔豹《古今注·音乐》,汉明帝为太子时,乐人作歌诗以赞太子之德,其一曰《日重光》。以天子之德光明如日,太子比德,故曰重光。是其语又有颂扬太子之意。陆机此处或双关其义而用之。规,法度。景,大。数,历数,帝王相继之序数。景数,谓帝王承继之数甚大,即国祚长久之意。二句谓太子体祖宗之辉光,其德有如日月;秉承祖宗法度于长远之国祚运数之中。

⑲"茂德"二句:茂德,犹盛德。渊,水深曰渊。冲,虚。案:水性虚,故曰"渊冲"。道家贵冲虚。《老子》四章:"道冲而用之……渊乎似万物之宗。"四十五章:"大盈若冲。"陆机颂扬太子盛德如水,深厚而谦抑虚心。天姿,天然之姿。"姿",一作"资"。裕,宽。李善注引桓谭《新论》:"圣人天然之姿,所以绝人远者也。"又引应劭《汉官仪》:"太子有玉质。"

⑳"蕞尔"二句:蕞(zuì),小貌。尔,形容词语尾。荒,荒服,边远之地。陆机自谓微不足道,来自边远蛮荒之地。

㉑"弛厥"二句:弛,放下,解除。弛厥负担,解除身上的负担。春秋时陈国公子完奔齐,自称"羁旅之臣""弛于负担"。陆机自吴入晋,亦"羁旅之臣",故用其语。陈完乃陆氏远祖。振,整理。缨,帽带。承华,东宫中门。二句谓自己以寄寓之臣而为太子官属。

㉒"匪愿"二句:匪愿伊始,犹言始愿非此。《左传》成公十八年:"孤始愿不及此。"嘉,善,好。二句谓任东宫官,不是初始敢祈愿的,只是由于君命嘉善,我才有今日。

【汇评】

王世贞《艺苑卮言》卷三：古诗四言之有冒头，盖不始延年也，二陆诸君为之俑也。如《皇太子宴宣猷堂应令》，而士衡起句曰："三正迭绍，洪圣启运。自昔哲王，先天而顺。"凡十六韵而始及太子。《大将军宴会》，而士衡（应作士龙）起句曰："皇皇帝祐，诞隆骏命。四祖正家，天禄安定。"凡八韵而始入晋乱，齐王冏始平之。又士衡《赠斥丘令》，而曰："於皇圣世，时文惟晋。受命自天，奄有黎献。"《答贾常侍》，而曰："伊昔有皇，肇济黎蒸。先天创物，景命是膺。"潘安仁《为贾答》，而曰："肇自初创，二仪烟煜。爰有生民，伏羲始君。"（案：此潘岳《为贾谧作赠陆机》）《晋武华林园宴集》，而应吉甫起句云："悠悠太上，民之厥初。皇极肇建，彝伦攸敷。"若尔，则不必多费此等语，但成一冒头，百凡宴会酬赠，可举以贯之矣。若韦孟之《讽谏》，思王之《责躬》《应诏》，靖节之《赠族》，叔夜之《幽愤》，仲宣之《赠蔡睦》《文颖》，越石之《赠卢谌》，宁有是耶？其他仲宣之《思亲》云："穆穆显妣，德音徽止。"闾丘冲之《三月宴》云："暮春之月，春服既成。"裴季彦之《大蜡》曰："日躔星纪，大吕司辰。"开口见咽，岂不快哉！而《选》都未之及，何也？

陈祚明《采菽堂古诗选》卷十：末章自叙稍见生致。

何焯《义门读书记》卷四十六：入本题后太促。亦绝无劝勉愍怀之语。

俞玚评：意象华整，然无甚生色处。（见浙江图书馆藏清抄本《昭明文选》）

赠冯文罴迁斥丘令

於皇圣世，时文惟晋[①]。受命自天，奄有黎献[②]。阊阖既辟，承华再建[③]。明明在上，有集惟彦[④]。其一

奕奕冯生，哲问允迪[⑤]。天保定子，靡德不铄[⑥]。迈心玄旷，矫志崇邈[⑦]。遵彼承华，其容灼灼[⑧]。其二

嗟我人斯，戢翼江潭[⑨]。有命集止，翻飞自南[⑩]。出自幽

谷,及尔同林⑪。双情交映,遗物识心⑫。其三

 人亦有言,交道实难⑬。有颎者弁,千载一弹⑭。今我与子,旷世齐欢⑮。利断金石,气惠秋兰⑯。其四

 群黎未绥,帝用勤止⑰。我求明德,肆于百里⑱。金曰尔谐,俾民是纪⑲。乃眷北徂,对扬帝祉⑳。其五

 畴昔之游,好合缠绵㉑。借曰未洽,亦既三年㉒。居陪华幄,出从朱轮㉓。方骥齐镳,比迹同尘㉔。其六

 之子既命,四牡项领㉕。遵涂远蹈,腾轨高骞㉖。庆云扶质,清风承景㉗。嗟我怀人,其迈惟永㉘。其七

 否泰苟殊,穷达有违㉙。及子春华,后尔秋晖㉚。逝将去我,陟彼朔垂㉛。非子之念,心孰为悲㉜。其八

【题解】

 冯文罴,名熊,长乐郡(治所信都,今河北衡水市冀州区)人。其父冯纮,官至侍中、散骑常侍,为晋武帝所宠幸,与权臣贾充亦颇为亲善。贾充女南风得以为太子(即后来的晋惠帝)之妃,冯纮亦有助力。惠帝时,冯熊与陆机同为太子洗马,后迁为斥丘县令,陆机作此诗送别。又曾为尚书外兵郎。永兴二年(305),为成都王司马颖将公师藩杀害于清河太守任上。冯熊与陆机及顾荣等南方人士友善。赵王司马伦擅权之时,顾荣为其主簿,惧祸及身,终日酣饮,冯熊曾为之谋划,乃得以转为中书侍郎。(见《晋书·顾荣传》)司马伦将篡帝位时,冯熊、陆机皆为中书侍郎,二人曾共商避祸之计。(见陆机《谢平原内史表》)斥丘,县名,属魏郡,在今河北临漳东北。诗中说二人交往"亦既三年",陆机元康元年(291)末入东宫为太子洗马,元康四年(294)改任吴王郎中令,本诗当作于元康四年。

 全诗的叙述整饬而有变化。前四章写东宫始建,冯与己皆为僚属而交谊深笃,次序井然。第五章写冯受命外迁,第七章想象冯赴任途中,而其间插入第六章再写自己与冯在东宫的"好合缠绵",看似与第四章的写"旷世

齐欢"重复，而将五、七两章隔断，其实这样写正见出其婉娈依恋、不能自已的深情，而全诗文气也就有变化、有顿挫。第七章末"嗟我怀人，其迈惟永"借着述说冯氏去途之辽远再次写相思之情。结尾第八章还是抒写离别之悲，而又夹杂着对于穷通否泰的感慨。诗人的情感深厚而复杂，但在表现方面却温厚而有节制，因此颇耐人寻味。文辞风格典丽，而不乏形象描绘，也颇耐看。

诗载《文选》卷二十四、《陆士衡文集》卷五。今据《文选》录载。

【校注】

①"於皇"二句：於，感叹词。皇，美。《诗·周颂·般》："於皇时周。"圣世，指晋朝。时，此。文，有文德。

②"受命"二句：受命自天，谓晋朝乃承受天命。《尚书·召诰》："惟王受命。"《诗·大雅·大明》："有命自天。"此"受命"句合为一句。奄，大，笼括一切之意。黎，众多。献，贤人。《诗·大雅·皇矣》："奄有四方。"《尚书·皋陶谟》："万邦黎献，共惟帝臣。"（伪《古文尚书》在《益稷》）

③"阊阖"二句：阊阖，传说中天门名，魏晋时以之为宫门名。魏明帝于洛阳南宫起太极殿，有阊阖门，晋代沿用。辟，开。承华，太子东宫内门名。上句指晋惠帝登基，下句指立司马遹为太子。惠帝当年为太子，既已登基，复又立其太子，故曰"再"。

④"明明"二句：明明，称颂晋帝之德十分光明。《尚书·吕刑》："穆穆在上，明明在下。"《诗·大雅·大明》："明明在下，赫赫在上。"有，词头，无义。集，群鸟栖止于树上曰"集"，此指聚集于晋廷及东宫。惟，助词。彦，美士曰彦。《小雅·车辖》："有集惟鷮。"

以上八句为第一章，称颂晋朝承受天命，贤人众多，晋帝朝廷及东宫美士咸集。

⑤"奕奕"二句：奕奕，美好，姣美。生，犹先生。哲，智。问，通"闻"，声誉。允，确实。迪，蹈，践行。《尚书·皋陶谟》有"允迪厥德"之语，陆机此处云"哲问允迪"，谓其明智之声誉确实见诸行事。二句谓冯先生仪容美好，其行事确实符合其明智之声誉。

⑥"天保"二句：保，安。"子"，一作"尔"。靡，无。铄，美好。《诗·小

雅·天保》："天保定尔,亦孔之固。"二句谓上天使您安定不迁,所有品德都光明美好。

⑦"迈心"二句:迈,行。矫,通"挢",举。二句称颂其处心立志深远而崇高。

⑧"遵彼"二句:遵,循,沿着。承华,指太子宫。《诗·周南·汝坟》:"遵彼汝坟。"灼灼,美盛貌。《周南·桃夭》:"灼灼其华。"二句谓行进于东宫之内,仪容美盛,光彩照人。

以上八句为第二章,称赞冯熊有明智之声誉,德性光明,心志高远,在东宫之内仪容美好,光彩照人。

⑨"嗟我"二句:嗟,叹息。我人,陆机自称。斯,语末助词。《诗·豳风·破斧》:"哀我人斯。"戢(jí),收敛。戢翼,谓不能奋飞。赵壹《穷鸟赋》:"有一穷鸟,戢翼原野。"潭(xún),通"浔",水边。二句指吴亡后隐居华亭。

⑩"有命"二句:命,谓朝廷之诏命。集,至。止,语末助词。《诗·大雅·大明》:"有命既集。"翻,飞翔貌。二句指应晋太傅杨骏之征辟离家北上。

⑪"出自"二句:"自",一作"彼"。《诗·小雅·伐木》:"出自幽谷,迁于乔木。"以鸟之高飞喻迁于高位。幽,深。《诗·大雅·板》:"及尔同僚。"二句谓自己自深谷飞出,与你同居一座树林。指与冯熊同为太子洗马。按:陆机自吴入洛,原为应杨骏征召,不久杨骏被杀,乃受诏为洗马。参见《东宫作》题解。

⑫"双情"二句:双情交映,谓二人的情谊互相映发,我中见你,你中见我。"遗物识心",不重世俗形迹而知其心,即所谓忘形之交。

以上八句为第三章,自述由家乡入洛为太子洗马,乃与冯熊成为同僚而结交友好。

⑬"人亦"二句:《诗·大雅·荡》:"人亦有言。"自古以来,叹交道不诚、为势利所移而有始无终者颇多。《汉书·萧育传》:"育与(朱)博后有隙,不能终,故世以交为难。"

⑭"有颒"二句:有,词头,无义。颒(kuǐ),戴弁之貌。弁,古代男子着礼

服时所戴的一种冠。《诗·小雅·頍弁》：“有頍者弁。”此处借用《诗》成句，仅指所戴之冠而已。汉代王吉与贡禹交好，世称“王阳（即王吉，吉字子阳）在位，贡公弹冠”（《汉书·王吉传》），谓二人志趣相投，取舍一致，故王吉任官职，则贡禹亦弹拂冠上灰尘，准备出仕。千载一弹，谓如王吉、贡禹那样的交谊千年一遇而已，极言其难得。

⑮“今我”二句：旷，远。旷世，时代远隔。二句谓今我与你虽与古人（王吉、贡禹）时代悬隔，但交好之欢乐与彼齐同。

⑯“利断”二句：惠，美。《周易·系辞上》：“二人同心，其利断金。同心之言，其臭如兰。”此用其语，形容二人同心共气。

以上八句为第四章，称颂二人交情之美好可贵。

⑰“群黎”二句：群黎，群众，民众。《诗·小雅·天保》：“群黎百姓。”绥，安。用，因，因此。勤，忧劳。止，语末助词。《诗·周颂·赉》：“文王既勤止。”

⑱“我求”二句：我，指皇帝，即晋惠帝。肆，陈放，安置。百里，汉代县之大小，大致为方百里（见《汉书·百官公卿表》）。《诗·周颂·时迈》：“我求懿德，肆于时夏。”二句谓皇帝寻求贤明有德之臣，安置于县令之任。

⑲“佥曰”二句：佥（qiān），皆，都。尔，你，指冯熊。谐，和谐，谓使政事和顺。《尚书·尧典》载舜安排官职，征询意见，众人“佥曰：‘垂（人名）哉！’……帝（舜）曰：‘俞，往哉，汝谐。’”（伪）《古文尚书》在《舜典》）此仿其用语。俾，使。纪，治理。二句意谓众人都说冯熊能协和政事，使其治理人民。

⑳“乃眷”二句：眷，眷顾，回望，不舍之意。徂，往。斥丘在洛阳北，故曰“北徂”。《诗·大雅·皇矣》：“乃眷西顾。”对扬，报答，发扬。祉，福。《皇矣》：“既受帝祉。”二句谓乃依依不舍地顾望洛阳而北上，将报答称扬皇帝所赐的福祉。

以上八句为第五章，言冯熊被选中出任斥丘县令。

㉑“畴昔”二句：畴昔，以前，以往。好合，谓志意相合。缠绵，情谊深厚牢固。

㉒“借曰”二句：借，即使，假使。“曰”，原作“日”，据《四部丛刊》本《文选》、尤刻本《文选》、《陆士衡文集》改。洽，周遍。《诗·大雅·抑》：“借曰

31

未知,亦既抱子。"二句谓即便说我们的交游还不够周到,也已经三年了。

㉓"居陪"二句:幄,帐篷。朱轮,王侯显贵之车,其车轮得用红色涂饰,太子亦然。李善注引应璩《与赵叔潜书》:"入侍华幄,出典禁闱。"二句言一同侍奉太子,居亲近之地。

㉔"方骥"二句:方,并,平列。骥,良马。镳,马衔。比,密近,相邻。二句承上,言二人并驾齐驱,行迹邻近,连蒙受的尘垢都一样。"同尘",系借用《老子》四章"和其光,同其尘"之语,而用意有别。

以上八句为第六章,回忆与冯熊一同侍奉太子之时,可谓形影不离。

㉕"之子"二句:之子,此子,指冯熊。牡,雄性牲畜,此指公马。项,大。领,颈。《诗·小雅·节南山》:"驾彼四牡,四牡项领。"二句谓冯熊受命之后,乘坐四匹强壮公马所驾之车出发。

㉖"遵涂"二句:涂,通"途",道路。轨,车箱之下、两轮之间的空间谓之"轨",此代指车。二句描绘车马疾驰远去情景。

㉗"庆云"二句:《尚书大传》:"卿云烂兮,纠漫漫兮。"《史记·天官书》:"若烟非烟,若云非云,郁郁纷纷,萧索轮囷,是谓卿云。卿云,喜气也。"庆云即卿云。质,体;景,光。皆指冯熊及其车驾而言。二句以夸张笔墨描绘冯熊之出行,谓有云气和清风相伴随,亦有祝其一路安行之意。

㉘"嗟我"二句:《诗·周南·卷耳》:"嗟我怀人。"迈,行。永,远。兼言空间之辽远与时间之久远。

以上八句为第七章,描绘冯熊受命远行画面,归结到自己的怀念之情。

㉙"否泰"二句:否泰,《周易》二卦名。否谓阻隔不通,泰谓通达、通畅。"苟",一作"有"。违,异,不同。《汉书·叙传》:"穷达有命。"二句谓时运如若殊异,穷困或通达也就不同。按:晋代太子洗马官七品,县令秩千石者官六品。(据《通典·职官典》)冯熊为斥丘令,当是升迁,陆机仍为洗马,故有叹息之意。

㉚"及子"二句:子,指冯熊。春华,喻今日之年少美盛。秋晖,喻日后之光彩。二句意谓今日虽及与冯熊美盛之时同游,以后终将落后于冯熊之光彩。

㉛"逝将"二句:逝,往。《诗·魏风·硕鼠》:"逝将去女。"陟,登程,上

路。垂,边远之地。

㉜"非子"二句:谓若不是怀念您,我心又为何而伤悲呢! 极写思念之深切。"非",原作"悲",据奎章阁本《文选》之五臣本、《四部丛刊》本《文选》、尤刻本《文选》、《陆士衡文集》改。

以上八句为第八章,抒发别离的悲感,亦流露出羡慕冯熊之意。

【汇评】

王世贞评:四言如此诗,殊净洁炼雅。(见天启六年卢之颐辑十二家评《昭明文选》)

孙鑛评:雅腴稳贴。(见天启二年闵齐华刻《孙月峰先生评文选》)

陈祚明《采菽堂古诗选》卷十:("嗟我"章)流逸。〇"人亦"四句,风旨奕奕生动。〇("群黎"章)序述笔雅。〇("畴昔"章)追溯语缠绵。〇("否泰"章)并有悠扬之致。〇通篇情事宛合,用笔轻倩,四言诗须有此隽致,乃佳。〇章法亦颇条递。

何焯《义门读书记》卷四十六:("金曰尔谐"句)百里恶事师锡? 此摹拟之病也。(按:《尚书·尧典》:"师锡帝曰:'有鳏在下,曰虞舜。'"谓众大臣向尧推荐舜。何焯意谓任命区区县令,何须众臣推荐,陆机"金曰"之句模拟失实。)

赠斥丘令冯文罴

凤驾出东城,送子临江曲①。密席接同志,羽觞飞酃渌②。登楼望峻陂,时逝一何速③。

【题解】

此首载《艺文类聚》卷三十一,今据以录载。此首应也是送冯熊赴任斥丘时所作。送别时既作四言诗,又作五言诗。此六句应不是全篇,类书载录诗文时常加以删节。题中"斥"字原作"波"。清人钱培名《陆士衡集札记》云"波"应是"斥"字之误，今据钱说改正。

【校注】

①"夙驾"二句：夙，早。《诗·鄘风·定之方中》："星言夙驾。"出东城，谓出城东面的门。洛阳城东面有三门，自北而南为建春门、东阳门、清明门。冯熊赴任前往斥丘，在黄河北，当是出建春门或东阳门。"江"，一作"河"，当指穀水。《洛阳伽蓝记》卷二："穀水周围绕城至建春门外……出建春门外一里余至东石桥南。……桥北大道……东有绥民里……绥民里东崇义里……崇义里东有七里桥。……七里桥东一里，郭门开三道，时人号为三门(按：其郭门有三条道路，故称"三门"，并非指上述城东面的三座城门)。离别者多云：'相送三门外。'京师士子，送去迎归，常在此处。"《水经·穀水》"又东过河南县北，东南入于洛"注："其水(穀水)又东，左合七里涧。……涧有石梁，即旅人桥也。"旅人桥应即七里桥。七里涧实为穀水绕城之后东流的一段。又《晋书·成都王颖传》载司马颖归邺(在河北)，出自东阳门，齐王司马冏追及之于七里涧。七里涧乃自洛阳东出往河北必经之处。

②"密席"二句：密席，古人席地而坐，密席谓坐席紧邻。同志，谓情投意合。《韩诗外传》卷五："同志相从。"《说文·又部》："同志为友。"酃渌(líng lù)，酃酒和渌酒，皆美酒名，分别以酃湖水、渌溪水酿造。《晋书·武帝纪》："(太康元年五月)荐酃渌酒于太庙。"可见当时酃渌之美，作为贡品。《文选》张协《七命》李善注引盛弘之《荆州记》："渌水……官取水为酒，酒极甘美，与湘东酃湖酒，年常献之，世称酃渌酒。"酃湖在酃县(今湖南衡阳)东，渌溪为耒水支流，其地在今湖南郴州。羽觞，觞为盛酒器，即酒杯。因制成雀鸟形状，故称羽觞。飞羽觞，谓杯行之速。"飞"字双关。张衡《西京赋》："促中堂之狭坐，羽觞行而无算。"陆机此二句实与之意同。

③"登楼"二句：陂(bēi)，山坡，斜坡；又堤防亦称陂。《古诗》："岁暮一何速。"

赠冯文罴

　　问子别所期,耀灵缘扶木①。

【校注】

　　①此二句见《文选》卷三十谢灵运《南楼中望所迟客诗》李善注所引。钱培名《陆士衡文集札记》、逯钦立《全晋诗》均以为此二句应与上一首属同一首诗。耀灵,指太阳。《楚辞·远游》:"耀灵晔而西征。"扶木,即扶桑,神木名。《山海经·大荒东经》:"汤谷上有扶木,一日方至,一日方出。"又《海外东经》:"汤谷上有扶桑,十日所浴,在黑齿北,居水中。有大木,九日居下枝,一日居上枝。"

祖道毕雍孙刘边仲潘正叔

　　皇储延髦俊,多士出幽遐①。适遘时来运,与子游承华②。执笏崇贤内,振缨曾城阿③。毕刘赞文武,潘生茝邦家④。感别怀远人,愿言叹以嗟⑤。

【题解】

　　毕雍孙、刘边仲均为陆机在太子东宫时同僚,其他情况未详。潘正叔即潘尼,字正叔,荥阳中牟(今属河南)人,潘岳侄子。尼少有清才,以文章为人所知。太康中,举秀才。曾为高陆令、淮南王允镇东参军。元康初,拜太子舍人,遂与陆机同僚。后出为宛令。入补尚书郎,转著作郎。及赵王司马伦篡位,乃取假归。后曾为侍中、秘书监等。永兴末,为中书令。永嘉中,迁太常卿。洛阳将为刘聪所破,尼东出成皋,道病卒,年六十余。陆机集中尚有《答潘尼》《赠潘尼》诗,可知关系较为融洽。

祖道,饯行。"祖"原是祭祀之名,谓祭道路之神。因行路之祭而设宴饮送行,故送行亦称祖、祖道。本篇载《艺文类聚》卷二十九、《陆士衡文集》卷五,又《艺文类聚》卷六十七引三至六句,题为《晋陆机赠潘正叔》。今据《类聚》卷二十九录载。

【校注】

①"皇储"二句:皇储,太子。"储"有蓄以待之之意,太子日后将继承帝位,故称储君。延,引进。髦俊,犹言英才。"髦"亦俊意。《汉书·叙传》"述武纪第六":"髦俊并作。"多士,犹众士。《尚书·大诰》:"越尔多士。"幽遐,边远之地。《晋书·礼志》载晋武帝泰始四年遣使周行天下诏:"虽幽遐侧微,心无壅隔。"

②"适遂"二句:遂,顺,顺利达成。子,尊称对方曰"子"。承华,太子宫门名。二句谓自己恰好顺利地遇到时机来临的好运,于是与你们一起游处于东宫。"适遂",一作"过蒙"。过蒙,犹言谬承,有自谦之意。

③"执笏"二句:笏(hù),即手板,用以记事备遗忘。臣下朝见君主时执于手中,以便记录。崇贤,亦东宫门名。当是东宫东面之门。《文选》张衡《东京赋》"昭仁惠于崇贤"薛综注:"崇贤,东门名也。……谓东方为木,主仁,如春以生万物,昭天子仁惠之德,故立崇贤门于东也。"按:张衡赋、薛综注所说乃后汉天子宫殿门,晋时则以之名东宫之门,推断其位置大约也在宫之东面。《晋书·愍怀太子传》:"太子……闻有使者至,改服出崇贤门,再拜,受诏,步出承华门。"又《艺文类聚》卷三十九引《东宫旧事》:"正会仪:太子……登舆,至承华门,设位拜二傅,二傅交礼毕,不复登车,太傅训道在前,少傅训从后,太子入崇贤门。乐作,太子登殿,西向坐。"可知崇贤门在内,承华门在外。振缨,整理帽带。曾城,当为晋宫城内之楼观名,在太子入朝时休憩之便房附近。潘尼《桑树赋》:"从明储以省膳,憩便房以偃息。观兹树之特伟,感先皇之攸植。……倚增城之飞观,拂绮窗之疏寮。"彼桑树在便房近处,又靠近增城,可知便房与增城相邻近。增城即曾城,"增""曾"字通。太子入朝,东宫僚属随行,故振缨。阿,近,附近。

④"毕刘"二句:未详。赞,佐助。莅,临视,监临;又有来到、去到之意。

邦家,国家。

⑤愿言:愿,每,每每。言,副词语尾。《诗经》有"愿言思子""愿言思伯"之句,此用其语。

元康四年从皇太子祖会东堂

巍巍皇代,奄宅九围①。帝在在洛,克配紫微②。普厥丘宇,时罔不绥③。

魏王禅代④,奄宅九围。帝在洛阳,光配紫微⑤。八风应律,日月重晖⑥。

【题解】

此诗晋惠帝元康四年(294)作,仅存佚句。时陆机为太子司马遹洗马,侍从太子参加惠帝于太极殿东堂举行的送别宴会而作。所送别之对象不详。祖,原指出行时祭祀道路之神,后引申为送别之义。祖会,送别时举行的宴会。称"会"者,应比一般称"宴"者更为郑重。《太平御览》卷五百三十九引挚虞《决疑要注》:"讌之与会,威仪不同也。会则随五时朝服,庭设金石悬,虎贲着旄头、文衣、鹖尾以列陛。讌则服常服,设丝竹之乐,唯宿卫者列仗。"东堂,指太极东堂。魏晋时洛阳太极殿为魏明帝时所建,其东有东堂,西有西堂。太极殿与东堂皆为朝享、听政之处。晋时大会于太极殿,小会于东堂。(据《艺文类聚》卷三十九引挚虞《决疑要注》)唐代颜师古《匡谬正俗》卷三"禹宇丘区"条引围、微、绥三韵,曰"陆士衡元康四年从皇太子祖会东堂诗云"。《北堂书钞》卷一百四十九则引围、微、晖三韵,文字与《匡谬正俗》所引略有不同,无题目,只说是"陆机诗"。今分别著录,而据《匡谬正俗》标著题目。

【校注】

①"巍巍"二句:巍巍,崇高伟大。皇代,指晋。奄,大,广大。宅,居。

九围,九州。二句谓九州皆为大晋所有。

②"帝在"二句:"帝在"句,套用《诗·小雅·鱼藻》"鱼在在藻""王在在镐"句式。《郑笺》:"鱼何所处乎?处于藻。""武王何所处乎?处于镐京。"克,能。《诗·大雅·文王》:"克配上帝。"紫微,星垣名,为天帝所居。帝王宫禁与之相配,亦称紫微。

③"普厥"二句:丘宇,即区宇,汉时丘、区音同,至魏晋时区音渐变入鱼虞,然亦有仍其旧音读入尤侯者。(参颜师古《匡谬正俗》卷三"禹宇丘区"条及刘晓东《平议》)区宇,谓天地之间。张衡《东京赋》:"区宇乂宁。"时,是。罔,无,没有。绥,安。二句谓普天之下,于是无不安定。

④魏王:指魏帝曹奂。公元265年,晋王司马炎受禅,是为晋武帝。曹奂被封为陈留王,居邺。晋惠帝太安元年(302),曹奂卒,谥魏元皇帝。陆机作此诗时,曹奂尚在。

⑤"光配"句:光,光明。《汉书·律历志上》载兒宽等议:"陛下……昭配天地。""光配"即"昭配"。曹植《姜后颂》:"光配周宣。"

⑥"八风"二句:八风,谓东北、东、东南、南、西南、西、西北、北八方之风,同时也分别是立春、春分、立夏、夏至、立秋、秋分、立冬、冬至八个时节来临的风。律,指六律、六吕共十二律。古代以不同长度的管子(律管)置于室内,以葭莩灰置管中,某月某节气至,则相应管内之灰应该飞散。即以其飞动与否、动之强弱验天地风气是否和调,又从而验证政治是否协和得当。"八风"句谓风气之来皆与律管相应。"日月"句,谓天子之德光明如日月,太子与之比德,故曰"重晖"。二句颂扬晋之风雨调和,政治和谐,天子、太子皆明并日月。

祖会太极东堂

帝谓御事,及尔同欢①。我有嘉礼,以寿永观②。思乐华殿,祗承圣颜③。

【题解】

此诗也仅存佚句,见《北堂书钞》卷八十二。也是参与太极东堂的送别宴会所作,但是否与上一首为同一首,不能确定,写作年代也不明。因与上一首题材相同,姑附于此。《北堂书钞》卷八十二又引陆机《祖会太极东堂诗》:"于是四座具醉。"逯钦立《先秦汉魏晋南北朝诗》云当是本诗序残文。

【校注】

①"帝谓"二句:帝,晋惠帝。御,主管之意。御事,指主事者,此指参与集会的官员而言。及,与。"御事"以下,拟惠帝语气,谓"我与你们一同欢乐"。

②"我有"二句:我,惠帝自称。嘉礼,所谓"五礼"之一。凡君臣朝会、宴飨宾客、男子成人加冠以及结婚等礼仪,皆属嘉礼。之所以称"嘉"者,《周礼·春官·大宗伯》郑玄注曰:"嘉,善也。所以因人心所善者而为之制。"寿,愿其寿考,乃祝颂之词。永观,此处代指宾客。《诗·周颂·有瞽》有"我客戾止,永观厥成"之句,意谓我的宾客来临,他们将长久地看到我的成功。陆机即以"永观"指观视之人,亦即与会宾客。二句以惠帝口气,谓我有宴飨之嘉礼,以祝颂与会之宾客。

③"思乐"二句:思乐,《诗·鲁颂·泮水》:"思乐泮水。"郑玄笺:"言己思乐僖公之修泮宫之水。"以"思"为感思、念想之义,后人或以为发语词(如朱熹《诗集传》)。陆机当用郑义。祗,恭敬。祗承,敬奉。圣颜,指惠帝。曹植《责躬诗》:"迟奉圣颜。"二句谓感念、喜乐华美的宫殿,敬奉天子的容颜。

答潘尼

於穆同心,如琼如琳①。我东日徂,来钱其琛②。彼美潘生,实综我心③。探子玉怀,畴尔惠音④。

元康四年,陆机出为吴王郎中令,潘尼赠诗送别,陆机此首当即答诗。诗载《艺文类聚》卷三十一、《陆士衡文集》卷五。潘诗亦为四言,载《文选》卷二十四,凡六章,章八句。陆机此诗仅八句,意思不完整,或许乃全诗之一章,当系类书剪截之故。今据《艺文类聚》录载。

【校注】

①"於穆"二句:於(wū),感叹词。穆,美好。《诗·周颂·清庙》:"於穆清庙。"《诗·邶风·谷风》:"黾勉同心。"《周易·系辞上》:"二人同心,其利断金。同心之言,其臭如兰。"琼、琳,皆美玉之名。左芬《万年公主诔》:"如琼如瑶。"按:潘尼赠诗有"昆山何有,有瑶有珉"之句,称美陆机如美玉;陆机则以美玉称颂二人之交谊。

②"我东"二句:"日",逯钦立《先秦汉魏晋南北朝诗·晋诗》卷五作"曰",可从。"曰"乃句中助词,无义。《诗·豳风·东山》:"我徂东山。"又:"我东曰归。"饯,以酒食送行,引申为送义。琛,珍宝。《诗·鲁颂·泮水》:"来献其琛。"此以珍宝喻潘尼所赠送别之诗。

③"彼美"二句:《诗·郑风·有女同车》:"彼美孟姜。"综,理。此有理解意。按:潘尼赠诗描写陆机获命为吴王郎中令后之心情,云"爱恤奚喜",有忧而无喜;又云"婉娈二宫,徘徊殿阁。醪澄莫飨,孰慰饥渴",流连而不乐去。陆机以为实能理解己之心情。《诗·邶风·绿衣》:"实获我心。"

④"探子"二句:探,取。玉,美称。玉怀,指对方的怀抱、想法。畴,通"酬",报也。惠,美。惠音,指潘尼所赠诗篇。二句谓您将自己的所思所想写成诗篇赠我,我也就作诗回答您的美音。"探子玉怀"即包含赋诗相赠之意。《陆士衡文集》"子"字作"我",非。称自己不应言"玉怀"。当是因不得其解而擅改。

答潘尼

猗欤潘生,世笃其藻①。仰仪前文,丕隆祖考②。

此四句见《三国志·魏书·卫觊传》裴松之注引《潘尼别传》，与上面《艺文类聚》所载八句，或许是同一首，无从详考。今据《三国志》录载。

【校注】

①"猗欤"二句：猗（yī），美。欤（yú），助词，表示感叹。《诗·周颂·潜》："猗与漆沮。"《郑笺》："猗与，叹美之言也。""欤"同"与"。"世笃"句谓世代富于文藻。参《皇太子宴玄圃宣猷堂有令赋诗》"世笃其圣"注。尼父满、祖勖，皆以学行称，勖所作《册魏公九锡文》，有名于世。尼与从父岳，世并重其文翰。

②"仰仪"二句：仪，效法。前文，谓前代之文藻、文化。丕，大。隆，兴隆，发扬。祖考，泛指祖上。夏侯湛《兄弟诰》："丕隆我先绪。"

赠冯文罴

昔与二三子，游息承华南①。拊翼同枝条，翻飞各异寻②。苟无凌风翮，徘徊守故林③。慷慨谁为感，愿言怀所钦④。发轸清洛汭，驱马太河阴⑤。伫立望朔涂，悠悠迥且深⑥。分索古所悲，志士多苦心⑦。悲情临川结，苦言随风吟⑧。愧无杂佩赠，良讯代兼金⑨。夫子茂远猷，款诚寄惠音⑩。

【题解】

晋惠帝元康四年（294）陆机由太子洗马改任吴王司马晏郎中令，离开洛阳，将南行入吴。此诗即当时所作，抒发北望怀念友人的心情。诗载《文选》卷二十四、《陆士衡文集》卷五。今据《文选》录载。

【校注】

①"昔与"二句：二三子，指任太子洗马时的同僚友人。《论语·述而》："吾无所行而不与二三子者。"承华，太子东宫门名。

②"拊翼"二句：拊，击，拍。拊翼，拍打翅膀。班固《汉书·叙传》"述张耳陈余传第二"："拊翼俱起。"翻，飞翔貌。寻，就，趋向。二句以鸟为喻，谓昔日一同任职于东宫，如今离散，各有所往。

③"苟无"二句：此二句原缺，据奎章阁《文选》之五臣本、《文选集注》本、《四部丛刊》本《文选》、尤刻本《文选》、陈八郎本《文选》、《陆士衡文集》补。翮，羽茎，羽管，代指鸟翼。《古诗》："亮无晨风翼，焉能凌风飞。"二句谓如果没有强劲有力、能逆风而起的翅膀，那么就只能徘徊不进、退守旧林而已。系指自己而言。按："守故林"何指，众说纷纭。《文选》五臣吕向注、《文选集注》引《钞》，均以为指仍旧为太子洗马。胡克家刻《文选考异》则云："故林，谓吴。必作于出补吴王郎中令时，故云尔。潘安仁《为贾谧作赠诗》：'旋反桑梓，帝弟作弼，或云国宝，清涂攸失。'亦即此意。"《考异》之意，谓"苟无"二句陆机因出补吴王郎中令而失意。其说可从。太子洗马号为清选，离开太子洗马之任而改任王国官，故潘岳云"或云国宝，清涂攸失"。陆机应不会因为留任东宫官属而快快不乐、反而羡慕冯熊。且诗云"昔与二三子"，又云"翻飞各异寻"，显然是出太子宫语气。

④"愿言"句：愿，每，每每。参《祖道毕雍孙刘边仲潘正叔》"愿言叹以嗟"注。所钦，所钦慕之人，指冯熊。

⑤"发轸"二句：轸（zhěn），车后横木，亦代指车。班彪《游居赋》："遂发轸于京洛。"汭（ruì），河流弯曲处。洛水东北流入黄河，洛汭指洛水以北、黄河以南二水相交处。洛阳所在即属洛汭。太河，指黄河。"太"，一作"大"，字通。二句言自洛阳乘车出发，行于黄河之南。按：陆机此行，先陆行至黄河，然后舟行，其《行思赋》亦元康四年秋出为吴王郎中令时作，赋云："背洛浦之遥遥，浮黄川之裔裔。"与此"发轸"二句相合。潘尼《赠陆机出为吴王郎中令》云："我车既巾，我马既秣。星陈凤驾，载脂载辖。"亦可证其首途时乃乘车陆行。

⑥"伫立"二句：朔涂，通往北方的道路。涂，通"途"。冯熊所在之斥丘县属魏郡，远在河北，故云。迥（jiǒng），远。深亦远意。王粲《赠士孙文始》："虽则同域，邈其迥深。"

⑦"分索"二句：分索，分别，离散。志士，谓意志、情感坚定专一之人，

此谓笃于友情。苦心，忧苦之心，此指相思而言。《古诗》："晨风怀苦心。"

⑧"悲情"二句：结，郁结不解。苦言，辛酸悲苦之言。李善注引张平子书："酸者不能不苦于言。"嵇康《声无哀乐论》："情感于苦言。"

⑨"愧无"二句：杂佩，古人以各种玉制部件连缀组合，佩戴于身，称杂佩。《诗·郑风·女曰鸡鸣》："杂佩以赠之。"陆机此处借用，泛指礼物。讯，言。良讯，即指此诗。兼金，好金，其价值高昂，兼倍于常，故谓之兼金。按：《荀子·非相》："赠人以言，重于金石珠玉。"陆机当用此意。

⑩"夫子"二句：茂，勉，努力。猷，道，规划。款，爱。秦嘉《赠妇诗》："何用叙我心，遗思致款诚。"惠，美。二句言夫子当勉为远大之道，报我以款诚之好音。

【汇评】

李淳《选文选》：此篇苍然，类拟古之作。

陈祚明《采菽堂古诗选》卷十：雅调合旨。"拊翼"四句比拟得体，所谓合旨也。

俞炀评：意致疏散，却多情思，犹有建安风骨。（见浙江图书馆藏清抄本《昭明文选》）

方廷珪评：轻清圆润。（见乾隆三十二年仿范轩刻《昭明文选集成》）

王闿运《八代诗选》眉批：宽和。朔途荒旷，以"迥""深"二字写之，愈觉惊心。（据夏敬观《八代诗评》所附）

李详《韩诗证选》：（韩愈《县斋读书》："投章类缟带，伫答逾兼金。"）陆机《赠冯文罴》诗："愧无杂佩赠，良讯代兼金。"

吴王郎中时从梁陈作

在昔蒙嘉运，矫迹入崇贤①。假翼鸣凤条，濯足升龙渊②。玄冕无丑士③，冶服使我妍。轻剑拂鞶厉，长缨丽且鲜④。谁谓伏事浅，契阔逾三年⑤。薄言肃后命，改服就藩臣⑥。凤驾寻清轨,远游越梁陈⑦。感物多远念,慷慨怀古人⑧。

【题解】

此诗为陆机由太子洗马改任吴王郎中令南行途中所作。吴王名晏,字平度,系晋武帝第二十三子。按:《北堂书钞》卷六十六载陆机《皇太子清宴诗序》云:"元康四年秋,余以太子洗马出补吴王郎中。"亦云郎中,与此诗题目同。而《文选》所载陆机《答贾长渊》诗序云:"余出补吴王郎中令。"李善注引臧荣绪《晋书》:"吴王晏出镇淮南,以机为郎中令。"《晋书·陆机传》同。《太平御览》卷二百四十八引陆机《诣吴王表》:"殿下东到淮南,发诏以臣为郎中令。"《文选》卷二十四有潘尼《赠陆机出为吴王郎中令》诗。皆云"郎中令",非"郎中"。《晋书·职官志》:"(王)有郎中令、中尉、大农,为三卿。大国置左右常侍各一人,省郎中,置侍郎二人。"本诗题及《北堂书钞》所引陆机《清宴诗序》中"郎中",缺"令"字。或许"郎中"为郎中令之省称。

吴王封地在吴,何以"出镇淮南",颇觉费解。淮南自有其王,即晏同母兄允。允并都督扬州诸军事,镇寿春。故吴王虽往淮南,当非出镇。至于陆机此次南行,则乃入吴,并非赴淮南。其《行思赋》可以为证。赋云:"嗟逝(应作"游")宦之永久,年荏苒而历兹。越河山而托景,眇四载而远期。孰归宁之弗乐,独抱感而弗怡。"所谓"四载",应指陆机元康元年春离开家乡北上,至元康四年,首尾共四载。赋又云:"商秋肃其发节。"可知出发时为秋天。凡此均与《皇太子清宴诗序》"元康四年秋,余以太子洗马出补吴王郎中"之语相合。可知《行思赋》正是此次南下所作。而赋中有云:"背洛浦之遥遥,浮黄川之裔裔。遵河曲以悠远,观通流之所会。启石门而东萦,沿汴渠其如带。"《水经注》引该赋佚文云:"乘丁水之捷岸,排泗川之积沙。"又云:"行魏阳之枉渚。"此皆述其行程。谓离开洛阳后,沿黄河舟行,经石门而入汴渠;又云因泗水淤塞,乃取道从丁溪水(在吕县即今江苏徐州东南附近);又云循泗水行经魏阳城(据郦道元所云,当在今江苏泗阳东南)北。由此可知,陆机此次行程,乃由黄河入汴渠,至浚仪(今河南开封),再东循汳水,获水至彭城(今江苏徐州)转入泗水南下入淮,然后入吴。此乃魏晋时由中原通向东南之水运干道。据此足可证明,陆机此次径直南下入吴,并非随从吴王往淮南。潘尼《赠陆机出为吴王郎中令》云："祁祁大邦,惟桑惟梓。穆穆伊人,南国之纪。帝曰尔谐,惟王卿士。……今子徂东,何以赠旃?"徂东,李善注即云往吴国。又潘岳《为贾谧作赠陆机》云："藩岳作镇,辅我京室。旋反桑梓,帝弟作弼。"亦云陆机返回故乡。凡此亦可为陆机此次入吴之旁证。至于吴王为何往淮南,陆机为何以郎中令身份入吴,已不可考。

此诗题云"从梁陈作",似乎随从吴王行经梁陈,其实并非如此。"从"者,只是说吴王前已出行,自己追寻南下而已。陆机《诣吴王表》："殿下东到淮南,发诏以臣为郎中令。"可见吴王先到淮南,然后陆机方才受诏。梁陈,实指梁国,"陈"乃连类而及。详见"凤驾寻清轨"二句注。

陆机出为吴王僚属,心实怏怏,本诗既以"吴王郎中"为题,却以大部分篇幅写为太子洗马时事,其实是留恋之情的表现。但是却绝不明言,更不流露出外的不快情绪。故陈祚明称其"善于立言"。含蓄之至,也使后来读者病其平淡矣。

诗载《文选》卷二十六、《陆士衡文集》卷五。今据《文选》录载。

【校注】

①"在昔"二句:在昔,以前。《尚书·洪范》:"我闻在昔。"矫迹,犹言举足。矫,通"挢"。挢,原义为举手,引申为举意。崇贤,晋时东宫门名,参见《祖道毕雍孙刘边仲正叔》"执笏崇贤内"注。

②"假翼"二句:假,凭借。假翼,犹言振翅。条,枝条。凤条,谓凤凰所栖止的树木,指梧桐树而言。《诗·大雅·卷阿》:"凤皇于飞,翙翙其羽,亦集爰止。"以凤凰翔集比喻贤士集于君王之朝廷。又云:"凤皇鸣矣,于彼高冈。梧桐生矣,于彼朝阳。"郑玄笺云:"凤皇之性,非梧桐不栖。"是凤凰所集止者,梧桐也。此云"鸣凤条",乃用《诗》意。本诗李善注引应璩《与刘公幹书》:"鹓鶵栖翔凤之条,鼋鼍游升龙之川,识真者所为愤结也。""鸣凤条"犹"栖翔凤之条"。濯足,此处表示自我修洁。龙渊,亦指群贤所聚集之处。龙喻进取之贤人。《周易·乾》九四:"(龙)或跃在渊。"按:汉晋时以龙、凤喻君子、贤臣之例颇多。如《文选》卷二十四潘岳《为贾谧作赠陆机》:"齐辔群龙。"李善注:"谓为尚书郎也。"杨雄《河东赋》曰:'建乾坤之贞兆兮,将悉

总之以群龙。'韦昭曰:'比群贤也。'"潘诗又云:"英英朱鸾,来自南冈。"李善注:"鸾亦喻机也。"鸾亦凤属。

③"玄冕"句:谓自己头戴高级之礼帽,自然身份高贵,非同一般。冕,冠帽中最尊贵的一种,古代大夫以上以至天子行礼时所戴。参四言《赠弟士龙》"玄冕衮衣"注。陆机此处云自己戴玄冕之冠,当是实情。潘岳《为贾谧作赠陆机》:"曜藻崇正,玄冕丹裳。"据李善注:"崇正,太子之宫也。臧荣绪《晋书》曰:'世祖以皇太子富于春秋,初命讲《孝经》于崇正殿。'"潘诗亦谓陆机为太子洗马时冕服之美。

④"轻剑"二句:轻剑,剑名。鞶,束腰大带。厉,鞶带的下垂部分。缨,系冠之带。

⑤"谁谓"二句:伏事,即服事。"服""伏",古字通。谓为公家服务干事。浅,谓时日少。契阔,勤劳辛苦。逾三年,陆机为太子洗马当在元康元年(291)末,至元康四年(294)秋出补吴王郎中令,首尾已有四年。

⑥"薄言"二句:薄,语词,无义。《诗·周南·芣苢》:"薄言采之。"郑玄笺:"薄言,我薄也。"释"言"为"我"。今人多以薄、言为虚字。裴学海《古书虚字集释》卷十:"按'薄言'是复语,皆训'乃'。"肃,恭敬。后命,指改任吴王郎中令之诏命。藩臣,此指吴王。诸侯国为卫护中央朝廷之藩篱,故称。

⑦"凤驾"二句:凤,早。《诗·鄘风·定之方中》:"星言凤驾。"轨,车行轮迹。言"清"者,美称。按:吴王先在淮南,陆机方受诏东南行,故曰"寻清轨",谓追寻吴王行迹也。然吴王在淮南,淮南治寿春(今安徽寿县),陆机则入吴,非往淮南,见题解。故此云"寻清轨",乃泛言随之南下而已。梁陈,谓梁国与陈郡,二者相毗邻。西晋武帝时,陈郡归并入梁国,至惠帝永宁二年(302)梁王司马肜卒,又重新分出。(据《晋书·地理志》《宋书·州郡志》)陆机为郎中令南行之时,陈郡其实已并入梁国。陆机此行,经汴水、汳水于彭城(今江苏徐州)入泗水,越过梁国北境,而不经由故陈郡地。其言"梁陈"者,连类而及而已。江淹《杂体诗》三十首内《拟陆机》一首,有"驱马遵淮泗,旦夕见梁陈"之语,系写陆机应诏北上赴洛情景,其"遵淮泗"合乎实情,而"见梁陈"者,亦连类而已。

⑧"感物"二句:汉晋人作纪行之赋,往往述其览史迹而感念古人之状。

陆机此处当亦此意。刘辰翁谓其感念汉代梁孝王礼待文士作家之事(见下集评),颇为合理。西汉梁国故地,正是陆机所经行者。远念,谓遥想古代史事。嵇喜《答弟叔夜》:"感物怀古人。"

【汇评】

刘辰翁评:感我事吴王而远念古人。古人,谓梁孝王臣枚皋、马卿之属。士衡盖以其才类己,故怀之。(见万历十年余碧泉刻《文选纂注》评本)

陈祚明《采菽堂古诗选》卷十:投外之感。正旨寄于前半。后六语不入怀京阙怆闲散语,是其善于立言处。然调亦平。

何焯《义门读书记》卷四十六:实自寡味。语涉储隶,必见甄录,当时欲侈为美谈耳。〇("玄冕"二句)语太陋。

赠弟士龙

行矣怨路长,惄焉伤别促①。指途悲有余,临觞欢不足②。我若西流水,子为东跱岳③。慷慨逝言感,徘徊居情育④。安得携手俱,契阔成骓服⑤。

【题解】

此首又见《陆云集》。该集有《答兄平原》二首,第一首"悠悠途何极",第二首即此首。《艺文类聚》卷二十九亦将此首题作陆云《赠兄》诗。二者皆误。《文选》录此首于卷二十四,为陆机赠陆云诗,录"悠悠途何极"一首于卷二十五,为陆云答兄诗,是。《文选》编者所见二陆文集应是如此。古人编集时,往往将赠答诗一并录载。当是《陆云集》编者将陆机赠诗附载于陆云答诗之后,传写日久,遂误将其当做陆云所作。欧阳询编《艺文类聚》时沿其讹而未能改正。(参逯钦立《先秦汉魏晋南北朝诗》校语)按:两首诗皆为十句,而且其诗句意思一一对应(此点李善注陆云答诗时已经指出),显然是一赠一答之作。黄葵点校《陆云集》,云:"倘作云一人所作,不应词意重复至此。"其言亦是。

关于此诗写作时间,李善注陆云答诗时云:"士衡前为太子洗马时赠别,士龙今答之。"以为乃陆机被征召离家北上时所作。《文选集注》引《钞》亦持此说。吕向注则云:"机自吴王郎中寄诗与云,故有此答。"以为是任吴王郎中令时所作。按:陆机由太子洗马改任吴王郎中令,曾南下返归于吴,其时与陆云在故乡相见,旋又分别,乃作此诗,亦不无可能。

诗载《文选》卷二十四、《陆士衡文集》卷五。今据《文选》录载。

【校注】

①"行矣"二句:《论语·乡党》:"君命召,不俟驾行矣。"陆机就路乃迫于王命,用此典最切。曹植《赠白马王彪》:"怨彼东路长。"愵(nì),痛。《诗·小雅·小弁》:"我心忧伤,愵焉如捣。"别促,匆匆离别。曹植《送应氏》:"别促会日长。"

②"指途"二句:潘岳《悼亡》:"路极悲有余。"曹植《求通亲亲表》:"未尝不闻乐而拊心,临觞而叹息也。"饮酒本为乐事,为离别而饮乃不能成欢。

③"我若"二句:跱(zhì),止。一作"峙"。二句以山与水比喻己之奔波与陆云之居家,亦喻二人之不能相携同处。由吴返洛阳,洛阳在西北,故曰"西逝水"。

④"慷慨"二句:逝,去,往,指行人。居,指留居者。谓行人情思激荡,言语之间充满感慨;居者徘徊依恋,离情生生不绝。

⑤"安得"二句:《诗·邶风·北风》:"惠而好我,携手同行。"《邶风·击鼓》:"死生契阔,与子成说。执子之手,与子偕老。"《毛传》:"契阔,勤苦也。偕,俱也。"此云"携手俱",即执手偕老之意。为王事而辛苦伤离,是为契阔。骈服,不相离之意。驾车之马,在中间者曰服,在两边者曰骖。二句用《诗》语,谓如何方能携手同老,变忧勤劳苦为不相分离。

【汇评】

孙鑛评:("徘徊"句)"育"字生涩。(见天启二年闵齐华刻《孙月峰先生评文选》)

王夫之《古诗评选》卷四:浑浑成成作一首别诗,长可千年,大可万里,一如明月在天之不改。所贵于诗者此尔。○平原本色故然。入洛后思浅韵杂,下同二潘竞江海之誉,则有《赠顾交趾》《祖道毕刘》一派诌腐庞猥之诗,几令风雅道丧矣。

陈祚明《采菽堂古诗选》卷十:"居情育"字是凑韵。"指途"二句,情切语苍。

方廷珪评:情真语挚。○("行矣"二句)飘然而来。(见乾隆三十年仿范轩刻《昭明文选集成》)

皇太子赐宴

明明隆晋,茂德有赫①。思媚上帝,配天光宅②。诞育皇储,仪刑在昔③。徽言时宣,福禄来格④。劳谦降贵,肆敬下臣⑤。肇彼先驱,翻成嘉宾⑥。

【题解】

《北堂书钞》卷六十六载陆机《皇太子清宴诗序》:"元康四年秋,余以太子洗马出补吴王郎中,以前事食(当作仓)卒,不得宴。三月十六有命清宴。感皇恩之罔极,而赋此诗。"《太平御览》卷五百三十九云:"陆机《皇太子请宴诗序》曰'感圣恩之罔极,退而赋此诗'也。"("请"当是"清"之误)应即此诗之序。是此诗题原当作"皇太子清宴诗"。又《文选》卷三十谢灵运《拟魏太子邺中集》"绸缪清宴娱"李善注:"《陆机集》有《皇太子清宴诗》。"也可证明此诗原题为"皇太子清宴"。清宴,清雅安闲之宴会。据序中所说,陆机由太子洗马改任吴王郎中令时,颇为仓促,太子未能为其举行送别宴会,后来由吴返京,乃为之重新设宴,陆机感激而作此诗。(应在元康五年暮春)按:潘尼《赠陆机出为吴王郎中令》述陆机离别东宫时情景,云:"婉娈二宫,徘徊殿闼。醪澄莫飨,孰慰饥渴?"正是仓促未举行别宴之证。诗载《艺文类聚》卷三十九、《陆士衡文集》卷五。类书引诗文常多删节,此诗可能也并非完篇。今据《艺文类聚》录载。

【校注】

①"明明"二句：明明，光明貌。《诗·鲁颂·泮水》："明明鲁侯，克明其德。"茂，盛，美好。《晋书·文帝纪》魏元帝《策命晋公九锡文》："公有济六合之勋，加以茂德。"晋公谓司马炎，即后来的晋武帝。陆机用语与之相合。有，助词，无义。赫，光明显盛貌。《诗·卫风·淇奥》"赫兮咺兮"《毛传》："赫，有明德赫赫然。"

②"思媚"二句：思，思慕，想念。媚，爱。按：《诗·大雅·思齐》"思媚周姜"，郑玄以"思爱"释"思媚"，唐孔颖达亦以"思爱""慕"解之。清代学者或以"思"为助词，无义，乃是后世之说。陆机当用汉人说。配天，与天相配。天子即天之子，其德与天齐，所以说"配天"。光，通"广"，充满、广远之意。宅，存在。《尚书·尧典序》："昔在帝尧，聪明文思，光宅天下。"孔颖达《疏》："此德充满居止于天下而远著。"陆机此处也是说晋之德充满天下。阮籍《为郑冲劝晋王笺》："开国光宅，显兹太原。"傅玄《晋鼓吹曲·仲秋狝田》："光宅四海，永享天之祜。"张协《七命》："盖有晋之融皇风也……配天光宅。"都以《尚书》语称颂晋德。

③"诞育"二句：诞育，美称人之出生曰"诞育"，见四言《赠弟士龙》"诞育祖考"注。皇储，指司马遹。储，储君，太子。仪刑，效法。在昔，往昔，古代。"仪刑"句，谓学习古昔的好榜样。

④"徽言"二句：徽，美。《尚书·立政》："予旦已受人之徽言。"福禄，福运，福气。禄亦福也。《诗·大雅·凫鹥》："福禄来成。"格，至，来到。

⑤"劳谦"二句：劳谦，《周易》用语。《谦》九三："劳谦君子有终吉。"王弼注："居谦之世，何可安尊？上承下接，劳谦匪解（懈），是以吉也。"《象》曰："劳谦君子，万民服也。"孔颖达《疏》："象万民皆来归服，事须引接，故疲劳也。"意谓谦卑接下，不辞辛劳。肆，展开，充分展示。下臣，谦下于臣。"下"为动词。《诗·小雅·天保序》："君能下下，以成其政。"

⑥"肇彼"二句：肇，始。先驱，陆机为太子洗马，太子出行时有前驱导引之责，故曰"先驱"。翻，反而。嘉宾，时陆机已出补吴王郎中令，非太子官属，为太子所宴请，故曰"嘉宾"。

答贾谧并序

余昔为太子洗马①,贾长渊以散骑常侍侍东宫积年②。余出补吴王郎中令③,元康六年入为尚书郎④,鲁公赠诗一篇,作此诗答之云尔⑤。

伊昔有皇,肇济黎蒸⑥。先天创物,景命是膺⑦。降及群后,迭毁迭兴⑧。邈矣终古,崇替有征⑨。其一

在汉之季,皇纲幅裂⑩。大辰匿晖,金虎曜质⑪。雄臣驰骛,义夫赴节⑫。释位挥戈,言谋王室⑬。其二

王室之乱,靡邦不泯⑭。如彼坠景,曾不可振⑮。乃眷三哲,俾乂斯民⑯。启土绥难,改物承天⑰。其三

爰兹有魏,即宫天邑⑱。吴实龙飞,刘亦岳立⑲。干戈载扬,俎豆载戢⑳。民劳师兴,国玩凯入㉑。其四

天厌霸德,黄祚告衅㉒。狱讼违魏,讴歌适晋㉓。陈留归蕃,我皇登禅㉔。庸岷稽颡,三江改献㉕。其五

赫矣隆晋,奄宅率土㉖。对扬天人,有秩斯祜㉗。惟公太宰,光翼二祖㉘。诞育洪胄,纂戎于鲁㉙。其六

东朝既建,淑问峨峨㉚。我求明德,济同以和㉛。鲁公戾止,衮服委蛇㉜。思媚皇储,高步承华㉝。其七

昔我逮兹,时惟下僚㉞。及子栖迟,同林异条㉟。年殊志比,服舛义稠㊱。游跨三春,情固二秋㊲。其八

祇承皇命,出纳无违㊳。往践蕃朝,来步紫微㊴。升降秘阁,我服载晖㊵。孰云匪惧,仰肃明威㊶。其九

分索则易,携手实难㊷。念昔良游,兹焉永叹㊸。公之云

感,贻此音翰㊹。蔚彼高藻,如玉之阑㊺。其十

惟汉有木,曾不逾境㊻。惟南有金,万邦作咏㊼。民之胥好,狂狷厉圣㊽。仪形在昔,予闻子命㊾。其十一

【题解】

本诗题目,《四部丛刊》本《文选》、尤刻本《文选》作"答贾长渊"。据诗序,诗作于晋惠帝元康六年(296)。陆机该年由吴王郎中令迁为尚书中兵郎。贾谧赠诗一篇,陆机作此诗答之。贾谧,字长渊。原姓韩,其父韩寿,即李商隐《无题》诗"贾氏窥帘韩掾少"之韩掾,为权臣贾充司空掾,与充女贾午私通而生谧。贾充乃司马昭心腹,为之谋划篡夺曹魏政权,为晋之元勋,封鲁郡公。晋武帝之立,充亦与有力焉。其女贾南风,又立为惠帝皇后。因此贾充备受宠幸,声势甚为隆盛。有二子,皆幼年即死,遂无继嗣。充卒,其妻郭槐乃以外孙韩谧为贾充后嗣,改姓贾,承袭鲁公封爵。贾谧既为贾充之后,又依倚姨母贾后权势,遂奢侈骄横,而又好学,喜宾客,故贵游豪戚莫不趋附。当时有"二十四友"之名目,陆机、陆云兄弟以及潘岳、欧阳建、挚虞、刘琨、左思等,都列名其中。贾谧历官散骑常侍、后军将军,后来又曾为秘书监、侍中。因其骄横,与太子不睦,乃与贾皇后合谋,诬陷太子,以致太子被废见杀。惠帝永康元年(300),赵王司马伦废杀贾后,谧亦被诛死。

贾谧赠陆机诗,实为潘岳代作,《文选》卷二十四收录。其诗共十一章,每章八句。自天地剖分、三皇五帝一路迤逦写来,直至晋朝统一、孙吴归降,从而引出陆机北上。此种写法,颇觉繁冗。然后写陆机仕晋的经历、与自己的交谊,对陆机颇有赞颂之辞。最后勉励陆机保持令德高名,勿有衰替。陆机此首答诗,步趋原作,也分为十一章,每章八句。也从远古帝皇写起,但十分概括,根本不提自三皇至先秦各朝名目,而于汉末三国则用笔较详。与原诗比较,不难看出其重点突出、详略得当的优点,不至于"帽子"过大、离题太远。尤其可注意的,是贾谧赠诗称孙吴"僭号称王""伪孙衔璧",陆机性刚而自豪,当然不能接受此类带有羞侮的语句,乃于答诗中云"吴实

龙飞""三江改献"等等,自占地步,不辱故国,不卑不亢,分寸得当,颇为得体。然后称颂贾谧出身高贵,寥寥数语,并无谄媚之态。再写与贾谧交往经历,并感谢对方的赠诗。最后对贾诗的戒勖之辞表态,表示定将依之而行。本诗为四言大篇,内容不过应酬,然而结构合理,措辞典雅得体,可视为陆机诗代表作之一。

诗载《文选》卷二十四、《文馆词林》卷一百五十六、《陆士衡文集》卷五,今据《文选》录载。

【校注】

①"余昔"句:洗马,太子官属,参见《东宫作》题解。陆机为太子洗马,约在元康元年(291)年末,至四年(294)秋初,出为吴王郎中令。

②"贾长渊"句:"贾长渊",一作"鲁公贾长渊",又一作"鲁公贾谧"。"侍东宫",原无"侍"字,据奎章阁本《文选》之五臣本、《四部丛刊》本《文选》、陈八郎本《文选》、《陆士衡文集》、《文馆词林》补。东宫,太子所居,借指太子。积年,多年。贾谧未尝为太子僚属,但常出入东宫,与太子游处,故云"侍东宫积年"。

③"余出"句:元康四年(294),陆机由太子洗马出为吴王郎中令,南下入吴。参《吴王郎中时从梁陈作》题解。吴王虽封地在吴,但仍长居洛阳。陆机为其郎中令,除临时受命出差外,亦应在洛阳。

④"元康"句:李善注引臧荣绪《晋书》:"机为尚书中兵郎。"中兵郎,尚书诸郎之一,始置于魏,晋沿之。见《晋书·职官志》。

⑤"鲁公"二句:鲁公,指贾谧。贾充于晋武帝受禅后进爵为鲁郡公,卒后贾谧嗣其爵位。云尔,用于篇末,有指示、引起注意的语气,相当于"焉"。

⑥"伊昔"二句:伊,发语词。有,词头,无义。皇,君主。肇,谋划。济,救助,补益。黎,众多。蒸,通"烝",亦众之意。黎蒸,谓众多的人民百姓。司马相如《封禅文》:"觉寤黎烝。"

⑦"先天"二句:先天,意谓行事先于天而合乎天意。见《皇太子宴玄圃宣猷堂有令赋诗》"先天而顺"注。创物,指创造各种社会生活所必须的事物。古人认为网罟、耒耜、宫室、衣服、饮食、舟车、杵臼、弓矢、文字、图画以至田猎、耕作、交易等都是圣贤的创造。(先秦典籍如《墨子·辞过篇》《周

易·系辞下》《世本·作篇》等均有其说。)《周礼·冬官》:"知者创物。"景,大。景命,谓天之大命。《诗·大雅·既醉》:"景命有仆。"膺,当,承当。《鲁颂·閟宫》:"戎狄是膺。"景命是膺,谓承受天之大命。以上四句所述乃三皇(燧人、伏羲、神农)五帝(黄帝、颛顼、帝喾、尧、舜)之时。

⑧"降及"二句:后,君主。群后,此处应指三代(夏、商、周)及战国、秦以来历朝各国的君主。迭,更迭,轮流。

⑨"遐矣"二句:遐,遥远。终古,谓久远以来。崇替,兴废、盛衰。征,谓有迹象可验证。

以上八句第一章,概述上古以来史事。

⑩"在汉"二句:皇纲,以网之纲绳比喻皇朝的统治。班固《答宾戏》:"廓帝纮,恢皇纲。"幅,布帛的横阔称幅,引申指布帛。幅裂,如布帛之裂。《三国志·魏书·崔琰传》:"琰对曰:'今天下分崩,九州幅裂。'"二句谓汉末王朝土崩瓦解。

⑪"大辰"二句:大辰,谓二十八宿中的房、心、尾三宿,也单指心宿,心宿居三宿之中而最明亮。(见《尔雅·释天》及郭璞注)此句"大辰"一作"火辰",亦通,因为心宿又称火、大火。大辰匿晖,谓心宿失去光彩,喻指朝廷暗弱。古人以天象比附人事。心宿为明堂即天王发布政令之处。心宿有三星,大者为天王之象,其前一星、其后一星分别为太子及庶子之象。(见《史记·天官书》及《史记索隐》所引《春秋说题辞》《洪范五行传》)因此"大辰匿晖"乃朝政不振之象。清人梁章钜《文选旁证》卷二十二引姜皋曰:"此诗所云'匿晖'者,当如《后汉志》(按:指司马彪《后汉书·天文志》)所载灵帝中平六年八月丙寅太白犯心前星、戊辰犯心中大星之事。"也可供参考。金,指金星,即太白星。其光色银白,光度特强。虎,指二十八宿中的西方七宿。金虎曜质,据李善注,指金星与西方白虎七宿中的星宿发生冲突。李善引《石氏星经》曰:"昴者,西方白虎之宿也。太白者,金之精。太白入昴,金虎相薄,主有兵乱。"其实是行星(金星)运行经过昴宿(恒星)的天文现象,古人以为有兵灾。陆机此处指汉末动乱争战而言。"曜质","曜"原作"习",据《文选》五臣本、《文选集注》本、《四部丛刊》本《文选》、陈八郎本《文选》、影宋钞本《陆士衡文集》、《文馆词林》改。

54

⑫"雄臣"二句:"驰骛",一作"腾骛"。扬雄《解嘲》:"世乱则圣哲驰骛而不足。"曹丕《让禅第二令》:"烈士徇荣名,义夫高贞介。"赴,奔赴,投向,投身于。节,指忠义而言。张华《劳还师歌》:"赴节如发机。"二句谓汉末世乱,于是有力之雄臣奔走不迭,守义之士献身于忠义大节。

⑬"释位"二句:释,放下,放开。释位,谓离开原来的位置。《左传》昭公二十六年:"诸侯释位以间王政。"谓诸侯离开自己的地位,参与到天子的政治事务之中。汉末大吏豪强(即上文"雄臣""义夫")往往雄峙一方,正与周代之诸侯相类似。言,词头,无义。谋王室,谓为天子谋划。《左传》僖公八年:"盟于洮,谋王室也。"汉末各路势力起事,都以扶助汉室为名。

以上八句为第二章,写汉末动乱,为下文三国鼎立张本。

⑭"王室"二句:王室,指汉室。靡,没有。邦,国,引申为地域、地区。泯,灭。靡邦不泯,没有一处不丧乱殆尽。《诗·大雅·桑柔》:"乱生不夷,靡国不泯。""泯",一作"沦"。

⑮"如彼"二句:景,日光。曾,乃,竟。振,出手援救。二句谓汉室丧亡如白日西坠,无可挽回。

⑯"乃眷"二句:眷,回头看,眷顾。《诗·大雅·皇矣》:"乃眷西顾。"三哲,谓曹操、孙权、刘备。俾,使。乂(yì),治理。《尚书·尧典》:"下民其咨,有能俾乂。"斯民,此人民。《论语·卫灵公》:"斯民也,三代之所以直道而行也。"二句承上,云汉室既不可救,上天便看视三哲,让他们治理人民。"乃眷"之前省略"上天"一类字样,然而可以意会。

⑰"启土"二句:启,开。启土,开拓疆土。《左传》庄公二十八年:"晋之启土,不亦宜乎。""绥",原作"虽",据《文选集注》本、《文馆词林》、《艺文类聚》卷三十一改。绥,安定,平定。改物,古时一代新的统治者必改正朔,易服色,表示除旧更新。《国语·周语》:"更姓改物,以创制天下。"承天,承受天命。李善注引《礼记明堂阴阳录》:"王者承天统物也。"此二句应与上二句一气读下,谓上天使三哲平定祸乱,以建立新的王朝。

以上八句为第三章,言汉室既已不可振救,曹操、孙权、刘备乃起而代之。

⑱"爰兹"二句:爰,句首语气词,于是。兹,此。有,词头,无义。即宫,

谓就其居处、入住。《礼记·祭统》载孔悝之鼎铭曰："即宫于宗周。"邑,指京都,国都。天邑,谓其京都乃天之所建。《尚书·多士》:"肆予敢求尔于天邑商。"此指洛阳,谓洛阳为周汉旧都,原亦天之所建,今魏乃都之。按:黄初元年(220)曹丕受汉禅让,始以洛阳为京都。

⑲"吴实"二句:谓吴、蜀与魏成鼎立之势。《周易·乾·象》:"飞龙在天,大人造也。"张衡《东京赋》:"乃龙飞白水。"《北堂书钞》卷一百十六引桓谭《新论》:"动如雷震,住如岳立。"按:曹丕称帝之后,刘备、孙权亦先后称帝。

⑳"干戈"二句:载,句中语气词,加强语气。扬,举起。戢(jí),聚。扬、戢,分别指用与不用。俎(zǔ)、豆,都是礼器,用以盛放食物。俎似几,放置牲体,豆似高脚盘。《诗·周颂·时迈》:"载戢干戈。"二句云大动干戈而废置礼仪,意谓用武而不修文。

㉑"民劳"二句:师,军队。玩,通"翫"。翫,因习以为常而不当一回事。凯,军乐。凯入,谓战胜而奏军乐以归来。入,指入本国。《左传》僖公二十八年:"(晋军)振旅,恺以入于晋。""凯""恺"通。二句谓民则劳苦于军旅之兴,国则习惯于兵乐之入。

以上八句为第四章,谓三国鼎立,天下仍苦于战乱。

㉒"天厌"二句:厌,厌倦,嫌弃。霸德,指以武力称霸割据的行为。《左传》隐公十一年:"天而既厌周德矣。"《晋书·郄诜传》载晋武帝举贤良直言之士诏:"岂霸德之浅钦。"黄祚,指魏。魏自称以土承汉之火,土为黄色。衅,征兆,败坏的征兆。告衅,显示出败象。

㉓"狱讼"二句:违,离,背离。适,往,去。《孟子·万章上》:"万章曰:'尧以天下与舜,有诸?'孟子曰:'否。天子不能以天下与人。''然则舜有天下也,孰与之?'曰:'天与之。……尧崩,三年之丧毕,舜避尧之子于南河之南。天下诸侯朝觐者不之尧之子而之舜,讼狱者不之尧之子而之舜,讴歌者不讴歌尧之子而讴歌舜。故曰天也。夫然后之中国,践天子位焉。'"此用其典,谓人心都背离魏而朝向晋。

㉔"陈留"二句:陈留,指曹奂。奂字景明,曹操孙。景元元年(260)即帝位,咸熙二年(265)禅位于司马炎,封陈留王。晋惠帝太安元年(302)崩,

谥曰元皇帝。登禅,受禅让而登上帝位。

㉕"庸岷"二句:庸,古代小国名,见《尚书·牧誓》、《左传》文公十六年,春秋时附属于楚国,在今湖北竹山西南。岷,山名,在今四川北部,绵延四川、甘肃边境。庸、岷都在蜀境内,这里即代指蜀国。稽颡,跪拜以头触地。颡(sǎng),额。魏元帝曹奂景元四年(263),魏大举伐蜀,蜀主刘禅舆榇面缚而降。三江,在吴境内,故代指吴国。《尚书·禹贡》:"三江既入,震泽底定。"三江为哪三江,说者纷纭。三国吴韦昭谓吴松江、钱唐江、浦阳江,见《国语·越语》注。晋扬州刺史顾夷所著《吴地记》则云松江东北流七十里,东北入海为娄江,东南入海为东江,与松江并称三江。(见《禹贡》陆德明《释文》)尚有其他说法,兹不录。改献,谓吴国原先贡献于魏,今乃改而贡献于司马氏。东汉建安末年,孙权向曹操上书称臣,称说天命,劝曹操称帝,并派遣使者奉献方物。曹丕称帝后,孙权也曾多次纳贡,献上纤缟、大贝、明珠、象牙等。魏之末年,司马昭专权擅政,孙皓贡献方物,虽然司马昭名义上仍是魏臣,故编册送至魏室,但其实已经可说是"改献"。按:晋武帝太康四年(280),大举伐吴,孙皓亦舆榇面缚请降。陆机言蜀则云"稽颡",言吴则不显言其降,而云"改献",也是为其故国旧主留地步的措辞。又,蜀亡在司马炎受禅之前,此先述登禅,后言蜀降,乃因行文之便。

以上八句为第五章,写三国一统于晋。

㉖"赫矣"二句:赫,显赫盛大的样子。韦玄成《自劾诗》:"赫矣我祖。"奄,大。宅,居,引申为占有、包笼之意。《诗·商颂·玄鸟》:"宅殷土芒芒。"率(shuài),自。率土,四海之内。《诗·小雅·北山》:"率土之滨,莫非王臣。""率土"乃"率土之滨"的省略说法。"土之滨"指九州土地濒临四海处,"率土之滨"谓从濒临四海处向内,亦即四海之内意。(参王引之《经义述闻·毛诗》)二句谓显赫隆盛之大晋,包笼广大之四海之内。晋完成统一大业,幅员辽阔,故陆机称颂之。

㉗"对扬"二句:对扬,对答、发扬。秩,常,恒久。斯,此。祜,福。《诗·商颂·烈祖》:"嗟嗟烈祖,有秩斯祜。"二句谓大晋对答、扬举天意与人心,长有此统治天下之福。

㉘"惟公"二句:太宰,指贾充。充封鲁郡公,卒后追赠太宰。光,光明;

又通"广"，大也。乃颂扬之词。翼，辅助。《左传》襄公二十七年："宜其光辅五君以为盟主也。"二祖，指司马昭、司马炎。司马昭被追尊为文皇帝，庙号太祖，武帝庙号世祖。

㉙"诞育"二句：诞育，见四言《赠弟士龙》"诞育祖考"注。胄，子孙，后裔。潘岳《南阳长公主诔》："主之诞育，既纂洪胄。"纂，通"缵"。缵，继承。戎，大。《诗·大雅·烝民》："缵戎祖考。"《鲁颂·閟宫》："俾侯于鲁。""纂戎"句，谓贾谧继承贾充而光大之，袭封为鲁郡公。

以上八句为第六章，颂扬晋王朝与贾充，言贾谧继承贾充为鲁公。自发端迤逦叙来，至此方落到贾谧身上。

㉚"东朝"二句：东朝，东宫，此指愍怀太子司马遹。惠帝太熙元年（290）八月，立为皇太子，次年出就东宫。淑，善。问，通"闻"。声闻，名声。《诗·鲁颂·泮水》："淑问如皋陶。"峨峨，盛壮貌。按《晋书·愍怀太子传》，遹为惠帝长子，幼而聪慧，武帝爱之，尝谓"此儿当兴我家"，对群臣称其似宣帝（司马懿），于是令誉流于天下。

㉛"我求"二句：我，此指晋惠帝及太子。《诗·周颂·时迈》："我求懿德。"《大雅·皇矣》："帝谓文王，予怀明德。"《左传》昭公二十年："齐侯……曰：'唯据与我和夫!'晏子对曰：'据亦同也，焉得为和?'公曰：'和与同异乎?'对曰：'异。和如羹焉：水火醯醢盐梅以烹鱼肉……宰夫和之，齐之以味，济其不及，以泄其过。君子食之，以平其心。君臣亦然。'"二句谓惠帝、太子求访明德之人，以辅佐太子之不及。

㉜"鲁公"二句：戾止，来到。《诗·鲁颂·泮水》："鲁侯戾止。"《毛传》："戾，来；止，至也。"衮服，天子、公卿之礼服，画有卷龙。《诗·豳风·九罭》"衮衣绣裳"《毛传》："衮衣，卷龙也。"《释文》："天子画升龙于衣，上公但画降龙。"《晋书·舆服志》："魏明帝以公卿衮衣黼黻之饰疑于至尊，多所减损，始制天子服刺绣文，公卿服织成文。及晋受命，遵而无改。"可供参考。委蛇（wēi yí），《召南·羔羊》："退食自公，委蛇委蛇。"《郑笺》："委蛇，委曲自得之貌。"《孔疏》："委曲自得者，心志既定，举无不中，神气自若，事事皆然，故云'委蛇，委曲自得之貌'也。"二句谓贾谧来到东宫，身着礼服，神气安详自如。

㉝"思媚"二句:《诗·大雅·思齐》:"思媚周姜。"《毛传》:"媚,爱也。"皇储,太子。承华,东宫中的门。

以上八句为第七章,谓晋惠帝立司马遹为太子,贾谧出入东宫,与太子游处。按:史载贾谧恃其姨母贾后势,颇骄横,无礼于太子。此云其亲爱太子,亦为文之体,不得不然。

㉞"昔我"二句:谓当年我及此机遇,为太子洗马。陆机于惠帝元康二年至四年任此职。下僚,自谦语。

㉟"及子"二句:栖迟,游息。《诗·陈风·衡门》:"衡门之下,可以栖迟。"同林,谓己与贾谧同在东宫;异条,谓谧贵而己贱。贾谧为散骑常侍,官居三品,陆机为太子洗马,乃七品。(据《通典·职官·晋官品》)

㊱"年殊"二句:年殊,谓年龄悬殊;志比,谓情意相合。"比",一作"密"。据《晋书·惠贾皇后传》,贾谧母贾午小惠帝一岁,则其生于魏元帝景元元年(260);又据《艺文类聚》卷三十五引臧荣绪《晋书》所载贾午年十四五通于韩寿之语,则贾谧生年不得早于晋武帝咸宁元年(275)。(参俞士玲《陆机陆云年谱》元康六年谱)陆机生于吴景帝永安四年(261),小贾午一岁,是其年长于贾谧十余岁之多。服,谓服章,表示官阶尊卑之服饰器用。舛,不齐,不一。义,《广雅·释言》:"宜也。"此言相处之宜。稠,多。义稠,谓行事相处多合。

㊲"游跨"二句:谓二人在东宫相处之年。当指惠帝元康二年、三年、四年之春及二年、三年之秋。陆机元康四年秋自太子洗马改任吴王郎中令。

以上八句为第八章,述自己任太子洗马时与贾谧同在东宫游处。

㊳"祗承"二句:祗,恭敬。《初学记》卷十六引《乐叶图征》:"圣王祗承天定。"张衡《东巡诰》:"诞敢不祗承。"《诗·大雅·烝民》:"出纳王命。"《郑笺》:"出王命者,王口所自言,承而施之也;纳王命者,时之所宜,复于王也。"出谓承受、施行王命,纳谓以所施行者回复、报告于王。二句谓敬受皇命,行之而无有违失。

㊴"往践"二句:蕃朝,指吴。紫微,紫微垣,喻至尊所居,指天子朝廷。"来步紫微",谓为尚书郎。后汉以来,尚书为天子近臣,职权颇重,其官舍在宫禁之内,故言星象者,谓紫微垣内亦有尚书。《晋书·天文志》据晋武

帝时太史令陈卓所定星图云："紫宫垣……门内东南维五星曰尚书,主纳言,夙夜咨谋,龙作纳言,此之象也。"韦诞《太仆杜侯诔》:"入作纳言,光耀紫微。"谢承《后汉书》:"魏朗,字少英,为尚书,再升紫微。"(《太平御览》卷二百十二引)应璩《与尚书诸郎书》:"二三执事……方将飞腾闾阖,振翼紫微。"言尚书则称及紫微。陆机此处亦然。

⑩"升降"二句:秘阁,此指尚书省之台阁。宫禁内台阁颇多。《太平御览》卷一百八十四、《永乐大典》本《河南志·魏城阙古迹》引《丹阳记》:"汉魏殿观多以复道相通,故洛宫之阁七百余间。"尚书官寺亦有阁,因在宫禁之内,故曰"秘阁"。王鸣盛《十七史商榷》卷三十七《后汉书》九"台阁"条云台阁指尚书:"所云台阁者,犹言宫掖中秘云尔。"尚书省档案文件藏在阁内。李善注:"谢承《后汉书》曰:'谢承父婴(《困学纪闻》卷十三《考史》阁若璩注云当作嬰,是。)为尚书侍郎。每读高祖及光武之后将相名臣策文通训,条在南宫,秘于省阁(《文选集注》本阁上有阈字。阈,台也。)。唯台郎升复道取急,因得开览。'序云入为尚书郎作此诗,然秘阁即尚书省也。"《资治通鉴》卷六十九《魏纪》黄初元年:"仍著定制,藏之台阁。"胡三省注:"台阁,尚书中藏故事之处。"阁在台上,故有"升降"之语。《晋书·纪瞻传》瞻东晋初上疏乞免尚书之职,云己衰老疾病,"无由复厕八座,升降台阁","升降秘阁"即"升降台阁",谓任尚书郎之职,上下于台阁。或以为指任秘书郎,误。嵇康《兄秀才公穆入军赠诗》:"丽服有晖。"

⑪"孰云"二句:谓岂不战战兢兢,恭敬谨严于天子之英明威重。《尚书·多士》:"我有周佑命,将天明威。"

以上八句为第九章,述自己奉帝命出任吴王郎中令,又入为尚书郎。

⑫"分索"二句:索,分离。《诗·邶风·北风》:"惠而好我,携手同行。"二句即曹丕《燕歌行》"别日何易会日难"之意。

⑬"念昔"二句:《诗·小雅·小宛》:"念昔先人。"永叹,长叹。《诗·邶风·泉水》:"我思肥泉,兹之永叹。"二句谓追念昔日美好的交游,乃发出深长之感叹。

⑭"公之"二句:云,《广雅·释诂》:"有也。"翰,笔,此谓笔之所书。音翰犹音书。二句谓贾谧亦有所感,乃赠我以诗,以通音问。

㊺"蔚彼"二句：蔚，有文采貌。高藻，高妙的辞藻。阑，借作"烂"，有光彩貌。《楚辞》刘向《九叹·怨思》"文采耀于玉石"王逸注："发文序词烂然成章，如玉石有文采也。"二句称颂贾谧赠诗之美好。"如玉之阑"一作"如玉如兰"。

以上八句为第十章，谓久别重逢而感叹，并称扬贾谧所赠诗章。

㊻"惟汉"二句：汉，指汉水。木，指柑橘树。贾谧赠诗云："立德之柄，莫匪安恒。在南称甘，度北则橙。崇子锋颖，不颓不崩。"柑橘由南入北，易地而化，陆机在江南时有高名，故贾谧以此讽戒陆机须有恒心恒德，不可如柑橘易地而变质。陆机此二句承彼而言。按：柑橘变化之说，传闻异辞。《周礼·考工记》："橘逾淮而北为枳。"《晏子春秋·内篇·杂下》："橘生淮南则为橘，生于淮北则为枳。叶徒相似，其实味不同。"《淮南子·原道》："故橘树之江北则化而为橙。"陆机不言"南"而言"汉"，与下文"惟南有金"避复也。其造语或受《诗·周南·汉广》"南有乔木"之影响。

㊼"惟南"二句：《诗·鲁颂·泮水》："大赂南金。"《尚书·皋陶谟》："万邦作乂。"(伪古文在《益稷》)李善注："言木度北而变质，故不可以逾境；金百炼而不销，故万邦作咏。谧戒之以木，而陆自勖以金也。"依李注，陆机之意谓柑橘固然易地而变质，但我则以万方歌咏之南金自勉。金出于南，陆机南人，故以之自喻。又一解，谓此二句乃陆机勉励、期望贾谧之语。何焯《义门读书记》卷四十六云："金以勖贾，故下云'狂狷厉圣'。自谓恃宿昔相知，乃敢云然也。"录以备参。按：南金应是当时称赞南方优秀人才之惯用语。如南方人士入洛，张华"见而奇之，曰：'皆南金也。'"(《晋书·薛兼传》)张华与褚陶书又云："二陆龙跃于江汉，彦先凤鸣于朝阳，自此以来，常恐南金已尽，而复得之于吾子。故知延州之德不孤，渊岱之宝不匮。"(《世说新语·识鉴》注引《褚氏家传》)又陆机友人顾荣推荐江南士人于晋元帝，便说："凡此诸人，皆南金也。"(《晋书·顾荣传》)陆机此处并非以南金自命，而是泛言南方尽有人才，委婉表现其以南人自傲、不卑不亢的态度。

㊽"民之"二句：胥，相。好，《诗·小雅·鹿鸣》"人之好我"《郑笺》："犹善也。"即使人进善之意。民之胥好，意谓人们互相敦勉督促，使之变得更好。《论语·子路》："子曰：'不得中行而与之，必也，狂狷乎？狂者进取，狷

者有所不为也。'"狂狷之人亦为善矣，但去圣人境界尚有间。而若努力向上，则亦可入于圣域。即《尚书·多方》所云："惟圣罔念作狂，惟狂克念作圣。"圣人不念于善，则退为狂人；狂者能念于善，则进为圣人。厉，《说文·厂部》："旱石也。"段玉裁注："旱石者，刚于柔石者也。……引申之义为作也。"二句谓人们相互敦促，使之进善，由狂狷磨砺而入圣域。上二句略示其兀傲，此二句与下二句又转而对对方的诚勉表示接受与感谢。

㊾"仪形"二句：仪形，效法。《诗·大雅·文王》："仪刑文王，万邦作孚。"《毛传》："刑，法。""形""刑"通。《商颂·那》："自古在昔，先民有作。"《毛传》："古曰在昔。"二句谓我已闻子之教命，将效法于古人。

以上八句为第十一章，回应贾谧赠诗之末勉勖之语。

【汇评】

吴曾《能改斋漫录》卷十六"别易会难"：《颜氏家训》曰："别易会难，古人所重。江南饯送，下泣言离。北间风俗不屑此，歧路言离，欢笑分首。"李后主长短句盖用此耳，故云："别时容易见时难。"又云："别易会难无可奈。"然颜说又本《文选》陆士衡《答贾谧诗》云："分索则易，携手实难。"

孙鑛评：虽是宽叙，体却活泼，能以天才运藻词，故气格自超迈。○（第一章）虽亦征古，然视安仁较清脱有风度。○（第三、四章）叙汉季分裂及魏晋改革事，甚飞动有姿态。（见天启二年闵齐华刻《孙月峰先生评文选》）

陈祚明《采菽堂古诗选》卷十：（"在汉"章）"释位挥戈"，语切。○（"爰兹"章）序三国及吴亡，语并得体。○（"东朝"章）雅称。○（"昔我"章）琢句有致。○（"惟汉"章）用来语作答，法合。○此诗生动处亦少，而雅练得体。局整旨合。

叶矫然《龙性堂诗话初集》：潘安仁《代贾谧赠士衡》诗，前辈有谓其发端四韵源流太远者，殆非也。潘意铺扬晋得天统，历叙皇王，以诋吴国之僭耳。然溯羲轩迄周汉，反遗却唐虞，立言殊不知务。且发端二十余句，如"二仪""八象""九有""六国""四隅""三雄"等语，堆叠满纸可厌，远不及陆之报章典缛多风、琅琅可诵也，即此见潘、陆优劣耳。陆诗云"迭毁迭兴""崇替有征"，又云"改物承天""吴实龙飞"，隐然见从古废兴无常，不特亡吴为然，意实言表。后宋文信公之对元帅，似亦本此。夫亡国之大夫，结襟之嫠妇也。与息妫而讥息君之无良,对甄后而语袁氏之不淑,可乎? 昔卢志谓机曰:"陆逊、陆抗,与君远近何如?"机曰:"如君之于卢毓、卢珽。"志大惭恨。盖子前名父,臣前诟君,少有肺肠,孰能堪此! 今潘之诗犹卢志也,为士衡者,词虽辨而心良苦矣。

何焯《义门读书记》卷四十六:铺陈整赡,实开颜光禄之先。锺嵘品第颜诗,以为其源出于陆机,是也。然士衡较为遒秀。("吴实龙飞"句)曰"龙飞",则非伪也。("三江改献"句)曰"改献",为故主讳衔璧之辱。("济同以和"句)时谧多无礼于太子,"和同"之语盖有刺也。

黄侃《文选平点》:细为绅绎赠诗,始知此诗兀傲讽刺,兼而有之,未识贾谧喻其旨否。○("年殊志比"句)何焯谓机与谧款密,大缪。此诗意存讥讽,款密乃空言耳。

讲《汉书》

税驾金华,讲学秘馆①。有集惟髦,芳风雅宴②。

【题解】

班固《汉书》,为人所重,然而其书颇不易读,故汉安帝时,即下诏令马融等从班固之妹昭受读。东汉以来,注家颇多,西晋时有晋灼《汉书集注》《汉书音义》、刘宝《汉书驳议》。此二人与陆机同时,陆机入洛阳,曾拜见刘宝。(见《世说新语·简傲》)宫廷间亦颇重班固此书,且有讲读之风气。如刘宝便曾侍奉皇太子讲《汉书》。(见颜师古《前汉书叙例》)而左思曾应贾谧之请开讲。(见《晋书·左思传》)潘岳有《于贾谧坐讲〈汉书〉》诗,四言。(载《艺文类聚》卷五十五、《初学记》卷二十一)左思之讲,在贾谧为秘书监时。陆机与潘岳、左思均列名于贾谧二十四友,他作此诗,当也在其时,即元康八年、九年间。时陆机已从尚书殿中郎改任著作郎。

诗载《北堂书钞》卷九十八,仅四句,显非完篇。今据以录载。

【校注】

①"税驾"二句：税驾，犹解驾，止息。税，通"脱"。《史记·李斯列传》："物极则衰，吾未知所税驾也。"金华，汉代殿名，此代指晋之宫殿。《汉书·叙传》："时上（成帝）方乡学，郑宽中、张禹朝夕入说《尚书》《论语》于金华殿中。"颜师古注："金华殿在未央宫。"秘馆，指秘书省。

②"有集"二句：有，词头，无义。《诗·小雅·车辖》："有集维鷮。"髦，《尔雅·释言》："俊也。"祢衡《颜子碑》："振芳风。"宴，饮酒集会。

赠潘岳

金曰吾生^①，明德惟允^②。

【题解】

潘岳（247—300），字安仁，荥阳中牟（今属河南）人。曾为河阳县令、怀县令、著作郎、给事黄门侍郎等。为贾谧二十四友之一。曾奉贾后使令，构陷太子。赵王伦废贾后，阴谋篡位，其亲信孙秀与潘岳有嫌隙，遂诬构岳作乱，杀之。潘岳擅长文辞，后世与陆机齐名并称。曾代贾谧作诗赠陆机，此二句佚句见《文选》卷二十五谢瞻《答灵运诗》李善注所引，今据以录载。

【校注】

①"金曰"句：金(qiān)，皆，都。生，先生的省称。《史记·儒林传》"言礼自鲁高堂生"司马贞《索隐》："云'生'者，自汉以来儒者皆号生，亦'先生'省字呼之耳。"

②"明德"句：明德，光明显赫之德。允，诚。《尚书·尧典》："出纳朕命，惟允。"（伪《古文》在《舜典》）此句谓潘岳有诚信之明德。

答张士然

　　絜身跻秘阁,秘阁峻且玄①。终朝理文案,薄暮不遑瞑②。驾言巡明祀,致敬在祈年③。逍遥春王圃,踯躅千亩田④。回渠绕曲陌,通波扶直阡⑤。嘉谷垂重颖,芳树发华颠⑥。余固水乡士,总辔临清渊⑦。戚戚多远念,行行遂成篇⑧。

【题解】

　　张士然,陆机友人,亦能文章,《文选》卷三十八录其元康年间为吴县令谢询所作《求为诸孙置守冢人表》一篇。据本诗李善注引《晋阳秋》及《求为诸孙置守冢人表》李善注引《晋百官名》,知张士然名悛,士然乃其字,吴国人,后仕晋,为太子庶子。陆云亦有《答张士然》诗,云:"欢旧难假合,风土岂虚亲。感念桑梓域,仿佛眼中人。"盖张在吴时,陆机兄弟皆作诗与其相赠答。陆机此诗有"终朝理文案,薄暮不遑瞑"之语,见其处理文书繁忙之状,应是元康六七年间任尚书郎时所作。诗中向友人述说自己的工作,并抒发思乡之情。

　　诗载《文选》卷二十四、《陆士衡文集》卷五,今据《文选》录载。

【校注】

　　①"絜身"二句:絜,同"洁"。洁身,表示慎重、谨肃。跻,登。秘阁,指尚书省寺之阁,参《答贾谧》"升降秘阁"注。按:本诗李善注:"《吊魏武》曰机'出补著作,游乎秘阁',然秘书省亦为秘阁。"是李善以此诗为陆机任著作郎时作。但据诗中"终朝理文案,薄暮不遑瞑"二句,应是为尚书郎时景象。玄,《说文·玄部》:"幽远也。"此指省阁幽深。

　　②"终朝"二句:终朝,自天明至进食时的一段时间。《诗·小雅·采绿》:"终朝采绿。"案,指文书、文件,据以考案、案验,故曰案。《资治通鉴·汉纪》四十七"案经三府"胡三省注:"案,文案也,以考验为义。"薄暮,

近黄昏,即日将落之时。不遑,没有空暇。《诗·小雅·小弁》:"不遑假寐。"《郑笺》:"遑,暇也。"瞑,闭目。此指合眼小憩。"瞑",一作"眠"。"瞑""眠",古今字。

③"驾言"二句:言,语词,无义。《诗·邶风·泉水》:"驾言出游。"明祀,谓重大之祭祀。祈年,祈求丰年。《周礼·春官·籥章》:"祈年于田祖。"

④"逍遥"二句:春王囿,"囿"一作"圃",洛阳宫园囿名。李善注:"《晋宫阁铭('铭'当作'名')》曰洛阳宫有春王园。"又《文选》张衡《东京赋》"植华平于春圃"李善注:"《宫阁记》有春王囿。"蹢躅,徘徊不进的样子。千亩,春季天子行藉田之礼以劝农事,其田千亩。《礼记·祭义》:"昔者天子为藉千亩……诸侯为藉百亩。"晋武帝泰始四年正月诏:"今修千亩之制,当与群公卿士躬稼穑之艰难,以率先天下。"其田地在洛阳东郊之南,洛水之北,同时以太牢祀先农。惠帝时仍行其事。(见《晋书·礼志上》)

⑤"回渠"二句:田间道南北曰阡,东西曰陌。此泛指田间道路。通波,言其水流畅达。扶,沿着。

⑥"嘉谷"二句:《尚书·吕刑》:"农殖嘉谷。"重颖,谓一茎数穗,如《艺文类聚》卷八十五引《晋起居注》:"武帝世嘉禾三生,元帝世嘉禾三生,其茎七穗。"被认为是一种祥瑞。应贞《晋武帝华林园集》:"嘉禾重颖,冀荚载芬。"李善注引《孝经援神契》:"王者德至地则嘉禾生。"颠,《广雅·释诂》:"末也。"此谓树梢。

⑦"余固"二句:水乡,指吴。总辔,总聚马缰于手,谓驾也。

⑧"戚戚"二句:戚戚,忧伤的样子。《古诗》:"行行重行行。"

【汇评】

郭正域评:调度直致,有古意。(见万历三十年博古堂刻《新刊文选批评》)

宋征璧《抱真堂诗话》:陆机"通波扶直阡","扶"字妙。

王闿运《八代诗选》眉批:宽和。"余固水乡士"二句,横岭过峰。(据夏敬观《八代诗评》所附)

赠潘尼

水会于海,云翔于天①。道之所混,孰后孰先②？及子虽殊,同升太玄③。舍彼玄冕,袭此云冠④。遗情市朝,永志丘园⑤。静犹幽谷,动若挥兰⑥。

【题解】

潘尼,字正叔,陆机友人,曾同为太子官属,参《祖道毕雍孙刘边仲潘正叔》《答潘尼》题解。《艺文类聚》卷三十一有潘尼《答陆士衡》诗,述己之归隐,有云:"昔游禁闼,祗畏夕惕。今放丘园,纵心夷易。"又云:"子濯鳞翼,我挫羽仪。予志耕圃,尔勤王役。"言与陆机升沉有殊。正与陆机此诗"遗情市朝,永志丘园"等语相应,应是答陆机此诗所作。考潘尼事迹,知其辞官退隐在赵王司马伦篡位之时,即惠帝永康二年(301)正月至四月之间。此前一年,永康元年四月,司马伦废贾后,诛贾谧等,阴谋篡位,欲先除去大臣有声望者,于是张华、裴𫖳等皆遇害。当时潘岳、石崇、欧阳建亦被诬陷而族诛。另一方面,司马伦欲收取人望,乃选用海内名士,陆机亦被任为其相国参军,又转为中书侍郎。潘尼则见机而退,称病重请假还乡。陆机诗因潘尼归隐而作,时当在永康二年春。

此诗载《艺文类聚》卷三十一、《陆士衡文集》卷五,当亦非完篇。今据《艺文类聚》录载。

【校注】

①"水会"二句:《诗·小雅·沔水》:"沔彼流水,朝宗于海。"《淮南子·说山》:"江出岷山,河出昆仑,济出王屋,颍出少室,汉出嶓冢,分流舛驰,注于东海。所行则异,所归则一。"《周易·需·象》:"云上于天。"二句意谓殊途同归。

②"道之"二句:《老子》十四章:"不可致诘,故混而为一。"二十五章:

"有物混成，先天地生。"王弼注："混然不可得而知，而万物由之以成，故曰混成也。"都是对"道"的描述。二句谓所有事物皆道之所成，都是浑然一体而永恒的道之体现，无所谓先后之区别。

③"及子"二句：太玄，谓道。《老子》一章："玄之又玄，众妙之门。"扬雄作《太玄经》。二句谓吾与子虽行事不同，但同归于道。或许因潘尼退隐而自己仍旧仕宦，故有此言。此乃魏晋玄学思想之体现。郭象注《庄子·逍遥游》云："帝尧、许由，各静其所遇，此乃天下之至实也。各得其实，又何所为乎哉？自得而已矣。故尧、许之行虽异，其于逍遥一也。"又云："夫圣人虽在庙堂之上，然其心无异于山林之中。"谓显隐虽异，但体道则同。陆机诗即此意。

④"舍彼"二句：玄冕，行礼时所戴之冠，参《吴王郎中时从梁陈作》"玄冕无丑士"注。云冠，此指隐者之冠。《楚辞·九章·涉江》："余幼好此奇服兮，年既老而不衰。……冠切云之崔嵬。"王逸注："其高切青云也。"故作为人品高洁之象征。

⑤"遗情"二句：遗情，忘情，遗忘情累。市朝，市场与朝廷。《周礼·天官·内宰》"凡建国，佐后立市"郑玄注："市朝者，君所以建国也。建国者必面朝后市。"《史记·张仪列传》："争名者于朝，争利者于市。今三川、周室，天下之朝市也。"志，《论语·述而》"志于道"何晏《集解》："慕也。"丘园，指隐士所居。《周易·贲》六五："贲于丘园。"二句谓忘却名利，长慕隐逸生活。

⑥"静犹"二句：挥兰，谓散发兰之馨香。《文选》曹植《七启》"挥流芳"李善注引韩康伯《周易注》："挥，散也。"二句形容隐士品格之幽静深远与高洁芬芳。

【汇评】

王夫之《古诗评选》卷二：诗入理语，惟西晋人为剧。理亦非能为西晋人累，彼自累耳。诗源情，理源性，斯二者岂分辕反驾者哉？不因自得，则花鸟禽鱼累情尤甚，不徒理也。取之广远，会之清至，出之修洁，理顾不在花鸟禽鱼上耶？平原兹制，讵可云有注疏帖括气哉？

园　葵

种葵北园中,葵生郁萋萋。朝荣东北倾,夕颖西南晞^①。
零露垂鲜泽,朗月耀其辉^②。时逝柔风戢,岁暮商飙飞^③。曾
云无温液,严霜有凝威^④。幸蒙高墉德,玄景荫素蕤^⑤。丰条
并春盛,落叶后秋衰^⑥。庆彼晚凋福,忘此孤生悲^⑦。

【题解】

葵,菜名,其味甘滑。《诗·豳风·七月》:"七月亨葵及菽。"葵性向日。
《左传》成公十七年"葵犹能卫其足"杜预注:"葵倾叶向日,以蔽其根。"非今
之向日葵。旧说陆机此诗为感谢成都王司马颖而作。惠帝永宁元年(301)
正月,赵王伦篡位。三月,齐王冏、成都王颖、河间王颙、常山王乂举兵讨
伐,四月,诛杀赵王伦及其党羽,惠帝反正。陆机曾被赵王伦任命为中书侍
郎,故齐王冏怀疑他参与起草禅让诏书,乃将其下狱。幸得成都王颖与吴
王晏营救,方得免死出狱。故陆机作此诗,以葵为喻,表示感谢。(据《文
选》李善注)诗载《文选》卷二十九、《陆士衡文集》卷五,今据《文选》录载。

【校注】

①"朝荣"二句:荣,指草本植物的花。《尔雅·释草》:"木谓之华,草谓
之荣。"颖,《说文·禾部》:"禾末也。"引申为末端、顶端之称。晞,当作
"睎"。古书中二字常易混淆。《说文·目部》:"睎,望也。"葵朝向太阳,喻
诚心仰慕之意。如《淮南子·说林》:"圣人之于道,犹葵之与日也。虽不能
与终始哉,其乡之,诚也。"曹植《求通亲亲表》:"若葵藿之倾叶,太阳虽不
为之回光,然终向之者,诚也。臣窃自比葵藿,若降天地之施,垂三光之明
者,实在陛下。"

②"零露"二句:"零",一作"灵",字通。零,落。《诗·郑风·野有蔓
草》:"零露溥兮。""朗月",一作"朗日"。嵇康《琴赋》:"朗月垂光。"王褒《四

子讲德论》："神光耀晖。"蔡邕《光武济阳宫碑》："赫矣炎天,爰曜其辉。"

③"时逝"二句:"柔风",一作"和风"。《管子·四时》:"柔风甘雨乃至。"猋,通"飙",疾风。商猋,西风,西方属商。《楚辞》东方朔《七谏·沈江》:"商风肃而害生兮,百草育而不长。"曹大家《蝉赋》:"商猋厉而化往。"

④"曾云"二句:曾,重。曾云即层云,指重叠的云层。《汉书·孙宝传》:"以成严霜之诛。"凝,谓阴气凝结。《周易·坤》初六:"履霜,坚冰至。"《象》曰:"阴始凝也,驯至其道,至坚冰也。"

⑤"幸蒙"二句:墉(yōng),墙。玄景,指阴影。景乃日光,玄有幽暗义。刘桢《大暑赋》:"兽喘气于玄景。"素,白色。蕤,草木花低垂貌,此指花。

⑥"丰条"二句:条,《说文·木部》:"小枝也。"按:陆机《谢平原内史表》:"使春枯之条,更与秋兰垂芳""庆云惠露,止于落叶",以条、叶自喻,构思略同。

⑦"庆彼"二句:《论语·子罕》:"子曰:'岁寒然后知松柏之后凋也。'"《古诗》:"冉冉孤生竹。"

【汇评】

陆云《与兄平原书》:兄《园葵诗》清工,然犹复非兄诗妙者。

孙鑛评:"高墉"一语真奇绝,是凿空撰出,一篇骨力全在于此。(天启二年闵齐华刻《孙月峰先生评文选》)

陈祚明《采菽堂古诗选》卷十:《三百篇》比体。情事切至,结句亦秀。

王闿运《八代诗选》眉批:宽和。(据夏敬观《八代诗评》所附)

园　　葵

翩翩晚凋葵,孤生寄北蕃①。被蒙覆露惠,微躯后时残②。庇足同一智,生理各万端③。不若闻道易,但伤知命难④。

【题解】

此首见《艺文类聚》卷八十二。与上一首同题,寓意亦相近,当是同时所作。

【校注】

①"翩翩"二句:翩翩,鸟飞的样子,此形容其枝叶翻动貌。蕃,通"藩"。藩,篱笆。"北藩",一作"此间"。

②"被蒙"二句:《国语·晋语》:"是先主覆露子也。"韦昭注:"露,润也。"《汉书·晁错传》:"今陛下配天象地,覆露万民。"如淳注:"露,膏泽也。"后时残,谓生存之时久,与首句"晚凋"相应。

③"庇足"二句:《左传》成公十七年:"仲尼曰:'鲍庄子之知不如葵,葵犹能卫其足。'"杜预注:"葵倾叶向日,以蔽其根。言鲍牵(即鲍庄子)居乱,不能危行言孙(逊)。"二句借葵兴发感叹,言人之智皆欲庇护自己,然而人生事理乃千头万绪,纷乱无比。感叹自我保护之艰难也。

④"不若"二句:《论语·里仁》:"子曰:'朝闻道,夕死可矣。'"《为政》:"五十而知天命。"《周易·系辞上》:"乐天知命,故不忧。"《孟子·尽心上》:"孟子曰:'莫非命也,顺受其正。是故知命者不立乎岩墙之下。尽其道而死者,正命也;桎梏死者,非正命也。'"赵岐注:"人之终,无非命也。命有三名:行善得善曰受命,行善得恶曰遭命,行恶得恶曰随命。惟顺受命为受其正也。"二句倒装,谓伤心于知命、顺受正命之难,知命不若闻道之易也。总之谓闻道虽易而知命实难。亦感叹人生艰险之语。

【汇评】

刘勰《文心雕龙·事类》:陆机《园葵诗》云:"庇足同一智,生理合异端。"夫葵能卫足,事讯鲍庄;葛藟庇根,辞自乐豫。若譬葛为葵,则引事为谬;若谓"庇"胜"卫",则改事失真,斯又不精之患。

赠顾令文为宜春令

蔼蔼芳林,有集惟岳①,矗矗明哲,在彼鸿族②。沦心浑无,游精大朴③。播我徽猷,□彼振玉④。其一

彼玉之振，光于厥潜⑤。大明贞观，重泉匪深⑥。我有好爵，相尔在阴⑦。翻飞名都，宰物于南⑧。其二

礼弊则伪，朴散在华⑨。人之秉夷，则是惠和⑩。变风兴教，非德伊何⑪？我友敬矣，俾人作歌⑫。其三

交道虽博，好亦勤止⑬。比志同契，惟予与子⑭。三川既旷，江亦永矣⑮。悠悠我思，托迈千里⑯。其四

吉甫之役，清风既沉⑰。非子之艳，《诗》谁云寻⑱？我来自东，贻其好音⑲。岂有桃李，恧子琼琛⑳。将子无剋，属之翰林㉑。娈彼静女，此惟我心㉒。其五

【题解】

顾令文，不详。《陆云集》有《答大将军祭酒顾令文》诗，大将军指成都王颖，颖于永宁元年(301)为大将军、录尚书事，镇邺。知令文后来曾为司马颖祭酒。又《陆云集》有《与张光禄书》："顾令文、彦先每宣隆眷弥泰之惠。"宜春，汉置，西晋属安成郡，今属江西。

诗载《文馆词林》卷一百五十六，今据以录载。

【校注】

①"蔼蔼"二句：蔼蔼，盛多貌。《诗·大雅·卷阿》："蔼蔼王多吉士。""岳"，疑当作"鸑"。鸑(yuè)，鸑鷟，凤类。此喻顾令文。陆云《答大将军祭酒顾令文》："惟林有鸾。"亦以凤鸟为喻，鸾亦凤属。《诗·小雅·车辖》："依彼平林，有集维鷮。"陆机仿其句法。

②"亹亹"二句：亹(wěi)亹，努力不倦之意。《诗·大雅·文王》："亹亹文王，令闻不已。"《大雅·烝民》："既明且哲。"扬雄《法言序》："明哲煌煌。"鸿族，大族。顾姓为吴之大族，乃越王句践之后裔。(参《元和姓纂》引《顾氏谱》)

③"沦心"二句：沦，沉没。沦心，犹潜心、潜思。浑无，浑然虚无，谓道。《老子》十五章："浑兮其若浊。"四十章："天下万物生于有，有生于无。"冯衍《显志赋》："游精宇宙。"大朴，亦谓道。《老子》十五章："敦兮其若朴。"嵇康

《太师箴》："默静无文，大朴未亏。"

④"播我"二句：徽猷，此指美好之品行风范而言。《诗·小雅·角弓》："君子有徽猷。"《毛传》："徽，美也。"《郑笺》："猷，道也。"振玉，传扬玉磬之声。《孟子·万章下》："金声而玉振之也。"赵岐注："振，扬也。"《后汉书·樊准传》准上疏："响如振玉。"此句原无空格，据《适园丛书》本《文馆词林》加。

以上八句为第一章，称美顾令文出身大族高门，又称其沉潜于大道，而其美好之德行传扬于外。

⑤"光于"句：谓虽隐潜，而光明照耀。《尚书·洛诰》："惟公德明光于上下。"厥，其。潜，即《周易·乾》之初九"潜龙勿用"之"潜"，喻君子隐而未出。

⑥"大明"二句：大明，出于《周易·乾》彖辞："大明终始，六位时成，时乘六龙以御天。"王弼注："大明乎终始之道，故六位不失其时而成，升降无常，随时而用，处则乘潜龙，出则乘飞龙。"意谓当透彻明了万物自始至终的道理，随时而上下变化，应沉潜时沉潜，应飞扬时飞扬。贞观，正确地观看。贞，正也。《周易·系辞下》："天地之道，贞观者也。"李鼎祚《集解》引陆绩云："言天地正，可以观瞻为道也。""泉"，原当作"渊"，唐时避高祖李渊名讳而改。《乾》之九四："或跃在渊。"二句谓大明终始天地之正道，出处随时，虽处重渊之深，犹当跃出。喻顾令文之出仕。

⑦"我有"二句：《周易·中孚》九二："鸣鹤在阴，其子和之。我有好爵，吾与尔靡之。"李鼎祚《集解》引虞翻："爵，位也。"《孔疏》："处于幽昧而行不失信，则声闻于外，为同类之所应焉。……我有好爵，吾愿与尔贤者分散而共之。"相，《说文·目部》："省视也。"二句意谓君有好爵位，省视汝处于幽昧而贤德，欲散此好爵与汝。我，指晋帝而言。

⑧"翻飞"二句：翻，飞翔的样子。《诗·周颂·小毖》："拚飞维鸟。"此乃《毛诗》，《韩诗》"拚"字作"翻"。《文选》谢瞻《咏张子房》"翻飞指帝乡"李善注引薛君《韩诗章句》："翻，飞貌。"名都，指洛阳。宰物，治民理事。宰，治理。物，万事万物之总称，也包括人在内。《说文·牛部》："物，万物也。"二句谓顾令文在洛阳，又前往宜春。宜春在南方。

以上八句为第二章，言顾令文名声远扬，遂出仕，先往洛阳，又出为宜春令。

⑨"礼弊"二句：《老子》三十八章："夫礼者，忠信之薄而乱之首。"《庄子·知北游》："礼相伪也。……礼者，道之华而乱之首也。"《文子·上义》："《老子》曰：'乱世……为礼者相矜以伪。'"老、庄以礼为淳朴诚信被破坏的标志，陆机此处云"礼弊则伪"，似以为礼之初设未坏时尚有可取，与老、庄之说微有不同。调和儒、道之说也。朴，朴实。道为朴，反映于社会，则指上古理想之世。华，指侈靡巧伪。《老子》二十八章："朴散则为器。"

⑩"人之"二句："人"，原当作"民"，唐人避太宗讳"世民"改。"秉"，原作"乘"，据《适园丛书》本《文馆词林》改。《诗·大雅·烝民》："民之秉彝，好是懿德。"《毛传》："彝，常。"《郑笺》："秉，执也。……然而民所执持有常道，莫不好有美德之人。""秉彝"，《孟子·告子上》作"秉夷"。"夷""彝"通。《左传》昭公二十五年："为温慈惠和，以效天之生殖长育。"二句谓民有常情，乃好乐此惠和之政。

⑪"变风"二句：承上谓改变风俗，兴起教化，唯在于德而不可凭恃巧伪。

⑫"我友"二句：《诗·小雅·沔水》："我友敬矣。"俾，使。"人"，原当作"民"，避唐讳改。《诗·小雅·节南山》："俾民不迷。"《诗·小雅·四牡》："是用作歌。"二句勉励顾令文为政当审慎严肃，获得人民的歌颂。

以上八句为第三章，劝勉顾令文赴任后施行尚朴实、惠民人的德政。

⑬"交道"二句：交道，交往之道。勤，《左传》僖公二十八年"令尹其不勤民"杜预注："尽心尽力无所爱惜为勤。"止，语末助词。《诗·周颂·赍》："文王既勤止。"二句谓交往之道虽为多端，然美好者在于能尽其心而殷勤不倦。

⑭"比志"二句：比，《礼记·乐记》"比于慢矣"郑玄注："犹同也。"比志，即同心。《战国策·秦策》："天下有比志而军华下。"契，刻。古时双方有所约定，则剖木为二而刻其侧为齿状，各执其一，日后验其能否相合。同契，喻相合、一致。曹植《玄畅赋》："上同契于稷、卨，降合颖于伊、望。"惟予与子，谓二人取舍一致。《论语·述而》："子谓颜渊曰：'用之则行，舍之则藏，

74

唯我与尔有是夫!'"郭遐叔《赠嵇康》:"惟予与子,蔑不同贯。"

⑮"三川"二句:三川,指今河南一带地域。《史记·秦本纪》:"初置三川郡。"裴骃《集解》引韦昭:"有河、洛、伊,故曰三川。"《诗·周南·汉广》:"江之永矣,不可方思。"二句言顾令文南行,有三川、长江阻隔,相去辽远。

⑯"悠悠"二句:《诗·邶风·终风》:"悠悠我思。"迈,远行。二句谓我之悠长思念,寄托于远行人,直至千里。

以上八句为第四章,述与顾令文之交谊,抒发离别之情。

⑰"吉甫"二句:尹吉甫,周宣王卿士。曾北伐猃狁,见《诗·小雅·六月》。吉甫亦有文章,《毛诗序》以为《大雅》中《崧高》《烝民》《韩奕》《江汉》皆其赞美周宣王所作。其中《崧高》赠申伯,《烝民》赠仲山甫。役,经营,作为。《国语·郑语》"正七体以役心"韦昭注:"役,营也。"又《广雅·释诂》:"役,为也。"此指尹吉甫作诗之事。清风,《烝民》云:"吉甫作诵,穆如清风。仲山甫永怀,以慰其心。"又《崧高》云:"吉甫作诵,其诗孔硕。其风肆好,以赠申伯。"沉,湮没不见。二句谓尹吉甫以卿士身份作诗,和穆有如清风,其事乃发生于久远的古代。

⑱"非子"二句:艳,美好。《楚辞·招魂》"艳陆离些"王逸注:"好貌也。"《春秋榖梁传序》《左氏》"艳而富"杨士勋疏:"艳者,文辞可美之称也。"谁,何。寻,寻绎。《公羊传》成公三年"寻旧盟也"何休注:"犹寻绎也。"寻绎,即重温、继续之意。二句谓若非您如此美好,怎能重寻《诗经》中尹吉甫之传统? 承上二句,称赞顾令文文辞美好,能继承尹吉甫作穆如清风之诗。

⑲"我来"二句:《诗·豳风·东山》:"我来自东。"《鲁颂·泮水》:"怀我好音。"二句谓我自东方来时,乃赠我以佳篇。按:陆机自东方来,具体为何事,难以考知。

⑳"岂有"二句:恧(nǜ),惭愧。琼琛(chēn),美玉,珍宝。《诗·卫风·木瓜》:"投我以木桃,报之以琼瑶。"又:"投我以木李,报之以琼玖。"二句反其意,云子赠我以美玉珍宝,而我惭愧欲报以桃李亦不能,自谦己诗不足以报答顾令文之赠诗也。

㉑"将子"二句:将(qiāng),请,愿。《诗·卫风·氓》:"将子无怒。"《毛

传》："将，愿也。"矧，通"哂"。《广雅·释诂》："哂，笑也。"王念孙《疏证》："哂、吲、弞、矧，并通。"属，附着。翰林，文笔之林。此指顾令文所作众多诗文。二句谓愿子勿哂笑我诗，使其亦得附着于文章之林。古人编集，多将赠答双方之作一同编入，故有此语。

　　⑫"娈彼"二句：娈，美好的样子。《诗·邶风·泉水》："娈彼诸姬。"静女，《邶风》有《静女》篇，云："静女其娈，贻我彤管。"《毛传》云其女既有贞静之德，又有美色，又能遗我以古人之法。彤管，女史执以书事，所书合乎古法，故以为古人之法的代称。二句似以静女指顾令文，谓顾令文赠诗有如《静女》所咏，遗我以古人之法。"此惟"句，谓我心之所念想在于此也。

　　以上十二句为第五章，言自己所作此诗乃回报顾令文之赠诗，自谦其远不如顾之所赠。

赠武昌太守夏少明

　　穆穆君子，明德允迪①。拊翼负海，翻飞上国②。天子命之，曾是在服③。西逾崎龟，北临河曲④。其一

　　尔政既均，尔化既淳⑤。旧污孔修，德以振人⑥。雍雍鸣鹤，亦闻于天⑦。释厥缁衣，爰集崇贤⑧。其二

　　羽仪既奋，令问不已⑨。庆云烟煴，鸿渐载起⑩。峨峨紫闼，侯庚侯止⑪。彤管有炜，纳言崇祉⑫。其三

　　既考尔工，将胙尔庸⑬。大君有命，俾守于东⑭。允文允武，威灵以隆⑮。之子于迈，介夫在戎⑯。其四

　　悠悠武昌，在江之隈⑰。吴未丧师，为蕃为畿⑱。惟此惠君，人胥攸希⑲。弈弈重光，照尔绣衣⑳。其五

　　人道靡常，高会难期㉑。之子于远，曷云归哉㉒。心乎爱矣，永言怀之㉓。瞻彼江介，惟用作诗㉔。其六

【题解】

夏少明,名靖,会稽人。仕晋至豫章内史。永宁元年(301)卒,陆云有《晋故豫章内史夏府君诔》。陆机此首乃送夏少明赴武昌太守任时所作,写作年份不详。武昌郡,治武昌县(今湖北鄂州)。据《通典》卷三十七《晋官品》,郡国太守、相、内史,为第五品。夏靖有《答陆士衡》诗,载《文馆词林》卷一百五十七。

陆机此诗凡六章,历述夏靖自吴入中原之后所经历的官职,最后抒发别离之情,而于述其为武昌太守时笔墨稍详,尚可谓切题而匀称。虽多应酬语,无甚警动之处,但注意运用比喻和形象语,增加了诗的色彩。熟练地使用《诗经》等经书的语汇和句式,使其具有典雅温润的文辞风格。总之,虽只是一篇一般的应酬之作,却也显示了作者高超的驾驭文辞的能力。

诗载《文馆词林》卷一百五十六。今据以录载。

【校注】

①"穆穆"二句:穆穆,美也。《诗·大雅·文王》:"穆穆文王。"明德,光明显赫之德。参《赠潘岳》"明德惟允"注。允,确实。迪,蹈行。《尚书·皋陶谟》:"允迪厥德。"二句称赞夏靖乃美好之君子,信实地依明德而行。

②"拊翼"二句:拊翼,拍击其翼,谓振翅高飞。负海,背靠大海,指吴地。上国,谓中原。《左传》成公七年:"通吴于上国。"杜预注:"上国,诸夏。"二句谓夏靖自吴入于洛阳。按:据记载,夏靖乃主动北上至洛阳以谋求发展。《太平御览》卷四百四十四引《语林》云:"夏少明在东国,不知名,闻裴逸民(頠)知人,乃裹粮寄载,入洛从之。未至裴家少许,见一人,着黄皮袴褶,乘马,将猎。夏问逸民家远迩,答曰:'君何以问?'夏曰:'闻其名知人,故从会稽来投之。'裴曰:'身是逸民,明可更来。'明往,逸民果知之,又嘉其志局,乃用为西门候,于此遂知名。"

③"天子"二句:《诗·小雅·采菽》:"乐只君子,天子命之。"曾,乃。服,事,做事。在服,谓在做事的位子上。《大雅·荡》:"曾是在位,曾是在服。"《毛传》:"服,服政事也。"谓使之在位执政事。

④"西逾"二句:崤(xiáo),崤山,在今河南,西接陕县界,东接渑池县界。黾(miǎn),黾池,秦汉时黾池县在今河南渑池西。按:陆云《晋故豫章

内史夏府君诔》称赞夏靖政绩云:"聿临猗氏,接彼郁瑕。道之以礼,育之以和。齐俗拯弊,民弥不嘉。"盖夏靖曾为猗氏县令。猗氏县在今山西临猗南,崤黾乃自洛阳往猗氏必经之路。河曲,指黄河自今陕西、山西边界南下而向东曲折处。《左传》文公十二年:"晋人、秦人战于河曲。"杜预注:"河曲在河东蒲坂县南。"即指该地。猗氏县在河水东流一段的北面,故此云"北临"。"崤黾",一作"崤冈"。

以上八句为第一章,述夏靖由吴入洛及任猗氏县令事。

⑤"尔政"二句:《论语·季氏》:"不患寡而患不均……盖均无贫。"何晏《集解》引包咸:"政教均平则不贫矣。"淳,淳厚。《周易·系辞下》:"天地细缊,万物化醇。"曹植《汉文帝赞》:"万国化淳。"

⑥"旧污"二句:孔,《尔雅·释言》:"甚也。"修,治,治理。《尚书·禹贡》:"六府孔修。"《论语·为政》:"道之以德。"振,救。《史记·太史公自序》"作游侠列传第六十四":"救人于厄,振人不赡。"此二句承上二句,都是称美夏靖在猗氏的政绩。

⑦"雍雍"二句:雍,和。雍雍,形容鸟鸣声之和平。《诗·邶风·匏有苦叶》:"雝雝鸣雁。""雍""雝"字通。《小雅·鹤鸣》:"鹤鸣于九皋,声闻于天。"二句喻夏靖有政绩,声名上达朝廷,为天子所知。

⑧"释厥"二句:释,脱。厥,其。缁衣,黑色衣,周代诸侯听朝时所服。《诗·郑风·缁衣》:"缁衣之宜兮。"《毛传》:"缁,黑色。卿士听朝之正服也。"《郑笺》:"缁衣者,居私朝之服也。"《毛传》所谓卿士,指诸侯而言,诸侯在天子朝则为卿士。《周礼·春官·司服》"凡甸,冠弁服"郑玄注:"其服,缁布衣……诸侯以为视朝之服。"是缁衣为诸侯听朝所服。此处以缁衣比喻为地方官。集,止。崇贤,晋太子宫门名,参《吴王郎中时从梁陈作》"矫迹入崇贤"注。二句指夏靖自地方官入天子朝为太子官属。陆云《晋故豫章内史夏府君诔》云:"明明皇储,睿哲时招。奋厥河浒,矫足云霄。"亦述及此。

以上八句为第二章,谓夏靖任猗氏县令政绩卓著,声闻于朝,乃改任太子官属。

⑨"羽仪"二句:《周易·渐》上九:"鸿渐于陆,其羽可用为仪。"仪乃仪

表之义,然而魏晋以来有羽仪二字连用而偏于羽翼之义者,如嵇康五言《赠秀才诗》:"抗音嘅朝露,晞阳振羽仪。"夏侯湛《抵疑》:"英耀秃落,羽仪摧残。"潘岳《夏侯常侍诔》:"弱冠厉翼,羽仪初升。"曹摅《述志赋》:"奋羽仪而翱翔。"左思《吴都赋》:"湛淡羽仪,随波参差。"潘尼《答陆士衡》:"子濯鳞翼,我挫羽仪。"令问,好的名声。《诗·大雅·文王》:"亹亹文王,令闻不已。""问""闻"字通。

⑩"庆云"二句:庆云,喜庆之气,参《赠冯文罴迁斥丘令》"庆云扶质"注。烟煴(yīn yūn),天地阴阳之气相和融貌。《周易·系辞下》:"天地烟煴,万物化醇。"鸿渐,《周易·渐》六爻爻辞都有"鸿渐"之语,此处以鸿鸟之渐进比喻君子之升迁得位。载,则。《诗·小雅·楚茨》:"皇尸载起。"二句谓在一片祥和之气中,夏靖乃升迁于高位。

⑪"峨峨"二句:峨峨,高大貌。紫闼,犹言紫宫,指宫禁之中,乃天子之所在。崔骃《达旨》:"攀台阶,窥紫闼。"侯,乃。戾,来;止,到达。《诗·大雅·荡》:"侯作侯祝。"又《鲁颂·泮水》:"鲁侯戾止。"二句谓夏靖乃来到高大的天子宫殿之中。

⑫"彤管"二句:彤,赤色。有,助词,在单音形容词前,无义。炜(wěi),赤色盛而有光的样子。彤管,谓笔,其笔管为赤色。《诗·邶风·静女》:"贻我彤管,彤管有炜。"按:此处虽借用《诗经》成句,但别有意。《艺文类聚》卷五十八引《汉官仪》:"尚书令、仆、丞、郎月给赤管大笔一双。"陆机意谓夏靖任职于尚书台。下句"纳言"即指尚书台而言。《尚书·尧典》:"帝曰:'龙……命汝作纳言,夙夜出纳朕命,惟允。'"(伪古文在《舜典》)据《孔疏》,"纳"为收纳、纳入之义。此官之职,在于听下言,纳于上,故名纳言;同时也将上言宣布于下,故言"出朕命"。《汉书·百官公卿表》:"龙作纳言,出入帝命。"颜师古注引应劭:"纳言,如今尚书,管王之喉舌也。"汉晋之时多以纳言称尚书,以下诸例可以为证:扬雄《尚书箴》:"龙为纳言,是机是密。"《后汉书·伏湛传》载杜诗荐湛为尚书,云其"尤宜近侍,纳言左右"。又《陈忠传》载忠上疏:"臣愿明主……重察……尚书纳言,得无赵昌潜(郑)崇之诈。"赵昌,哀帝时为尚书令。又《杨秉传》秉上疏:"臣奕世受恩,得备纳言。"李贤注:"纳言,尚书。"又《周举传》云举征拜为尚书,其对策云:"臣

自藩外,擢典纳言。"又蔡邕《朱公叔(穆)墓前石碑》:"帝曰:'休哉,朕嘉乃功,命汝纳言,胤汝祖踪。'"谓朱穆桓帝时征拜尚书也,其祖晖,章帝时为尚书仆射、尚书令,故云"胤汝祖踪"。又蔡邕《巴郡太守谢版》:"臣尚书邕免冠顿首死罪……知纳言任重,非臣所得久忝。"又《三国志·魏书·刘靖传》载应璩与靖书,称其"入作纳言,出临京任",谓其为尚书及河南尹也。又《吴书·陆抗传》抗上疏称薛综"纳言先帝",谓综于孙权时为尚书仆射、选曹尚书也。又《晋书·王沈传》载其卒后晋武帝诏,称沈"入历常伯纳言之位",谓其为录尚书事也。又《蔡谟传》谟上疏自称"再登而厕纳言",谓为五兵尚书也。又陆云《晋故散骑常侍陆府君诔》:"显考尚书,纳言帝宇。……奕世纳言,帝衡以平。"谓陆瑁孙权时为选曹尚书,而其子陆喜孙皓时复为选曹尚书也。又左思《魏都赋》张载注:"升贤门内、听政闼外,东入,有纳言闼、尚书台。"可知魏时尚书台之门闼,以纳言名之。陆机此处云夏靖"纳言",亦言其任职于尚书台也。然具体任何职,不详,依官品言之,应是尚书郎或尚书左右丞(第六品)。上引诸例,"纳言"均指尚书或尚书仆射、尚书令(皆第三品),无指尚书郎、丞者。《文选》潘岳《为贾谧作赠陆机》"光赞纳言"李善注:"谓为尚书郎也……应劭《汉书注》曰:'纳言,如今尚书官。'机为郎,故曰'光赞'也,郑玄《周礼注》曰:'赞,佐也。'"李善之意,谓纳言指尚书,陆机任尚书郎,佐助尚书,故曰"光赞纳言"。傅咸《感别赋序》云友人鲁庶叔"迁尚书郎",而赋云"显佐纳言",亦与潘岳诗用语同。陆机此处则谓夏靖供职尚书台,并非言其为尚书。此与上举诸例稍有不同。崇祉,谓增多福祉。按:陆云《晋故豫章内史夏府君诔》云:"委蛇华阁,陟降太微。纳言赞事,渊裕徘徊。"亦言任职尚书台。华阁,谓尚书台阁;太微,谓天子廷。尚书台在宫禁之内,夏靖任职于此,故上文云"峨峨紫闼,侯戾侯止"。

以上八句为第三章,谓夏靖由太子官属升迁任职于尚书台。

⑬"既考"二句:工,通"功"。考功,考察其任职之成绩。《史记·五帝本纪》:"三岁一考功。"《公羊传》宣公十五年何休《解诂》:"君以考功授官。""胙",原作"昨",据《适园丛书》本《文馆词林》改。胙,酬报。《左传》襄公十四年"世胙大师"杜预注:"报也。"庸,《尔雅·释诂》:"劳也。"蔡邕《司空文烈侯杨公碑》:"朕嘉君功,为邑河渭,建兹土封,申备九锡,以胙其庸。""胙"

"祚"通。

⑭"大君"二句：大君，指天子。《周易·师》上六："大君有命，开国承家。"《象》曰："大君有命，以正功也。"意谓若其功大，则天子使之开国为诸侯；若其功小，使之承家，为卿大夫。此处用《周易》成句，亦包含因功而授职之意，下句"俾守于东"与之相承。"守于东"，谓为武昌太守，武昌在洛阳东南。

⑮"允文"二句：允，确实。《诗·鲁颂·泮水》："允文允武。"按：秦汉郡有典武职甲卒者，名为尉、都尉，东汉以后，省其官，并其职于太守，是太守兼领武事。又晋时郡守多加将军之号。（参《通典·职官·州郡下》）此云"允文允武"，当因此故。威灵，神威。《楚辞·九歌·国殇》："天时坠兮威灵怒。"扬雄《长杨赋》："今乐远出以露威灵。"二句承上言天子使夏靖出守，乃是因为他既文且武，能让国之神威以之而隆盛。

⑯"之子"二句：于，助词，在动词前，无义。迈，行。《诗·小雅·车攻》："之子于征。"介，通"甲"。介夫，披甲的卫士。《礼记·檀弓下》："阳门之介夫死。"戎，兵。二句谓夏靖前往武昌，甲卫之士戒备相从。

以上八句为第四章，谓夏靖升迁，出为武昌太守。

⑰"悠悠"二句：悠悠，远的意思。限，《说文·阜部》："水曲隩也。"西晋武昌郡在江水蒲圻至柴桑一段的南面，江水东北流，又折向东南。其治所武昌县在江之南岸。

⑱"吴未"二句：未丧师，谓吴未亡时。蕃，通"藩"。藩，《说文·艸部》："屏也。"谓屏障。畿，《说文·田部》："天子千里地。"魏黄初二年（221），孙权为吴王，自公安都鄂县，改鄂名为武昌，以武昌等六县为武昌郡，至黄龙元年（229）称帝，始迁都建业，又孙皓时亦曾徙都武昌，故曰"为畿"。武昌为吴之江防要地，孙权迁都建业，乃以太子和留镇武昌，以陆逊为上大将军，辅佐太子，并掌荆州及豫章三郡事，董督军国。后又以子奋为齐王，居武昌。逊卒，大将军诸葛恪代领荆州事，亦驻武昌。其地既为国之屏藩，又为藩王所居，故曰"为藩"。按：陆机与夏靖同为吴人，故此述及故国往事。

⑲"惟此"二句：惠君，顺从道理、民心之君主，此指晋帝而言。《诗·大雅·桑柔》："维此惠君，民人所瞻。秉心宣犹，考慎其相。"意谓此顺从民意

之君主，为人民所尊仰，他持心甚正，周遍地谋度于众，慎重考察其辅佐。乃言君主用人之审慎，如《郑笺》所云："言择贤之审。"胥，皆，都。攸，是。（参裴学海《古书虚字集释》）希，通"睎"。睎，望。人胥攸希，实即"民人所瞻"之意，稍变其文而已。此处用《诗》语，虽无"秉心"二句，但实含其意，谓夏靖任武昌太守乃天子审慎选择的结果。

⑳"弈弈"二句：弈，通"奕"。《广雅·释训》："奕奕，盛也。"重光，日月之光，喻天子。绣衣，表示为天子所尊宠。《汉书·百官公卿表》："侍御史有绣衣直指，出讨奸猾，治大狱。武帝所制，不常置。"颜师古注："衣以绣者，尊宠之也。"

以上八句为第五章，谓武昌地位甚为重要，天子慎重选择夏靖前往治理，也是对他的光宠。

㉑"人道"二句：《周易·系辞下》："有天道焉，有人道焉，有地道焉。"《诗·大雅·文王》："天命靡常。"高会，对于聚会的美称，犹言盛会。期，约。

㉒"之子"二句：于，往。《诗·邶风·雄雉》："道之云远，曷云能来？"《郑笺》："曷，何也。何时能来。望之也。"《小雅·小明》："曷云其还？"云，句中助词，无实义。

㉓"心乎"二句：《诗·小雅·隰桑》："心乎爱矣。"永，长，长久。言，我。永言怀之，谓我长久地怀念他。《周颂·载见》："永言保之。"

㉔"瞻彼"二句：《诗·卫风·淇奥》："瞻彼淇奥。""介"，原作"分"，据《适园丛书》本《文馆词林》改。介，间。江介，江水之间。《楚辞·九章·哀郢》："悲江介之遗风。"武昌正属楚地。惟，通"维"，句首助词，有加强语气的作用。用，以，乃。《诗·小雅·四月》："君子作歌，维以告哀。"

以上八句为第六章，抒发离别之情。

赠顾交趾公真

顾侯体明德，清风肃已迈[①]。发迹翼藩后，改授抚南裔[②]。

伐鼓五岭表,扬旌万里外③。远绩不辞小,立德不在大④。高山安足凌,巨海犹萦带⑤。惆怅瞻飞驾,引领望归斾⑥。

【题解】

　　此赠顾祕出任交趾太守诗。李善注引《晋百官名》:"交州刺史顾祕,字公真。"顾祕,吴郡吴人。父悌,吴丞相雍之族人,为吴偏将军。顾祕有文武才干。惠帝太安年间,曾任吴兴太守。石冰作乱,被推为都督扬州九郡军事,起兵讨伐,时在太安二年(303)十二月。(同年十月,陆机兵败被成都王颖杀害)怀帝永嘉年间,曾任员外散骑常侍、交州刺史,卒于任上。由陆机此诗,知其还曾为交趾太守,其时大约在惠帝元康年间。(《晋书》无顾祕传,其事迹略见于《三国志·吴书·顾雍传》注引《吴书》,《晋书》之《惠帝纪》及陶璜、顾众、周玘、贺循、葛洪等传。)《文选集注》引《钞》:"顾尚,字公真。初曾同事太子,今出为交趾太守,故赠之也。"恐不可依据,姑录以备考。交趾,汉时置郡,西晋辖境当今越南红河三角洲一带,治龙编(今越南河内东)。郡属交州。"公真",《艺文类聚》卷二十九节载此诗作"公直",《太平御览》卷一有顾公直四言答陆机诗,仅存四句。"公直"当是"公真"之误。

　　诗载《文选》卷二十四、《陆士衡文集》卷五。今据《文选》录载。

【校注】

　　①"顾侯"二句:侯,尊称。指顾祕。体,《淮南子·泛论》"故圣人以身体之"高诱注:"行。"《尚书·梓材》:"先王既勤用明德。"《礼记·大学》:"大学之道,在明明德。"郑玄注:"明明德,谓显明其至德也。"体明德,谓其光明盛大之德性见之于行事。已,通"以",而也。迈,《说文·辵部》:"远行也。"肃已迈,谓其清风严整而远播。

　　②"发迹"二句:发迹,开始出发,开始有所作为。司马相如《封禅文》:"公刘发迹于西戎。"李善注:"藩后,吴王也。《顾氏谱》曰:'祕为吴王郎中令。'"抚,《说文·手部》:"安也。"二句谓顾祕初时辅佐藩王,改任而安抚南方边远之地。

③"伐鼓"二句：《诗·小雅·采芑》："钲人伐鼓。"《毛传》："伐，击也。"《晋书·地理志》："秦始皇既略定扬越，以谪戍卒五十万人守五岭。自北徂南入越之道必由岭峤，时有五处，故曰五岭。"《史记·陈余传》"南有五岭之戍"《集解》引《汉书音义》："岭有五，因以为名，在交趾界中也。"《索隐》引裴渊《广州记》："大庾、始安、临贺、桂阳、揭阳，斯五岭。"《水经注》无揭阳，有都庞。"扬旍"，一作"扬声"。《汉书·陈汤传》刘向上疏："县旍万里之外。"

④"远绩"二句：远绩，谓建立远及后世之功业。绩，《尔雅·释诂》："继也。"《左传》昭公元年："子盍亦远绩禹功而大庇民乎？"《孔疏》："远绩禹功者，劝之为大功，使远及后世，若大禹也。"襄公二十四年："大上有立德，其次有立功，其次有立言。"《韩诗外传》卷三："江海不辞小流，所以成其大也。"《老子》五十二章"见小曰明"王弼注："为治之功不在大。"二句谓立功、立德不论事之大小。交趾乃偏陋小郡，故以此语劝勉之。

⑤"高山"二句："安"，一作"何"。李善注引《古辩异博游》："众星累累如连贝，江河四海如衣带。"（按：《初学记》卷一引"众星"句，云出《尚书考灵曜》。）二句谓前往交趾，途中高山既不足道，大海亦如同萦绕之衣带而已。言顾祕气势之盛壮。

⑥"惆怅"二句：驾，车驾。阮籍《咏怀》："飞驾出南林。"领，颈。引领，伸长头颈。《左传》襄公二十六年："引领南望。"二句述惜别之情。

【汇评】

李淳《选文选评》："伐鼓"二句是壮行色，"引领归旆"是送远情语。

孙鑛评：气象宏阔。（见天启二年闵齐华刻《孙月峰先生评文选》）

陈祚明《采菽堂古诗选》卷十：亦是平调。

赠从兄车骑

孤兽思故薮，离鸟悲旧林①。翩翩游宦子，辛苦谁为心②。仿佛谷水阳，婉娈昆山阴③。营魄怀兹土，精爽若飞沉④。寤寐靡安豫，愿言思所钦⑤。感彼归涂艰，使我怨慕深⑥。安得忘归草，言树背与衿⑦。斯言岂虚作，思鸟有悲音⑧。

【题解】

此首乃陆机在洛阳寄赠从兄之作，抒发了强烈的思乡之情。《太平御览》卷一百八十、《太平寰宇记》卷九十一、卷九十五引《吴地记》等，都径称为"陆机思乡诗"。诗中所言及之谷水、昆山，乃华亭（在今上海市松江区）地名，此为现存陆机诗中唯一出现其故里山水名称之处，后人诗文吟咏，多引用之，此诗遂成为反映陆机与故里关系之代表作。《文选》录此诗，题下李善注云："集云陆士光。"陆士光名晔，其祖父陆琂，为陆机祖父陆逊之弟，任选曹尚书。陆晔与陆机实为从祖兄弟。晔少有雅望，察孝廉，除永世、乌江二县令，皆不就。东晋元帝时，为侍中，徙尚书，领州大中正。明帝时，为尚书左仆射，领太子少傅，寻加金紫光禄大夫，为领军将军，与王导、卞壸、庾亮、温峤、郗鉴并受顾命，辅皇太子。成帝即位，拜左光禄大夫，开府仪同三司，进爵江陵公。咸和九年（334）九月卒，年七十四，追赠侍中、车骑大将军。按：陆晔与机同年。唐修《晋书》本传云："从兄机每称之曰：'我家世不乏公矣。'"《太平御览》卷四百四十三引《晋中兴书》："陆晔，童龀中，从兄机称之为'陆氏之宝，我家不世之公'也。"唐修《晋书》或是据《晋中兴书》言之，都以机为兄。此诗则云士光为从兄，当以本诗为是。又陆晔卒乃追赠车骑大将军，此诗题"车骑"，当是后人所加。

诗载《文选》卷二十四、《陆士衡文集》卷五。今据《文选》录载。

【校注】

①"孤兽"二句：薮，《周礼·天官·大宰》"四曰薮牧"郑玄注："泽无水曰薮。"曹植《静思赋》："离鸟鸣而相求。"

②"翩翩"二句：翩翩，《诗·小雅·巷伯》："缉缉翩翩。"《毛传》："往来貌。"此描写游宦之人匆匆来去的样子。游宦，离家奔走于仕途。《汉书·淮南厉王传》薄昭与厉王书："游宦事人。"谁，何。"辛苦"句，谓辛苦烦忧，不知该如何安顿其心。"谁"，一本作"难"，谓难以安顿其心，亦通。

③"仿佛"二句：仿佛句，谓似乎依稀见到谷水之阳景况。《楚辞·远游》："时仿佛以遥见兮。"谷，谓华亭谷。李善注引陆道瞻《吴地记》："海盐

县东北二百里有长谷，昔陆逊、陆凯居此。谷东二十里有昆山，父祖葬焉。"《太平寰宇记》卷九十五引《舆地志》："吴大帝以汉建安中封陆逊为华亭侯，即以其所居为封。谷出佳鱼蒓菜，又多白鹤清唳，故陆机叹曰：'华亭鹤唳，不可复闻。'"按：谷指水流而言，《说文》："泉出通川为谷。"昆山，即今上海市松江区之小昆山。婉娈，眷恋。

④"营魄"二句：《老子》十章："载营魄抱一。"河上公注："营魄，魂魄也。"《论语·里仁》："小人怀土。"《集解》引孔安国曰："怀，安也。"又曰："重迁。"谓以故土为安乐而难以割舍。《左传》昭公二十五年："心之精爽，是谓魂魄。"飞沉，忽上忽下，形容不安的样子。王粲《思亲诗为潘文则作》："魂爽飞沉。"

⑤"寤寐"二句：《诗·周南·关雎》："寤寐求之。"豫，安宁。《诗·邶风·二子乘舟》："愿言思子，中心养养。"《毛传》："愿，每也。养养然忧，不知所定。"陆机此二句实与《诗》语同意。言，语词，无义。所钦，所钦慕之人，此指其从兄。嵇康《赠秀才入军》："感寤驰情，思我所钦。"

⑥"使我"句：慕，《孟子·离娄上》"巨室之所慕"赵岐注："思也。"《万章上》："万章问曰：'舜往于田，号泣于旻天。何为其号泣也？'孟子曰：'怨慕也。'"二句谓感到归乡甚为艰难，故我思念怨恨之情愈深。归途艰，并非只是路程遥远艰险，更是由于公事繁剧，不能请假。例如陆机任尚书中兵郎时，曾请假欲归，因西北氐、羌叛乱，军事吃紧，乃不得归。其时作有《思归赋》，云："伊我思之沉郁，怆感物而增深。叹随风而上逝，涕承缨而下寻。冀王事之暇豫，庶归宁之有时。"时为元康六年(296)。三年多之后王室内乱混战，陆机身陷其中，故始终未能遂愿。

⑦安得二句：《诗·卫风·伯兮》："焉得谖草，言树之背。"《毛传》："谖草令人善忘。背，北堂也。""谖"并非草名，但"谖"之义为忘，使人善忘，故曰谖草。后世多写作"萱草"，或称之为忘忧草。陆机此处只取"忘"之本意。何焯《义门读书记》卷四十六："'安得忘归草'，萱草只取能忘，忘忧、忘归皆可。"《楚辞·九歌·山鬼》："留灵修兮憺忘归。"按：宋人罗愿《尔雅翼》卷三"萱"条："卫之君子行役，为王前驱，过时不反，其妇人思之，则心痗首疾。思欲暂忘之而不可得，故愿得善忘之草而植之，庶几漠然而无所思。

86

然世岂有此物也哉？盖亦极言其情。"罗氏说《伯兮》甚好，可移以释陆机诗句。思乡欲归之念想太令人痛苦，乃希图忘却，正是"极言其情"。衿，通"襟"，意谓前面。颜师古《匡谬正俗》卷一云："《伯兮》篇云：'焉得谖草，言树之背。'《毛传》云：'背，北堂也。'谓于堂北种之以忘忧耳。而陆士衡诗云：'焉得忘忧（应作"归"）草，言树背与襟。'便谓身体前后种之，此亦误也。"颜说太拘泥。《伯兮》之"背"训北堂，本是引申用法，面向南则背为北。陆机此处也不是说"身体前后"，而是说前前后后、堂前堂后处处种之，比《伯兮》之"言树之背"更进一层，正见其忧思之深。

⑧"斯言"二句：意谓此言（指上述思乡之言）皆非空话；思念旧林、伴侣之鸟尚且悲鸣，何况于人。

【汇评】

锺惺评：情以藻宜，风骨稍劣。（见卢之颐辑十二家评《昭明文选》）

孙鑛评：语浅而意深，穆然可怀，正不必苦镂。（见天启二年闵齐华刻《孙月峰先生评文选》）

钱陆灿评：陈眉公居小昆山，为匾额曰"婉娈草堂"，本此。（见万历二十三年晋陵吴氏刻《文选》）

叶矫然《龙性堂诗话》初集：陆机"焉得忘归草，言树背与襟"，增换《毛诗》字义最妙。盖机自入洛后，思归忧切，托于忘归，正其忧之至也。背后襟前，言不特树之后，并树之前，益见其忧之甚耳。陆诗深妙如此，焦弱侯谓陆"忘归"误，"背"之亦误，可为一笑。

何焯《义门读书记》卷四十六："故薮""旧林"双起，结但云"思鸟"，古人诗笔多如此。

方廷珪评：（"营魄"二句）顶足上面，刻画得出。（见乾隆三十二年仿范轩刻《昭明文选集成》）

赠纪士

琼瑰侔丰价，窈窕不自鬻①。有美蛾眉子，惠音清且淑②。

修嫮协姝丽,华颜婉如玉③。

【题解】

此首所赠对象纪士为何人,未详。据诗意,当是一未出仕之青年人,称赞其有美质而不汲汲于仕途。诗载《艺文类聚》卷三十一、《陆士衡文集》卷五。当经过删节,非完篇。今据《艺文类聚》录载。

【校注】

①“琼瑰”二句:《左传》成公十七年:“或与己琼瑰。”杜预注:“琼,玉;瑰,珠也。”俟丰价,等待好价钱。比喻不苟且出仕。以交易喻出仕,见《论语·子罕》:“有美玉于斯,韫椟而藏诸?求善贾而沽诸?”窈窕,言其深居而用心专一。《诗·周南·关雎》:“窈窕淑女。”《毛传》:“窈窕,幽闲也。……幽闲贞专之善女。”《郑笺》:“幽闲处深宫贞专之善女。”《孔疏》云所谓“幽闲”,指所住宫室幽深闲静。《文选》颜延之《秋胡诗》“窈窕援高柯”李善注引薛君《韩诗章句》:“贞专貌。”自鬻,自我标榜以求售。《孟子·万章上》:“自鬻以成其君,乡党自好者不为,而谓贤者为之乎?”

②“有美”二句:《诗·郑风·野有蔓草》:“有美一人,清扬婉兮。”蛾眉,谓其眉如蚕蛾触须,长而曲。《卫风·硕人》:“螓首蛾眉。”屈原《离骚》:“众女嫉余之蛾眉兮。”以女子美貌喻男子之美德,此处亦然。惠音,美音。此指其声闻、声名而言。淑,善。

③“修嫮”二句:修,修饰,修治。嫮(hù),美好。《楚辞·离骚》:“余虽好修嫮以鞿羁兮。”又:“汝何博謇而好修兮,纷独有此姱节。”“嫮”“姱”通。姝,美色。《诗·召南·野有死麇》:“有女如玉。”二句仍以女色为喻,称赞纪士重修养而品格美好。

赠尚书郎顾彦先二首

大火贞朱光,积阳熙自南①。望舒离金虎,屏翳吐重阴②。

凄风迕时序，苦雨遂成霖③。朝游忘轻羽，夕息忆重衾④。感物百忧生，缠绵自相寻⑤。与子隔萧墙，萧墙隔且深⑥。形影旷不接，所托声与音⑦。音声日夜阔，何用慰吾心⑧。

【题解】

顾彦先，顾荣，字彦先，吴郡吴县人。顾氏与陆氏同为江南大姓望族。顾荣祖父顾雍为吴国丞相，父亲顾穆为吴宜都太守。荣弱冠之时出仕，曾任黄门侍郎、太子辅义都尉。吴国灭，北上洛阳，与陆机、陆云兄弟被并称为"三俊"。依例拜为郎中，历官尚书郎、太子中舍人、廷尉正。赵王司马伦发动政变时，肆行杀戮，牵连颇广，顾荣正在廷尉正任上，乃平心处置，多所保全。司马伦篡位，其子虔为大将军，乃以荣为长史。赵王伦败后，曾任太子中庶子、齐王冏大司马主簿。冏败后，为中书侍郎，后又相继为长沙王司马乂、成都王司马颖、东海王司马越官属。时天下已大乱，荣乃归吴。陈敏叛乱，欲割据江东，顾荣等攻破之。怀帝永嘉初，琅邪王司马睿至建邺，镇守江南，亟需南方人士支持，乃以荣为军司马，加散骑常侍，甚为倚重，荣亦尽心辅佐之。永嘉六年卒。（据《晋书·戴洋传》，顾荣卒于十二月十七日，公历已是 313 年。）当惠帝末年诸王乱时，顾荣曾劝陆机弃官还吴，陆机自负才望，为功名之念所驱使，终未能听从。

《文选集注》引《钞》云顾荣是陆机姊夫，不知何据。《宋书·顾觊之传》："高祖谦，字公让，为平原内史陆机姊夫。"（《南史·顾觊之传》《建康实录》卷十四同。）是陆机姊夫乃顾谦，《钞》所云未必可信。顾谦乃顾荣族兄，荣曾上言于司马睿荐之，见《晋书·顾荣传》。

此二首写作年份不详。顾荣为尚书郎为其早年之事，当在惠帝元康年间。诗载《文选》卷二十四、《陆士衡文集》卷五，今据《文选》录载。

【校注】

①"大火"二句：大火，指二十八宿中之心宿，参本卷《答贾谧》"大辰匿晖"句注。贞，正。朱光，指夏季。李善注："朱光，朱明也。"《尔雅·释天》："夏为朱明。"郭璞注："气赤而光明。"《尚书·尧典》："日永，星火，以正仲

夏。"谓一年之内夏至时白昼最长,此时以大火星宿为代表的东方七宿在黄昏时都出现于天空南方,故以此星象作为标志,调整仲夏日的节气。(参《尚书》伪《孔传》及《孔疏》)此处陆机用《尚书》典故,谓正是以大火星调正节气的季节,亦即指夏季。积阳,阳气蕴积旺盛。《淮南子·天文》:"积阳之热气生火,火气之精者为日。"熙,《尔雅·释诂》:"兴也。"司马彪《续汉书·律历志》:"日行……南陆,谓之夏。""积阳"句谓阳气盛积,兴自南方。

②"望舒"二句:望舒,指月。《楚辞·离骚》:"前望舒使先驱兮。"王逸注:"望舒,月御也。"离,经过。金虎,指二十八宿之西方七宿奎、娄、胃、昴、毕、觜、参,西方属金(《淮南子·天文》:"西方,金也。"),而其形象虎,故曰金虎。古人以月经过毕宿为将要下大雨之象。《诗·小雅·渐渐之石》:"月离于毕,俾滂沱矣。"《郑笺》:"云将有大雨,征气先见于天。"屏翳,古人称云师为屏翳,亦有以为雨师、雷师或风伯者,其说不一。明徐应秋《玉芝堂谈荟》卷十九"屏翳"条、清胡绍煐《文选笺证》卷二十二以为陆机此处当指云师。重阴,浓重的阴气。曹植《赠王粲》:"重阴润万物。"二句谓大雨将至,浓阴密布。

③"凄风"二句:凄风,凄寒之风。《左传》昭公四年:"春无凄风,秋无苦雨。"杜预注:"凄,寒也。"又曰:"霖雨为人所患苦。"迕(wǔ),犯,违反。《庄子·知北游》:"阴阳四时运行,各得其序。"霖,《说文·雨部》:"雨三日以往。"二句谓凄寒之风与夏日之积阳相背反,大雨连绵不绝。

④"朝游"二句:轻羽,指羽扇。衾,被。按:以"朝""夕"对举,古诗文中甚多。如《论语·里仁》:"朝闻道,夕死可矣。"《楚辞·离骚》:"朝发轫于苍梧兮,夕余至乎县圃。"曹植《杂诗》:"朝游江北岸,夕宿潇湘沚。"

⑤"感物"二句:曹植《赠白马王彪》:"感物伤我怀。"《诗·王风·兔爰》:"我生之后,逢此百忧。"缠绵,绕结不解之意。相寻,相继。

⑥"与子"二句:"隔",一作"阻"。萧墙,门屏,正对大门。《论语·季氏》:"吾恐季孙之忧,不在颛臾,而在萧墙之内也。"《集解》引郑玄曰:"萧之言肃也,萧墙谓屏也。君臣相见之礼,至屏而加肃敬焉,是以谓之萧墙。"二句言顾荣在尚书省寺内,不能随意往来。

⑦"形影"二句:旷,阻隔、久远之意。蔡邕《济北相崔君夫人诔》:"形影

不见。"声音,犹言语。指信使传话、书信往来而言。二句谓隔绝不能相见,
但凭信使传语而已。

⑧"音声"二句:阔,久远。何用,何以,用什么,凭什么。二句承上言:
连消息也断绝久远,用什么来安慰我的心呢。

【汇评】

陆时雍《古诗镜》卷九:"朝游忘轻扇,夕息忆重衾",苦拘而陋。

陈祚明《采菽堂古诗选》卷十:末六语稍清切。

朝游游层城,夕息旋直庐①。迅雷中宵激,惊电光夜舒②。
玄云拖朱阁,振风薄绮疏③。丰注溢修溜,潢潦浸阶除④。停
阴结不解,通衢化为渠⑤。沉稼湮梁颍,流民泝荆徐⑥。眷言
怀桑梓,无乃将为鱼⑦。

【校注】

①"朝游"二句:"层城",一作"曾城","层""曾"字通。层城,疑是晋宫
城内楼观名,在南宫太极殿左近。潘尼《桑树赋》:"倚增城之飞观,拂绮窗
之疏寮。"层城即增城。参《祖道毕雍孙刘边仲潘正叔》"振缨曾城阿"注。
旋,回,回去。直庐,当直时休息住宿的屋舍。《汉书·严助传》"君厌承明
之庐"张晏注:"直宿所止曰庐。"按《初学记》卷二十:"汉律:吏五日得一下
沐。言休息以洗沐也。"《汉书·万石君传》:"每五日洗沐归谒亲。"文颖注:
"郎官五日一下。"王先谦《汉书补注》引刘奉世曰:"(石)建为郎中令,庆为
内史,非郎官也。按霍光秉政亦休沐,然则汉公卿以下皆有休沐也。"可知
汉代制度,中朝官员皆有休沐。《资治通鉴》卷二十三:"霍光与上官桀相亲
善,光每休沐出,桀常代光入决事。"胡三省注:"汉制,中朝官五日一下里舍
休沐。"是当直时宿止于宫内直庐,休沐方得出宫归私第。汉制如此。晋时
亦然。

②"迅雷"二句:《论语·乡党》:"迅雷风烈必变。"《楚辞》刘向《九叹·
远游》:"凌惊雷以轶骇电兮。"《汉郊祀歌·天门》:"光夜烛。"

③"玄云"二句:玄云,阴云,黑云。《汉郊祀歌·练时日》:"灵之车,结

91

玄云。"拖,曳。此形容黑云如牵引而过。振,动。风能摇动诸物,故曰振风。薄,迫。绮,有花纹的丝织品。疏,通,此指透空的窗户。张衡《西京赋》"交绮豁以疏寮"薛综注:"刻穿之也。"绮疏,形容透亮的窗户美如绮纹。李尤《东观铭》:"房闼内布,绮疏外陈。"

④"丰注"二句:注,灌。丰注,谓大雨如同灌注。修,长。溜(liù),《说文·雨部》:"屋水流也。"引申为屋檐承接雨水的长槽。"潢",原作"黄",据《四部丛刊》本《文选》、排印本《初学记》卷十一、《文选集注》卷四十八所载李善注改。潢,《说文·水部》:"积水也。"潦,《说文·水部》:"雨水大貌。"除,台阶。张衡《南都赋》:"朝云不兴而潢潦独臻。"

⑤"停阴"二句:傅玄诗:"屯云结不解,长溜周四阿。"班昭《东征赋》:"遵通衢之大道兮。"二句谓阴气止而不去,郁结不解,四通八达的大路变成河渠。

⑥"沉稼"二句:沉稼,被水淹没的庄稼。梁、颖,地名,魏晋时皆属豫州,晋有梁国、颖川郡,大致相当今河南商丘、许昌一带。泝(sù),张衡《东京赋》"泝洛背河"薛综注:"向也。"荆、徐,二州名,分别在豫州西南及以东。

⑦"眷言"二句:《诗·小雅·大东》:"眷言顾之。"《毛传》:"眷,反顾也。"桑梓,指故乡。《诗·小雅·小弁》:"维桑与梓,必恭敬止。"谓桑树、梓树乃父亲所种植,不敢不恭恭敬敬。后世遂以"桑梓"代指故乡。张衡《南都赋》:"永世克孝,怀桑梓焉。真人南巡,睹旧里焉。"为鱼,人化为鱼,极言水灾之甚。《左传》昭公元年:"天王使刘定公劳赵孟于颖,馆于雒汭。刘子曰:'美哉,禹功!明德远矣。微禹,吾其鱼乎!'"陆机吴人,其地多水泽。今北方尚且大水,故忧虑家乡将成泽国。

【汇评】

胡应麟评:此诗(按:指两首)有建安遗意,正喜不为才藻所掩。(见卢之颐辑十二家评《昭明文选》)

陈祚明《采菽堂古诗选》卷十:目前景写之能切,所怀亦真至。

何焯《义门读书记》卷四十六:水乡之士,值愁霖而忆桑梓,今古同也。

为顾彦先赠妇二首

辞家远行游，悠悠三千里^①。京洛多风尘，素衣化为缁^②。循身悼忧苦，感念同怀子^③。隆思乱心曲，沉欢滞不起^④。欢沉难克兴^⑤，心乱谁为理？愿假归鸿翼，翻飞游江汜^⑥。

【题解】

关于这两首诗，有两个问题：一、是不是写给顾荣（字彦先）的诗？《文选》李善注云："《集》云为令彦先作，今云顾彦先，误也。"李善为《文选》作注时将《文选》所录与他所见到的《陆机集》比较，发现《陆机集》作"令彦先"，故认为应是写给令彦先的。此一说。《文选》后世流传版本甚为复杂，其中南宋尤袤刻本此条李善注"令"字作"全"，故清代学者顾广圻等《文选考异》认为乃赠全彦先之作，后人误改为顾彦先。此又一说。（见胡刻本《文选》所附）此二首又载于《玉台新咏》，《玉台新咏》还载有陆云所作赠诗四首，均作"顾彦先"。纪昀《玉台新咏考异》云："案《晋书》，顾荣字彦先。令彦先别无所考。二陆皆别有赠顾彦先诗，则作顾彦先似不误。"此第三说。逯钦立《先秦汉魏晋南北朝诗》校语则认为李善注所云"令彦先"当是"令文、彦先"之误。其根据是陆云有《答大将军祭酒顾令文》诗，又有《与张光禄书》云"顾令文、彦先每宜隆眷弥泰之惠"，因此陆机诗也应是赠"令文、彦先"二人。此第四说。按：今仍从《玉台新咏》及纪昀之说，定为赠顾荣。逯说不可据。此二首拟顾氏及其妻口气而作，有调侃之意，不可能同时赠与二人。二、此二首中，第一首模拟顾氏口气赠其妻，第二首模拟其妻口气回复顾氏，故李善注云："此上篇赠妇，下篇答，而俱云赠妇，又误也。"《玉台新咏》所载陆云之作，题为《为顾彦先赠妇往反》，往反即赠答之意，纪昀乃认为陆机诗题下原亦应有"往反"二字，后传写脱去。按：第一首拟顾赠妇，第二首拟其妇答顾，固可谓往反，然拟妇答亦为顾而拟，可谓拟中之拟，故亦不妨通题作为顾赠妇,不必定有"往反"字样也。

此二首写作年份不详,然而必是顾荣仕官于洛阳时。今姑附于《赠尚书郎顾彦先》之下。

诗载《文选》卷二十四、《玉台新咏》卷三、《陆士衡文集》卷五。今据《文选》录载。

【校注】

①"辞家"二句:"行游",一作"行役"。曹植《杂诗》:"仆夫早严驾,吾将远行游。"《后汉书·列女传》载蔡琰《悲愤诗》:"悠悠三千里,何时复交会。"三千里,泛言其远,三乃虚数。清人汪中有《释三九》。

②"京洛"二句:京洛,洛阳。素,白色丝织物。缁,黑色。二句谓久居洛阳衣服污染,其实是抒写仕宦远游之心情。

③"循身"二句:"循",原作"脩",据《玉台新咏》改。纪昀《玉台新咏考异》云:"'循身',《文选》作'脩身'。案'循身'即抚躬之意。作'脩身'非惟句格板拙,且与'忧苦''感念'俱不贯矣。"纪氏之意,是说全诗抒发思乡怀人之忧伤,若夹杂修身养德之语,太不协调。其说是,应是"循"字。循身,有省视、顾念自己的意思,乃自我怜惜语。"循""脩"形近易讹,古籍中其例甚多。陆机诗《为陆思远妇作》"拊枕循薄质"、《拟行行重行行》"循形不盈衿","循薄质""循形"皆"循身"之意。悼,《诗·卫风·氓》"躬自悼矣"《毛传》:"伤也。"《史记·孝文本纪》载《和亲诏》:"忧苦万民,为之恻怛不安。"同怀子,同心人,指其妻。陆云同题诗亦云:"彼美同怀子。"

④"隆思"二句:隆,盛大。李善注引薛君《韩诗章句》:"时风又且暴,使己思益隆。"张华《答何劭》:"悟物增隆思,结恋慕同侪。"心曲,内心深处。《诗·秦风·小戎》:"乱我心曲。"《郑笺》:"心曲,心之委曲也。忧则心乱也。""沉欢"句,谓欢快之情隐伏不能振起,犹今语"高兴不起来"。

⑤克:能。兴:起。

⑥"愿假"二句:假,借,借助。"愿假"句,谓愿化身为归鸿。李善注引曹丕《喜霁赋》:"思寄身于鸿鸾,举六翮而轻飞。"游江汜,"游",原作"浙",据《文选》五臣本、《文选集注》本、《四部丛刊》本《文选》、陈八郎本《文选》、影宋钞本《陆士衡文集》改。汜(sì),《诗·召南·江有汜》《毛传》:"决复入

94

为汜。"引申之,江之支流曰汜。《汉书·叙传上》"芈疆大于南汜"颜师古注:"江水之别也。"江指长江。江汜,泛指长江流域。如三国吴周鲂《诱曹休笺》:"鲂远在边隅,江汜分绝。"晋人王济《平吴后三月三日华林园诗》:"蠢尔长蛇,荐食江汜。"宋谢灵运《会吟行》:"(大禹)刊木至江汜。"陆机此处指吴地。

【汇评】

洪迈《容斋随笔续笔》卷八:陈简斋《墨梅》绝句一篇云:"粲粲江南万玉妃,别来几度见春归。相逢京洛浑依旧,只恨缁尘染素衣。"语意皆妙绝。晋陆机《为顾荣赠妇》诗云:"京洛多风尘,素衣化为缁。"齐谢玄晖《酬王晋安》诗云:"谁能久京洛,缁尘染素衣。"正用此也。

王夫之《古诗评选》卷四:犹净。四句迭为承受,始于平原,盛于康乐。当时诩为新制,然亦三百篇所固有也。构此者非以为脉络,正使来去低回,倍增心曲尔。后人舍此用法,裂肌割肉,俾就矩矱,神死而气不独生,又何足道。

陈祚明《采菽堂古诗选》卷十:"隆思"四句,士衡常格,字法、句法并生,无甚旨趣。"京洛"二句佳,然亦近。

张玉榖《古诗赏析》:素衣化缁,造语新颖。

　东南有思妇,长叹充幽闼[1]。借问叹何为,佳人眇天末[2]。游宦久不归,山川修且阔[3]。形影参商乖,音息旷不达[4]。离合非有常,譬彼弦与筈[5]。愿保金石躯,慰妾长饥渴[6]。

【校注】

①"东南"二句:曹植《七哀诗》:"上有愁思妇,悲叹有余哀。"陆机构思受其影响。闼(tà),屋内小门,代指室内。张衡《西京赋》:"重闺幽闼。"

②"佳人"句:佳人,犹好人,古男女通称。如《楚辞·九章·悲回风》:"惟佳人之永都兮。"王逸注:"佳人,谓怀、襄王也。"此处系妻称其夫。曹植《闺情》:"佳人在远道。"张衡《东京赋》:"眇天末以远期。"

③"游宦"二句：曹植《送应氏》："游子久不归。"修，长。

④"形影"二句：参商，参(shēn)与商，皆星宿名。商又称辰。二者此见彼没，不同时出现于天空。《左传》昭公元年："子产曰：'昔高辛氏有二子，伯曰阏伯，季曰实沈。居于旷林，不相能也，日寻干戈，以相征讨。后帝不臧，迁阏伯于商丘，主辰，商人是因，故辰为商星。迁实沈于大夏，主参，唐人是因，以服事夏、商，其季世曰唐叔虞……故参为晋星。"《文选》苏武诗："况我连枝树，与子同一身，昔为鸳与鸯，今为参与辰。"音息，音问、消息。旷，久远。二句谓形体既乖离，远而不见，音问消息又久已不通。"音息"，一作"音信"。

⑤"离合"二句：《吕氏春秋·必己》："夫万物之情……成则毁……合则离……。"又《大乐》："离则复合，合则复离，是谓天常。"筈(kuò)，箭尾。《释名·释兵》："矢……其末曰栝。栝，会也，与弦会也。""筈""栝"通。二句谓人生或离或合，本来不可能永久会合，就如同箭尾与弓弦一样。乃自我宽慰之语。"非有"，一作"岂非"，亦通。

⑥"愿保"二句：《古诗》："人生非金石，岂能长寿考。"此反《古诗》之意，祝愿其良人如金石之坚。"躯"，《玉台新咏》作"志"。纪昀《玉台新咏考异》云："案作'志'乃冀不相负，犹是恒意。作'躯'则忧念行人，祝其无恙，用意更为深至。"纪氏体会细腻。饥渴，喻思念之深切。《诗·周南·汝坟》："未见君子，惄如调饥。"李善注引李陵《赠苏武》诗："思得琼树枝，以解长饥渴。"

【汇评】

唐汝谔《古诗解》：(陆机之作此两首)事虽近戏，而意极庄严。

陈祚明《采菽堂古诗选》卷十：此首稍亮，有古意。

邵长蘅评：用意甚高，不作儿女态，得性情之正，胜士龙作，士龙却以词胜。(见于光华《文选集评》)

何焯评：两"愿"字相对。(见于光华《文选集评》。按：指上一首"愿假归鸿翼"与此首"愿保金石躯"。)

孙人龙《昭明选诗初学读本》：诗以情胜，故淡而弥旨，殊出诸作上。

张玉穀《古诗赏析》：(后一首)前四，由居愁即点怀人，却用记事体，诘问而起,别甚。中四,叙阔别正面,简而括。后四,推开以安命语作慰,以保身语致祈,而己之饥渴,只在反面点出,若不望其归而望归之意愈显,用意最曲。

纪昀《玉台新咏》批语:"充"字作满解。然此种字法,终嫌板笨。

方廷珪评:弦与栝,始不相离而终相离,妙譬。(见乾隆三十二年仿范轩刻《昭明文选集成》)

为顾彦先作

肃肃素秋节,湛湛浓露凝①。太阳夙夜降,少阴忽已升②。

【题解】

此四句见《太平御览》卷二十五《时序部·秋》。清人钱培名《陆士衡文集札记》以为当是《为顾彦先赠妇》佚句。钱氏推测,陆机所拟为顾氏赠妇及妇答,原有两组四首,其中一组两首为《文选》所录,另一组两首已佚,所存佚句即此四句与下面《赠顾彦先》四句,此四句为顾彦先赠妇,下面四句为妇答。其说可供参考。

【校注】

①"肃肃"二句:肃肃,形容秋气肃杀,万物缩栗。素秋,秋季于五行属金,色白,故曰素秋。《尔雅·释天》:"秋为白藏。"潘尼《赠陆机出为吴王郎中令》"予涉素秋"李善注引刘桢《与临淄侯书》:"肃以素秋则落。"湛露,露水盛多貌。《诗·小雅·湛露》:"湛湛露斯。"《楚辞·九章·悲回风》:"吸湛露之浮凉兮。"

②"太阳"二句:古人以为四季推迁乃阴阳之气升降递变的表现,而阴阳之气又以其盛长之程度各分少、太。《春秋繁露·官制象天》:"春者,少阳之选也;夏者,太阳之选也;秋者,少阴之选也;冬者,太阴之选也。"《北堂书钞》卷一百五十三引蔡邕《月令章句》:"天地之道,阴阳各有少、太,是生四时。少阳为春,太阳为夏,少阴为秋,太阴为冬也。"夙夜,早晨和夜里。

赠顾彦先

清夜不能寐，悲风入我轩^①。立影对孤躯，哀声应苦言^②。

【题解】

钱培名以为此四句为拟顾彦先妇答其夫之作。见前。载《艺文类聚》卷三十一《人部·赠答》，今据以录载。

【校注】

①"清夜"二句：阮籍《咏怀》："夜中不能寐。"悲风，与上一首"肃肃素秋节"相应。

②"立影"二句："立影"句，形容孤独。曹植《上责躬应诏诗表》："形影相吊。"李密《陈情表》亦用此语，与曹植同。"哀声"句，谓吟咏此苦言之诗时声调哀切。苦言，酸苦之言。

为陆思远妇作

二合兆嘉偶，女子礼有行^①。洁己入德门，终远母与兄^②。如何耽时宠，游宦忘归宁^③。虽为三载妇，顾景愧虚名^④。岁暮饶悲风，洞房凉且清^⑤。拊枕循薄质，非君谁见荣^⑥。离君多悲心，寤寐劳人情^⑦。敢忘桃李陋，侧想瑶与琼^⑧。

【题解】

此首亦以闺中妇女口气写对于仕宦在外的丈夫的思念。陆思远，未详何人。

诗载《艺文类聚》卷三十二《人部·闺情》、《陆士衡文集》卷五。今据

《艺文类聚》载录。

【校注】

①"二合"二句：二合，谓二姓之合，指嫁娶而言。《礼记·昏义》："昏礼者，将合二姓之好，上以事宗庙，而下以继后世也，故君子重之。"《说文·女部》："媒，谋也，谋合二姓者也。"兆，占卜。《左传》襄公八年"兆云询多"杜预注："卜。"古代通过占卜以决定婚姻之得当否。《仪礼·士昏礼》有问名、纳吉，郑玄注云："问名者，将归卜其吉凶。"又云："归卜于庙，得吉兆，复使使者往告，婚姻之事于是定。"嘉偶，美好的配偶。《左传》桓公二年::"嘉耦曰妃，怨耦曰仇。"有行，指出嫁。礼有行，谓女子依礼应该出嫁。《诗·卫风·竹竿》："泉源在左，淇水在右。女子有行，远兄弟父母。"《郑笺》："小水有流入大水之道，犹妇人有嫁于君子之礼。……行，道也。女子有道当嫁耳。"

②"洁己"二句：洁己，清洁自己，包括虚心诚意而言。《论语·述而》："人洁己以进。"何晏《集解》引郑玄曰："人虚己自洁而来。"德门，《楚辞·远游》："庶类以成兮，此德之门。"桓范《与管宁书》："承训诲于道德之门。"此尊称夫家。《诗·王风·葛藟》："终远兄弟。"《邶风·泉水》："女子有行，远父母兄弟。"

③"如何"二句：耽，沉溺于某种爱好。慧琳《一切经音义》卷六十八"耽嗜"注引《韩诗》："乐之甚者也。"宠，指高位。《说文·宀部》："尊居也。"时宠谓当时之宠，一时之宠，言外有不久长之意。如《晋书·王浑传》所谓"偶因时宠，权得持兵，非是旧典。"归宁，言归家。《诗·周南·葛覃》："归宁父母。"《毛传》："宁，安也。"二句问其夫。

④"虽为"二句：三载，谓年月已久。妇，媳妇。《诗·卫风·氓》："三岁为妇，靡室劳矣。"《郑笺》："有舅姑曰妇。"景，同"影"。顾景，回视自己的影子，感到孤独。司马迁《悲士不遇赋》："愧顾影而独存。"虚名，此谓徒有为人妇之名。

⑤"岁暮"二句：饶，多。《古诗》："白杨多悲风。"洞，深邃貌。《楚辞·招魂》："姱洞房些。"陈琳诗："秋风凉且清。"

⑥"拊枕"二句：拊（fǔ），拍打。张华《情诗》："拊枕独啸叹。"循，巡，引

申为省视、省思之意。质，《广雅·释言》："躯也。"薄质，犹言微躯、陋质，乃自谦语。荣，华彩，光彩。《淮南子·时则》"草木生荣"高诱注："华也。"《楚辞·九歌·山鬼》："岁既晏兮孰华予"王逸注："谁复当令我荣华也。"谁见荣，谁荣华我，谁能使我有光彩。

⑦"寤寐"句：寤寐，醒时和睡时。《诗·周南·关雎》："寤寐思服。"劳，张衡《东京赋》"为之者劳"薛综注："苦也。"《论衡·道虚》："劳情苦思。"

⑧"敢忘"二句：敢，岂敢。侧，不正，谦辞，表示敬畏。《诗·卫风·木瓜》："投我以木桃，报之以琼瑶。匪报也，永以为好也。"又云："投我以木李，报之以琼玖。"此以桃李表示微末，指自己，亦指自己的赠诗；瑶、琼表示贵重，指丈夫之回音、回报。用语虽出自《诗经》，意思有所变化，谓虽自惭卑陋，但仍作诗与夫，期望丈夫有所回报。

【集评】

陈祚明《采菽堂古诗选》卷十：触目怀土，此情亦真，然并平直无致。

为周夫人赠车骑

碎碎织细练，为君作褠襦①。君行岂有顾，忆君是妾夫②。昔者得君书，闻君在高平③。今时得君书，闻君在京城。京城华丽所，璀粲多异端④。男儿多远志⑤，岂知妾念君。昔者与君别，岁聿薄将暮⑥。日月一何速，素秋坠湛露⑦。湛露何冉冉，思君随岁晚⑧。对食不能飧，临觞不能饭⑨。

【题解】

此首也是代拟思妇之辞。周夫人、车骑，均未详何人。郝立权《陆士衡诗注》以为车骑指陆晔。按：陆晔卒后追赠车骑大将军，参本卷《赠从兄车骑》题解。

诗载《玉台新咏》卷三、《陆士衡文集》卷五，今据《玉台新咏》录载。题目中原无"为"字,据《陆士衡文集》、程琰删补吴兆宜注《玉台新咏笺注》补。

【校注】

①"碎碎"二句:碎碎,似乎是说其织零零碎碎,<u>丝丝缕缕</u>、分分寸寸累积而成。唐代王维《送李睢阳》:"碎碎织练与素丝,游人贾客信难持,五谷前熟方可为。"言治郡当以农为本,工商不可凭恃,其"碎碎织练"正用陆机此诗之语,似就是指其细碎而言。郝立权《陆士衡诗注》云:"机杼声也。"似非是。练,致密而软熟之丝织品。褠(gōu),通"褠",袖子直而窄的单衣。《释名·释衣服》:"褠,禅衣之无胡者也,言袖夹直,形如沟也。"无胡,言衣袖紧而直,不宽大下垂。襦(rú),短衣。"为君"句,一作"当为君作襦"。

②"君行"二句:意谓君出游不顾念妾,妾则念念不忘于君;君乃妾之夫,焉得不忆念?两相对比,颇堪品味。惟"忆君"句句法笨拙,遂招后人嗤点。(见"汇评")

③高平:《晋书·地理志》有高平国,治昌邑(今山东巨野南),所辖有高平县。又邵陵郡也有高平县(今湖南邵阳西北)。又《晋书·刘沈传》云郑县有高平亭。郝立权云:"《晋书·陆晔传》:'父英,高平相、员外散骑常侍。'……盖言晔随父之高平任所也。"录以备考。

④"京城"二句:"华丽所",一作"华丽乡"。璀粲,光辉灿烂。异端,指种种奇异不常见的事物。一作"异人",则指美女而言。二句谓京城乃繁华之地,炫惑心目之事物甚多。

⑤远志:心所念虑为志。远志,泛言所念虑者远,不限于今日所谓志向远大。《左传》昭公十二年:"逐身而远志。"

⑥"岁聿"句:谓已迫近年底。聿(yù),遂。《诗·唐风·蟋蟀》:"蟋蟀在堂,岁聿其莫。""莫""暮",古今字。薄,迫近。此用《诗经》成句而稍加变化。

⑦"日月"二句:《诗·唐风·蟋蟀》:"今我不乐,日月其除。"《古诗》:"四时更变化,岁暮一何速。""素秋"句,参《为顾彦先作》"肃肃"二句注。

⑧"湛露"二句:冉冉,形容露水下垂貌。《说文·冄部》段玉裁注:"冄,柔弱下垂之貌。"《古诗》:"思君令人老,岁月忽已晚。"

⑨"对食"二句:飧(sūn),熟食。《诗·郑风·狡童》:"维子之故,使我

不能餐兮。"秦嘉《赠妇诗》:"临食不能饭。"曹植《陈审举表》:"未尝不辍食而挥餐,临觞而扼腕矣。"阮籍《咏怀》:"临觞拊膺,对食忘餐。""不能饭",《陆士衡文集》作"不能饮"。"饮"字出韵,恐非。当是因"觞"与"饭"不相匹配而改。按:"对食"二句泛言对食临觞不能下咽,不必拘泥,然终是小疵。

【汇评】

谢榛《四溟诗话》卷四:陆士衡《为周夫人寄车骑》云:"昔者得君书,闻君在高平。今者得君书,闻君在京城。"及观刘采春《啰唝曲》云:"那年离别日,只道往桐庐。桐庐人不见,今得广州书。"此二绝同意,作者粗直,述者深婉。然将种临敌而不胜女兵,所谓小战则怯是也。

毛先舒《诗辩坻》卷二:"千里共明月""没为长不归",颜、谢所以相嘲谑也。士衡"君行岂有顾,忆君是妾夫",抑又甚焉。然不足深病者,因拙见古耳。

陈祚明《采菽堂古诗选》卷十:稍有古意,起手似乐府。

纪昀《玉台新咏》批语:"觞"不可云"饭"。

王闿运《八代诗选》眉批:五言作乐府体。士衡诗如此朴者甚少。(据夏敬观《八代诗评》所附)

春　　咏

节运同可悲,莫若春气甚①。和风未及燠,遗凉清且凛②。

【题解】

此四句见《艺文类聚》卷三《岁时部·春》,无题目,只云"晋陆机诗曰",《陆士衡文集》有《春咏》之题,大约是宋人编集《陆机集》时所加。明清人所编总集《古诗纪》《七十二家集》及《汉魏六朝百三家集》均两收于《陆机集》及《鲍照集》,而宋本《鲍照集》(今存毛扆校本,《四部丛刊》影印)并无此首。今从《类聚》断为陆机作,据以录载。

【校注】

①"节运"二句：节运，时节变换，乃气之升降运行。《周易乾凿度》："天地有春秋冬夏之节，故生四时。"陈琳诗："节运时气舒，秋风凉且清。"《庄子·庚桑楚》："夫春气发而百草生。"阮籍《咏怀》："远望令人悲，春气感我心。"

②"和风"二句：燠（yù），《广雅·释诂》："暖也。"遗凉，谓冬日余寒。《汉鼓吹铙歌·临高台》："下有清水清且寒。"傅玄《晋鼓吹曲·仲秋狝田》："凉风清且厉。"

遨游出西城

遨游出西城，按辔循都邑①。逝物随节改，时风肃且熠②。迁化有常然，盛衰自相袭③。靡靡年时改，苒苒老已及④。行矣勉良图，使尔修名立⑤。

【题解】

此首见《艺文类聚》卷二十八《人部·游览》。许文雨《锺嵘诗品讲疏》以之与《古诗》"回车驾言迈"相比较，以为原来是陆机拟《古诗》之作。其说供参考。

【校注】

①"遨游"二句：遨，出游。《诗·邶风·柏舟》："以敖以游。""遨""敖"通。《庄子·列御寇》："无能者无所求食而遨游。"辔，马缰。按辔，谓勒紧缰绳，使马徐行。都邑，泛指城。都大而邑小，但泛称则无所区别。阎若璩《四书释地》"都"条："盖都与邑虽有大小、君所居民所聚、有宗庙及无之别，其实古多通称。"

②"逝物"二句："逝物"句，谓草树等景物随时节流逝而变改。时风，四时之风不同。肃，指秋风肃杀。熠，《说文·火部》："盛光也。"风之有光，谓

风日之下景物鲜明,犹如《楚辞·招魂》云"光风转蕙泛崇兰",王逸注曰:"光风,谓雨已日出而风,草木有光也。"蒋骥《山带阁注楚辞》云:"光风,晴明之风也。"

③"迁化"二句:谓万物变化乃是恒理,盛与衰自然互相承袭。《汉书·外戚传》武帝《悼李夫人赋》:"忽迁化而不反兮。"曹丕《典论·论文》:"日月逝于上,体貌衰于下,忽然与万物迁化,斯志士之大痛也。"

④"靡靡"二句:靡靡、苒苒,皆行进貌。《楚辞·九辩》:"时亹亹而过中兮。"靡靡即亹亹。又《离骚》:"老冉冉其将至兮,恐修名之不立。""苒苒"即"冉冉"。

⑤"行矣"二句:行矣,犹言"努力向前"。《汉书·外戚传》:"行矣,强饭,勉之!"颜师古注:"行矣,犹今言'好去'。"修名,谓修身立名。《广雅·释诂》:"修,治也。"立,成立,成就。《楚辞·离骚》"恐修名之不立"王逸注:"立,成也。恐修身建德而功不成名不立也。"

尸乡亭

东游观巩洛,逍遥丘墓间①。秋草蔓长柯②,寒木入云烟。发轸有凤晏,息驾无愚贤③。

【题解】

此六句见《艺文类聚》卷二十七《人部·行旅》。尸乡,地名,在今河南偃师西。商周时名尸、尸氏。《续汉书·郡国志》"河南尹""偃师,有尸乡。"刘昭注:"《帝王世纪》曰:尸乡在县西二十里。"《水经·榖水》"又东过河南县北东南入于洛"注:"班固曰:'尸乡,故殷汤所都者也,故亦曰汤亭。'薛瓒《汉书注》、皇甫谧《帝王世纪》并以为非,以为帝喾都矣。《晋太康记》《地道记》并言田横死于是亭,故改曰尸乡。非也。余按司马彪《郡国志》,以为春秋之尸氏也。其泽野负原夹郭,多坟陇焉,即陆士衡会王辅嗣处也。"陆机此六句正是描写其地坟茔景象,并发表感慨。所谓"陆士衡会王辅嗣(王弼)",见于《水经注》及刘敬叔《异苑》,谓陆机北上洛阳时在偃师投宿民居,与一少年谈论。次日就路,方知宿处乃王氏墓地,谈论者其实是魏时玄学家王弼的鬼魂。亭,古代的行政区划,县以下为乡,乡以下为亭。

今据《艺文类聚》录载。

【校注】

①"东游"二句:巩,县名,在今河南巩县西、偃师东北。洛,洛水。洛水与伊水交会,东流经偃师南,又东北经巩县东入河。尸乡在巩洛间。逍遥,游息,闲步。《诗·郑风·清人》:"河上乎逍遥。"

②"秋草"句:《文镜秘府论·文二十八种病》引作"衰草蔓长河"。

③"发轸"二句:发轸,犹言启行。参本卷《赠冯文罴》"发轸清洛汭"注。此处当是比喻在人生旅途上出发。晏,迟,晚。息驾,停车。曹植《美女篇》:"行徒用息驾。"此喻死亡。《蒿里》古辞:"蒿里谁家地,聚敛魂魄无贤愚。"二句言在人生道路上出发有早有晚,而无论贤愚同归于一死。

【集评】

《文镜秘府论·南卷》引或曰:"至如王粲'灞岸',陆机《尸乡》,潘岳《悼亡》,徐幹《室思》,并有巧句,互称奇作。"按:此初唐元兢《古今诗人秀句序》语。

《文镜秘府论·文二十八种病》:"或云:如陆机诗云:'衰草蔓长河,寒木入云烟。'河与烟平声。此上尾,齐梁已前,时有犯者,齐梁已来,无有犯者。"按:此亦元兢语。

王闿运《八代诗选》眉批:荒寂如见。(据夏敬观《八代诗评》所附)

招　　隐

明发心不夷,振衣聊踯躅①。踯躅欲安之,幽人在浚谷②。朝采南涧藻,夕息西山足③。轻条象云构,密叶成翠幄④。激楚伫兰林,回芳薄秀木⑤。山溜何泠泠,飞泉漱鸣玉⑥。哀音附灵波,颓响赴曾曲⑦。至乐非有假,安事浇醇朴⑧。富贵苟难图,税驾从所欲⑨。

【题解】

　　"招隐"之语,出于《楚辞》的《招隐士》篇。该篇系西汉时淮南王的宾客称为"淮南小山"者所作。作者描绘山中景物幽险之状,呼唤"王孙"(隐士)归来,云山中不可以久留。后世遂有以"招隐"为题之作,如晋代张华、张载、左思、陆机、闾丘冲、王康琚诸人都有所作。(见《艺文类聚》卷三十六《人部·隐逸》类)但是流传下来的这些诗许多都已不完整,而且用意各别。如闾丘冲诗云:"大道旷且夷,蹊路安足寻。经世有险易,隐显自存心。嗟哉岩岫士,归来从所钦。"是呼唤隐士归来,与《楚辞·招隐士》的主旨大体一致,不过隐显存心的说法,意谓隐退还是显耀在乎其心思如何,不在乎身处山林还是朝市,那却是玄学时代知识分子的一种处世哲学的反映。王康琚所作更将隐于陵薮称为小隐,隐于朝市称为大隐,从而招呼隐于山林者归来。闾丘冲、王康琚所作,虽然时代色彩很明显,但在唤隐士归来这一点上,还是继承了《楚辞·招隐士》原来的意思的。而另一些人的作品,却反其意而行之,抒发的是企望归隐的出世之情。如张载《招隐》说:"去来捐时俗,超然辞世伪。得意在丘中,安事愚与智?"左思"杖策招隐士"一首也描写山林之乐,最后说:"踟蹰足力烦,聊欲投吾簪。"抒发其欲隐居于山中之意。于是虽然用了淮南小山的篇名,诗意却与之相反了。在左思诗里,"招隐"成了招呼隐士亦即寻找隐士、欲与之同隐的意思了。陆机所作也正是这样。而更有可言者,陆机、左思之作,被视作"招隐",则王康琚之作,反而被认为是"反招隐"了。《文选》便是如此。

　　今天我们所见到的陆机《招隐》诗,有《文选》卷二十二所载一首,是完整的;另外《艺文类聚》还载有其他两首,但都不完整。《文选》此首,写山中景色细致工巧,尤其是描绘山泉,着眼于其声音,颇具特色。开首劈空而起,说自己晨兴徘徊,心思不宁;中间大段写山中风景;最后表示不如像隐士那样远离世俗,从心所欲。结构完整而首尾相应,具有较强的艺术力量,历来颇受佳评。今据以录载。

【校注】

①"明发"二句：明发，清晨，谓天将明时，晨光发动。《诗·小雅·小宛》："明发不寐，有怀二人。"夷，平，指心情平静愉悦。《郑风·风雨》："既见君子，云胡不夷。"《毛传》："夷，说（悦）也。"《楚辞》刘向《九叹·怨思》："心巩巩而不夷。""心不夷"，一作"心不怡"，义同。振衣，整衣。一作"投袂"，谓挥动衣袖。聊，且，姑且。踯躅，犹徘徊。

②"幽人"句：幽人，幽隐之高士，《周易·履》九二："履道坦坦，幽人贞吉。"浚，深。班固《幽通赋》："觌幽人之仿佛。"又云："眷峻谷曰勿坠。"曹大家注："见深谷之中有人仿佛欲来也。"陆机构思当受其影响。

③"朝采"二句：《诗·召南·采蘋》："于以采蘋，南涧之滨。于以采藻，于彼行潦。"采藻以供食用。《毛诗草木鸟兽虫鱼疏》："藻，水草也，生水底。有二种：其一种叶如鸡苏，茎大如箸，长四五尺；其一种茎大如钗股，叶如蓬蒿，谓之聚藻。……此二藻皆可食。煮挼去腥气，米面糁蒸为茹，嘉美。扬州饥荒可以当谷食，饥时蒸而食之。"藻，《艺文类聚》作"蘂"（即"蕊"字），恐是形近而误。《史记·伯夷列传》："及饿且死，作歌，其辞曰：'登彼西山兮，采其薇矣。'"此处曰西山，本此。晋时伯夷被作为隐士之代表人物，王康琚诗即云："小隐隐陵薮……伯夷窜首阳。"但已忽略其不食周粟一节。陆机此处虽云"西山"，也只是借用典故而已。"夕息"，一作"夕宿"。

③"轻条"二句：云构，高耸入云的建筑。李善注引刘桢诗："大厦云构。"翠幄，翠绿色的帐幕。此指帐顶而言。"幄"一作"屋"。李善注引徐幹《齐都赋》："翠幄浮游。"

④"激楚"二句：激楚，激疾的风。《楚辞·招魂》："竽瑟狂会，搷鸣鼓些。宫庭震惊，发《激楚》些。"王逸注："激，清声也。言吹竽击鼓，众乐并会，宫庭之内，莫不震动惊骇，复作《激楚》之清声，以发其音也。"《文选》司马相如《上林赋》："《激楚》《结风》。"李善注引张揖曰："楚歌曲也。"又引文颖曰："激，冲激，急风也。结风，亦急风也。楚地风气既自漂疾，然歌乐者犹复依激结之急风为节也，其乐促迅哀切也。"合而观之，是"激楚"原就楚地风气之激急而言，依此激疾风气而制成歌曲，也就名之为《激楚》。此处言"激楚伫兰林"，当指风，亦可指风声。"激楚"，一作"结风"，意同。伫，

107

《尔雅·释诂》:"久也。"兰林,树林的美称,言其芬芳。《楚辞》刘向《九叹·惜贤》:"游兰皋与蕙林兮。"兰林、蕙林意同。回芳,谓芳气回旋。薄,迫近,附着。秀,美。秀木,树的美称。二句谓美好的树林之内,疾风久久回荡,树木散发香气。

⑤"山溜"二句:溜,水流的样子。泠泠,水清貌。"漱",原作"濑",据《四部丛刊》本《文选》、尤刻本《文选》、陈八郎本《文选》、《陆士衡文集》改。漱,激荡。左思《招隐诗》:"石泉漱琼瑶。"左思以美玉喻泉水,而下文云"山水有清音"。陆机云"漱鸣玉",强调泉声之清彻,下文更集中描写其声音。

⑥"哀音"二句:指飞泉山溜而言。哀音,古人称美声音动人,每用"悲""哀"字样。《韩非子·十过》:"清商固最悲乎?"嵇康《琴赋》:"赋其声音,则以悲哀为主;美其感化,则以垂涕为贵。"此云"哀音",犹言激荡人心之妙音。灵,美称。何晏《景福殿赋》"浚虞渊之灵沼"、潘岳《金谷集作诗》"灵囿繁石榴",皆是其例。颓响,泉声随水流而下,有似崩坠。曾,重叠。曾曲,谓涧谷重深幽曲。赴曾曲,形容泉声向着一重重山石幽曲处奔赴而去。

⑦"至乐"二句:至乐,犹言极乐。《庄子·至乐》:"天下有至乐无有哉?"又《田子方》:"老聃曰:'夫得是,至美至乐也。得至美而游乎至乐,谓之至人。'"假,借助,凭借。《庄子·缮性》:"及唐虞始为天下,兴治化之流,浇淳散朴。"《淮南子·齐俗》:"浇天下之淳。"高诱注:"浇,薄也。淳,厚也。"醇,通"淳"。二句言至乐不是凭借外物所能获得,何必营营扰扰逐物而丧失其淳朴之本性。此以隐士的朴素忘机、获得个体内心的自由平静为极乐,而批判世俗之征名逐利、浮华巧诈。

⑧"富贵"二句:税,通"脱"。税驾,解脱驾车之具,谓停止前行。《史记·李斯列传》:"物极则衰,吾未知所税驾也。"《索隐》:"税驾,犹解驾,言休息也。"欲,欲求,爱好。《论语·述而》:"子曰:'富而可求也,虽执鞭之士,吾亦为之;如不可求,从吾所好。'"何晏《集解》引郑玄:"富贵不可求而得之,当修德以得之;若于道可求者,虽执鞭之贱职,我亦为之。"二句实用《论语》语意,谓如果不能依循正道而取得富贵,那么就不再追求,转而依从自己的爱好、意愿。

【汇评】

朱熹《招隐操序》:淮南小山作《招隐》,极道山中穷苦之状,以风切遁世之士,使无退心。其旨深矣。其后左太冲、陆士衡相继有作,虽极清丽,顾乃自为隐遁之辞,遂与本题不合。

陆时雍《古诗镜》卷九:一起韵致犹夷。○费许点饰,独立至尊,输他本相。凡缘饰愈巧,则声格愈卑。

孙鑛评:士衡诸诗,此最清洁。(见天启二年闵齐华刻《孙月峰先生评文选》)又云:(开头四句)来得疏俊,觉风度有余。(见同上)

邹思明评:("激楚"四句)华芳鲜美。(见天启二年闵齐伋刻《文选尤》)

陈祚明《采菽堂古诗选》卷十:"轻条"二句,新秀。"山溜"二句,警亮。结语朴老有古风。此是佳作。

方廷珪评《昭明文选集成》:("轻条"二句)细甚工甚。(见乾隆三十二年仿范轩刻《昭明文选集成》)

何焯《义门读书记》卷四十六:("至乐非有假"二句)至此不自知其平夷而悦怿也。

又评曰:句句鲜泚。(见乾隆三十七年叶树藩刻朱墨套印《何焯评文选》)

沈德潜《古诗源》:必富贵难图而始税驾,见已晚矣。士衡进退所以不无可议。

《五百家注昌黎文集》卷八引韩醇:(《城南联句》"泉声玉淙琤")陆士衡有诗云:"山溜何泠泠,飞泉漱鸣玉。"

李详《杜诗证选》:(杜甫《万丈潭》"高萝成帷幄")陆机《招隐诗》:"密叶成翠幄。"

招　　　隐

驾言寻飞遁,山路郁盘桓①。芳兰振蕙叶②,玉泉涌微澜。嘉卉献时服,灵术进朝餐③。

此六句以及下一首四句,均见《艺文类聚》卷三十六、《陆士衡文集》卷五。均非完篇。今据《艺文类聚》录载。

【校注】

①"驾言"二句:言,语词,无义。飞遁,指隐士。《周易》有《遁》卦,"遁"乃逃避之意,隐士避世,故以该卦喻隐士。《遁》之上九云:"肥遁,无不利。"古本《周易》"肥"字应是"飞"字,因二者之古体字形相近,故被人改成"肥"字。(参宋人姚宽《西溪丛语》卷上)张衡《思玄赋》:"利飞遁以保名。"《文选》李善注、《后汉书》李贤注皆引《九师道训》:"遁而能飞,吉孰大焉。"曹植《七启》:"飞遁离俗。"李善注亦引《道训》。陆机言"飞遁",正用古本《周易》之语。郁,本指树木丛生,引申为幽暗貌。《广雅·释器》:"郁,幽也。"盘桓,犹盘旋。

②"芳兰"句:芳兰,谓兰草,一种香草。《楚辞·离骚》"纫秋兰以为佩"王逸注:"兰,香草也,秋而芳。"朱熹《楚辞辩证上》:"大抵古之所谓香草,必其花叶皆香,而燥湿不变,故可刈而为佩。若今之所谓兰、蕙,则其花虽香,而叶乃无气,其香虽美,而质弱易萎,皆非可刈而佩者也。其非古人所指甚明,但不知自何时而误耳。"王夫之《诗经稗疏》卷一亦云:"其香在叶而不在花。"按:陆机此处所谓芳兰,即其香在叶者,非今之兰花。蕙叶,蕙亦香草名。《广雅·释草》:"熏草,蕙草也。"古人以其香而烧熏之,故称为熏草。"芳兰振蕙叶",借蕙以称兰叶之香,不是另外指熏草。犹左思《魏都赋》云"奇卉萋萋,蕙风如熏",泛指香风,非专指蕙草也。

③"嘉卉"二句:嘉卉,美好的草。《诗·小雅·四月》:"山有嘉卉。"献,进,与下句"进"同义。此处用于自己,谓取嘉卉为衣服,并无敬上之意。《尚书·禹贡》云:"岛夷卉服。"按:《楚辞》多言被服香草嘉卉,如《离骚》之"扈江离与辟芷""制芰荷以为衣兮,集芙蓉以为裳",《九歌·少司命》之"荷衣兮蕙带",《山鬼》之"被薜荔兮带女罗",都是形容其人之高洁芬芳或处于幽深。时服,谓适合时节所服。张衡《七辩》:"制为时服,以适寒暑。"术(zhú),养生者所服。《艺文类聚》卷八十一引《本草经》:"术,一名山筋,久服不饥,轻身延年。"嵇康《与山巨源绝交书》:"又闻道士遗言:饵术、黄精,

令人久寿。意甚信之。"《列仙传》言涓子"好饵术",商丘子胥"食术"。张衡《西京赋》:"屑琼蕊以朝餐。"

【汇评】

高似孙《纬略》卷四"毛布":《说文》曰:罽,西胡毦布也。用"毦布"尤新。然不知(如)《禹贡》所谓皮服、卉服,直是下字奇古。陆机诗:"嘉卉献时服,灵术进朝餐。"卉、服二字拆用,尤精。

招　　隐

寻山求逸民,穷谷幽且邃①。清泉荡玉渚,文鱼跃中波②。

【校注】

①"寻山"二句:逸民,超脱世俗的人。《论语·微子》:"逸民:伯夷、叔齐、虞仲、夷逸、朱张、柳下惠、少连。"何晏《集解》:"逸民者,节行超逸也。"穷谷,深谷。

②"清泉"二句:渚,水流旁溢形成的池塘。张衡《西京赋》"海若游于玄渚"李善注引薛君《韩诗章句》:"水一溢而为渚。"玉渚,言其水色纯净如玉。文鱼,《楚辞·九歌·河伯》:"乘白鼋兮逐文鱼。"王逸注以为鲤鱼。《山海经·中山经·中次八经》:"雎水出焉……多文鱼。"郭璞注:"有斑彩也。"《文选》曹植《洛神赋》:"腾文鱼以警乘。"李善注:"文鱼有翅能飞。"按:《初学记》卷三十引陶弘景《本草》:"鲤最为鱼中之主,形既可爱,又能神变,乃至飞越山湖,所以琴高乘之。"是文鱼即鲤鱼也,其色彩斑斓美丽。中波,犹波中。

祖道清正

□□□题,允藩克正。惟是喉舌,光翼明圣①。

【题解】

此四句见孔广陶刊《北堂书钞》卷六十《设官部·诸曹尚书》所引。其校语云:"'允藩'以上,舛脱已甚,无从引证。"逯钦立《先秦汉魏晋南北朝诗·晋诗》卷五录此四句,题下注云:"'清正'当是'潘正'之误。"亦颇费解,不知所谓"潘正"指何人。或许逯氏之意,谓本应作"潘正叔"而传写误脱为"清正"二字?疑不能决,姑且附著于此。

【校注】

①"惟是"二句:喉舌,此指尚书。参《赠武昌太守夏少明》"纳言崇祉"注。潘尼曾为尚书郎。光翼,谓辅佐。参《答贾谧》"光翼二祖"注。明圣,当指晋帝而言。

叹逝诗

鸦发成老苍①。

【校注】

①鸦发,形容其发黑而光泽。按:此句见世彩堂本《韩昌黎集注》卷五《嘲鲁连子》"田巴兀老苍"廖莹中注所引。

失　　题

石龟尚怀海,我宁忘故乡①?

【校注】

①二句见任昉《述异记》卷下:"东北岩海畔有大石龟,俗云鲁班所作,夏则入海,冬复止于山上。陆机诗云云。"

失　题

惆怅怀平素,恺乐于兹同^①。堂宴栖末景,游豫蹑余踪^②。

【校注】

①"惆怅"二句:平素,平日,此指往昔而言。恺,康乐。二句谓怀想旧日宴乐于此处,正与今日同,为此而惆怅。

②"堂宴"二句:末景,犹余光,想象当时宴乐所遗留之光景也。余踪,亦谓所留当时之踪迹。二句谓今日堂上欢乐,恍如是在往日景象之中;今日优游悦乐,步履所及犹是当时踪迹。按:此四句见《文选》颜延之《陶征士诔》"岂所以昭末景泛余波"句李善注所引。

失　题

太素卜令宅,希微启奥基^①。玄冲慕懿文,虚无承先师^②。

【校注】

①"太素"二句:太素,天地未分时之混沌状态。《老子》所谓"道",或被理解为宇宙之肇始,故"太素"亦喻"道"。卜令宅,占卜以决定美好之居所。《尚书·召诰》:"朝至于洛,卜宅。"希微,《老子》书中对于"道"的一种描绘。《老子》十四章:"视之不见名曰夷,听之不闻名曰希,搏之不得名曰微,此三者不可致诘,故混而为一。"东汉高义方《清诫》:"恍惚中有物,希微无形端。"启,开启,开创。奥,《广雅·释诂》:"藏也。"王念孙《疏证》:"奥之言幽也。"启奥基,开始筑幽玄之屋基。二句谓将居住于道之中,亦即将栖息身心于道之意。

②"玄冲"二句：冲，虚，空虚。《老子》四章："道冲而用之。""慕"，一作"纂"。懿，《说文·壹部》："专久而美也。"懿文，指《老子》书而言。《史记·老子韩非列传》太史公曰："老子所贵道，虚无因应，变化于无为，故著书辞，称微妙难识。"先师，当指老子。二句谓爱好《老子》玄虚之言，承受其虚无之论。按：此四句见《太平御览》卷一《天部·太素》。

失　　题

澄神玄漠流，栖心太素域①。弭节欣高视，俟我大梦觉②。

【校注】

①"澄神"二句：玄漠，玄远幽寂，指"道"。《文选》张华《励志》："大猷玄漠。"二句谓专心致志于大道之中。

②"弭节"二句：弭节，按辔徐行之意。节，谓行车之节度。《楚辞·离骚》："吾令羲和弭节兮。"王逸注："弭，按也。弭节，徐步也。"高视，昂首向高远处看。扬雄《甘泉赋》："仰挢首以高视兮。"大梦觉，彻底觉悟，谓悟道。《庄子·齐物论》："梦饮酒者，旦而哭泣；梦哭泣者，旦而田猎。方其梦也，不知其梦也，梦之中又占其梦焉，觉而后知其梦也。且有大觉，而后知此其大梦也。"郭象注："夫大觉者，圣人也。大觉者乃知夫患虑在怀者皆未寤也。"谓大觉者懂得万物齐一，故泊然无喜怒忧患。按：此四句见《太平御览》卷一《天部·太素》。

失　　题

冠冕无丑士，长缨皆隽民①。

①"冠冕"二句:缨,指帽带。按:二句见《太平御览》卷六百八十六《服章部·缨》。又按:陆机《吴王郎中时从梁陈作》云:"玄冕无丑士,冶服使我妍。"又江淹《杂体诗·陆平原羁宦》云:"朱绂咸耆士,长缨皆俊民。"疑《御览》将二者误合为一。

失　题

老蚕晚绩缩①,老女晚嫁辱。曾不如老鼠,翻飞成蝙蝠②。

【校注】

①"老蚕"句:老蚕,蚕数眠之后将吐丝作茧,谓之老。绩,将麻缕相连接使之变长,称为绩。蚕吐丝渐长有如绩麻,故也称为绩。《礼记·檀弓下》:"蚕则绩而蟹有匡。"晚绩,饲喂不得法则蚕迟老,迟老则得丝少。缩,谓短少不足。

②"曾不"二句:古代有蝙蝠乃鼠老变成的说法。《方言》卷八:"蝙蝠,自关而东谓之服翼,或谓之飞鼠,或谓之老鼠,或谓之仙鼠。"《初学记》卷二十九引郑氏《玄中记》:"百岁之鼠化为蝙蝠。"按:此四句见《太平御览》卷八百二十五《资产部·蚕》。

失　题

恢恢天网,飞沉是收①。受兹下臣,腾光清霄②。

【校注】

①"恢恢"二句:恢,广大貌。《老子》七十三章:"天网恢恢,疏而不失。"

115

飞沉,指鸟与鱼。二句以天网不漏喻晋朝网罗人材无有遗失。

②"受兹"二句:"受",顾炎武《唐韵正》卷六"收"字注引作"爰",似是。《仪礼·士相见礼》:"凡自称于君,士大夫则曰下臣。"此陆机自谓。《汉书·扬雄传》载《甘泉赋》:"腾清霄而轶浮景兮。"颜师古注:"腾,升也。霄,日旁气也。"按:此四句见宋吴棫《韵补》卷二"霄"字注所引。

失　　题

轨迹未及安,长辔忽已整①。道邈觉日短,忧深使心褊②。

【校注】

①"轨迹"二句:辔,马缰。二句谓人生如行路,栖栖遑遑,奔走不暇。

②"道邈"二句:邈,远。傅玄《杂诗》:"志士惜日短。"褊,狭小,急躁。《诗·魏风·葛屦》:"维是褊心。"四句抒发人生匆遽、忧深气狭之悲。按:此四句见《韵补》卷三"褊"字注。

失　　题

物情竞纷纭,至理自宜贯①。达观傥不隔,居然见真赝②。

【校注】

①"至理"句:至理,最高的、笼罩万物的道理。《庄子·齐物论》郭象注:"是非死生荡而为一,斯至理也。至理畅于无极。"《论语·卫灵公》:"子曰:'赐也,汝以予为多学而识之者与?'对曰:'然。非与?'曰:'非也,予一以贯之。'"《周易·系辞下》:"子曰:天下何思何虑? 天下同归而殊涂,一致而百虑,天下何思何虑?"韩康伯注:"夫少则得,多则惑。涂虽殊,其归则

同;虑虽百,其致不二。苟识其要,不在博求,一以贯之,不虑而尽矣。"

②"达观"二句:达观,通达周遍之观照。孙楚《和氏外孙小同哀文》:"大人达观,同之一揆。"倪,倪然,漠然无心的样子。《庄子·天地》:"倪然不受。"成玄英疏:"倪是无心之貌。"居,安坐。居然,安然,言其不劳心力,自然容易。《诗·大雅·生民》"居然生子"《孔疏》:"居处怡然无病而生子也。"《周易·系辞下》"则居可知矣"《孔疏》:"则居然可知矣,谓平居自知,不须营为也。"二句承上言通达观照者不隔绝万物而以至理贯通之,乃能漠然无心、自然安易地识其真伪。按:此四句见《韵补》卷四"赝"字注。

失　　题

佳谷垂金颖①。

【校注】

此句见宋人陈景沂撰《全芳备祖集·后集》卷二十《农桑部·谷》、谢维新撰《古今合璧事类备要·别集》卷五十七《谷门·谷》。

失　　题

穆若金兰友①。

【校注】

①"穆若"句:穆,《诗·周颂·清庙》"於穆清庙"《毛传》:"美也。"若,形容词语尾。《周易·系辞上》:"二人同心,其利断金。同心之言,其臭如兰。"遂以"金兰"称颂友谊之美好。按:此句见元人阴劲弦、阴复春编撰《韵府群玉》卷十二,注曰"陆机诗",但同书卷四引,则注曰"蜀志"。又元人耶

律铸《双溪醉隐集》卷六《杂著·花史序释》:"兰有'穆若金兰友'之语,故曰兰曰'胜友'。"按:铸于所引有出处者皆自为注明,此则未注,似以为流传俗语。是亦可疑,姑录载备考。

失　　题

瓮余残酒,膝有横琴①。

【校注】

①"瓮余"二句:此二句见宋人蔡梦弼会笺《杜工部草堂诗笺》卷三十七《过津口》"瓮余不尽酒,膝有无声琴"二句注所引。

失　　题

崖蜜珠蒲蓝①。

【校注】

①"崖蜜"句:此句见宋人黄希、黄鹤《补注杜诗》卷六《发秦州》"崖蜜亦易求"句下伪苏注所引。崖蜜,宋释惠洪《冷斋夜话》卷一"诗出本处"条引《鬼谷子》云:"崖蜜,樱桃也。"然《鬼谷子》实无此语。惠洪《资国寺春晚》诗"美欣崖蜜尝新果",亦以崖蜜为果类,与其《冷斋夜话》所言相合。而陶弘景曰崖蜜即石蜜,出于高山岩石间,其蜂黑色,似虻。又张华《博物志》云:"远方山郡幽僻处出蜜,所著绝岩石壁,非攀缘所及,惟于山顶蓝(应作篮)舆自垂挂下,遂得采取。"即所谓石蜜、崖蜜。(张华、陶弘景说俱见宋人唐慎微撰《政类本草》卷二十引)惠洪说恐不足信,宋人已驳斥之。(见孙觌《鸿庆居士集》卷十二《与曾端伯书》)此句既出伪苏注,已属可疑,而意思亦

118

费解。但宋人顾禧尝曰略记陆机有赋云"朱蓝崖蜜"（见《施注苏诗》卷二十《橄榄》注引），与此句相似。姑录以备考。

失　题

厌直承明庐①。

【校注】

①"厌直"句：《汉书·严助传》载汉武帝赐严助诏曰："君厌承明之庐。"张晏注："承明庐在石渠阁外，直宿所止曰庐。"按：此句见黄希、黄鹤《补注杜诗》二十九《赠李八秘书别三十韵》"妖星下直庐"注引王洙，又见任渊《后山诗注》卷十一《寄单州吕侍讲希哲》"今年还直迩英庐"注引。又按：张耒《送梅子明学士通判余杭》亦有此句。

失　题

游赏愧剩客①。

【校注】

①"游赏"句：此句为蔡梦弼会笺《杜工部草堂诗笺》卷三十二《自瀼西荆扉且移居东屯茅屋》四首之二"须令剩客迷"注所引。剩客，未详。

卷二

拟行行重行行

悠悠行迈远^①，戚戚忧思深。此思亦何思，思君徽与音^②。音徽日夜离，缅邈若飞沉^③。王鲔怀河岫，晨风思北林^④。游子眇天末，还期不可寻^⑤。惊飙褰反信，归云难寄音^⑥。伫立想万里，沈忧萃我心^⑦。揽衣有余带，循形不盈衿^⑧。去去遗情累^⑨，安处抚清琴。

【题解】

《古诗》是自汉代流传下来的五言诗，作者不详。昭明《文选》录有十九首，故后人往往举"《古诗》十九首"为口实。但据梁代锺嵘《诗品》说，他所见到的有近六十首之多。其产生年代，亦有异说，今日一般认为是东汉晚期作品。陆机模拟它们作了十二首（一说十四首，但《文选》所载只十二首），可说是今日所见最早的有关这批汉代《古诗》的资料。在《古诗》的接受史上，也是值得注意的。

此首《拟行行重行行》写相思之情。是从居家者着眼写对于游子的思念，还是相反，写游子对家人的思念？初读似乎两可，但仔细体会，还是作前者理解较妥。诗中"惊飙褰反信，归云难寄音"两句，反者，归返之意，由外向家，故曰"反"。"反信"是指游子传向家人的音信。（"反信"非今日所理解的回信，晋时"信"指使者，或可引申为音信，但不能释为书信。）家人忖度游子应托人传回音信，但杳不可得，故有为惊飙卷去的形容语。若是站在游子的立场，便难以解释此句了。还可以举出一个旁证。南朝宋刘铄也写过《拟行行重行行》，其诗云："愿垂薄暮景，照妾桑榆时。"显然是闺人忆远之词。我们想陆机与刘铄一样，是将《古诗》"行行重行行"读作家中人思念游子的。唐代注释《文选》的李善和五臣，因为"行行重行行"有"浮云蔽白日，游子不顾反"之句，遂以为是忠臣因谗邪当道而远引，乃将全诗说成是逐臣怀念君上之作。那是戴着政教的有色眼镜看出来的结果，陆机、刘铄都不曾那样。

若将陆机拟作与原作比较，可以看出，其诗意、构思几乎亦步亦趋，但是风格却迥异。从中可以明显地看到五言诗由质朴向华丽转变的轨迹，也可以看到以陆机为代表的西晋诗歌"结藻清英，流韵绮靡"（《文心雕龙·时序》）的时代特色。下面即以此首《拟行行重行行》稍作说明。

首先，《古诗》语言朴素，陆机拟作则显得雕琢。"音徽""缅邈""沈忧""萃"等词语都书面色彩较浓重。原诗"衣带日已缓"，化成"揽衣有余带，循形不盈衿"两句，造句不如原诗直率自然。作者之所以要这样将一句化为两句，大约一方面是要予以强调，一方面是因追求对偶骈俪之美。陆机诗文大量运用对偶，是一个显著的具有时代意义的特征。

其次，在所表述的思绪、塑造的形象方面，拟作可以说比原作显得高雅，文士色彩更重。诗末原作云"弃捐勿复道，努力加餐饭"，是很普通的家常话；拟作则说"去去遗情累，安处抚清琴"。抚琴消忧的形象，比"加餐饭"显得优雅；而"遗情累"的想法，更与那个时代的玄学空气有关。道家本有排斥情感的倾向，认为情感与虚静无为相对立，是身与德之累。魏晋玄学家更就此展开讨论。魏时何晏以为圣人也就是理想的人格，是没有喜怒哀乐之情的，王弼则以为圣人与常人同样有喜怒哀乐，但是其情服从于理，故能不为情所累。（见《三国志·魏书·锺会传》注引《王弼传》）《隋书·经籍志》子部道家类著录有《圣人无情论》六卷（亡佚），应该就是魏晋至南朝时有关论文的汇集，可知当时这是一个颇为士人所关注的话题。因此，陆机说"遗情累"，是时代风气的折射，是颇具文士气的话语。

第三，原作的风格委婉含蓄。虽然有强烈的思念和忧愁，但只缓缓地说路途遥远，游子不归，衣带日缓，只有结末处"思君令人老"一句说破"思君"。而陆机拟作一上来就说"戚戚忧思深"，然后还要加以强调，说"此思亦何思，思君徽与音"，后半段还再重复道"沈忧萃我心"。作者似乎生怕不能将那种强烈的情感予以表述，故慷慨激昂，再三强调。综上所述，与原作相比，陆机的拟作一方面文辞比较华丽雕琢，用语的人工气息较重；一方面显得情感激烈外露,少含蓄委婉之致。二者合起来,就觉得不如原作自然而更耐咀嚼。这也是后世评论者常常对其表示不满的原因。但是须知这正是诗歌史上一个时代的反映,正是文质递嬗过程里的一个阶段。锺嵘《诗品》云:"干之以风力,润之以丹彩。"风力就是强大的情感力量,丹彩就是美丽的辞藻,陆机所追求的正是如此。而他的调遣、组织辞藻的能力,也还是令人佩服的。

诗载《文选》卷三十、《陆士衡文集》卷六,今据《文选》录载。(以下拟《古诗》各首皆与此同,不再一一说明)

【校注】

①"悠悠"句:悠悠,长途行进的样子。《诗·小雅·黍苗》:"悠悠南行。"《毛传》:"悠悠,行貌。"迈,行,远行。《王风·黍离》:"行迈靡靡。"

②"思君"句:徽,美。《诗·大雅·思齐》:"大姒嗣徽音。"徽音,谓美好的声音,"徽"字形容"音"。陆机此处虽用《诗》语,却将"徽""音"并列,谓美好之形象与声音。

③"音徽"二句:音徽,即上句"徽与音"。飞沉,比喻隔绝不通。

④"王鲔"二句:王鲔(wěi),大鲔鱼。《周礼·天官·䱷人》:"春献王鲔。"郑玄注:"王鲔,鲔之大者。"《毛诗草木鸟兽虫鱼疏》:"鲔鱼形似鳣而色青黑,头小而尖,似铁兜鍪,口在颔下。……大者不过七八尺。……大者为王鲔,小者为叔鲔。……肉色白,味不如鳣也。""河",原作"何",据《四部丛刊》本《文选》、北宋本《文选》、尤刻本《文选》、陈八郎本《文选》、《陆士衡文集》改。指黄河。岫(xiù),山之洞穴。张衡《东京赋》:"王鲔岫居。"薛综注:"山有穴曰岫也。王鲔,鱼名也,居山穴中。长老言:王鲔之鱼由南方来,出此穴中,入河水,见日目眩,浮水上,流行七八十里,钓人见之,取之以献天子,用祭。其穴在河南小平山。"晨风,鸟名。《诗·秦风·晨风》:"鴥彼晨风,郁彼北林。"《毛传》:"晨风,鹯也。……北林,林名也。"

⑤"游子"二句:眇,遥远的样子。"还期",一作"远期"。张衡《东京赋》:"眇天末以远期。"寻,求。二句谓游子远在天边,归返之期不可知晓。

⑥"惊飙"二句:褰,通"搴(qiān)"。搴,拔取。飙风自下而上,故言搴。反,归返。信,使者,引申为信息之意。反信,指来自外出行人之信息。居

家者设想行人应有音信传递，但如同被暴风卷去，杳然不可知。张衡《思玄赋》："凭归云而遐逝兮。"云远逝似归，故曰归云。《楚辞·九章·思美人》："愿寄言于浮云兮，遇丰隆而不将。"二句谓行人既杳无信息，欲凭远去之浮云传送音讯，亦不可能。

⑦"伫立"二句："想"，一作"望"。沈忧，谓忧愁深滞而难去。曹植《杂诗》："沈忧令人老。"萃，集聚。

⑧"揽衣"二句：古《伤歌行》："揽衣曳长带。"古乐府歌："衣带日趋缓。"《古诗》"行行重行行"："衣带日已缓。"有余带，衣带嫌长，即"趋缓"之意。循，慧琳《一切经音义》卷三十三"扪摸"注："即摩也。"此有省视、顾念意，参卷一《为顾彦先赠妇》"循身悼忧苦"注。衿，衣襟。不盈衿，亦谓形体消瘦衣服遂嫌宽大。

⑨"去去"句：去，谓离开此话题。去去，犹言休休、罢了罢了。情累，以情为累，故曰情累。《庄子·庚桑楚》："恶欲喜怒哀乐六者，累德也。"情为德之累，故当遣去之。蔡琰《悲愤诗》："去去割情恋。"蔡琰诗"去去"犹"行行"，陆机语虽相似而意不同。又曹植《杂诗》云："去去莫复道，沈忧令人老。"则与陆机意相似。

【汇评】

孙鑛评："想万里""有余带"俱变得妙；"飙""云"两语系增出，然却佳；"抚琴"稍作意，不若"加餐"浑妙。（见天启二年闵齐华刻《孙月峰先生评文选》）

贺贻孙《诗筏》：（《古诗》）"晨风怀苦心，蟋蟀伤局促。""苦心""局促"，着在"晨风""蟋蟀"，妙甚。盖愁思之极，彼虫鸟亦若代为心伤也。只如此看，语意自深。今之笺诗者，咸以"晨风""蟋蟀"为《毛诗》二篇。果尔，则浅薄无味，何以为《古诗》乎？陆士衡《拟古》云："王鲔怀河岫，晨风思北林。"据此则晨风为鸟名无疑。然"思北林"语意索然，较之"怀苦心"三字，相去不独径庭，且天渊矣。

陈祚明《采菽堂古诗选》卷十："揽衣"二句，秀琢。

拟今日良宴会

　　闲夜命欢友，置酒迎风馆①。齐僮《梁甫吟》，秦娥《张女弹》②。哀音绕栋宇，遗响入云汉③。四坐咸同志，羽觞不可箅④。高谈一何绮，蔚若朝霞烂⑤。人生无几何，为乐常苦晏⑥。譬彼伺晨鸟，扬声当及旦⑦。曷为恒忧苦，守此贫与贱⑧。

【题解】

　　此首前十句描写聚会之乐，后六句抒发及时求富贵、寻欢乐的愿望。其结构与《古诗》原作相同。但原作有"令德唱高言，识曲听其真。齐心同所愿，含意俱未申"数句，谓席间令德之人能识曲中之意，此意即众人所共有之感慨，以此作为奏乐与抒发感慨之间的过渡；而陆机拟作则略去此层，以"高谈"云云拟"唱高言"，然后直接抒写感慨，于是便显得若断若续，别有滋味。原作用语较简质，拟作则趋于华丽。原作写音乐只"弹筝奋逸响，新声妙入神"十字，拟作不仅写出《梁甫吟》《张女弹》曲名，更以"哀音绕栋宇，遗响入云汉"予以夸张的描绘。原作只说"唱高言"，拟作则以"一何绮""蔚若朝霞烂"予以比喻渲染。（将言谈写成视觉形象，可以说是"通感"。）拟作比原作虽文辞美丽，刻意形容，却显得吃力。而"羽觞"是比较精致的酒器，"高谈"则折射出以清谈娱心的风气，也都显露出"上层文士"的气息，与原作有所差别。原作开头"今日良宴会，欢乐难具陈"，兴奋之情溢于言表，拟作则似失去此种天真自然之趣。总之，两相比较，颇可以见出审美趣味的差异与转变。

【校注】

　　①"闲夜"二句：闲，清闲。傅毅《舞赋》："夫何皎皎之闲夜兮。"命，《广雅·释诂》："呼也。"迎风，汉武帝时于长安甘泉宫附近造迎风馆。（见《汉书·扬雄传》《三辅黄图》）又邺城有迎风观。《文选》曹植《赠徐干》："迎

风高中天。"李善注:"《地理书》曰:'迎风观在邺。'"按:陆机借用旧名,不必拘泥究其所在。

②"齐僮"二句:齐僮,齐地少年。相传齐人擅长歌唱。《孟子·告子下》:"绵驹处于高唐而齐右善歌。"张衡《南都赋》:"于是齐僮唱兮列赵女。"《梁甫吟》,古曲名。关于其缘起,有异说。李善注引蔡邕《琴赋》:"梁甫悲吟。"又引《琴操》:"曾子耕泰山之下,天雨雪冻,旬月不得归,思其父母,作《梁山歌》。"《琴操》即蔡邕所作。又一说见郭茂倩《乐府诗集·相和歌辞·楚调曲》《梁甫吟》解题:"梁甫,山名,在泰山下。《梁甫吟》盖言人死葬此山,亦葬歌也。"秦娥,秦地美女。扬雄《方言》卷二:"秦晋之间,美貌谓之娥。"《张女弹》,亦古曲。《文选》潘岳《笙赋》"辍张女之哀弹"李善注:"闵洪《琴赋》曰:'汝南鹿鸣,张女群弹。'然盖古曲,未详所起。"

③"哀音"二句:《列子·汤问》:"昔韩娥东之齐,匮粮,过雍门,鬻歌假食。既去而余音绕梁欐,三日不绝。"又曰:"薛谭学讴于秦青,未穷青之技,自谓尽之,遂辞归。秦青弗止,饯于郊衢,抚节悲歌,声振林木,响遏行云。"按:《列子》虽是伪书,然此二事又见于张华《博物志》,知古有其说,伪作《列子》者用之耳。参杨伯峻《列子集释》。"栋宇",一作"梁宇"。

④"四坐"二句:同志,心意相同者。《韩诗外传》卷五:"同志相从。"《说文·又部》:"同志为友。"羽觞,盛酒等饮料的器具。其形似雀,故名羽觞。也有其它说法,今不具列。可参程大昌《演繁露》卷十四"古爵羽觞"条。《楚辞·招魂》:"瑶浆蜜勺,实羽觞些。"《文选》张衡《西京赋》:"促中堂之狭坐,羽觞行而无筭。"筭(suàn),计数用的竹筹,引申为计数之意。不可筭,即无筭,谓不计其数。行酒不限其数,谓其多也。

⑤"高谈"二句:孔融诗:"高谈满四座。"曹丕《与朝歌令吴质书》:"高谈娱心。"魏晋士人以谈论为娱乐之具,蔚成风气。绮,美好。按:绮之本义为文缯,然引申之,不限于指花纹色彩之丽。如曹丕《大墙上蒿行》:"君剑良,绮难忘。"陆机数用之,如《文赋》:"藻思绮合。"《拟青陵上柏》:"名都一何绮。"《日出东南隅行》:"绮态随颜变。"烂,灿烂。按:宋玉《神女赋》形容丽人,云"耀乎若白日初出照屋梁",曹植《洛神赋》拟之,云"皎若太阳升朝霞"。但亦有以朝日形容其它者,如王逸《荔支赋》:"灼灼若朝霞之映日。"

陆机此处形容高谈之多彩而高朗，实为"通感"。"朝霞"，一作"朝华"，谓早晨开放之花，亦通。

⑥"人生"句：《左传》襄公三十一年："人生几何，谁能无偷，朝不及夕。"晏，迟，晚。李善注引秦嘉《答妇诗》："忧艰常早至，为乐常苦晚。"按：《玉台新咏》秦嘉《赠妇》作"欢会常苦晚"。

⑦"譬彼"二句：伺，等候，伺察。伺晨鸟，指鸡，鸡清晨即鸣。李善注引《尸子》："使鸡伺晨。"又引《春秋考异邮》："鸡应旦明。"明，通"鸣"。"伺"，一作"司"，"司"乃"伺"之古字。

⑧"曷为"二句：曷，何。《论语·里仁》："贫与贱，是人之所恶也，不以其道得之，不去也。""曷为"二字贯穿二句，谓为何总是忧愁悲苦，守着贫穷与卑贱不离去呢？其意正与《论语》相背。

【汇评】

王世贞评：意出《十九首》，不能自措，而略易字面，自成佳构。（见卢之颐辑十二家评《昭明文选》）

陈祚明《采菽堂古诗选》卷十：清警。

拟迢迢牵牛星

昭昭清汉晖，粲粲光天步①。牵牛西北回，织女东南顾②。华容一何冶，挥手如振素③。怨彼河无梁，悲此年岁暮④。跂彼无良缘，睆焉不得度⑤。引领望大川，双涕如沾露⑥。

【题解】

此首亦见于《玉台新咏》卷三。

陆机此首拟作，与原作相比，区别也很明显。原作用语构思虽然也受到《诗经》的影响，如以"纤纤"形容女手，以"如雨"形容哭泣，但即使今天读来，也还觉得明白如话。陆机拟作中如"跂彼""睆焉"也出于《诗经》，他用来分别代指织女星和牵牛星，就显得吃力，不够平易自然。《诗·小雅·大东》说织女星虽以"织"为称，其实"不成报章"，以之比喻徒有其名；《古诗》"终日不成章"却是说织女星苦于离别，无心织事。那是创造性的化用，颇为生动。陆机拟作似乎缺少此种生动之趣。陆机似重在外在形象的描绘。原诗"迢迢牵牛星，皎皎河汉女"两句，拟作展开成四句，特地加上"昭昭清汉晖，粲粲光天步"两句描写银河的明亮。原诗说"札札弄机杼"云云，正面写到织女的工作；拟作只说"华容一何冶，挥手如振素"，重在写织女容颜和手的美丽，"弄机杼"之意只以"挥手"二字映带一下。"悲此年岁暮"其实是文人常常抒发的迟暮之感，原诗中是没有的。原诗先说泣涕如雨，而全诗休止于"脉脉不得语"，比较委婉；拟作则缺少那样的风致。

【校注】

①"昭昭"二句：清汉，指银河。"清"，一作"天"。粲粲，光亮鲜明貌。步，行走。光天步，谓星汉之行，光耀于天。

②"织女"句：《夏小正》七月："初昏，织女正东乡（向）。"

③"华容"二句：曹植《洛神赋》："华容婀娜，令我忘餐。"一何，多么。"挥手"句，谓织女手弄机杼，手与所织之素洁白一色。

④"怨彼"二句：梁，桥梁。《文选》曹丕《燕歌行》："牵牛织女遥相望，尔独何辜限河梁。"李善注引曹植《九咏注》："牵牛为夫，织女为妇。织女、牵牛之星各处一旁，七月七日得一会同矣。"又曹丕《杂诗》："欲济河无梁。"孔融《杂诗》："但患年岁暮。"

⑤"跂彼"二句：跂（qǐ），不方正，倾斜如角。《诗·小雅·大东》："跂彼织女。"《毛传》："跂，隅貌。"织女包含三颗星，成三角状，故曰"跂"。睆（huǎn），明亮貌。《大东》："睆彼牵牛。"按："跂彼""睆焉"，以牵牛、织女之形态为借代，指二星。

⑥"引领"二句：领，颈。引领，伸长脖子。《左传》成公十三年："引领西望。"大川，指银河。班婕妤《自悼赋》："双涕兮横流。"

【汇评】

陈祚明《采菽堂古诗选》卷十："跂彼"二句稍隽。

佚名评：稍觉痕迹。（见明万历刘大文刻顾大猷辑《选诗》）

拟涉江采芙蓉

上山采琼蕊，穷谷饶芳兰①。采采不盈掬，悠悠怀所欢②。故乡一何旷，山川阻且难③。沈思钟万里，踯躅独吟叹④。

【题解】

此首亦见于《玉台新咏》卷三。

此首"琼蕊""钟万里"等语，书卷气息稍重。而全诗明朗深挚，颇能动人。其构思用语，也颇有取自《诗经》者，但并无滞涩之感。即沈约所谓"易见事""用事不使人觉"是也。（沈约语见《颜氏家训·文章》）

此诗乃怀人之辞。由"故乡一何旷"看来，无疑是游子思乡而怀念亲友之作。但是否就一定是写夫妇之情，却也未必。也可能是思念相知甚深的友人。（《古诗》原作也是如此）《文选》五臣注却解释成"思妇盛年，其夫远游，采此以自伤也。"有的论者沿袭这种说法，却也感到"故乡"云云难以解释，于是将"故乡"二句说成是思妇揣想其夫的念想（见【汇评】引方廷珪语），那便太深曲而不自然了。五臣之所以判定为思妇之辞，或许因为认为采集花草是妇女的事。其实也不然。《楚辞》中屈原作品尽多采集香草的描写。《古诗》原作本来也是以游子口气写思乡之情的。不过原作说采了想送给远方思念的人，陆机此篇却没有说到赠人一节。

【校注】

①"上山"二句：古诗有"上山采蘼芜"之句，此处似套用其句式。琼蕊，"蕊"本是花萼内须头之点，此代指花。琼本美玉之名，此用作美称。张衡《西京赋》："屑琼蕊以朝飧。"穷谷，深谷。饶，多。一作"绕"，当是"饶"之误字。《古诗》云"兰泽多芳草"，陆机拟之而变文作"饶"。

②"采采"二句：采采，采之又采。《诗·周南·卷耳》："采采卷耳，不盈顷筐。"掬，两手合捧。采而又采，却不盈掬，以见其无心于此。《诗·小

雅·采绿》："终朝采绿,不盈一匊。"匊、掬,古今字。悠悠,忧思貌。《诗·
邶风·终风》："悠悠我思。"刘桢《赠五官中郎将》："能不怀所欢。"

③"山川"句:《诗·秦风·蒹葭》："道阻且长。"

④"沈思"二句:钟,集聚。《古诗》(东城高且长):"沈吟聊踯躅。"

【汇评】

孙鑛评:古淡可味,浑然无模拟迹。(天启二年闵齐华刻《孙月峰先生
评文选》)

方廷珪评:("故乡"二句)二句代其夫想到故乡。("沈思"二句)二句是
从故乡想其夫。(见乾隆三十二年仿范轩刻《昭明文选集成》)

拟青青河畔草

靡靡江离草,熠耀生河侧①。皎皎彼姝女,阿那当轩织②。
粲粲妖容姿,灼灼美颜色③。良人游不归,偏栖独只翼④。空
房来悲风,中夜起叹息⑤。

【题解】

此首亦见于《玉台新咏》卷三。

诗写闺中少妇思念远方丈夫之情。《古诗》原作里的少妇身
份是"昔为倡家女",嫁人以前曾是一位歌舞乐伎。以此种身份的女子作为主人公,这
在汉魏时代很少见,到南朝宫体诗兴才多起来。陆机拟作也没有那么说,
那少妇只是一般的女子罢了。原诗和拟作都描绘女子的形象,但原诗只写
她的美丽,拟作除此之外还写到她"当轩织"的劳作。这便与原诗风味有别
了。更明显的区别,在诗的结末。原诗写少妇思念远人,说"空床难独守",
十分直率,以致王国维《人间词话》指为"淫词",但又称赞其"真"。而陆机
拟作,就只轻轻地"中夜起叹息"一句了之,颇为含蓄委婉。凡此都使人觉
得,不但诗中主人公身份有别,而且作者的身份自是不同。

诗中描绘思妇美貌,原作写其盛妆打扮,写其临窗窥望,又特别写其纤纤素手,颇为生动。拟作则说"妖容姿""美颜色",显得空泛,且几近同意反复。原作的连用叠词,是为人们所赞叹的,"盈盈""皎皎""娥娥""纤纤",各有不同意味。拟作于此确实难以为继,有的就用了连绵词代替叠词。那倒不足为病,只是"皎皎""粲粲""灼灼",都是光彩照人之意,未免显得捉襟见肘。

【校注】

①"靡靡"二句:靡,美。司马相如《长门赋》:"观夫靡靡而无穷。"江离,一种香草。《楚辞·离骚》"扈江离与辟芷兮。"李时珍《本草纲目》云江离即蘼芜,大叶似芹者为江离,细叶似蛇床者为蘼芜。熠耀,鲜明貌。《艺文类聚》卷三十二作"熠烁",义同。《诗·豳风·东山》:"熠耀其羽。"

②"皎皎"二句:皎,本义为月色白,引申为洁白明净貌。《古诗》原作:"盈盈楼上女,皎皎当窗牖。"姝,《说文·女部》:"好也。"《诗·齐风·东方之日》:"彼姝者子,在我室兮。"阿那,美盛貌。《桧风·隰有苌楚》:"猗傩其枝。"阿那即猗傩,字又作阿难、婀娜、旖旎。参黄生《字诂》、王引之《经义述闻》卷五、马瑞辰《毛诗传笺通释》卷十四。

③"粲粲"二句:妖,美丽。一作"娇"。纪昀《玉台新咏考异》云"娇"字误:"此字(按指娇字)后来习见,汉晋间人尚不甚用也。"灼灼,明亮貌。《诗·周南·桃夭》:"灼灼其华。""美颜",一作"华美"。

④"良人"二句:良人,丈夫。《孟子·离娄下》"其良人出"赵岐注:"夫也。"《楚辞·招隐士》:"王孙游兮不归。"偏,《吕氏春秋·士容》"则室偏无光"高诱注:"半也。"夫妇本自成双,今仅半在,故曰偏。曹植《九愁赋》:"觌偏栖之孤禽。"只,《说文·隹部》:"鸟一枚也。"翼,代指鸟。"独",一作"常"。

⑤"空房"二句:"空房",一作"空室"。班婕妤《捣素赋》:"还空房而掩咽。"潘岳《悼亡》:"室虚来悲风。"曹植《美女篇》:"中夜起长叹。"

【汇评】

佚名评:不浑融。(见明万历刘大文刻顾大猷辑《选诗》)

王闿运《八代诗选》眉批:结健而婉。(据夏敬观《八代诗评》所附)

拟明月何皎皎

安寝北堂上①,明月入我牖。照之有余晖,揽之不盈手②。凉风绕曲房,寒蝉鸣高柳③。踟蹰感节物,我行永已久④。游宦会无成,离思难常守⑤。

【题解】

此首与《古诗》原作,同是描写游子月下思乡的情怀。因月色而引发念远之情,在我国古典诗歌里成为一个传统。比如大家熟悉的唐代诗人张九龄的《望月怀远》,其构思和用语,接受《古诗》和陆机此诗拟作的影响便至为明显。不过陆机此首与《古诗》原作亦不尽相同。原作笔墨集中于写忧愁,感情强烈;拟作则多出玩月一节,然后因秋风秋蝉再引起乡思,情绪便较有层次变化。可谓各有千秋。拟作中"照之有余晖,揽之不盈手"二句写玩月,造语新奇可喜,有天真之趣,可与后世"只可自娱悦,不堪把示君"并观,颇为人们所注意。其实出于《淮南子·览冥》:"夫阳燧取火于日,方诸取露于月。……手征忽恍,不能览(通"揽")其光,然以掌握之中,引类于太极之上,而水火可立致者。阴阳同气相动也。"原意是说手不能收取日月之光,但是却体现出一种玄深微妙的情况,那就是手持阳燧、方诸,便能分别从日月取来火与水。手与太极之上的阴阳二气互相感应。《淮南子》以此为例说明物类之间存在着神奇的感应关系。陆机则就其语熔炼成"揽之不盈手",用来描写玩月时的意趣。这也可以见出陆机熟读群书、提炼语言的功夫。所谓"倾群言之沥液,漱六艺之芳润"(《文赋》),陆机这方面的成就是值得重视的。

历来注家也有将此首和《古诗》原作说成是闺妇思念远方丈夫的,《文选》五臣注便是那样。李周翰说陆机拟作是写"闺人对月思行人之意",刘良将"我行永已久"释为"夫婿行久不归",那是难以说通的。吕延济说"照之有余晖,揽之不盈手"是"喻夫空有名而不能见",那就更加牵强附会了。

【校注】

①北堂:堆土为方形之基,称为堂;建屋于基上,故其所居之地,亦得总称为堂,不限于堂、房、室之堂,房、室亦可称堂。(古代居屋内包括堂、房、室,堂在南,室、房在北。)《急就章》"室宅庐舍楼殿堂"颜师古注:"凡正室之有基者则谓之堂。"是室亦可称堂之明证。因其位置在北部,故曰北堂。《陇西行》古辞:"请客北堂上,坐客毡氍毹。"赵壹《刺世疾邪赋》:"伊优北堂上,抗脏倚门边。"牖,窗。

②"揽之"句:《淮南子·览冥》:"天地之间,巧历不能举其数。手征忽恍,不能览(借作揽)其光。"高诱注:"天道广大,手虽能征其忽恍无形者,不能览得日月之光也。"

③"凉风"二句:《尔雅·释天》:"北风谓之凉风。"曲房,谓其房间隐曲。枚乘《七发》:"纵恣乎曲房隐间之中。"《礼记·月令》:"孟秋之月……凉风至,白露降,寒蝉鸣。"《文选》曹植《赠白马王彪》:"秋风发微凉,寒蝉鸣我侧。"李善注引蔡邕《月令章句》:"寒蝉应阴而鸣,鸣则天凉,故谓之寒蝉也。"

④"我行"句:《诗·小雅·六月》:"我行永久。"永久,谓时间长久。此云"永已久",意同。已,通"以",连词。

⑤"游宦"二句:会,当也,应也,有将然语气。参张相《诗词曲语辞汇释》。守,持有。《诗·大雅·凫鹥》序"持盈守成"《孔疏》:"持、守之义亦相通也。……守亦持也。"难常守,谓难以执持不释。二句言游宦应亦无所成就,而离思令人难以长久承受。

【汇评】

李白《题金陵王处士水亭》:北堂见明月,更忆陆平原。

林希逸《竹溪鬳斋十一藁续集》卷十《清风峡施水庵记》:今夫月,皎兮皓兮,同列于《风》《雅》矣。自五言既兴,子建咏于前,士衡继于后。……流光徘徊,赋之高楼;照有余辉,揽不盈手。语粹而味深,殆为古今绝唱。

胡应麟评:此章大有建安之风。(见卢之颐辑十二家评《昭明文选》)

孙鑛评:"照""揽"两语极状景之妙,第味不甚长。(见天启二年闵齐华

刻《孙月峰先生评文选》)

陆时雍《古诗镜》卷九:"照之有余辉,揽之不盈手",老而洁,是长篇中短赋。末二语仿佛汉人。

王夫之《古诗评选》卷四:平原《拟古》,步趋如一。然当其一致顺成,便尔独抒高调。一致则净,净则文。不问创守,皆成独构也。

陈祚明《采菽堂古诗选》卷十:写月光稍活。

拟兰若生朝阳

嘉树生朝阳,凝霜封其条①。执心守时信,岁寒终不凋②。美人何其旷,灼灼在云霄③。隆想弥年月,长啸入飞飙④。引领望天末,譬彼向阳翘⑤。

【题解】

此首所拟《古诗》,《文选》不录。《玉台新咏》卷一、《艺文类聚》卷三十二载之。《艺文类聚》云"古诗",而《玉台新咏》作枚乘《杂诗》,二者首句为"兰若生春阳"。陆机拟作,除载于《文选》卷三十外,亦见于《玉台新咏》卷三、《艺文类聚》卷三十二,题作《拟兰若生春阳》。(《艺文类聚》系节引,不全。)疑因陆机诗首句"嘉树生朝阳",故《文选》编者将其题中"春阳"误为"朝阳"。

此篇意旨,五臣吕延济说是妻子思念远方丈夫。其实更可解作是怀念友人之作。先以嘉树岁寒不凋比喻友谊之坚贞,然后写友人远离及相思之情。明清时代评家,又多有牵合于君臣关系加以解说者(见【汇评】)。我国古代有一种阐释传统,即往往附会于政治教化。本篇"美人"云云,很容易被联想到屈原的美人香草,因此评家有那样的解释。此种解说,未免过于狭隘。不论如何,将一种相思之情写得那样执着,那样美,千载之下,也还是令人感动的。

【校注】

①"嘉树"二句:《左传》昭公二年:"有嘉树焉。"《楚辞·九章·橘颂》:"后皇嘉树,橘徕服兮。"朝阳,指山冈向东的一面。《诗·大雅·卷阿》:"梧桐生矣,于彼朝阳。"《毛传》:"山东曰朝阳。"《楚辞·九章·悲回风》:"漱凝霜之雰雰。"

②"执心"二句:执心,犹持心、用心。守时信,守时、守信。《论语·子罕》:"岁寒,然后知松柏之后凋也。"二句谓嘉树始终不变,如人之守时守信,不变其节度。"终不凋",《玉台新咏》作"不敢凋"。《玉台新咏考异》:"'终不凋'则质本天生,'不敢凋'则有拳拳自保之意。"

③"美人"二句:美人,美好之人。古称美人,不限男女。《诗·邶风·简兮》"西方美人""彼美人兮",《郑笺》以为指周之贤者与卫国贤人。《楚辞·离骚》之"美人",王逸云指楚怀王;《九歌·少司命》之"美人",则云指少司命;《河伯》之"美人",云屈原自谓;《招魂》之"美人",则谓美女。张衡作《四愁诗》,其序又云"屈原以美人为君子"。灼灼,《广雅·释训》:"明也。"一作"的的",意同。谓美人形象光明。吕延济注云:"中心明忆之貌。"盖因其"在云霄"而不可见,故云,亦可参考。

④"隆想"二句:隆,《说文·生部》:"丰大也。"隆想,言想念之殷切。弥,满。"年月",一作"年时"。"飞飙",一作"风飘"。

⑤"譬彼"句:向阳翘,当指葵而言,葵性向日。参卷一《园葵》诗。翘,指挺举之叶或花。翘原意为鸟尾之长羽,引申为举意。

【汇评】

孙鑛评:起两语佳,以"凝霜"应"朝阳",含味自长。(见天启二年闵齐华刻《孙月峰先生评文选》))

邹思明评:此不得于君而怀想之词。(见天启二年闵齐伋刻《文选尤》)

方廷珪评:此篇是伤士怀才不遇。○嘉树比士有才德者,凝霜比贫贱。○("执心"二句)比士不以贫贱改节。(见乾隆三十二年仿范轩刻《昭明文选集成》)

拟青青陵上柏

冉冉高陵蘋,习习随风翰^①。人生当几时,譬彼浊水澜^②。戚戚多滞念^③,置酒宴所欢。方驾振飞辔^④,远游入长安。名都一何绮,城阙郁盘桓^⑤。飞阁缨虹带,曾台冒云冠^⑥。高门罗北阙,甲第椒与兰^⑦。侠客控绝景,都人骖玉轩^⑧。遨游放情愿,慷慨为谁叹^⑨?

【题解】

《古诗》原作叹息人生苦短,不如及时行乐,于是纵意遨游,羡京都之华丽壮观。陆机拟作意旨相同。原诗所写宴乐不过斗酒,驾车只有驽马,可见乃是下层文士。拟作则看不出这层意思了。原诗写帝京景色,粗枝大叶,语言质朴;拟作则点缀辞藻,运用比喻,刻意描绘。原诗写人物,说"冠带自相索",是说那些显贵之间交往,不会理睬他人,那便颇耐寻味;拟作则只提一下"侠客""都人",不过作为风景点缀而已。

原诗以陵上柏、涧中石起兴,朱熹说是"全不取义""全无巴鼻"(见《朱子语类》卷八十),但读者还是觉得有以长久之物反衬人生短暂的意味。陆机拟作的开头,是否有喻意,是何喻意,颇耐咀嚼。以"浊水澜"比喻人生,如李善所说,浊水易竭,喻人生易尽,那固然是一种解释;但也可能有别样含义,如隐喻翻覆不定;同时既强调是"浊水",则似乎还具有一种嫌憎不喜的感情色彩。应该说这是一个新颖而含蕴丰富的比喻。

【校注】

①"冉冉"二句:冉冉,形容蘋草的形貌。《说文·冉部》:"冉,毛冉冉也。"段玉裁注:"冉冉者,柔弱下垂之貌。"蘋,草名。李善注:"《山海经》曰:'昆仑之丘有草,名曰薲,如葵。'《字书》曰:'薲亦蘋字也。'"按:李注引《山海经》见《西山经》。习习,飞了又飞的样子。《说文·习部》:"习,数飞也。"

②"人生"二句:"几时",一作"几何"。"浊水"句,李善注:"言浊水之波易竭也。"

③戚戚:悲伤。滞念:低沉不畅的情念。悲忧之情沉滞,喜乐之情飞扬。

④方驾:方,并排。方驾即并驾。

⑤"名都"二句:名都,有名的大都市。《史记·韩世家》:"公仲谓韩王曰:'……不如因张仪为和于秦,赂以一名都。'"阙,宫门前两边的楼。盘桓,吕延济注:"广大貌。"按:"盘""桓"均有大义,但此处"盘桓",恐仍形容城垣缭绕回曲之状。

⑥"飞阁"二句:吕延济注:"飞阁,阁道。"按:飞阁可指阁道,阁道建于半空,故称"飞"。但此处当指高阁,因其高耸,故曰"飞"。《文选》江淹《杂体诗·拟魏文帝》"置酒坐飞阁"张铣注:"飞阁,高阁。"即是一证。缨,缭绕。班固《西都赋》:"虹霓回带于棼楣。"长虹似带,故曰"虹带"。曾台,重叠之高台。曾,通"层"。冒,覆盖。

⑦"高门"二句:高门,指贵族豪宅。罗,罗列,排列。北阙,宫之北门前的双阙。汉时萧何在长安建未央宫,以北门为正门,有北阙。甲第,第一等的宅邸。因有甲乙等第,故称为"第"。椒、兰,皆香草名,用作美称。李善注:"盖取其嘉名,且芬香也。"《荀子·议兵》:"其好我,芬若椒兰。"《楚辞·离骚》:"览椒兰其若兹兮。"按:此二句构思乃与汉代实况有关。西汉时皇帝赏赐大臣或佞幸,多为之建豪宅,在北阙前者则接近皇宫。《汉书·夏侯婴传》载,汉惠帝、吕后赐夏侯婴"北第第一",颜师古注:"北第者,近北阙之第,婴最第一也。"可见北阙前多豪门巨宅。又《董贤传》载哀帝为幸臣董贤起大第于北阙下,穷极奢侈。故张衡《西京赋》曰:"北阙甲第,当道直启。""当道直启"者,谓豪宅大门面临大道。

⑧"侠客"二句:绝景,指骏马。曹操所乘之马即名为绝景,见《三国志·魏书·武帝纪》注引《魏书》。景,"影"之本字。绝景,言其奔驰疾速,连其影子都不能追及。傅毅《七激》:"骥骝之乘……逾埃绝景,倏忽如飞。"刘广世《七兴》:"骏壮之马……影不及形。"都人,犹言城里人。《诗·小雅·都人士》:"彼都人士。"《郑笺》:"城郭之域曰都。"班固《西都

赋》：“都人士女，殊异乎五方。”骖，《说文·马部》：“驾三马也。”此泛言驾车。轩，一种车，有栏板或帷幕，乘坐安适。玉轩，饰以玉，谓车之华丽者。按：西汉长安多游侠，势力炽盛，街闾间各有豪侠。见《汉书·游侠传》《酷吏传》等。

⑨“遨游”二句：放，放纵。愿，愿望，欲望。《古诗》（东城高且长）：“荡涤放情志，何为自结束。”谁，何。“慷慨”句，言为何激动悲叹，谓不必因人生短促而悲叹。

【汇评】

陈祚明《采菽堂古诗选》卷十：“浊水澜”，比意亦晦。

拟东城一何高

西山何其峻，曾曲郁崔嵬①。零露弥天坠，蕙叶凭林衰②。寒暑相因袭，时逝忽如颓③。三闾结飞甍，大廈嗟落晖④。曷为牵世务，中心若有违⑤？京洛多妖丽，玉颜侔琼蕤⑥。闲夜抚鸣琴，蕙音清且悲⑦。长歌赴促节，哀响逐高徽⑧。一唱万夫叹，再唱梁尘飞⑨。思为河曲鸟，双游丰水湄⑩。

【题解】

此首也见于《玉台新咏》卷三，题目“拟东城一何高”的“一何高”三字作“高且长”。按：所拟《古诗》原作载于《文选》和《玉台新咏》，首句都作“东城高且长”。

与《古诗》原作相较，此首可谓亦步亦趋，但是力求变换语词，用词注重点缀雕琢，对偶成分也加多。原作如“回风动地起，秋草萋已绿。四时更变化，岁暮一何速”，有如口语而警动有力；拟作“零露弥天坠，蕙叶凭林衰。寒暑相因袭，时逝忽如颓”，虽感叹依旧而加以华彩，讲究对偶和声律。这正显示出审美趣味的变化。王国维论诗主张“不隔”，《古诗》“若秀才对朋

137

友说家常话"(明谢榛《四溟诗话》),便足以当之;而陆机拟作则有如多"用工字面"的"官话"(同上),显得有些"隔"了。但是如若加以耐心,透过"隔"层,那么还是可以感受到其中蕴含的风力的。

【校注】

①"西山"二句:《史记·伯夷列传》载伯夷、叔齐隐于首阳山,及饿且死,作歌,其辞曰:"登彼西山兮,采其薇矣。"其山之所在,多有异说。一说即洛阳东之首阳山,在今河南偃师。下文云"京洛",故以洛阳附近之"西山"起兴。但也可能只是泛指高山,因原诗发端云"东城",遂相对而言"西山"。曾,重叠。李善释《古诗》原作"东城高且长"云:"城高且长,故登之以望也。"凭空添出"登望",似嫌拘泥。诗人起兴,不必都究其实义。此处"西山"二句亦然,不必理解成登山而俯望。

②"零露"二句:零,下落。《诗·小雅·蓼萧》:"零露湑兮。"弥,满。蕙,一种香草。蕙叶,对树叶的美称,不是专指蕙草。陆机喜作此等语。凭,《广雅·释诂》:"满也。"此处"弥""满"同义。

③"寒暑"二句:《周易·系辞下》:"寒往则暑来,暑往则寒来,寒暑相推而岁成焉。"颓,坠落,崩坏。《楚辞》东方朔《七谏·自悲》:"岁忽忽其若颓。"傅咸《鸣蜩赋》:"感时逝之若颓。""颓",《玉台新咏》作"遗",不如"颓"字形象有力。

④"三闾"二句:三闾,指屈原,屈原于楚怀王时任三闾大夫,掌王族昭、屈、景三姓之事。结,系,束。结辔,止驾不行之意。《楚辞·离骚》:"饮余马于咸池兮,总余辔乎扶桑。"王逸注:"总,结也。扶桑,日所拂木也。……言我乃往至东极之野,饮马于咸池,与日俱浴,以洁己身,结我车辔于扶桑,以留日行,幸得不老,延年寿也。"耋(dié),老。《周易·离》九三:"日昃之离,不鼓缶而歌,则大耋之嗟,凶。"谓人老如日之将落,此时若还不逍遥自放,则终将嗟叹忧悲。二句谓屈原亦系马驻车,欲留止日之行驶;《周易》亦言耄耋老人对日落而嗟叹。总之谓人们都企图阻止时光流逝,都为时光流逝而悲叹。"嗟",一作"悲"。

⑤"曷为"二句:曷(hé),何。曷为,为何。《诗·邶风·谷风》:"行道迟迟,中心有违。"《郑笺》释"违"为徘徊,云"其心徘徊然",谓尚有眷恋之意。

138

徘徊不忍去。二句谓为何被俗务所牵制，而不能决然舍去。"若"，一作"怅"。

⑥"京洛"二句：京洛，指洛阳。班固《东都赋》："子徒习秦阿房之造天，而不知京洛之有制也。"曹植《名都篇》："名都多妖女，京洛出少年。"宋玉《神女赋》："貌丰盈以庄姝兮，苞温润之玉颜。"《古诗》："燕赵多佳人，美者颜如玉。"侔（móu），相等，齐同。琼蕤，如美玉般的花朵。

⑦"闲夜"二句：傅毅《舞赋》："夫何皎皎之闲夜兮。"惠，好，美。王粲《公宴诗》："曲度清且悲。"

⑧"长歌"二句：苏武诗："长歌正激烈，中心怆以摧。"古乐府有长歌、短歌，其音声有长短，故名。赴，谓与之相配合。促节，急速的节奏。节，革制乐器，用手拍击以调节奏。汉魏民间流行的相和歌以丝竹演奏，歌者执节，一边拍击，一边歌唱。其歌曲亦颇为贵族人士所喜好。哀响，慷慨动人之音响。徽，指抚弦鼓琴。高徽，谓琴声高。二句谓歌声与器乐声相配合。

⑨"一唱"二句：《鹖冠子·天则》："一人唱而万人和。"李善注引《七略》："汉兴，鲁人虞公善雅歌，发声尽动梁上尘。""叹"，一作"欢"。

⑩丰水：一作"澧水"。丰水，指水量丰沛。陆机《梁甫吟》云"丰水凭川结"，陆云《答孙显世》云"昌风改物，丰水易澜"，其造语同。旧注以为水名，或以为指关中之丰水，或以为是澧水，均与诗中"京洛"不合，非是。

【汇评】

陈祚明《采菽堂古诗选》卷十："零露"二句，语苍。"三闾""大壑"语亦强，欠自然。

王闿运《八代诗选》眉批：咏露若此，亦是一奇。（据夏敬观《八代诗评》所附）

拟西北有高楼

高楼一何峻，苕苕峻而安①。绮窗出尘冥，飞陛蹑云端②。佳人抚琴瑟，纤手清且闲③。芳气随风结，哀响馥若兰④。玉容谁得顾,倾城在一弹⑤。伫立望日昃⑥,踯躅再三叹。不怨伫立久,但愿歌者欢。思驾归鸿羽,比翼双飞翰⑦。

【题解】

此首亦见于《玉台新咏》卷三。

《古诗》原作描写高楼上有人抚弦歌唱,其声甚苦,但自己则"不惜歌者苦,但伤知音稀"。虽然愿与歌者比翼高飞,但其意所关注者只在于音乐之美妙动人,而不在于歌者。陆机拟作也写音乐之妙,但并不言知音难遇,而是归结于"但愿歌者欢",表达对于歌者的倾慕,似故意与原作同中立异。原作着力于写乐声,于歌者只有"无乃杞梁妻"一句揣测其身份;拟作则予以具体描绘,写其素手之纤纤,动作之清雅,气息之芬芳。至于语言风格,与其他各首一样,原作素朴,拟作华丽,多"用工"字面。"哀响馥若兰"一句,更以"通感"而增意趣。其写佳人之美,似乎是亲眼所见,但立即又说"玉容谁得顾",原来歌者在高楼上,听者在楼下,佳人之美好形象,只是因闻声而引起之想象而已。如此便觉构思巧妙有趣,而也更衬托出琴声之美。总之,此首拟作,主旨在描写女子之美,却不是从目击的角度展开,而是通过耳闻其琴声之妙而引起遐想,读来有别开生面之感。

《文选》五臣注解释此首,说成是叹息"贤才不见用",佳人之美喻其才德之备。清人方廷珪则说高楼比高贵势要之地,佳人比才士,希望得到此才士之援引。似乎天下诗歌都因寄托而作,均属痴人说梦而已。

【校注】

①"高楼"二句:"楼",一作"台"。苕,通"迢""岧"。《文选》张衡《西京赋》:"状亭亭以苕苕"薛综注:"高貌也。"按:《西京赋》"苕苕",《文选》因版本不同,亦有作"迢迢""岧岧"者,字并通。可以形容远,也可形容高。

②"绮窗"二句:绮,有花纹的丝织品。绮窗,谓其窗刻镂花纹,如有花样的缯帛般美丽。冥,暗。尘冥,因尘土而昏暗。《诗·小雅·无将大车》:"维尘冥冥。"《郑笺》:"冥冥者,蔽人目明,令无所见也。""陛",一作"阶"。陛、阶同义。飞陛,形容其高。蹑,踏。王延寿《鲁灵光殿赋》:"飞陛揭孽

（按：高貌），缘云上征。”《古诗》：“美人在云端。”二句夸张楼之高峻，超出于人间，直耸云端。

③“佳人”二句：“琴”，一作“瑶”。纤，形容女子之手纤细美好。闲，形容其动作之优雅舒缓。

④“芳气”二句：芳气，芬芳的气息。一作“芳音”。王逸《荔支赋》：“心受芳气。”曹丕《迷迭赋》：“吐芳气之穆清。”结，聚集之意。馥，香。

⑤“玉容”二句：玉容，犹“玉颜”，容颜若玉，美称。“谁得”，一作“谁能”。《汉书·外戚传》李延年歌曰：“北方有佳人，绝世而独立。一顾倾人城，再顾倾人国。”倾乃倾覆之意，谓家国倾覆而不顾。此处借用其语，谓使人欣赏而忘却一切。《淮南子·主术》：“夫荣启期一弹而孔子三日乐。”二句谓楼高故佳人之容颜无人能见，令人歆慕者在于其琴声。

⑥“伫立”句：望，到，接近。《广雅·释诂》：“望，至也。”昃(zè)，日斜。

⑦“思驾”二句：曹植《九愁赋》：“愿接翼于归鸿。”阮籍《咏怀》：“愿为双飞鸟，比翼共翱翔。”

【汇评】

孙鑛评：原作骨力强，此稍设虚，便觉味减。（见天启二年闵齐华刻《孙月峰先生评文选》）

王夫之《古诗评选》卷四：曲折不浮。鼓如巨帆因风，自然千里。

纪昀《玉台新咏》批语：本词伤知音之希；此诗“伫立”以下，云知音而无由相即。各明一义，方非依样壶卢。

钱锺书《管锥编·列子张湛注》第三则：然寻常官感，时复“互用”，心理学命曰“通感”；征之诗人赋咏，不乏其例。……陆机《连珠》言：“目无尝音之察，耳无照景之神”，“尝音”之“尝”即“尝食”“尝药”之“尝”，已潜以耳之于音等口之于味；其《拟西北有高楼》明曰：“佳人抚琴瑟，纤手清且闲。芳气随风结，哀响馥若兰。”岂非“非鼻闻香”？

拟庭中有奇树

欢友兰时往,苕苕匿音徽^①。虞渊引绝景,四节逝若飞^②。芳草久已茂^③,佳人竟不归。踯躅遵林渚,惠风入我怀^④。感物恋所欢,采此欲贻谁^⑤?

【题解】

此首亦见于《玉台新咏》卷三。

《古诗》原作写折下馨香的花朵,欲寄与远人,但路远而不能。最后一句"但感别经时"点明离已久,以见相思之殷切。陆机拟作则先写好友远别、久别而不归,自己只能孤独地徘徊于林间水畔,最后才点出欲采摘以寄远的意思。原诗只是截取生活中小小一段,拟作则是一个较长的过程。原诗的结末,是说花本不贵重,但离别既久,不由得有此念想;拟作以问句结束,说路远采了也是徒然,只是一种下意识的动作而已。原诗与拟作,可谓各有千秋,都耐人品味。在陆机十余首拟作中,大多谨守原诗之步趋,只有这首若即若离。

拟作的文辞,仍然比原诗雕琢得多。而"芳草久已茂,佳人竟不归"二句,从《楚辞·招隐士》化出而无痕迹,情致缅邈,明朗有风力,后世作者颇有受到影响的。

【校注】

①"欢友"二句:兰时,兰当指兰草,一种香草;兰时,或是指兰草萌发生长时节。李周翰曰:"春时。""苕苕",一作"迢迢",远也。音徽,谓美好之声音与形象,参《拟行行重行行》"音徽日夜离"注。

②"虞渊"二句:虞渊,日落之处。《淮南子·说林》:"日出旸谷,入于虞渊。"绝景,将要消失的日光。四节,四季。

③"芳草"句:"久",一作"忽"。

④"踯躅"二句：渚，水边。惠风，和暖的风。边让《章华赋》："惠风春施。"

⑤"感物"二句：刘桢《赠五官中郎将》："能不怀所欢。"《古诗》（涉江采芙蓉）："采之欲遗谁？""欲贻"，一作"当遗"。

【汇评】

吴子良《荆溪林下偶谈》卷一：《能改斋漫录》云："江文通拟汤休诗：'日暮碧云合，佳人殊未来。'盖用魏文帝《秋胡行》云：'朝与佳人期，日夕殊不来。'梁武帝《鼓角横吹曲》云：'日落登雍台，佳人殊未来。'梁沈约《洛阳道》云：'佳人殊未来，日暮空徒倚。'二人所用，又袭江也。"余谓江不但用魏文语，后之袭江亦非止此二人。淮南小山《招隐士》云：'王孙游兮不归，春草生兮萋萋。'陆士衡《拟庭中有奇树》云："芳草久已茂，佳人竟不归。"即《招隐》语也。谢灵运诗："圆景早已满，佳人殊未适。"盖又祖士衡。而江则兼用陆、谢及魏文语也。其后唐韦庄《章台夜思》云："芳草已云暮，故人殊未来。"寇莱公《楚江夜怀》云："明月夜还满，故人秋未来。"无非蹈袭前语，而视陆、谢，则又绝类矣。

孙鑛评：只演"别经时"一意，风度自佳。第视原作面貌不同，何必谓之拟？（见天启二年闵齐华刻《孙月峰先生评文选》）

王夫之《古诗评选》卷四：如此则以掩映古人有余矣。陆自有如许风味，苦为繁杂诣曲之词所揜耳。人可不自珍其笔而为物役俗尚所夺耶？○作者意不可问，拟者亦相求于傺肃之中。可为独至之情，绝（一作"即"）可与古人同调。故人患己心不至，不患古道之长也。

纪昀《玉台新咏》批语：此首在似与不似之间，绰有情致。

拟明月皎夜光

岁暮凉风发，昊天肃明明①。招摇西北指，天汉东南倾②。朗月照闲房，蟋蟀吟户庭③。翻翻归雁集，嘒嘒寒蝉鸣④。畴

143

昔同宴友,翰飞戾高冥⑤。服美改声听,居愉遗旧情⑥。织女无机杼,大梁不架楹⑦。

【题解】

此首与《古诗》原作一样,都是先写秋夜景象,然后写旧日友人已经显贵,但不念旧情,不加援引,徒有朋友之名而已。可谓亦步亦趋。原作云"不念携手好,弃我如遗迹",语言平易,用典而不使人觉。(《国语·楚语》云楚灵王为民所弃,如遗迹焉。)陆机拟作则云"服美改声听,居愉遗旧情","服美"句谓其地位变了,享受上了种种精美的器用服饰,而所说的话、说话的腔调、所听到的东西也都与旧日不同了。这无疑很能刻画出那种"一阔脸就变"的嘴脸,显示了诗人的观察力,也体现出诗人那种厌憎的感情,但是造句还略显生硬,不够圆熟,"用功"的迹象显然。"居愉"句也是如此。("改声听"也可解作声望大了,舆情向外。)还有,原作以"良无盘石固,虚名复何益"结束,失望、感叹之情跃然纸上;拟作则无对应的诗句,"织女无机杼,大梁不架楹"戛然而止,较为含蓄,可谓别有韵味。

【校注】

①"岁暮"二句:《尔雅·释天》:"北风谓之凉风。"昊天,即天,见卷一《赠弟士龙》"昊天不吊"注。

②"招摇"二句:招摇,星名,又名摇光,北斗之第七星,即斗之柄端。古代以斗柄初昏时之指向判定四季、十二月。《淮南子·时则》:"季秋之月,招摇指戌。……孟冬之月,招摇指亥。"戌、亥为西北,戌偏西,亥偏北。此云"招摇西北指"即斗柄指向西北,为夏历九、十月间。天汉,银河。《诗·小雅·大东》:"维天有汉。"《毛传》:"汉,天河也。"李善注引李陵诗:"招摇西北驰,天汉东南流。"

③"朗月"二句:曹丕《与吴质书》:"白日既匿,继以朗月。"闲,谓清净不杂。房,正室在中,房在室之旁侧。曹植《大暑赋》:"闲房肃清。"户,单扇的门。此指室之门,非两扇之大门。庭,室中,非堂下之庭院。《说文·广部》:"庭,宫中也。"段玉裁注:"宫者,室也。室之中曰庭。"蟋蟀吟于户庭

秋冬之际景象。《诗·豳风·七月》:"九月在户,十月蟋蟀入我床下。"

④"翻翻"二句:翻翻,飞的样子。《楚辞·九章·悲回风》:"漂翻翻其上下兮。"归雁集,所写应是南方景象。嘒(huì)嘒,蝉鸣声。《诗·小雅·小弁》:"鸣蜩嘒嘒。"蜩即蝉。《礼记·月令》:"凉风至,白露降,寒蝉鸣。"

⑤"畴昔"二句:畴昔,往日。宴,安居,安息。同宴友,谓一同安息度日的友人,宴不专指宴会、宴飨而言。"宴"之本义为安,宴飨乃其引申义。翰飞,高飞。《诗·小雅·小宛》:"翰飞戾天。"《毛传》:"翰,高;戾,至也。"高冥,指天。冥,幽也。天之高处幽隐不明,故曰高冥。《文选》陆机《齐讴行》"崇山入高冥"李善注引傅毅《洛都赋》:"弋高冥之独鹄。"

⑥"服美"二句:服,《说文·舟部》:"用也。"服美,谓所用车马器物等精美,不专指衣服而言。《左传》襄公二十七年:"'服美不称,必以恶终',美车何为?"改声听,谓其声口及所听闻者俱变,说官话打官腔,入耳皆奉承之言。一说声听犹声闻。改声听,谓其名望提高。亦可。居愉,谓生活愉快适意。"居",原作"君",据《四部丛刊》本《文选》、尤刻本《文选》、《陆士衡文集》、《竹庄诗话》卷三改。

⑦"织女"二句:织女、大梁,皆星名。《尔雅·释天》:"大梁,昴也。"为二十八宿之一。机杼,织机与梭子。楹,柱子。按:二句言有名无实。《诗·小雅·大东》:"跂彼织女,终日七襄。虽则七襄,不成报章。睆彼牵牛,不以服箱。……维南有箕,不可以簸扬。维北有斗,不可以挹酒浆。"《古诗》原作"南箕北有斗,牵牛不负轭"及陆机拟作之构思皆出于此。

【汇评】

叶娇然《龙性堂诗话》初集:士衡"服美改声听,居愉遗旧情",讽刺轻薄语,说得如许蕴藉,视唐薛据"俗流实骄矜,得志轻草莱"语,真肤浅不堪矣。

【拟古十二首总评】

锺嵘《诗品·下品》序:……士衡拟古……斯皆五言之警策者也。

郭正域评:诗中亦多佳句。较之《十九首》,觉费炉锤,大不如其浑成矣。(见万历三十年博古堂刻《新刊文选批评》)

冯班《钝吟杂录》卷三《正俗》:陆士衡《拟古诗》、江淹《拟古》三十首,如搏猛虎，捉生龙，急与之较力不暇。气格悉敌。今人拟诗，如床上安床，但觉怯处，种种不逮耳。然前人拟诗，往往只取其大意，亦不尽如江、陆也。

贺贻孙《诗筏》：拟古诗须仿佛古人神思所在，庶几近之。陆士衡《拟古》，将古人机轴语意，自起至讫，句句蹈袭，然去古人神思远矣。《拟行行重行行》篇云"揽衣有余带，循形不盈衿"，即"相去日已远，衣带日已缓"意也。不惟语句板滞，不如古人之轻宕，且合士衡十字，总一"缓"字包括无遗，下语繁简迥异，如此便见作者身分矣。结云"去去遗情累，安处抚清琴"，即"弃捐勿复道，努力加餐饭"意也。彼从"弃捐"二字说来，无可奈何，强自解勉，盖情至之语，非"遗情"也。若云"去去遗情累"，则浅直已甚矣。《拟今日良宴会》篇"高谈一何绮，蔚若朝霞烂"，即"令德唱高言，识曲听其真"意也。绮霞蔚烂，士衡聊以自评耳，岂若古句之绵邈乎？"人生能几何，为乐常苦晏。譬彼司晨鸟，扬声当及旦。曷为恒忧苦，守此贫与贱"，即"人生寄一世，奄忽若飙尘。何不策高足，先据要路津。无为守贫贱，辊轲长苦辛"语也。"高足""要路"，语含讥讽。《古诗》从欢娱后，忽尔感慨，似真似谐，无非愤懑。士衡特以"为乐常苦晏"申上文欢娱而已，何其薄也。《拟迢迢牵牛星》篇云"引领望大川，双涕如沾露"，即"盈盈一水间，脉脉不得语"意也。"盈盈"何须"引领"，"一水"岂必"大川"，"脉脉"不待"流涕"，"不语"何尝"沾露"。十字蕴含，谱尽相思，古今情人千言万语，总从此出，被士衡一说破，遂无味矣。《拟青青陵上柏》篇"人生能几何，譬彼浊水澜。戚戚多滞念，置酒宴所欢。方驾振飞辔，远游入长安。名都一何绮，城阙郁盘桓"，即"人生天地间，忽如远行客。斗酒相娱乐，聊厚不为薄。驱车策驽马，游戏宛与洛。洛中何郁郁，冠带自相索"语也。古人倏而感慨，倏而娱乐，倏而游戏，倏又感慨矣。中间"游戏"二字，从"忽如远行客"句来，寄意空旷，有君辈皆入我梦中之意。"冠带自相索"一语，顿令豪华气尽，淡淡写来，自尔妙绝。士衡自"置酒"以下，句句作繁丽语，无复回味，如饮蔗浆，一咽而已。《拟西北有高楼》篇"玉容谁得顾，倾城在一弹。伫立望日昃，踯躅再三叹。不怨伫立久，但愿歌者欢"，即"清商随风发，中曲正徘徊。一弹再三叹，慷慨有余哀。不惜歌者苦，但伤知音稀"语也。士衡从"倾城"上说向"欢"去，《古诗》从"徘徊"上说向"哀"去，欢、哀二意，便分深浅。且夫"中曲徘徊",则绕梁遏云,不足以逾矣,岂"倾城"可言乎?"徘徊"未已,继以"三叹","余哀"之上,缀以"慷慨","哀"不在"叹",亦不在"弹",非丝非肉,别有神往,《庄子》所谓"听其自已者,咸其自取也"。妙伎如此,彼"伫立""踯躅"者,皆随人看场耳。"但伤知音稀"一语,感慨深远。但有言说,总非知音,其视"歌者"之"欢",不过声色豪华,奚啻雅俗悬绝已哉!《拟东城高且长》篇云:"曷为牵世务,中心若有违。京洛多妖丽,玉颜侔琼蕤。闲夜抚鸣琴,惠音清且悲。长歌赴促节,哀响逐高徽。一唱万夫叹,再唱梁尘飞。思为河曲鸟,双游丰水湄。"即"荡涤放情志,何为自结束。燕赵多佳人,美者颜如玉。被服罗裳衣,当户理清曲。音响一何悲,弦急知柱促。驰情整中带,沉吟聊踯躅。思为双飞燕,衔泥巢君屋"语也。士衡一气直说,全无生动。《古诗》将燕赵佳人,凭空想象,无限送痴。而披衣当户,驰情整巾,沉吟在悲响之余,踯躅于理曲之后,则不独闻其声,且如见其人矣。试思"长歌""哀响"等语,细细比勘,其敷衍凑泊,与古人相去深浅为何如也?其余全篇刻画古人,不可胜录,所谓桓温之似刘琨,其无所不似,乃其无所不恨者。夫以士衡之才,尚且若此,则拟古岂容易哉!

陈祚明《采菽堂古诗选》卷十:虽拟古自是本调,此古人临帖法,但嫌太平弱,无远情逸调可以振之。夫拟古仅随古人成构,因袭词章,可不作也。求胜于古,始堪拟古。〇原存十二首。《涉江采芙蓉》篇更无佳致。"沈思钟万里""钟"字,近。《兰若生春阳》篇"执心守时信",语生率。"譬彼向阳翘","翘"字凑韵。《西北有高楼》篇"迢迢峻而安","安"字无趣。"但愿歌者欢",亦少味。夫歌者欲得听者之欢,何反愿歌者之欢?但久伫立,彼即欢乎?且通首亦平平。《庭中有奇树》篇,"欢友兰时往""欢友"字、"兰时"字并生。通首亦乏致。故不录,仅录八首。此八首亦皆平调,本不足法,但差胜耳。《东城一何高》篇,亦稍嫌之。

何焯《义门读书记》卷四十七陆士衡《拟古诗》十二首:《拟古》十二首远不如乐府十七首。

纪昀《玉台新咏》批语:古诗何容复拟,宜后人有床上施床之诮。

又:传写古帖,有临有摹。临者取神气之肖,摹者取点画之同。褚临《兰亭》,多参己法,而周越辈笔笔入古,乃见诮于奴书。当知此意。士衡

147

《拟古》所不及江淹者,弊由于此。

姚范《援鹑堂笔记》卷四十:晋陆机《拟迢迢牵牛星》《明月何皎皎》,余按士衡《拟古》,词藻虽丰,殊乏神理,惟此二诗独具风格。

猛虎行

渴不饮盗泉水,热不息恶木阴①。恶木岂无枝,志士多苦心②。整驾肃时命,杖策将远寻③。饥食猛虎窟,寒栖野雀林④。日归功未建,时往岁载阴⑤。崇云临岸骇,鸣条随风吟⑥。静言幽谷底,长啸高山岑⑦。急弦无懦响,亮节难为音⑧。人生诚未易,曷云开此衿⑨?眷我耿介怀,俯仰愧古今⑩。

【题解】

《猛虎行》,乐府曲名。宋人郭茂倩编《乐府诗集》,依据南朝以来相关资料,列入《相和歌辞·平调曲》。《相和歌》原是汉代俗曲,以丝竹乐器更迭相和,歌唱者手执节鼓敲击为节拍。它们本来流行于民间闾巷,而亦为贵族人士所喜好,遂被政府音乐机关所采集保存,进行演奏。文人亦依其曲调而作新词,或有乐人采文人诗加以剪接改造而配乐。也有虽作新词但并不曾配以音乐的情况。刘勰《文心雕龙·乐府》云:"子建(曹植)、士衡,咸有佳篇,并无诏伶人,故事谢丝管。"可知陆机所作乐府诗,多未曾入乐。《相和歌》又有多种小类,《平调曲》为其中之一。凡所作新词,在意义上与曲调名(即题目)和旧词可以有某些联系,也可以没有联系,只不过用其声调而已。此种情况,正如唐宋以后人们所作词曲之内容与词牌曲牌名的关系一样。《猛虎行》古辞曰:"饥不从猛虎食,暮不从野雀栖。野雀安无巢,游子为谁骄。"其意似谓不必过于执着坚持。陆机拟作抒发自己的人生感慨,寄托欲建立功业而不得不随俗浮沉的愧恶矛盾心情。意颇曲折而语多慷慨,诗中所谓"急弦""亮节",可以移用以称其风格。

诗载《文选》卷二十八、《乐府诗集》卷三十一、《陆士衡文集》卷六。今据《文选》录载。

【校注】

①"渴不"二句:盗泉,水名,在今山东泗水县东下山之北,西北流入洙水。《水经·洙水》"西南至卞县,入于泗"注:"泉出卞城东北,下山之阴。《尸子》曰:'孔子至于胜母,暮矣而不宿;过于盗泉,渴矣而不饮:恶其名也。'故《论语撰考谶》曰:'水名盗泉,仲尼不漱。'即斯泉矣。西北流,注于洙水。"《后汉书·列女·乐羊子妻传》:"妾闻志士不饮盗泉之水。"恶木,当指歪斜不正的树。据李善注,《管子》佚文有云:"夫士怀耿介之心,不荫恶木之枝。恶木尚能耻之,况与恶人同处?"

②"志士"句:志士,指立身正直、坚守原则的人。苦心,谓意志坚定,不随流从俗。"多苦心",一作"苦用心"。

③"整驾"二句:整驾,整顿驾车之具,准备上路。肃,恭谨地对待。时命,《左传》昭公三十年:"事大在共(通"恭")其时命。"杜预注:"随时共所求。"谓小国事奉大国,要随时恭谨地做到大国之所求。此借用其语,系指君主之命。杖,持。策,竹制之驱马棍棒,引申之,凡驱马用具包括鞭皆名为策。"杖策",一作"振策",谓挥动马鞭。

④"饥食"二句:承上写杖策远行途中艰难景况,又反用古辞之意,暗示自己未能如志士守其节操。语意双关。

⑤"日归"二句:载,助词,无义。阴,四季中秋冬为阴。二句亦含双关:既点明时间为岁暮之黄昏,又含岁月已往而功业无成之意。

⑥"崇云"二句:岸,涧谷旁高地。骇,《广雅·释言》:"起也。"条,树之枝条。李善注引桓谭《新论》:"雍门周曰:'秋风鸣条,则伤心矣。'"

⑦"静言"二句:《诗·邶风·柏舟》:"静言思之。"《毛传》:"静,安也。"《郑笺》释"言"为"我"。按:此处两句对偶,"言"当是言语之意。岑(cén),《说文·山部》:"山小而高。"

⑧"急弦"二句:急弦,指琴瑟等乐器弦张得紧。侯瑾《筝赋》:"于是急弦促柱,变调改曲。"懦,李善注引贾逵《国语注》:"下也。"弦急则调高,故无

149

低弱之声响。"亮节"句,李善注曰:"《尔雅》曰:'亮,信也。'谓有贞信之节,言必慷慨,故曰难也。"李周翰注:"贞亮之节,亦难拟其德音。"按:李善、李周翰均释"节"为士人之节操、品格,似将句意理解为"贞信之节操难于学习、难于做到"。明人方廷珪认为是感叹"难寻同调之音,言必不合于时",亦即节操高尚者难有同调。(参【汇评】)今别进一解:亮,明也。节,乐器,拍击之以为歌声之节,乃演唱《相和歌》时必备之器。亮节难为音,言击节声高亮则歌者发音为难。此句与上句均以音乐为喻(上句之"急弦"亦《相和歌》所有),言内心激动悲哀,发言慷慨而难继也。二句比兴,描写自己心情,下面即正面抒发其感慨。

⑨"人生"二句:《左传》成公二年:"人生实难。"曷,何。云,能也。(参裴学海《古书虚字集释》卷三)衿,通"襟"。此云开衿,犹言开怀。二句谓人生实在不容易,如何行事才能放开怀抱、放松心情。

⑩"眷我"二句:眷,顾念。耿介,守正不倾。《楚辞·九辩》:"独耿介而不随兮。"《孟子·尽心上》:"君子……仰不愧于天,俯不怍于人。"李善注:"夫蕴耿介之怀者,必高蹈风尘之表,今乃愧不随慕先圣之遗教。"二句谓我本耿介不阿随,今之行事却愧对古今圣贤。

【汇评】

王世贞评:机处乱朝而遭谗邪,故托此以叹。(见万历十年余碧泉刻《文选纂注》)

敏山评:语多对偶,已开排律之渐。(万历十年余碧泉刻《文选纂注》)

郭正域评:才高气郁,读之感动。(见万历三十年博古堂刻《新刊文选批评》)

孙鑛评:起句奇峭,六字句甚矫健。(见天启二年闵齐华刻《孙月峰先生评文选》)

陆时雍《古诗镜》卷九:"崇云临岸骇,鸣条随风吟",此成何语?"饥食猛虎窟,寒栖野雀林",亦矜作太过。

陈祚明《采菽堂古诗选》卷十:"恶木"二句,"急弦"二句,并得《古诗》风调。"崇云"句"骇"字不警。云固不知骇,又岂以临岸故骇耶?疑或是"驶"。

邵长蘅评:发端最是乐府妙境。(见陈云程补订《增订昭明文选集

150

成详注》)

方廷珪评:("急弦"二句)弦急之调高,故无懦弱之响,以比节亮则品峻,难寻同调之音,言必不合于时。(见乾隆三十二年仿范轩刻《昭明文选集成》)

沈德潜《古诗源》:起用六字句,最见奇峭。此士衡变体。

王寿昌《小清华园诗谈》卷上:何谓壮? 曰:如曹孟德之《短歌》《碣石》,陆士衡之《猛虎行》等篇是也。

君子行

天道夷且简,人道险而难①。休咎相乘蹑,翻覆若波澜②。去疾苦不远,疑似实生患③。近火固宜热,履冰岂恶寒④。掇蜂灭天道,拾尘惑孔颜⑤。逐臣尚何有,弃友焉足叹⑥。福钟恒有兆,祸集非无端⑦。天损未易辞,人益犹可欢⑧。朗鉴岂远假,取之在倾冠⑨。近情苦自信,君子防未然⑩。

【题解】

《君子行》,其古辞见五臣注本《文选》及《乐府诗集》,《乐府诗集》属《相和歌辞·平调曲》。(《艺文类聚》云曹植诗,恐不可信。)辞曰:"君子防未然,不处嫌疑间。瓜田不纳履,李下不正冠。嫂叔不亲授,长幼不比肩。劳谦得其柄,和光甚独难。周公下白屋,吐哺不及餐。一沐三握发,后世称圣贤。"其前半言应当避嫌疑,而后半则言不应孤光自耀,须礼贤纳士,前后不相承接。可能是乐工拼凑两首歌词以适应曲调的长度所致,乐工重声不重辞,在乐府中此种情况不少。陆机所作则专咏避嫌,并且与避害趋利相联系,反映了既忧谗畏讥而又不甘隐避消沉的心情,比古辞丰富深曲得多。

诗载《文选》卷二十八、《乐府诗集》卷三十二、《陆士衡文集》卷六。今据《文选》录载。

【校注】

①"天道"二句：谓天之道平坦简易，而处人世则危险艰难。以天道、人道对举，见《庄子·在宥》："有天道，有人道。无为而尊者，天道也；有为而累者，人道也。""难"，一作"艰"。

②"休咎"二句：休咎，犹言福与祸。休，《尔雅·释诂》："休，美也。"《广雅·释诂》："咎，恶也。"《尚书·洪范》："庶征。……曰休征。……曰咎征。"《汉书·刘向传》："箕子为武王陈五行阴阳休咎之应。"乘，《左传》襄公二十三年"栾氏乘公门"杜预注："登也。"蹑，《说文·足部》："蹈也。"乘蹑，登于其上和踏于脚下，言翻覆变化。"若波澜"，"若"一作"各"。

③"去疾"二句：疾，病患，祸患。《左传》桓公六年"不以隐疾"杜预注："患也。"《左传》哀公元年："伍员曰：'……树德莫如滋，去疾莫如尽。'"《吕氏春秋·疑似》："使人大迷惑者，必物之相似也。……相似之物，此愚者之所大惑，而圣人之所加虑也。"二句谓避开祸患唯恐不远，祸患多因事之相似迷惑而生。

④"近火"二句：《论衡·寒温》："夫近水则寒，近火则温。"《诗·小雅·小旻》："如履薄冰。"李善注："言当慎所习也。"按：二句谓近火则热，近冰则寒，乃理之固然。承上"去疾苦不远"句，谓不远避患则必然自取其咎。

⑤"掇蜂"二句：掇（duō），取，拾取。旧说某国王有子伯奇。后母欲己生之子为太子，乃设计陷害伯奇，取蜂置于衣袖之中而往伯奇处，使伯奇视其袖中杀蜂。王在楼上见之，以为伯奇调戏后母，乃谴责伯奇。伯奇蒙冤，投河自尽。事见刘向《说苑》。（今本《说苑》不载，见李善注所引）一说，伯奇乃周尹吉甫之子。灭天道，谓父子之情乃天道，因掇蜂疑似而灭之。拾尘，孔子与弟子颜回事。孔子周游列国，困厄于陈蔡之间，断粮七日。颜回求得米，煮饭将熟，有烟尘坠落饭中，颜回觉得不应将污染处全都丢弃，乃攫取而食之。孔子见之，怀疑颜回先己私自进食。后知其缘由，乃叹息道："所信者目也，而目犹不可信；所恃者心也，而心犹不足恃。弟子记之，知人固不易矣。"事见《吕氏春秋·任数》。按：二句承上文"疑似实生患"句。

⑥"逐臣"二句：逐臣，谓君主驱逐贤臣。李善注引傅毅《七激》："暗君逐臣，顽父放子。"王逸《九歌序》："屈原放逐。"何有，何难之有，言暗君逐臣

152

甚为轻易,不当一回事。弃友,抛弃朋友。《诗·小雅·谷风》:"将安将乐,女(汝)转弃予。"《毛传》:"言朋友趋利,穷达相弃。"《郑笺》:"朋友无大故则不相遗弃。今女以志达而安乐,弃恩忘旧,薄之甚。"二句承上二句,谓以父子之亲爱,孔颜之信任,尚不能不疑似生患,则臣之见逐,友之相弃,岂不甚为轻易,又有何可叹息!

⑦"福钟"二句:钟,集聚。兆,征兆。端,事端,事情的由头。枚乘《上书谏吴王》:"福生有基,祸生有胎。"傅玄《拟金人铭作口铭》:"福生有兆,祸来有端。"二句谓祸福之来皆有先兆由头,不会无缘无故突然而至。

⑧"天损"二句:天,天命;人,人力。"天"不由人,非人之力量所能及;"人"则指由人之意志力量所操控者。《庄子·山木》:"(仲尼)曰:'回,无受天损易,无受人益难。'"二句以"天"与"人"、"损"与"益"相对而论,当参互以知其意。"天损未易辞(辞者,避而去之)",还包括天益不可求、人损尚可辞、人益亦可求三层意思;"人益犹可欢",还包括人损自可悲、天益无可欢、天损不必悲三层意思。总之,损益之由乎天命者,人无所措其智力,故不可辞亦不可求,不足悲亦不足喜,唯安之而已。损益之牵乎人事者,己可以参与其间,故可辞亦可求,足悲亦足喜,当尽力以为之。二句乃承上祸福而言,谓祸福既有征兆,则君子自可辞损而求益。

⑨"朗鉴"二句:朗鉴,明镜。假,《广雅·释诂》:"借也。"倾冠,冠弁倾斜不正。荀悦《申鉴·杂言》:"侧弁垢颜,不鉴于明镜也。"弁即冠。陆机之后,《抱朴子外篇·交际》云:"明镜举则倾冠见矣。"二句谓明镜不远,可照见冠弁之正与不正,在不正者之取与不取耳;喻祸福之兆端并不难知,在人之察与不察耳。

⑩"近情"二句:谓见识浅近无远计者,苦于自信而不察端兆,君子则防患于未然。

【汇评】

陈祚明《采菽堂古诗选》卷十:颇嫌平率矣。"掇蜂"四句,以使事生一曲折。后人痴肥处,乃其动宕处,惟是稍佳。

何焯《义门读书记》卷四十七:较之古词,犹为深切。

吴景旭《历代诗话》卷四十七引陈懋仁曰:王摩诘"酌酒与君君自宽,人

153

情翻覆似波澜"，上句用鲍明远"酌酒以自宽"，下句全用陆士衡《君子行》语。

从军行

　　苦哉远征人，飘飘穷四遐①。南陟五岭巅，北戍长城阿②。深谷邈无底，崇山郁嵯峨③。奋臂攀乔木，振迹涉流沙④。隆暑固已惨，凉风严且苛⑤。夏条焦鲜藻，寒冰结冲波⑥。胡马如云屯，越旗亦星罗⑦。飞锋无绝影，鸣镝自相和⑧。朝食不免胄，夕息常负戈⑨。苦哉远征人，拊心悲如何⑩！

【题解】

　　《从军行》，《乐府诗集》属《相和歌辞·平调曲》。郭茂倩引《乐府解题》曰："《从军行》，皆军旅苦辛之辞。"三国魏擅长流行俗乐的乐官左延年曾作此曲，其辞以"苦哉"发端。陆机此篇，首言"苦哉远征人"，可能就是受到左延年的影响。

　　诗载《文选》卷二十八、《乐府诗集》卷三十二、《陆士衡文集》卷六。今据《文选》录载。

【校注】

　　①"苦哉"二句：左延年《从军行》："苦哉边地人，一岁三从军。"遐，远。"飘飘"，一作"飘飖"。

　　②"南陟"二句：五岭，在今湖南、江西与两广交界处的五座山岭，乃交通要道。秦始皇时开始发兵戍守。参卷一《赠顾交趾公真》"伐鼓五岭表"注。《汉书·陈余传》："秦……北为长城之役，南有五岭之戍。"

　　③"深谷"二句："深谷邈"，一作"溪谷深"。以无底形容深谷，如《诗含神雾》所云"东注无底之谷"。(《山海经·大荒东经》"东海之外大壑"郭璞注引)郁，形容重沓深远之状。李善注引秦嘉诗："岩石郁嵯峨。"潘岳《河阳

154

县作》：“崇芒郁嵯峨。”

④“振迹”句：迹，行步之印迹。振迹，犹言举步。流沙，在极西处。《尚书·禹贡》：“导弱水……余波入于流沙。”《汉书·地理志》：“张掖郡居延：居延泽在东北，古文以为流沙。”《楚辞·离骚》“忽吾行此流沙兮”王逸注：“流沙，沙流如水也。”

⑤“隆暑”二句：隆暑，盛暑。贾谊《旱云赋》：“隆盛暑而无聊兮。”王粲《初征赋》：“犯隆暑之赫曦。”惨，《说文·心部》：“毒也。”苛，《国语·楚语》“于是乎弭其百苛”韦昭注：“虐也。”

⑥“夏条”二句：条，枝条。李善注引《文子》：“夏条可结。”焦鲜藻，“焦”原作“集”，据《文选》五臣本、陈八郎本《文选》、影宋钞本《陆士衡文集》、《乐府诗集》改。藻，指枝上绿叶而言。绿叶美丽有文采，故曰“藻”。结，谓凝固。《意林》引《管子》：“海水百仞，冲波逆流。”

⑦“胡马”二句：邹阳《上书吴王》：“胡马遂进窥于邯郸。”如云，言其众多。《诗·郑风·出其东门》：“有女如云。”屯，结聚。《说苑·杂言》：“头悬越旗。”扬雄《羽猎赋》：“涣若天星之罗。”二句言南北敌情严峻，分应上文“北戍”“南陟”。

⑧“飞锋”二句：锋，指兵器。飞锋，言其迅疾。无绝影，谓兵器寒光闪烁无停歇。李善注引张衡《髑髅赋》：“飞锋曜景，秉尺持刀。”镝（dí），箭头锋利处，也指箭。鸣镝，响箭。《史记·匈奴列传》：“冒顿乃作为鸣镝。”

⑨“朝食”二句：《左传》成公二年：“余姑翦灭此而后朝食。”“食”，一作“餐”。免胄，脱下头盔。负戈，背负戈。“夕息”句，谓夜晚常不得眠息。

⑩“拊心”句：拊（fǔ），抚摸，轻拍。拊心，悲伤、激动时的动作。《仪礼·士丧礼》：“妇人拊心。”

【汇评】

陈祚明《采菽堂古诗选》卷十：大较序述悲凉。“飞锋”四句，尤能极力抒写。

王闿运《八代诗选》眉批：宽和。（据夏敬观《八代诗评》所附）

豫章行

泛舟清川渚，遥望高山阴①。川陆殊途轨，懿亲将远寻②。三荆欢同株，四鸟悲异林③。乐会良自古，悼别岂独今④。寄世将几何，日昃无停阴⑤。前路既已多，后涂随年侵⑥。促促薄暮景，亹亹鲜克禁⑦。曷为复以兹，曾是怀苦心⑧？远节婴物浅，近情能不深⑨！行矣保嘉福，景绝继以音⑩。

【题解】

《豫章行》，《乐府诗集》属《相和歌辞·清调曲》。清调也是《相和》歌曲中的一类。其古辞云豫章山上白杨被砍伐，树身与枝叶分离，相距万里，永不能重聚。豫章，汉郡名，治所在南昌（今属江西）。陆机所作，取其远别离之意而生发之，抒写送别亲友的悲感，而与豫章地名并无关涉。

诗载《文选》卷二十八、《乐府诗集》卷三十四、《陆士衡文集》卷六。今据《文选》录载。

【校注】

①"泛舟"二句："川"，原作"山"，据《文选》五臣本、尤刻本《文选》、陈八郎本《文选》、《陆士衡文集》、《乐府诗集》卷三十四、《艺文类聚》卷四十一改。高山，"高"，一作"南"。阴，山之北为阴。

②"川陆"二句：轨，指道路。懿，美。《左传》僖公二十四年："兄弟虽有小忿，不废懿亲。"二句谓亲人远行，送别者将与其水陆分道。

③"三荆"二句：三荆，三棵荆树。周景式《孝子传》载，古时有兄弟三人，打算分家。出门见三棵荆树同一根株，生长茂盛，接叶连阴，乃叹息道："树尚且聚生而欣欣向荣，何况我们，难道不是同样的道理吗！"于是和好如初。（见《艺文类聚》卷八十九引）周景式大约是晋宋间人，《水经注》曾引用他的《庐山记》，时代在陆机之后，但可能陆机时代已有类似传说，故用以表

示兄弟友爱不分离之意。李善注引古《上留田行》:"出是上独(当是"留"字之误)西门,三荆同一根生,一荆断绝不长。兄弟有两三人,小弟块摧独贫。"虽然说到三荆同株,但未言及同株而"欢"之事。大约未能究明陆机所用究竟是何典故。今姑且引录《孝子传》所述,以供参考。四鸟故事,见《孔子家语·颜回》:"孔子在卫,昧旦晨兴,颜回侍侧,闻哭者之声甚哀。子曰:'回,汝知此何所哭乎?'对曰:'回以此哭声非但为死者而已,又有生离别者也。'子曰:'何以知之?'对曰:'回闻桓山之鸟,生四子焉,羽翼既成,将分于四海。其母悲鸣而送之,哀声有似于此,谓其往而不返也。回窃以音类知之。'孔子使人问哭者,果曰:'父死家贫,卖子以葬,与之长决。'子曰:'回也善于识音矣。'"二句谓树木与鸟类,尚且因团聚而欢乐,为离别而伤悲,何况于人。

④"乐会"二句:良,确实。二句互文,谓乐会聚而伤离别,确实古今都一样,难道只是今日如此。

⑤"寄世"二句:寄世,谓人生在世,只是暂时托身,终将归去。李善注引《尸子》:"老莱子曰:'人生于天地之间,寄也。寄者固归也。'"《左传》襄公八年:"人寿几何。"昃,倾侧,不正。日昃,日斜。阴,指日影。无停阴,日影转移不停,谓光阴流逝无止时。

⑥"前路"二句:以路途喻人生。李善注:"前路、后涂,喻寿命也。"侵,《说文·人部》:"渐进也。"二句谓去日已多,来日随年岁之渐进而愈少。

⑦"促促"二句:景,日光。亹(wěi)亹,行进貌。《楚辞·九辩》:"时亹亹而过中兮。"曹丕《苍舒诔》:"惟人之生,忽若朝露。促促百年,亹亹行暮。"克,能。李善注:"景之薄暮,喻人之将老也。流行不息,鲜能止之。"

⑧"曷为"二句:兹,此,指离别。曾,乃,竟。《诗·小雅·正月》:"曾是不意。"苦心,此指伤离忧苦之情。二句当一气读,"曷为"二字直贯至"怀苦心",承上文,言人生苦短,为何还因为这离别而竟如此怀抱忧苦之心呢?意谓应豁达一些,不必为伤别之情所困苦。下文"远节"二句即做出回答。

⑨"远节"二句:节,《吕氏春秋·论人》"怒之以验其节"高诱注:"性。"远节,高远超脱之性。婴,缠绕。婴物,为外物所牵缠拘絷。近情,与"远节"相对,谓其情性局近,不能超脱。二句承上二句,谓高远脱俗者不甚为

157

外物所拘牵,而局近者岂能不深为事物所牵累,故常怀忧苦。意谓自己乃是不能超脱的平常人,岂能不深为离别所苦。魏晋士人关注摆脱情累的问题,陆机《拟行行重行行》云"去去遗情累",即反映此点,此二句亦然。

⑩"行矣"二句:行矣,犹今言"去了",但还包含勉励之意。《汉书·外戚·孝武卫皇后传》:"行矣,强饭,勉之!"颜师古注:"行矣,犹今言好去。"《韦玄成传》载汉元帝《议庙诏》:"百姓晏然,咸获嘉福。"景,影。景绝,谓行人远去,形影不见。二句乃临别赠言,既祝福行人,又希望他远去之后勿断绝音信。

【汇评】

王世贞《艺苑卮言》卷四:谢茂秦谓许浑"荆树有花兄弟乐"胜陆士衡"三荆欢同株",此语大瞆大瞆。陆是《选》体中常人语,许是近体中小儿语,岂可同日?

陆时雍《古诗镜》卷九:陆机诗可喜处有清俊之气,可憎处在缛绣之辞。《豫章行》《长安有狭邪行》《塘上行》《饮马长城窟行》诸篇,绝少词累。

王夫之《古诗评选》卷一:修辞雅适,承授之间尤多曲理。谢客文心,此开之始矣。○其视安仁,如都人士之与货殖者。古今合称,殊为唐突。

陈祚明《采菽堂古诗选》卷十:此应是入洛别亲友作,推《豫章行》之意而广之。"三荆"数语,悲切,亦复古劲。○后段有用意处,曲折旨远。末四语并曲。

方廷珪评:("泛舟"二句)起二句是在舟中送别,而念征途之远。(见乾隆三十二年仿范轩刻《昭明文选集成》)

王闿运《八代诗选》眉批:宽和。(据夏敬观《八代诗评》所附)

苦寒行

北游幽朔城,凉野多险艰①。俯入穹谷底,仰陟高山盘②。凝冰结重涧,积雪被长峦③。阴云兴岩侧,悲风鸣树端④。不睹白日景,但闻寒鸟嚯⑤。猛虎凭林啸,玄猿临岸叹⑥。夕宿乔木下,惨怆恒鲜欢⑦。渴饮坚冰浆,饥待零露餐⑧。离思固已久,寤寐莫与言⑨。剧哉行役人,慊慊恒苦寒⑩。

【题解】

《苦寒行》,《乐府诗集》属《相和歌辞·清调曲》。郭茂倩引《乐府解题》曰:"晋乐奏魏武帝《北上篇》,备言冰雪溪谷之苦。"曹操作诗首句云"北上太行山"。据《宋书·乐志》,西晋时将它加以修饰,配入《清调》,使乐工歌唱。所谓"晋乐奏魏武帝《北上篇》",即指此事。陆机此作则未闻配乐。其歌词内容多受曹操影响,而描写铺陈之多面、形象则过之。

诗载《文选》卷二十八、《乐府诗集》卷三十三、《陆士衡文集》卷六。今据《文选》录载。

【校注】

①"北游"二句:《尚书·尧典》:"申命和叔,宅朔方,曰幽都。"朔方,北方。幽都,即古九州之一的幽州,今河北北部及辽宁一带。汉代以来,均设幽州,而西晋时辖境已缩小,不再包括今辽宁地区。凉,寒冷。《诗·小雅·巷伯》"投畀有北"《毛传》:"北方寒凉而不毛。""凉野",一作"原野"。"险艰",一作"险难"。

②"俯入"二句:穹谷,深谷。盘,通"磐",大石。

③"凝冰"二句:重涧,深涧。重有深义。《春秋繁露·循天之道》:"为寒则凝冰裂地。"峦,《尔雅·释山》:"峦,山堕。"郭璞注:"谓山形长狭者。"

④"悲风"句:曹植《赠王粲》:"悲风鸣我侧。"

⑤"但闻"句:嚾(huān),喧叫。"嚾",一作"喧"。阮籍《咏怀》:"寒鸟相因依。"

⑥"猛虎"二句:凭,依。凭林,谓在林中、林边。李善注引《春秋元命苞》:"猛虎啸而谷风起。"玄猿,黑色猿猴。司马相如《上林赋》:"玄猿素雌。"王粲《七哀》:"猴猿临岸吟。"

⑦"惨怆",一作"惨惨"。

⑧"渴饮"二句:《周易·坤》初六:"履霜,坚冰至。"零露,零,落也。

"待",一作"食",又一作"噉"。噉(dàn)亦食意。

⑨"离思"二句:"已久",一作"已矣"。李善注引曹植《杂诗》:"离思一何深。""寤寐"句,谓醒时眠时均无人与之言谈,言孤独也。《诗·卫风·考槃》:"独寐寤言。"

⑩"剧哉"二句:剧,李善注引《说文》:"甚也。"此言艰难悲苦之甚。"行役人",一作"人行役"。慊(qiàn),恨,感到不快、不满足。

【汇评】

陈祚明《采菽堂古诗选》卷十:"阴云"四句,萧蓼悲动,士衡句如此者最少。

方廷珪评:按就题发意,刻而能爽。(见乾隆三十二年仿范轩刻《昭明文选集成》)

王闿运《八代诗选》眉批:宽和。(据夏敬观《八代诗评》所附)

饮马长城窟行

驱马陟阴山①,山高马不前。往问阴山候,劲虏在燕然②。戎车无停轨,旌旆屡徂迁③。仰凭积雪岩,俯涉坚冰川。冬来秋未反,去家邈以绵。猃狁亮未夷,征人岂徒旋④?末德争先鸣,凶器无两全⑤。师克薄赏行,军没微躯捐⑥。将遵甘陈迹,收功单于旃⑦。振旅劳归士,受爵槀街传⑧。

【题解】

《饮马长城窟行》,《乐府诗集》属《相和歌辞·瑟调曲》。瑟调也是《相和》歌曲调中的一类。郭茂倩云:"一曰《饮马行》。长城,秦所筑以备胡者。其下有泉窟,可以饮马。"郦道元《水经·河水》注述其亲历所见曰:"有城在右,萦带长城,背山面泽,谓之白道城。自城北出,有高阪,谓之白道岭。沿路惟土穴出泉,挹之不穷。余每读《琴操》,见《琴慎相和雅歌录》云'饮马长城窟’,及其扳陟斯途,远怀古事,始知信矣,非虚言也。"白道城在今内蒙古呼和浩特市附近。想来长城下有泉穴者多矣,不止郦氏所言一处。陆机之前作此诗者,有古辞(一云蔡邕作)、陈琳、傅玄等,或泛咏闺妇思念远人而与长城无涉,或歌秦时筑长城士卒之痛苦。陆机此首则写将士戍守边塞征伐之事,既写其辛苦,又抒发壮志,有似后世边塞诗作。

诗载《文选》卷二十八、《乐府诗集》卷三十八、《陆士衡文集》卷六。今据《文选》录载。

【校注】

①阴山:在今内蒙古自治区境内,黄河河套以北。战国时赵国及秦始皇时,修长城,设亭障,以备匈奴,皆傍阴山而建。《汉书·匈奴传》郎中侯应奏:"周秦以来,匈奴暴桀,寇侵边境。汉兴,尤被其害。臣闻北边塞至辽东,外有阴山,东西千余里,草木茂盛,多禽兽,本冒顿单于依阻其中,治作弓矢,来出为寇,是其苑囿也。至孝武世,出师征伐,斥夺此地,攘之于幕北。……边长老言:匈奴失阴山之后,过之未尝不哭也。"

②"往问"二句:候,候人,《左传》宣公十二年"岂敢辱候人"杜预注:"谓伺候望敌者。"如今之侦察兵。燕然,山名,即今蒙古人民共和国境内杭爱山。两汉时征讨匈奴所经行之地。《汉书·匈奴传》载贰师将军李广利"引兵还至速邪乌燕然山"。《后汉书·窦宪传》:"(窦宪、耿秉)遂登燕然山,去塞三千余里,刻石勒功,纪汉威德。"班固为作《封燕然山铭》。此借指境外大山。"往问"句,一作"借问燕山候"。

③"戎车"二句:《诗·小雅·采薇》:"戎车既驾。"旌旆,皆旗名,此泛指军中旗帜。《小雅·车攻》:"悠悠旆旌。"徂(cú),往。

④"猃狁"二句:猃狁(xiǎn yǔn),商周时北方少数族,屡为边患。《诗·小雅·采薇》《出车》《六月》等皆歌咏对猃狁的征战戍守之事。《出车》云:"赫赫南仲,猃狁于夷。"《毛传》:"夷,平也。"亮,确实。徒旋,谓无功而返。

⑤"末德"二句:末德,指战争、用兵之事。《庄子·天道》:"三军五兵之运,德之末也。"争先鸣,谓争着先获得胜利,犹言抢头功。《左传》襄公二十一年:"齐庄公朝,指殖绰、郭最曰:'是寡人之雄也。'州绰曰:'君以为雄,谁

敢不雄？然臣不敏，平阴之役，先二子鸣。'"杜预注："自比于鸡，斗胜而先鸣。"凶器，兵器。《韩非子·存韩》："兵者，凶器也，不可不审用也。"《史记·越王句践世家》："范蠡谏曰：'不可。臣闻兵者，凶器也；战者，逆德也；争者，事之末也。'"

⑥"师克"二句：克，指战胜敌人。曹植《文帝诔》："嗟微躯之是效兮，甘九死而忘生。"捐，弃。

⑦"将遵"二句：甘陈，汉元帝时甘延寿为使西域都护，与副校尉陈汤出奇计，共诛斩匈奴郅支单于，延寿封义成侯，汤赐爵关内侯。见《汉书》本传。收功，获得成功，立功。扬雄《解嘲》："若夫蔺生收功于章台。"班固《汉书·叙传》"述《张骞李广利传》第三十一"："博望（张骞）杖节，收功大夏。"单于旃，指匈奴首领的军营之门。旃，李善注："旌旗也。"《穀梁传》昭公八年："置旃以为辕门。"收功单于旃，谓攻破其军，拔起其军营门前旌旗。一说，旃通"毡"，单于以毡为帐幕，谓收功于单于之帐幕。（见刘履《风雅翼》卷四、胡绍煐《文选笺证》卷二十三）

⑧"振旅"二句：振旅，整军归国，指凯旋。《穀梁传》庄公八年："入曰振旅。"范宁注："振，整也。旅，众也。"劳归士，慰劳将士归来。槁（gǎo）街，汉代长安街名，在长安城门内，边境外少数族使者官邸聚集于此街。《汉书·陈汤传》载，甘延寿、陈汤攻破匈奴郅支单于，乃上疏，曰："斩郅支首及名王以下，宜县头槁街蛮夷邸间，以示万里。""受爵"句，谓收功受爵之事传扬于槁街诸国使馆间。

【汇评】

杨慎评：起句如此自然，《选》诗中亦罕得。（见凌濛初辑朱墨套印《合评选诗》）

孙鑛评：一气直书，爽劲而饶姿态。（见天启二年闵齐华刻《孙月峰先生评文选》）

陈祚明《采菽堂古诗选》卷十：起四句来绪迢遥。"末德"四句自是至语。凡诗语理至到者，情亦至到，便成名言，不可易，但贵炼令圆耳。要是未解思量，此旨不可令边士识。

何焯《义门读书记》卷四十七：后惟老杜前、后《出塞》可以追配之。

王闿运《八代诗选》眉批：首二句是律诗佳起。……"薄""微"二字精峭。(据夏敬观《八代诗评》所附)

门有车马客行

门有车马客，驾言发故乡。念君久不归，濡迹涉江湘①。投袂赴门涂，揽衣不及裳②。拊膺携客泣，掩泪叙温凉③。借问邦族间，恻怆论存亡④。亲友多零落，旧齿皆凋丧⑤。市朝互迁易，城阙或丘荒⑥。坟垄日月多，松柏郁芒芒⑦。天道信崇替，人生安得长⑧？慷慨惟平生，俯仰独悲伤⑨。

【题解】

《门有车马客行》，《乐府诗集》属《相和歌辞·瑟调曲》。郭茂倩引《乐府解题》："曹植等《门有车马客行》，皆言问讯其客。或得故旧乡里，或驾自京师。备叙市朝迁谢、亲友凋丧之意也。"郭氏又云："曹植又有《门有万里客》，亦与此同。"按：《乐府解题》所云曹植《门有车马客行》歌词，宋代已不传，故《乐府诗集》不载。至于曹植《门有万里客》，虽然起首云"门有万里客，问君何乡人。褰裳起从之，果得心所亲"，也是说主人与客为同乡，但下文述客之言，乃因颠沛流离而悲伤，并无叙迁谢凋丧之语。《乐府诗集》载《门有车马客行》歌词，即以陆机此篇为首。其文辞质朴而情感真挚，尤其是"投袂赴门涂"四句细节描写，真实生动，颇为动人。李周翰云："言念旧乡而有是作。虽曰拟古，机意自属。"是可以首肯的。

诗载《文选》卷二十八、《乐府诗集》卷四十、《陆士衡文集》卷六。今据《文选》录载。

【校注】

①"念君"二句：曹丕《燕歌行》："念君客游思断肠。"濡，浸渍。濡迹，意谓涉水而行。客人来自南方多水之地，故云。《诗·邶风·匏有苦叶》"济

163

有深涉"《毛传》:"由膝以上为涉。"《楚辞·九章·涉江》:"旦余济乎江湘。"二句乃来客口吻。故乡人因我久久不归,故特地长途跋涉而来探望。

②"投袂"二句:投袂,指起身时挥动衣袖。古人衣袖宽大,行动迅疾时则衣袖挥动。《左传》宣公十四年:"楚子闻之,投袂而起。"杜预注:"投,振也。袂,袖也。"涂,通"途"。《古诗》:"揽衣起徘徊。"衣为上衣,裳为下裙。

③"拊膺"二句:拊膺,拍击胸口,情感激动时的动作。掩涕,犹拭泪。《楚辞·离骚》:"长太息以掩涕兮。"温凉,犹言冷暖、寒暄。

④"借问"二句:《诗·小雅·黄鸟》:"复我邦族。"邦族,谓故国旧族。《太平御览》卷四百十二引《东观汉纪》:"(张表)每弹琴,恻怆不能成声。"存亡,生死。

⑤"亲友"二句:零落,谓逝去。零亦坠落意。孔融《与曹操论盛孝章书》:"海内知识,零落殆尽。"旧,通"久";齿,年龄。旧齿,犹言高龄。蔡邕《荐太尉董卓可相国并自乞闲冗章》:"尚书令日碑先辈旧齿。"

⑥"市朝"二句:市朝,市场与朝廷。此处泛指城市中种种布局设施。李善注引《古出夏门行》:"市朝人易,千岁墓平。""城阙"句,谓城阙沦为土丘荒野。阙,门前两侧之楼观。

⑦"松柏"句:李善注引仲长统《昌言》:"古之葬,松柏梧桐以识其坟也。"芒芒,即"茫茫",言其多。

⑧崇替:犹兴废、盛衰。

⑨"慷慨"二句:慷慨,李善注引《说文》:"壮士不得志于心。"惟,《尔雅·释诂》:"思也。"俯仰,低头向地,抬头望天,此指感念悲伤时的动作。《楚辞·九辩》:"独悲愁其伤人兮。"

【汇评】

郭正域评:("借问"二句)直指之语,旅间酸鼻。(见万历三十年博古堂刻《新刊文选批评》)

孙鑛评:说真意恳切,亦以不藻饰妙。(见天启二年闵齐华刻《孙月峰先生评文选》)

陆时雍《古诗镜》卷九:惊心事,刻意语,所少者气韵流动。

陈祚明《采菽堂古诗选》卷十:自述感伤,情切,故语益佳。"投袂"四句序将迎之状甚肖,便觉生动。"亲友"六句警切。"天道"二句又深入一层,悲感逾至。

方廷珪评:文字惟真,故妙。闻故乡人至而喜,问及故乡事而悲,因自伤其离乡之久,情景俱真。○("投袂"四句)久客见故乡人,确有此情景。(见乾隆三十二年仿范轩刻《昭明文选集成》)

何焯《义门读书记》卷四十七:悲凉古直。

君子有所思行

命驾登北山,延伫望城郭①。廛里一何盛,街巷纷漠漠②。甲第崇高闼,洞房结阿阁③。曲池何湛湛,清川带华薄④。邃宇列绮窗,兰室接罗幕⑤。淑貌色斯升,哀音承颜作⑥。人生诚行迈,容华随年落⑦。善哉膏粱士,营生奥且博⑧。宴安消灵根,鸩毒不可恪⑨?无以肉食资,取笑葵与藿⑩。

【题解】

《君子有所思行》,《乐府诗集》属《杂曲歌辞》。所谓杂曲,指原有曲调所属类别不明者。其《君子有所思行》即以陆机此作为首篇。

诗载《文选》卷二十八、《乐府诗集》卷六十一、《陆士衡文集》卷六。今据《文选》录载。

【校注】

①"命驾"二句:命驾,使用车乘。命,用也。《左传》哀公十一年:"命驾而行。"延伫,久立。《楚辞·离骚》:"延伫乎吾将反。"王逸注:"延,长也。伫,立貌。"

②"廛里"二句:《周礼·地官·载师》:"以廛里任国中之地。"郑玄注:"廛里者,若今云邑居里矣。廛,民居之区域也;里,居也。"其意谓里为民居,廛则指居处所占之地积。此泛指城中居宅。纷漠漠,盛多而布散貌。

③"甲第"二句：甲第，第一等的宅邸，犹言豪宅。因有甲乙等第，故称为"第"。闳，门。崇高闳，崇作动词，谓建高门。洞房，深邃之房室。洞，深邃貌。结，构造。阿(ē)阁，指屋顶四面都有檐的楼阁。《文选》载《古诗》"西北有高楼"有"阿阁三重阶"之句，李善注云："阁有四阿，谓之阿阁。"按：《周礼·冬官·匠人》"四阿重屋"郑玄注："四阿，若今四注屋。"谓屋顶四下成方形，四面皆有檐可下注雨水。

④"曲池"二句：《楚辞·招魂》："坐堂伏槛，临曲池些。"又："湛湛江水兮上有枫。"王逸注："湛湛，水貌。"何，多么。刘桢《公宴诗》："清川过石渠。"薄，草木交错。华，美丽有光彩。

⑤"邃宇"二句：《楚辞·招魂》："高堂邃宇。"王逸注："邃，深也。宇，屋也。"绮窗，谓其窗棂成花纹状。《古诗》"西北有高楼"："交疏结绮窗。"兰室，兰亦美称。曹植《妾薄命行》："更会兰室洞房。"

⑥"淑貌"二句：淑，善，美好。李善注："言淑貌以色斯而见升，哀音亦承颜衰而作也。"似以色为人之颜色之意，谓因美色而获宠高升。刘良遂径言"以此美色之女升进于君"。按："色斯"语出于《论语·乡党》："色斯举矣，翔而后集。"旧注谓见人君颜色不善，便如鸟高飞而去也。王引之释《乡党》此语，云："斯，犹然也。……今案'色斯'者，状鸟举之疾也。"斯，为形容词语尾。王氏举《公羊传》并何休注以及《论衡》等多例，证明汉人多以"色斯"二字连读，将"色斯"用作形容之语，表示迅疾行动。(参王氏《经传释词》卷八"斯")王氏之释颇可参考。升，犹举也，上也，登也。色斯升，谓迅速登上高处。二句谓年轻貌美之人翩然而上，而随即哀音亦承衰老忧苦之颜而作矣。言人生之多变易逝而少欢乐也。

⑦"人生"二句：诚行迈，确实如同行旅。"诚"，一作"盛"。"迈"，一作"过"。《楚辞·九辩》："生天地之若过兮，功不成而无效。"《古诗》"青青陵上柏"："人生天地间，忽如远行客。"曹植《杂诗》："容华若桃李。"傅玄《明月篇》："秀色随年衰。"

⑧"善哉"二句：梁，通"粱"。粱，一种粮食，或以为即今之小米。《国语·晋语》："夫膏粱之性难正也。"韦昭注："膏，肉之肥者；粱，食之精者。"营生，谋生活，谋求过好日子。一作"荣生"。奥，深。

⑨"宴安"二句：宴，安乐。灵根，指身体。李善注引《老子黄庭经》："玉池清水灌灵根，灵根坚固老不衰。"鸩（zhèn），一种鸟，以蛇为食，其羽剧毒，以浸酒，饮之则死。《左传》闵公元年："宴安鸩毒，不可怀也。"杜预注："以宴安比之鸩毒。"可，《后汉书·皇甫规传》"今日立号虽尊可也"李贤注："犹宜也。"恪，严谨，慎重。不可恪，乃反问语气，谓岂不宜肃然谨慎乎？

⑩"无以"二句：《左传》庄公十年："肉食者谋之。"又："肉食者鄙，未能远谋。"杜预注："肉食，在位者。"葵，一种植物，可食。藿，豆叶，豆苗。葵藿均常人所食，此处代指平民。肉食与食葵藿者对举。《说苑·善说》："晋献公之时，东郭民有祖朝者，上书献公曰：'草茅臣东郭民祖朝愿请闻国家之计。'献公使使出告之曰：'肉食者已虑之矣，藿食者尚何与焉？'祖朝对曰：'……设使肉食者一旦失计于庙堂之上，若臣等之藿食者，宁得无肝胆涂地于中原之野与？'"二句谓肉食者若宴安鸩毒，将为食葵藿者所讥笑。"肉食"，一作"酒肉"。"葵"，一作"藜"。

【汇评】

孙鑛评：微有藻饰，然却不填塞补缀，以真气贯之，故亦自豪畅。（见天启二年闵齐华刻《孙月峰先生评文选》）

陈祚明《采菽堂古诗选》卷十："曲池"二句，有生致，然浑，以其调高。摘用"色斯"字，隽。"恪"字押韵终强。结句取材于春秋，谋调于《塘上行》，成此雅语，可得用古之法。

邵长蘅评：（"人生"六句）抑扬尽致。（见陈云程补订《增订昭明文选集成详注》）

何焯《义门读书记》卷四十七：此君子以戒有位者也。○以此与鲍明远相较，则遗山诋士衡为"布谷"，真不知量也。

李详《韩诗证选》：（韩愈《重云》："藜藿尚如此，肉食安可期。"）陆机《有所思行》："无以肉食资，取笑葵与藿。"

齐讴行

营丘负海曲，沃野爽且平①。洪川控河济，崇山入高冥②。东被姑尤侧，南界聊摄城③。海物错万类，陆产尚千名④。孟诸吞楚梦，百二侔秦京⑤。惟师恢东表，桓后定周倾⑥。天道有迭代，人道无久盈⑦。鄙哉牛山叹，未及至人情⑧。爽鸠苟已徂⑨，吾子安得停？行行将复去，长存非所营⑩。

【题解】

《齐讴行》，《乐府诗集》属《杂曲歌辞》。《汉书·高帝纪》："汉王既至南郑，诸将及士卒皆歌讴，思东归。"颜师古注："讴，齐歌也。谓齐声而歌，或曰齐地之歌。"汉代乐府有从事演唱齐讴的专门人员。《汉书·礼乐志》云："齐讴员六人。"陆机此作歌咏齐地之地理与历史，尤其致慨于齐相晏子关于生死变化的言论。

诗载《文选》卷二十八、《乐府诗集》卷六十四、《陆士衡文集》卷六。今据《文选》录载。

【校注】

①"营丘"二句：营丘，地名。《史记·周本纪》载，周武王灭商之后，分封功臣谋士，首先封师尚父于营丘，建立齐国。营丘在今山东临淄。据西晋时注释《汉书》的臣瓒说，临淄城中有丘，即营丘。（见《汉书·地理志》颜师古注引臣瓒曰。臣瓒姓不详。）负海，背靠海。《战国策·秦策》："齐南以泗为境，东负海，北倚河。"《秦策》又云："（齐）沃野千里，蓄积饶多。"沃者，灌溉之意。言其土地皆有灌溉之利，故云沃野。爽，明朗。

②"洪川"二句：控，《说文·手部》："引也。"洪川控河济，谓大川引流则有黄河、济水。《战国策·燕策》："齐有清济浊河，可以为固。"高冥，指天。李善注引傅毅《洛都赋》："弋高冥之独鹄。"

③"东被"二句：姑、尤，两水名。聊、摄，两城名。《左传》昭公二十年："晏子曰：'……聊摄以东，姑尤以西，其为人也多矣。'"杜预注："聊摄，齐西界也。平原聊城县东北有摄城。姑尤，齐东界也。姑水、尤水皆在城阳郡东南入海。"聊摄在西，而陆机云南，李善认为"其地既非正方，故各举一隅言之"，即聊摄在西偏南，故亦可言南。清人何焯则云"南"字必为"西"字之误。（见《义门读书记》卷四十七）

④"海物"二句：海物，海中、海边的物产。错，错杂，谓多种多样。《尚书·禹贡》："海、岱惟青州。……海物惟错。"万类、千名，皆言其多。张衡《南都赋》："酸甜滋味，百种千名。"

⑤"孟诸"二句：孟诸，薮泽名。《周礼·夏官·职方氏》："正东曰青州……其泽薮曰望诸。"望诸即孟诸。在今河南商丘东北、虞城西北。梦，云梦，楚泽名。《职方氏》："正南曰荆州…… 其泽薮曰云瞢。"云瞢即云梦。吞，包含。司马相如作《天子游猎赋》，虚构楚之子虚与齐之乌有先生互相夸耀，乌有先生云齐之辽阔，"浮勃澥，游孟诸……吞若云梦者八九，其于胸中曾不蒂芥。"此处用其语而稍作变化。孟诸泽并不属齐。汉末人文颖曰："宋之大泽也，故属齐。"（《汉书·司马相如传》颜师古注引）其实文人作赋，夸张言之，不可拘泥。故清人何焯云："纵言之耳，非必属齐也。文注误。"（《义门读书记》卷十八）陆机此处所说据司马相如而来，亦泛言齐地广大而已，不必拘泥其地望之准确与否。《史记·高祖本纪》："田肯贺上曰：'……秦，形胜之国，带河山之险，县隔千里，持戟百万，秦得百二焉。……夫齐，东有琅邪、即墨之饶，南有泰山之固，西有浊河之限，北有勃海之利，地方二千里，持戟百万，县隔千里之外，齐得十二焉。故此东西秦也。'"按：百二、十二之意，诸说纷纭。虞喜云"二"乃加倍之意。百二、十二谓百万、十万之兵，因地形之利，可当二百万、二十万之用。之所以于秦言百二，于齐则言十二，行文求变化而已，其意并无不同。（见《史记索隐》引。虞喜，会稽人，与陆机同时。）侔，相等，齐等。侔秦京，即田肯"东西秦"之意。二句夸耀齐之大泽可吞楚之云梦，其得地势之利可与强秦抗横。

⑥"惟师"二句：师，指师尚父。师谓大师。《诗·大雅·大明》："维师尚父，时维鹰扬。"《毛传》："师，大师也。尚父，可尚可父。"《郑笺》："尚父，

169

吕望也，尊称焉。"出于姜姓，以吕为氏。恢，《说文·心部》："大也。"表，外。东表，谓东方边远之地。师尚父受封于齐，开拓东方，扩大东方疆界。《左传》襄公三年："孟献子曰：'以敝邑介在东表。'"桓后，齐桓公，春秋霸主之一。后，君主。齐桓公时周室微弱，桓公帅诸侯，尊天子，抵御少数族入侵，故云"定周倾"。例如《左传》僖公五年所载，周惠王将废太子郑而立王子带，齐桓公乃帅诸侯，会太子郑，以定其位，从而避免周室之乱。孔子曾称赞桓公在管仲辅佐之下"霸诸侯，一匡天下，民到于今受其赐"。(《论语·宪问》)

⑦"天道"二句：《庄子·在宥》："有天道，有人道。"《荀子·天论》："日月递照，四时代御。"张衡《东京赋》："春秋改节，四时迭代。"王符《潜夫论·交际》："廉颇、翟公，载盈载虚。"二句谓既然天道是万物都有迭代，那么人道当然也是不可能永远满盈；凡物都有盛则有衰。

⑧"鄙哉"二句：鄙哉，叹其见解狭陋不宏通。《论语·宪问》："有荷蒉而过孔氏之门者……既而曰：'鄙哉，硁硁乎！'"牛山叹，见《晏子春秋·内篇·谏上》："(齐)景公游于牛山，北临其国城而流涕，曰：'若何滂滂去此而死乎！'艾孔、梁丘据皆从而泣。晏子独笑于旁。公刷涕而顾晏子曰：'寡人今日游，悲，孔与据皆从寡人而涕泣，子之独笑，何也？'晏子对曰：'使贤者常守之，则太公、桓公将常守之矣；使勇者常守之，则庄公、灵公将常守之矣。数君者将守之，则吾君安得此位而立焉？以其迭处之，迭去之，至于君也。而独为之流涕，是不仁也。不仁之君见一，谄谀之臣见二，此臣之所以独窃笑也。'"至人，具有最高境界的人。《庄子》屡言至人，以顺乎自然、与变化为一者为至人。《逍遥游》："至人无己。"

⑨"爽鸠"句：爽鸠氏，传说中上古帝王少昊的司寇官。爽鸠即鹰，以鸟名官。《左传》昭公二十年："公(齐景公)曰：'古而无死，其乐若何？'晏子对曰：'古而无死，则古之乐也，君何得焉？昔爽鸠氏始居此地，季萴因之，有逄伯陵因之，蒲姑氏因之，而后大公因之。古者无死，爽鸠氏之乐，非君所愿也。'"徂，往。

⑩"行行"二句：曹植《门有万里客》："行行将复行。"营，经营，追求。张衡《西京赋》："若历世而长存，何遽营乎陵墓。"此反其意，谓长生久存不是

所能营求的。

颜之推《颜氏家训·文章》：凡《诗》人之作，刺箴美颂，各有源流，未尝混杂，善恶同篇也。陆机为《齐讴》篇，前叙山川物产风教之盛，后章忽鄙山川之情，疏失厥体。其为《吴趋行》，何不陈子光、夫差乎？《京洛行》，何不述赧王、灵帝乎？

王楙《野客丛书》卷二十二：陆士衡《齐讴行》曰："东被姑尤侧，南界聊摄城。海物错万类，陆产尚千名。孟诸吞云梦，百二侔秦京。"仆以为不若以"八九吞云梦"对"百二侔秦京"，不惟亲切，且浑然也。

镏绩《霏雪录》卷下：余读《城南联句》"朝馔已百态，春醪又千名"，初若不经意者。及读《文选》陆士衡诗，有"海物错万类，陆产尚千名"，乃知韩、孟师陆语也。殊不知陆语又出张衡《南都赋》，曰："酸甜滋味，百种千名。"

孙鑛评：典实中风致却不乏。（见天启二年闵齐华刻《孙月峰先生评文选》）

陈祚明《采菽堂古诗选》卷十：前段铺叙境地，颇尽三齐之概。摘"维师"句，隽。忽入牛山往事，作翻新语，正是感伤代谢，远情低徊，凄其感人。读此，觉康乐《会吟》伧父面目矣。○"爽鸠"二句，用晏子语，又生新意，大佳。

日出东南隅行或曰罗敷艳歌

扶桑升朝晖，照此高台端①。高台多妖丽，浚房出清颜②。淑貌耀皎日，惠心清且闲③。美目扬玉泽，蛾眉象翠翰④。鲜肤一何润，秀色若可餐⑤。窈窕多容仪，婉媚巧笑言⑥。暮春春服成，粲粲绮与纨⑦。金雀垂藻翘，琼佩结瑶璠⑧。方驾扬清尘，濯足洛水澜⑨。蔼蔼风云会⑩，佳人一何繁。南崖充罗幕，北渚盈軿轩⑪。清川含藻景，高崖被华丹⑫。馥馥芳袖挥，泠泠纤指弹[13]。悲歌吐清响,雅舞播《幽兰》[14]。丹唇含《九秋》,妍迹陵《七盘》[15]。赴曲迅惊鸿,蹈节如集鸾[16]。绮态随颜变,沈姿无乏源[17]。俯仰纷阿那,顾步咸可欢[18]。遗芳结飞飙,浮景映清湍[19]。冶容不足咏,春游良可叹[20]。

【题解】

本诗题目,《玉台新咏》《初学记》《太平御览》作《艳歌行》,《文选》《艺文类聚》《乐府诗集》作《日出东南隅行》,《文选》云"或作《罗敷艳歌》"。按:罗敷,古乐府中美女名。古辞咏罗敷采桑拒绝调戏之事。其歌词配入《相和歌·瑟调》演唱,名为《艳歌罗敷行》。古辞首句为"日出东南隅"。(参《乐府诗集》卷二十八《陌上桑》题解引《古今乐录》)陆机拟作之题目,即由此而来。艳歌,《相和歌·瑟调》中的曲调名,其中又有不同的变化,《罗敷行》为其中之一。艳乃音乐名词,与艳丽、美艳之义并无关系。《罗敷行》古辞,除配入《瑟调》外,还配入《相和歌·相和曲》以及《大曲》。同一篇歌辞可以配入不同的曲调演唱。至于陆机此篇,与其他拟作一样,未见有曾经配乐演唱的记载。其辞也不言及罗敷其人,更无拒绝调戏的内容,而是写众多美女春游的景况。在描写美色这一点上,算是与古辞有一些联系。其辞极力铺陈,就诗歌而言,比以往描写女性美丽的作品来得细致生动,可谓别开生面,其实是运用了赋的写法。极力铺写女色的赋,前此已多名作。有趣的是,诗末却说"冶容不足咏",似乎也像赋一样,来一个"曲终奏雅"。但紧接着又说"春游良可叹",似仍要为自己的侈陈女色略为辩护,占一些地步。读之令人失笑。而明清某些论者,便说什么"通篇咏冶容,末句则凛然有以礼自闲意""以讽刺结""以庄语结",未免失之毫厘。至于如何焯所说:"'高台'指在上之人。此刺晋之无政,淫荒游荡,王公以下皆不能正其家。当以干令升之论同观。"(干宝《晋纪总论》指斥西晋政治甚力。)(见《义门读书记》卷四十七)则几乎痴人说梦,迂腐得使人厌憎了。

诗中有"濯足洛水"的描写,表明本篇写的可能是妇女借修禊出游的景况。《北堂书钞》卷一百三十五载杜季稚(逯钦立疑当作季雅,即东汉杜笃)

《京师上巳》佚句:"窈窕淑女美胜艳,妃戴翡翠珥明珠。"可知修禊演变成为春游,早在汉代已然。(上巳即修禊之日)潘尼《三月三日洛水作诗》云:"朱轩荫兰皋,翠幕映洛湄。临岸濯素手,涉水搴轻衣。"更可与陆机此篇相对照。陆机此篇应是当时风俗的反映。

诗载《文选》卷二十八、《玉台新咏》卷三、《乐府诗集》卷二十八、《陆士衡文集》卷六。今据《文选》录载。

【校注】

①"扶桑"二句:扶桑,传说中日出之处的大树。《山海经·大荒东经》:"汤谷上有扶木,一日方至,一日方出。"扶木即扶桑。《淮南子·天文》:"日出于旸谷,浴于咸池,拂于扶桑,是谓晨明。登于扶桑,爰始将行,是谓朏明。"《文选》张衡《思玄赋》"夕余宿乎扶桑"李善注引《十洲记》:"扶桑,叶似桑树,长数千丈,大二千围,两两同根生,更相依倚,是以名之扶桑。"端,头。高台端,指高台顶上,或高台东头边侧。谓尚未照耀全部。"升",一作"生"。"此",一作"我"。

②"高台"二句:"高台",一作"台端"。"妖",一作"姣",字通。又一作"艳"。妖,妍丽。《吕氏春秋·达郁》:"列精子高……谓其侍者曰:'我何若?'侍者曰:'公姣且丽。'""浚",一作"邃",又一作"洞"。浚、邃、洞,皆深之意。

③"淑貌"二句:淑貌,美好之容貌。耀皎日,若皎日之照耀。以美貌与太阳相映照,如《诗·齐风·东方之日》:"东方之日兮,彼姝者子,在我室兮。"李善注引薛君曰:"颜色盛美,如东方之日矣。"宋玉《神女赋》:"其始来也,耀乎若白日初出照屋梁。"曹植《洛神赋》:"远而望之,皎若太阳升朝霞。""惠",一作"蕙"。惠,美称。《礼记·表记》"节以壹惠"郑玄注:"惠,犹善也。"《周易·益》九五:"有孚惠心。"闲,谓幽静舒雅。

④"美目"二句:《诗·卫风·硕人》:"美目盼兮。"玉泽,形容其眼目有光泽而温润。《楚辞·招魂》描写美女眼目之美云:"蛾眉曼睩,目腾光些。"王逸注:"曼,泽也。睩,视貌。言美女之貌,蛾眉玉白,好目曼泽,时睩睩然视,精光腾驰,惊惑人心也。"蛾眉,原与"娥媌"通,乃形容貌美之词。《楚辞》之"蛾眉"即是此意。至于陆机此诗之"蛾眉",则以眉为眉目之眉。(参

刘师培《古书疑义举例补》"两字并列均为表象之词而后人望文生训之例")翠,鸟名。《说文·羽部》:"青羽雀也,出郁林。"翰,羽。宋玉《登徒子好色赋》:"眉如翠羽。"

⑤"鲜肤"二句:《诗·卫风·硕人》:"肤如凝脂。"张衡《七辩》:"淑性窈窕,秀色美艳。""秀",一作"彩"。

⑥"窈窕"二句:《诗·周南·关雎》:"窈窕淑女。"容仪,包括容貌、举止、态度而言。《汉书·匡衡传》衡上疏:"情欲之感,无介乎容仪。"《成帝纪赞》:"成帝善修容仪。"婉媚,和顺可喜。《诗·卫风·硕人》:"巧笑倩兮。"

⑦"暮春"二句:《论语·先进》:"莫春者,春服既成。"粲粲,鲜明美盛貌。一作"霞粲"。《诗·小雅·大东》:"粲粲衣服。"绮纨,皆精美之丝织品,绮有花纹,纨细而白。

⑧"金雀"二句:金雀指雀形首饰。《释名·释首饰》:"爵钗,钗头及上施爵也。""爵""雀"通。藻,原义为美丽的水草,引申为文采之意。翘,鸟羽。琼佩,玉佩。《诗·郑风·有女同车》:"佩玉琼琚。"瑶璠(fán),美玉。曹植《美女篇》:"头上金爵钗,腰佩翠琅玕。"

⑨"方驾"二句:方驾,并排驾车。司马相如《上书谏猎》:"犯属车之清尘。"尘而言清,美之也。洛水,在洛阳南。按:由"濯足洛水"可知,此篇所写或许是修禊之日景况。修禊本意为赴水边洗濯以除垢疢,而演变为士女春游之节日。陆机有《棹歌行》咏其事。

⑩"蔼蔼"句:蔼蔼,《广雅·释训》:"盛也。"李善注:"风云,言多也。"《诗·郑风·出其东门》:"有女如云。"贾谊《过秦论》:"天下云会而响应。"皆以云形容其盛多。

⑪"南崖"二句:充,满。渚,水边。軿(píng),车名,有屏蔽。李善注引《苍颉篇》:"衣车也。"轩亦车名,有栏板或帷幕。

⑫"清川"二句:藻,有文采。藻景,谓水中美丽的倒影。"高崖",一作"高岸",是。涉上文"南崖"而误。被,覆盖。华丹,言色彩之华丽鲜明,此当指众女子之盛妆衣饰而言。《法言·吾子》:"女恶华丹之乱窈窕也。"二句谓河边崖上美女及其车帐盛多,水光山色亦为之变得彩丽鲜明。

⑬"馥馥"二句:苏武诗:"馥馥我兰芳。"又曰:"请为游子吟,泠泠一何

悲。"泠泠,谓其声之清朗。嵇康《琴赋》:"飞纤指以驰骛。""芳袖",一作"香袖"。

⑭"悲歌"二句:悲歌,古人言歌声动人,常以悲哀称之。"响",一作"音"。王粲《七哀》:"流波激清响。"曹丕《于谯作诗》:"雅舞何锵锵。"《幽兰》,曲名。宋玉《讽赋》:"中有鸣琴焉,臣援而鼓之,为《幽兰》《白雪》之曲。"播,播扬,此指奏乐而言。古代舞必与音乐相配合。一说,幽兰谓清幽之香气,形容雅舞,亦通。视为双关亦可。二句分别承递"泠泠"句与"馥馥"句,分言歌、舞二者。"泠泠"句写弹琴,弹奏者亦即歌者,边奏边唱。"雅舞",一作"雅韵"。

⑮"丹唇"二句:宋玉《神女赋》:"朱唇的其若丹。"曹植《洛神赋》:"丹唇外朗。"均描写唇之美。陵,《广雅·释诂》:"乘也。"此谓踩蹑盘之上。《九秋》,歌名。《文选》张衡《南都赋》:"结《九秋》之增伤,怨《西荆》之折盘。"李善注:"古乐府有《历九秋妾薄相行》。"《七盘》,舞名。张衡《舞赋》云:"历七盘而纵蹑。"(《宋书·乐志》引)又《观舞赋》云:"盘鼓焕以骈罗。"王粲《七释》云:"七盘陈于广庭。"又云:"邪睨鼓下。"卞兰《许昌宫赋》:"振华足以却蹈,若将绝而复连。鼓震动而不乱,足相续而不并。婉转鼓侧,蜲蛇丹庭。与《七盘》其递奏,觐轻捷之翩翩。"似乎舞者蹑盘而舞,而与鼓相配合。又,九秋,秋季,其气清肃,含九秋,似亦可解为歌声之清朗;陵《七盘》,似亦可解为凌越、胜过《七盘》之舞。此二句与上四句迭相承受,分别写歌与舞。

⑯"赴曲"二句:赴曲,谓舞者与曲声相应和。李善注引卞兰《七牧》:"翻放袂而赴节,若游鸿之翔天。"边让《章华赋》:"体迅轻鸿。"曹植《洛神赋》:"翩若惊鸿。"蹈节,舞蹈者依其节拍。《淮南子·原道》:"龙兴鸾集。"

⑰"绮态"二句:绮,美好。颜,颜面,指面部表情。沈(chén),沉着安详。《释名·释言语》:"沈,澹也,澹然安着之言也。"沈姿,言姿容之安详闲雅。无乏源,言姿态横生,层出不穷。"乏",一作"定"。

⑱"俯仰"二句:阿那,美盛貌。《诗·小雅·隰桑》:"隰桑有阿,其叶有难。"《毛传》:"阿然,美貌;难然,盛貌。"那、难通。《商颂·那》:"猗与那与。"猗、那皆美盛貌,阿、猗通。字又作猗傩、旖旎、婀娜。参王引之《经义述闻》卷五"猗傩其枝"条、马瑞辰《毛诗传笺通释》卷三十二。李善注引张

175

衡《七辩》:"阿那宜顾。"顾,看,视。步,缓行。

⑲"遗芳"二句:遗芳,此指众美女所散发之香气。《楚辞·远游》:"谁可与玩斯遗芳兮。"曹植《七启》:"遗芳烈而靖步。"《远游》谓香草,曹植则正指美女。结,聚集。浮景,此指美女之光彩而言。景,光也。以景指说人,如曹植《七启》"耀神景于中沚",陆机《思亲赋》"痛慈景之先违",《怀土赋》"越河山而托景",均指人。浮景,浮字形容其轻盈流动。鲍照《舞鹤赋》"轻迹凌乱,浮影交横",则指鹤,而亦用"浮景"字样(影即景)。一说,浮景指日光。湍,急流。

⑳"冶容"句:冶容,装饰艳丽之容貌。《周易·系辞上》:"慢藏诲盗,冶容诲淫。"叹,叹美。

【汇评】

孙鑛评:仿佛《美女篇》。描写秀色略不费力,而意状无不尽,真可谓入妙。第陈思骨力健,此则专以绮靡胜。虽气格稍让,然要无妨并美。(见天启二年闵齐华刻《孙月峰先生评文选》)

陈祚明《采菽堂古诗选》卷十:撰句矜秀,是晋人正格。校陈思饶静气,比子桓少余姿。

邵长蘅评:藻语绮思,未免太腻。(见陈云程补订《增订昭明文选集成详注》)

纪昀《玉台新咏》批语:酷摹陈思,亦复相似。

方廷珪评:("遗芳"二句)此则由聚会后将散而归。(见乾隆三十二年仿范轩刻《昭明文选集成》)

王寿昌《小清华园诗谈》卷下:至若陆士衡之"鲜肤一何润,秀色若可餐"……一韵之响,遂能振起百倍精神。

钱锺书《管锥编·史记会注考证》第四十一则:按王次回《疑雨集》卷四《旧事》之一:"一回经眼一回妍,数见何曾虑不鲜!"语出《史记》,本刘敬"频见则不美"之解,命意则同陆机《日出东南隅》"绮态随颜变,沉姿无乏源",刘缓《敬酬刘长史咏名士悦倾城》"夜夜言娇尽,日日态还新",卢思道《后园宴》"日日相看转难厌,千娇万态不知穷"。

长安有狭邪行

伊洛有歧路,歧路交朱轮^①。轻盖承华景,腾步蹑飞尘^②。鸣玉岂朴儒,凭轼皆俊民^③。烈心厉劲秋,丽服鲜芳春^④。余本倦游客^⑤,豪彦多旧亲。倾盖承芳讯,欲鸣当及晨^⑥。守一不足矜,歧路良可遵^⑦。规行无旷迹,矩步岂逮人^⑧?投足绪已尔,四时不必循^⑨。将遂殊涂轨,要子同归津^⑩。

【题解】

《长安有狭邪行》,《乐府诗集》属《相和歌辞·清调曲》。古辞夸耀官宦人家"室中自生光",陆机此作则假托承他人之教言,表述自己关于出仕的思考。但是首句"伊洛有歧路"乃拟古辞首句"长安有狭斜",且都言及仕宦之事,因此算是与古辞有些联系,而沿用旧题。

此诗所反映的一种人生态度颇值得注意。"守一不足矜,歧路良可遵。规行无旷迹,矩步岂逮人?"意谓在仕途上不能循规蹈矩。这似乎反映了作者向世俗屈服的一面。"四时不必循"一句,将自然界的变化作为自己人生态度、政治立场变化的依据(其实是一个借口),是"天人合一"传统的推衍,而具有玄学色彩。我们虽然难以确定陆机此诗具体的写作背景和年代,但设想一下,在那样一个混乱而多变的时代,士人们头脑中产生那样的思想,是毫不足怪的。陆机同时人干宝的《晋纪总论》斥西晋时风俗败坏,是非标准颠倒,举出各种现象,有一项是"进仕者以苟得为贵而鄙居正",也就是为了仕途而放弃原先执守的原则。联系起来看,可以说此诗是当时现实的折射吧。《晋书·陆机传》说陆机"伏膺儒术,非礼不动",那应只是他少年时的表现,赴洛之后,怕是难以做到以"守一"自矜的。

诗载《文选》卷二十八、《乐府诗集》卷三十五、《陆士衡文集》卷六。今据《文选》录载。

【校注】

①"伊洛"二句：此指洛阳。伊、洛二水在洛阳南合流,然后注入黄河。朱轮,王侯显贵之车,其车轮用红色涂饰。交,交会,谓来往车辆之多。李善注引曹植《妾薄相行》："辎軿飞毂交轮。"

②"轻盖"二句：盖,车盖。景,日光。华,光彩。华景,谓日光辉煌也。《汉郊祀歌·天门》："月穆穆以金波,日华耀以宣明。"腾步,犹云举步。二句分别写乘车者与步行者。

③"鸣玉"二句：鸣玉,指行步时腰间佩玉撞击发声。《礼记·玉藻》："故君子在车则闻鸾和之声,行则鸣佩玉。"朴,《说文·木部》："木素也。"凡未雕琢曰朴,此处为鄙陋之意。凭,倚靠。轼,车前横木,供乘车者凭倚。俊民,出类拔萃的人。《尚书·洪范》："俊民用章。"二句分承"腾步""轻盖"二句。

④"烈心"二句：烈,《说文·火部》："火猛也。"引申为猛烈炽盛之意。烈心,此指猛烈精进之心。厉,《左传》定公十二年"与其素厉"杜预注："猛也。"劲秋、芳春,分别比喻劲猛和鲜丽。

⑤"余本"句：倦游,谓厌倦于离家远游。《史记·司马相如列传》："长卿故倦游。"

⑥"倾盖"二句：倾盖,犹言路遇。盖者,车盖。乘车者道路相遇,停车对话,两车盖相触而略倾斜,故曰倾盖。《史记·邹阳列传》："谚曰:有白头如新,倾盖如故。"讯,告语。《诗·陈风·墓门》"歌以讯之"《毛传》："讯,告也。""欲鸣"句,鸡欲鸣须在清晨,过晨则无鸣者,喻欲出仕须抓紧时机。按:此句以下,即对方告之之语。

⑦"守一"二句：守一,谓行事不知权变。《汉书·严安传》安上书曰："故守一而不变者,未睹治之至也。"矜,自持,自美。歧路,谓常行道路之外的路。

⑧"规行"二句：《礼记·仲尼燕居》："行中规,还中矩。"李善注引扬雄《核灵赋》："二子规游矩步。"又引《苏子》："行务应规,步虑投矩。"旷,远。逮,及,赶上。

⑨"投足"二句：投足,举足,行步。《吕氏春秋·古乐》："投足以歌八

178

阂。"蔡邕《文范先生陈仲弓铭》:"投足而袭其轨。"绪,《尔雅·释诂》:"事也。"已,停止,作罢。"投足"句,意谓行步于规矩之中,这样的事应当作罢,不再继续。尔,语气词。《荀子·天论》:"四时代御。"四时不必循,谓四时变化,并不循常守故,则处世行事,亦当从天之道,不必循旧守一而不变。《世说新语·政事》:"嵇康被诛后,山公(山涛)举康子绍为秘书丞。绍咨公出处,公曰:'为君思之久矣。天地四时犹有消息,而况人乎?'"这实是自我辩解之辞。陆机此处亦含此意。

⑩"将遂"二句:将(qiāng),请,愿。二句亦劝之者之辞,谓愿子即改辕易辙,吾与子相约一同出仕。归津,归往渡口,喻出仕。按:此首似反映士衡始则矛盾、终于决断投身晋廷的心情。旧说多不得其解。如李周翰云:"言我自试,不能履于邪径。"刘履《风雅翼》卷四云:"既投足于正涂,而意向已定,不可改矣。盖穷达之分虽殊,而其理则一,犹四时寒暑各异,而一气流行,不必一一相循。且将遂我所适,而要子于同归之津可也。此不特辞其所劝,而所以警之者亦深矣。"俱属牵强。

【汇评】

陆时雍《古诗镜》卷九:"四时不必循"一语亦拙。

王闿运《八代诗选》眉批:宽和。(据夏敬观《八代诗评》所附)

前缓声歌

游仙聚灵族,高会曾城阿①。长风万里举,庆云郁嵯峨②。虙妃兴洛浦,王韩起太华③。北征瑶台女,南要湘川娥④。肃肃霄驾动,翩翩翠盖罗⑤。羽旗栖琼銮,玉衡吐鸣和⑥。太容挥高弦,洪崖发清歌⑦。献酬既已周,轻举乘紫霞⑧。总辔扶桑枝,濯足汤谷波⑨。清辉溢天门,垂庆惠皇家⑩。

【题解】

《前缓声歌》,《乐府诗集》属《杂曲歌辞》。据郭茂倩《解题》,"缓声"指歌声舒缓而言。古辞云"水中之马必有陆地之船"云云，其意不甚可解，其末云"欲今皇帝陛下三千万岁"。陆机则描写神仙聚会，最后说"清辉溢天门，垂庆惠皇家"，见出受古辞影响的痕迹。

诗载《文选》卷二十八、《乐府诗集》卷六十五、《陆士衡文集》卷六。今据《文选》录载。

【校注】

①"游仙"二句："游"，一作"遨"。灵族，指仙人族群。《史记·项羽本纪》："饮酒高会。"《索隐》引服虔："高会，大会也。"一作"高燕"。"曾城"，一作"曾山"。曾城，昆仑山最高处。《楚辞·天问》："增城九重，其高几里？"王逸注："《淮南》言昆仑之山九重，其高万二千里也。"《淮南子·墬形》高诱注，谓增城有五城十二楼。"增"意为重，与"曾"字通。

②"长风"二句：万里举，"举"字一作"急"。庆云，即卿云，传说中一种光彩灿烂的祥云。郁嵯峨，谓云气深沉如高山。

③"虙妃"二句：虙(fú)妃，洛水神。传说为伊洛水之精，又说为伏羲氏之女，溺于洛水而成仙。兴，起。王韩，王子晋与韩众，皆仙人。李善注引曹丕诗："王韩独何人，翱翔随天涂。"王子晋原是周灵王太子，后成仙。曾与仙人卫叔卿、洪崖先生等在华山为博戏(一种棋类游戏)。韩众亦曾在华山，乘白鹿，有玉女在左右，授人以长生不死之道。(皆见《神仙传》)太华即华山。

④"北征"二句：征，召。瑶台，以玉构筑之高台。瑶台女，指有娀氏之二女简翟、建疵。《楚辞·离骚》："望瑶台之偃蹇兮，见有娀之佚女。"《淮南子·墬形》高诱注云："姊妹二人在瑶台，帝喾之妃也。天使玄鸟降卵，简翟吞之以生契，是为玄王，殷之祖也。"要，邀请。湘川娥，湘水女神，尧之二女，舜之妻。《楚辞·九歌·湘夫人》"帝子降兮北渚"王逸注："言尧二女娥皇、女英，随舜不反，堕于湘水之渚，因为湘夫人。"

⑤"肃肃"二句：肃肃，迅疾貌。《诗·召南·小星》："肃肃宵征。"霄驾，云中之车。一作"宵驾"，"宵""霄"字通。翩翩，轻快貌。李善注引曹植《飞龙篇》："芝盖翩翩。"翠盖，以翡翠鸟羽毛装饰的车盖。宋玉《高唐赋》："翠为盖。"扬雄《甘泉赋》："咸翠盖而鸾旗。"罗，排列。

⑥"羽旗"二句：羽旗，以五彩鸟羽缀于旗杆之首。宋玉《高唐赋》："建

羽旗。"銮,通"鸾"。琼鸾,旗竿首作鸾鸟形。李善注:"以琼为鸾,以施于旗上。鸾,鸟,故曰栖也。"琼乃美玉,此处或亦用作美称。鸾为凤凰一类。所谓"施于旗上",盖谓旗竿顶端。衡,车辕前之横木,下有两轭,以扼两服马。《楚辞》刘向《九叹·远游》:"枉玉衡于炎火兮。"鸣和,谓銮、和之声相应和。銮、和都是行车时发出声响的金铃。其所系之处,诸说不同。陆机此处,大约是说系在镳(马嚼子露在口外的部分)上的銮铃振动发声,系在衡上的和铃应和之。马昂首欲前,故銮铃先鸣。以上四句皆写车驾,旗插在车上。

⑦"太容"二句:太容、洪崖,皆仙人名。《文选》张衡《思玄赋》:"太容吟曰念哉。"旧注:"黄帝乐师也。"高弦,谓调高弦急。张衡《西京赋》:"洪涯立而指麾。"薛综注:"洪涯,三皇时伎人。"洪涯即洪崖。

⑧"献酬"二句:献酬,主客互相敬酒。《诗·小雅·楚茨》:"献酬交错。"《郑笺》:"始主人酌宾为献,宾既酌主人,主人又自饮酌宾曰酬。""周",一作"终"。《楚辞·远游》:"愿轻举而远游。"

⑨"总辔"二句:扶桑、汤谷,均在日出处。扶桑为大树名。汤谷一名旸谷。参本卷《日出东南隅行》"扶桑升朝晖"注。总,结。总辔扶桑,谓系马于扶桑树。《楚辞·离骚》:"饮余马于咸池兮,总余辔乎扶桑。"按:"总辔"有二义:一曰将缰绳总聚于手,谓驾车马而行,如《赴洛道中》之一"总辔登长路";一曰将缰绳系结于某处,如此句。"扶桑枝",一作"扶桑底"。《楚辞·远游》:"朝濯发于汤谷兮。"二句写在日出处休憩。

⑩"清辉"二句:《淮南子·原道》:"排阊阖,沦天门。"高诱注:"天门,上帝所居紫微宫门也。"庆,福。垂庆,降福。

【汇评】

陈祚明《采菽堂古诗选》卷十:"肃肃"四句,微有生致。

纪昀《玉台新咏》批语:鸾音凤采,震耀耳目,而妙无章咒之气。○结二句是乐府体,而气亦微觉其促。

方廷珪评:("长风"二句)此言仙之乘风驾云而至。(见乾隆三十二年仿范轩刻《昭明文选集成》)

王闿运《八代诗选》眉批:"举"字得御风之神。(据夏敬观《八代诗评》所附)

长歌行

逝矣经天日，悲哉带地川^①。寸阴无停晷，尺波岂徒旋^②？年往迅劲矢，时来亮急弦^③。远期鲜克及，盈数固希全^④。容华夙夜零，体泽坐自捐^⑤。兹物苟难停^⑥，吾寿安得延？俯仰逝将过，倏忽几何间^⑦。慷慨亦焉诉，天道良自然^⑧。但恨功名薄，竹帛无所宣^⑨。迨及岁未暮，长歌承我闲^⑩。

【题解】

《长歌行》,《乐府诗集》属《相和歌辞·平调曲》。长歌,谓其曲调较长,相对者有《短歌行》。晋人崔豹《古今注》谓长歌、短歌吟咏寿命各有长短,不可强求,其说误。传为苏武诗云"长歌正激烈",曹丕《燕歌行》云"短歌微吟不能长",傅玄《艳歌行》云"咄来长歌续短歌",均与人寿无关。《长歌行》古辞一首云"百川东到海,何时复西归?少壮不努力,老大徒伤悲。"有叹息年光易逝之意;另一首云"仙人骑白鹿",为游仙之词,而又云"游子恋所生",作思乡之意,似拼凑而成。陆机此首则言人生短促,恨功名未立,与第一首古辞意思有所联系,与其生平怀抱亦颇为相合。诗以议论行之,而慷慨激烈,颇具风力。起首若风雨骤起,结末"但恨功名薄",转折遒劲而自然。细读之,觉全诗颇有抑扬起伏之致。而运用比喻,亦新警可喜。

诗载《文选》卷二十八、《乐府诗集》卷三十、《陆士衡文集》卷六。今据《文选》录载。

【校注】

①"逝矣"二句:带,《广雅·释诂》:"行也。"《后汉书·冯衍传》田邑《报衍书》:"日月经天,河海带地。"

②"寸阴"二句:阴,影。物影之长短变化显示日之运行。《淮南子·原道》:"夫日回而月周,时不与人游,故圣人不贵尺之璧而重寸之阴,时难得

而易失也。"晷,日光,日影。"寸阴无停晷",谓日光、日影不断移转变化,哪怕一寸光影都不得停歇。旋,《广雅·释诂》:"还也。""尺波"句,谓流波不住,哪怕一尺之水,岂有无故自然回旋之理?水流若遇阻遏,当有回旋之理,此言其无阻遏之情况,故加一"徒"字。徒者,徒然,白白地。用字甚有分寸。按:此二句一句言日光,一句言川流,分承"逝矣""悲哉"二句,喻年光、生命流逝不息。

③"年往"二句:《楚辞·九辩》:"年洋洋以日往兮。"王逸注:"岁月已尽,去奄忽也。"《史记·淮阴侯列传》蒯通曰:"时乎时,不再来。"亮,确实,诚然。一作"谅",字通。吕向注:"年往时来,其迅疾信如急弦之发劲矢也。弦,弓弦也;矢,箭也。"按:二句互文。又,李善注引侯瑾《筝赋》:"于是急弦促柱,变调改曲。"又本集《鞠歌行》:"急弦高张。"此处急弦或指音乐言,张弦紧促则声高。谓时之来有似急弦高调之响亮惊心也。"年往"句谓离我而去即已过往者,"时来"句谓向我而来即未来、将来者。二句看似重复,但实有加强语气之功效。

④"远期"二句:远期、盈数,均指长寿而言。《管子·戒》:"任之重者莫如身,涂之畏者莫如口,期而远者莫如年。以重任行畏涂,至远期,唯君子乃能矣。"鲜,少。克,能。希,稀少。

⑤"容华"二句:容华,容颜之华彩。夙夜,早上晚上。零,落。泽,《说文·水部》:"光润也。"坐,凭空无故,自然而然。坐、自二字同义,重言也。捐,丢失,亡弃。

⑥兹物:此物,指时光、岁月。

⑦"俯仰"二句:《庄子·在宥》:"俯仰之间。"逝,往,逝去。《诗·魏风·硕鼠》:"逝将去女。"《楚辞·招魂》:"往来倏忽。"王逸注:"倏忽,疾急貌也。"《左传》襄公三十一年:"人生几何。"按:二句皆指人之一生而言。

⑧"慷慨"二句:良,确实。《越绝书·外传·枕中》:"范子曰:'阴阳进退者,固天道自然,不足怪也。'"二句谓虽然情感激动,然而又向何处诉说,年命流逝乃是天道,本然如此,必然如此。

⑨"但恨"二句:承上言年命短促固然无可奈何,只是憾恨自己功名微少,竹帛之上无所宣明,亦即不能留名于史册之意。

⑩"迨及"二句:迨(dài),及。迨、及同义。岁未暮,未到年末。寓有未至暮年之意。承,当。一作"乘",字通。闲,闲暇。《楚辞·九章·抽思》:"愿承闲而自察兮。"

【汇评】

谢榛《四溟诗话》卷一:魏文帝曰:"梧桐攀凤翼,云雨散洪池。"曹子建曰:"游鱼潜绿水,翔鸟薄天飞。"阮籍曰:"存亡从变化,日月有浮沉。"张华曰:"洪钧陶万类,大块禀群生。"左思曰:"皓天舒白日,灵景耀神州。"张协曰:"金风扇素节,丹霞启阴期。"潘岳曰:"南陆迎修景,朱明送末垂。"陆机曰:"逝矣经天日,悲哉带地川。"以上虽为律句,全篇高古。及灵运,古律相半;至谢朓,全为律矣。

又卷二:陈琳曰:"骋哉日月远,年命将西倾。"陆机曰:"容华夙夜零,体泽坐自捐。兹物苟难停,吾寿安得延。"谢灵运曰:"夕虑晓月流,朝忌曛日驰。"李长吉曰:"天东有若木,下置衔烛龙。吾将斩龙足,嚼龙肉,使之朝不得回,夜不得伏。自然老者不死,少者不哭。"此皆气短。无名氏曰:"人生不满百,常怀千岁忧。昼短苦夜长,何不秉烛游。"感慨而气悠长也。

陈祚明《采菽堂古诗选》卷十:通首徒作虚语,以笔苍不觉为薄。○起稍有气。

邵长蘅评:("年往"二句)只是光阴迅速意,敷衍太多,便无意味。○("但恨"二句)忽发遒响。(见陈云程补订《增订昭明文选集成详注》)

王闿运《八代诗选》眉批:全以跌宕取致,不使气直,结乃以超妙出之。(据夏敬观《八代诗评》所附)

钱锺书《谈艺录》第十八则:盖周秦之《诗》《骚》,汉魏以来之杂体歌行……皆往往使语助以添迤逦之概。……五言则唐以前,斯体不多。……陆机乐府:"逝矣经天日,悲哉带地川。""遽矣垂天景,壮哉奋地雷。"《赠弟》:"行矣怨路长,怒焉伤别促。"……以"矣"对"哉"诸联,搜述索偶,平仄俱调,已开近体诗对仗之用语助。

长歌行

容华宿夜零,无故自消歇。

【题解】

此二句见《文选》鲍照《行药至城东桥》"容华坐消歇"句李善注所引,与上《长歌行》"容华凤夜零,体泽坐自捐"甚为相近。"宿夜",即"凤夜","宿""凤"字通。

吴趋行

楚妃且勿叹,齐娥且莫讴①。四坐并清听②,听我歌《吴趋》。《吴趋》自有始,请从阊门起③。阊门何峨峨,飞阁跨通波④。重栾承游极,回轩启曲阿⑤。蔼蔼庆云被,泠泠祥风过⑥。山泽多藏育,土风清且嘉⑦。泰伯导仁风,仲雍扬其波⑧。穆穆延陵子,灼灼光诸华⑨。王迹陨阳九,帝功兴四遐⑩。大皇自富春,矫手顿世罗⑪。邦彦应运兴,粲若春林葩⑫。属城咸有士,吴邑最为多⑬。八族未足侈,四姓实名家⑭。文德熙淳懿,武功侔山河⑮。礼让何济济,流化自滂沱⑯。淑美难穷纪,商榷为此歌⑰。

【题解】

《吴趋行》,《乐府诗集》属《杂曲歌辞》。崔豹《古今注》:"《吴趋曲》,吴人歌其地也。"《文选》五臣刘良注:"趋,步也。"范成大《吴郡志·风俗》引

《乐府题解》："古乐府《吴趋》者，行经趋市也。"郑樵《通志·乐略》："《吴趋》者，吴人之舞。"陆机此作，盛赞吴地城阙、风土、人物之美。尤其值得注意的，一是陆机作为吴国重臣豪族的后人，称颂三国孙吴政权，体现了对于自己国家的自豪感；二是叙述吴与北方的历史渊源，强调吴国先贤今彦的"仁风""礼让"，实际上是肯定吴文化之悠久及其与中原文化的一致性。

诗载《文选》卷二十八、《乐府诗集》卷六十四、《陆士衡文集》卷六。今据《文选》录载。

【校注】

①"楚妃"二句：楚妃，楚国贤妃。据李善注引《歌录》，晋石崇作有《楚妃叹》歌咏楚妃樊姬。樊姬为楚庄王贤妃，事迹见《韩诗外传》《新序》《列女传》等。此处不过借用而已，与樊姬之贤德实无关涉。齐娥，李善云"齐后也"，未知何指。娥，《方言》卷二："秦晋之间，美貌谓之娥。"相传齐人善歌。《孟子·告子下》："绵驹处于高唐，而齐右善歌。"

②"四坐"句："并"，一作"亟"。清听，清心无杂念以听之。曹植《斗鸡诗》："清听厌宫商。"

③"吴趋"二句："始"，一作"纪"。阊门，又名阊阖门，吴城门名。《吴越春秋·阖闾内传》："子胥乃使相土尝水，象天法地，造筑大城，周回四十七里。陆门八，以象天八风。……立阊门者，以象天门，通阊阖风也。……阖闾欲西破楚，楚在西北，故立阊门以通天气，因复名之破楚门。"《史记·律书》："阊阖风，居西方。"阊门为吴西门。

④"阊门"二句：李善注引《吴地记》："昌门者，吴王阖闾所作也，名为昌阖门，高楼阁道。""昌""阊"字通。"峨峨"，一作"嵯峨"。飞阁，言其阁高。班固《西都赋》："修除飞阁。"又曰："与海通波。"通波，犹言活水。

⑤"重栾"二句：栾(luán)，立柱与横梁间成弓形之承重构件，即栱。张衡《西京赋》："时游极于浮柱，结重栾以相承。"薛综注："三辅名梁为极。作游梁置浮柱上。栾，柱上曲木。两头受栌者。"极，即横梁，以其搁置于斗栱上，故曰游。"游极"，一作"璇极"。李善注："轩，长窗也。言长窗开于屋之曲阿也。《周书》曰'明堂咸有四阿'，郑玄《周礼注》曰'四阿若今四注'也。"曲阿，即四阿，四面环绕的屋檐。谓长窗开启于四面屋檐之下。

⑥"蔼蔼"二句:庆云,一种祥云。《尚书大传》载舜歌曰:"卿云烂兮,纠缦缦兮。"庆云即卿云。泠泠,清凉之貌。宋玉《风赋》:"清清泠泠。"《尚书大传》:"德及皇天则祥风起。"王褒《圣主得贤臣颂》:"恩从祥风翱,德与和气游。"庆云、祥风,均为政治清明的象征。"祥风",一作"鲜风"。

⑦土风:水土风俗。

⑧"泰伯"二句:泰伯,即太伯。西周太王之子。弟曰仲雍、季历。季历有子昌。太王欲立季历为继承者,以顺次传至昌。太伯、仲雍知太王意,乃南奔荆蛮之地,从当地民俗,文身断发,表示不再北返,以避季历。季历果然继立,是为王季,至其子昌,即周文王。太伯奔于荆蛮,自号句吴。荆蛮人民慕其仁义,从而归之有千余家。立为吴太伯。太伯卒,无子,弟仲雍继立。

⑨"穆穆"二句:穆穆,美也。《诗·大雅·文王》:"穆穆文王。"延陵子,季札。封于延陵,故称延陵季子。延陵,今江苏常州。太伯至寿梦十九世。寿梦四子,季札为末而贤,寿梦欲立之,季札让。尝聘于鲁、齐、晋诸国。《史记·吴太伯世家》太史公曰:"延陵季子之仁心,慕义无穷,见微而知清浊。呜呼,又何其闳览博物君子也。"灼灼,光明貌。诸华,谓中原华夏诸国。《左传》昭公三十年:"吴,周之胄裔也,而弃在海滨,不与姬通。今而始大,比于诸华。"光诸华,谓显扬其光明于中原诸国。

⑩"王迹"二句:王迹,三代(夏商周)之治迹。三代盛时,被认为是实行王道的典范。《孟子·离娄下》:"王者之迹熄而诗亡。"隤(tuí),毁败。阳九,有旱灾者九岁,引申指非人力所可干预、无可避免之厄运。《汉书·律历志》有"九厄"之说。谓四千六百一十七年为一元,其中无灾害者共四千五百六十年,有水旱灾害者共五十七年,相互交替,有定数。旱灾为阳厄,水灾为阴厄。所谓"阳九",即发生旱灾者有九年之意。其言曰:"《易》九厄曰:'初入元百六,阳九;次三百七十四,阴九;次四百八十,阳九;次七百二十,阴七;次七百二十,阳七;次六百,阴五;次六百,阳五;次四百八十,阴三;次四百八十,阳三。凡四千六百一十七岁,与一元终。经岁四千五百六十,灾岁五十七。'"帝功,帝指三代之后历朝称帝。遐,远。二句承上起下,言周代王道衰颓,于是帝业兴矣。

⑪"大皇"二句：孙权，字仲谋，吴郡富春人，年七十一卒，谥曰大皇帝。矫，举。顿，整顿。世罗，李善注："犹皇纲也。"罗，罗网。"矫手"，一作"矫首"，"手""首"通。

⑫"邦彦"二句：邦彦，一国之美士。《诗·郑风·羔裘》："彼其之子，邦之彦兮。"《毛传》："彦，士之美称。"粲，众多之意。又可释为美好貌。

⑬属城：指吴郡所属诸县。吴邑：吴郡吴县。

⑭"八族"二句：李善注引张勃《吴录》："八族，陈、桓、吕、窦、公孙、司马、徐、傅也。"按：宋邓名世《古今姓氏书辩证》卷三十三引《姓苑》（南朝宋何承天撰）云吴中八族有偿氏，备考。侈，夸。《世说新语·赏誉》："吴四姓，旧目云：张文，朱武，陆忠，顾厚。"刘孝标注引《吴录·士林》："吴郡有顾、陆、朱、张，为四姓。三国之间，四姓盛焉。"

⑮"文德"二句：曹植《陈审举表》："夫相者，文德昭者也；将者，武功烈者也。"熙，《尔雅·释诂》："光也。"淳懿，纯美。"武功"，原作"武公"，据《四部丛刊》本《文选》、尤刻本《文选》、《陆士衡文集》、《乐府诗集》、《吴郡志》卷二、《吴都文粹》卷二改。侔，相等，相当。侔山河，谓如同泰山、黄河。《史记·高祖功臣侯者年表》："封爵之誓曰：'使河如带，泰山若厉，国以永宁，爰及苗裔。'"陆机构思或出于此，而意思不同。

⑯"礼让"二句：礼让，谦恭守礼。《论语·里仁》："能以礼让为国乎，何有？不能以礼让为国，如礼何？"济济，《礼记·玉藻》"朝廷济济翔翔"郑玄注："庄敬貌也。"流化，谓流传广布而化风俗。《汉书·成帝纪》阳朔二年诏："将以传先王之业，流化于天下也。"滂沱，水大貌。形容"流化"之广大。按：《论语·泰伯》："泰伯其可谓至德也已矣，三以天下让。"此处云礼让济济，寓有吴人继承泰伯之德、为礼义之邦之意。

⑰"淑美"二句：淑亦美善之义。《公羊传》庄公十二年：宋万曰："甚矣，鲁侯之淑，鲁侯之美也。"商摧，大略，大致。《广雅·释训》："扬摧，都凡也。"商摧即扬摧之音转，参王念孙《广雅疏证》。二句谓吴之美好难以尽言，只是举其大略作此歌而已。

【汇评】

孙鑛评：与《齐讴》同调，而意态更觉飞动。（见天启二年闵齐华刻《孙

月峰先生评文选》)

陈祚明《采菽堂古诗选》卷十：一惟铺张，此与《会吟》同体。结二句觉有扬扢不尽之意，稍存余致。"商榷"字有致。

何焯《义门读书记》卷四十七：（"礼让何济济"二句）收泰伯、季札，密致。

方廷珪评：发端妙于潇洒，目无齐楚，只开口便见夸大。○按具肖吴人口角，庄中带谐，韵中带趣，另是一种气色。（见乾隆三十二年仿范轩刻《昭明文选集成》）

吴趋行

茧满盖重帘，唯有远相思。藕叶清朝钏，何见早归时。

【题解】

此首《乐府诗集》在卷六十四陆机《吴趋行》后，无作者名。冯惟讷《诗纪》、梅鼎祚《古乐苑》、张燮《七十二家集》、张溥《汉魏六朝百三家集》录入《陆机集》中，冯氏注云："此首及《饮酒乐》，《乐府》不载名氏，次陆机之诗，《诗汇》作机诗。"梅氏亦云："《乐府》不载名氏，次陆机后，《六朝诗汇》遂作机诗。按此格调必非晋人，姑从附入。"逯钦立《先秦汉魏晋南北朝诗·晋诗》卷五《陆机集》不载。今亦疑非陆机诗，姑附以备考。《六朝诗汇》系明人张谦编、王宗圣增补。

塘上行

江蓠生幽渚，微芳不足宣①。被蒙风云会，移居华池边②。发藻玉台下，垂影沧浪渊④。沾润既已渥，结根奥且坚④。四节逝不处,华繁难久鲜⑤。淑气与时陨,余芳随风捐⑥。天道有迁易,人理无常全⑦。男欢智倾愚,女爱衰避妍⑧。不惜微躯退,但惧苍蝇前⑨。愿君广末光,照妾薄暮年⑩。

【题解】

《塘上行》,《乐府诗集》属《相和歌辞·清调曲》。其古辞为女子被遗弃而自叹之辞,或云曹操所作,或云曹丕,或云曹丕甄夫人。陆机此作意与古辞同,而特为哀婉。将被弃与天人之道相联系,读来便觉有理趣而更为深沉。诗载《文选》卷二十八、《玉台新咏》卷三、《乐府诗集》卷三十五、《陆士衡文集》卷六。今据《文选》录载。

【校注】

①"江蓠"二句:江蓠,一种香草。《楚辞·离骚》"扈江离与辟芷兮。"江蓠即江离。李时珍《本草纲目》云:"大叶似芹者为江离,细叶似蛇床者为蘼芜。"阮籍《咏怀》:"顺风振微芳。"

②"被蒙"二句:被蒙,蒙受,得到。风云会,谓随附大人之良机。《周易·乾·文言》:"云从龙,风从虎,圣人作而万物睹。"吴质《答魏太子笺》:"臣幸得下愚之才,值风云之会。"风云,《玉台新咏》卷三、《乐府诗集》卷三十五作"风雨"。按李善注此句引《周易·系辞上》"润之以风雨",似《文选》原亦作"风雨"。被蒙风雨会,谓得到风雨滋润般的恩遇。"移居",一作"移君"。华池,对于池塘的美称。《楚辞》东方朔《七谏》:"蛙黾游乎华池。"王逸注:"华池,芳华之池也。"

③"发藻"二句:发藻,表现出美丽的文采。班固《答宾戏》:"董生下帷,发藻儒林。"此借用其语。玉台,亦美称。张衡《西京赋》:"西有玉台。"沧浪,青色。(参胡渭《禹贡锥指》卷十四"又东为沧浪之水"注)渊,深水。原作"泉",系唐人避讳改,今据《玉台新咏》回改。

④"沾润"二句:渥,浓厚。《古诗》:"结根泰山阿。"奥,深。

⑤"四节"二句:四节,四时。《文选》潘岳《寡妇赋》:"四节运而推移。"李善注引《易乾凿度》:"孔子曰:天有春秋冬夏之节,故生四时。""逝",一作

190

"游"。处,停止。孔融《临终诗》:"华繁竟不实。""华繁",一作"繁华"。

⑥"淑气"二句:淑气,美好之气。古人以为万物皆由气所形成。此则兼指江蓠所散发的香气。曹丕《与钟繇书》:"体芬芳之淑气。"《楚辞·哀时命》:"谁可与玩此余芳。"以上十二句以香草为兴比,谓初始受宠而日久色衰。

⑦"天道"二句:李善注引司马迁《悲士不遇赋》:"天道悠昧,人理促兮。"按:《艺文类聚》卷三十载该赋,作"天道微哉,吁嗟阔兮;人理显然,相倾夺兮"。

⑧"男欢"二句:《庄子·在宥》:"愚知相欺。"李善注引仲长统《昌言》:"智者欺愚。"二句互文,谓男女欢爱之事互相倾轧、色衰爱弛乃其常态。

⑨"不惜"二句:曹植《叙愁赋》:"委微躯于帝室。"苍蝇,喻进谗言、淆乱是非的佞幸小人。《诗·小雅·青蝇》:"营营青蝇,止于樊。"《郑笺》:"蝇之为虫,污白使黑,污黑使白,喻佞人变乱善恶也。"曹植《赠白马王彪》:"苍蝇间白黑,谗巧令亲疏。""但惧",一作"恒惧"。

⑩"愿君"二句:末光,犹余光、微光。喻剩余的、微末的恩宠。司马相如《封禅书》:"使获耀日月之末光绝炎。"薄,迫近。薄暮年,谓已近老年。

【汇评】

刘克庄《后村集》卷四十五《戊子答真侍郎论〈选〉诗》:陆士衡"愿君广末光,照妾薄暮年",君臣之际深矣。

范晞文《对床夜语》卷一:古《塘上曲》有云:"莫以贤豪故,弃捐素所爱。莫以鱼肉贱,弃捐葱与薤。莫以桑麻贱,弃捐菅与蒯。"前云"众口铄黄金,使君生别离"。或谓甄后为郭后所谮,遂作此。观其辞,殆亦是也。陆士衡云:"男欢智倾愚,女爱衰避妍。不惜微躯退,惟惧苍蝇前。愿君广末光,照妾薄暮年。"则为甄后作无疑矣。刘休玄《拟古》云:"愿垂薄暮景,照妾桑榆时。"适与士衡末句同。

孙鑛评:情思婉妙,怨而不怒,固是乐府佳调。(见天启二年闵齐华刻《孙月峰先生评文选》)

宋徵璧《抱真堂诗话》:陆机云:"不惜微躯退,但惧苍蝇前。"《十九首》云:"君亮执高节,贱妾亦何为?"张华云:"不曾远离别,安知慕俦侣?"俱《三

191

百篇》之遗。

王夫之《古诗评选》卷一：敛括优适，不但末视陈王，且于甄后始制，增其风度矣。以文士而咏衾情，无宁止此。○"愿君广末光，照妾薄暮年"，其声其情，自然入人者甚。

陈祚明《采菽堂古诗选》卷十：平调，故无疵累，亦无警句。予选古诗多取平调，观昭明取此，不复自悔。

邵长蘅评：借江蓠言盛衰华落之无常，入正面只有"衰避妍"一语，以下即用转笔，言但惧不止此耳，抑有冀望之心焉。厚之至也。（见陈云程补订《增订昭明文选集成详注》）

张玉縠《古诗赏析》：前十二句皆以江蓠比己。而四句叙出身之概，四句叙遭时之盛，四句叙末路之哀，意亦平顺，托之于物，便觉空灵。后八句接喻意。用慨叹递落正意，而女爱以男欢衬出，惧谗又以甘退跌醒，然后以望其终鉴收住。辞旨婉曲。

纪昀《玉台新咏》批语：后八句和平深婉，远胜本词。

方廷珪评：以物情验人情，言不戚而神已瘁。（见乾隆三十二年仿范轩刻《昭明文选集成》）

王闿运《八代诗选》眉批：宽和。末《小弁》卒章之意也。（据夏敬观《八代诗评》所附）

钱锺书《管锥编·史记会注考证》第三十三则：余读陆机《塘上行》："愿君广末光，照妾薄暮年。"叹其哀情苦语。尚非迟暮，只丐余末，望若不奢，而愿或终虚也。

悲哉行

游客芳春林，春芳伤客心①。和风飞清响，鲜云垂薄阴。蕙草饶淑气，时鸟多好音②。翩翩鸣鸠羽，喈喈仓庚吟③。幽兰盈通谷，长秀被高岑④。女萝亦有托，蔓葛亦有寻⑤。伤哉游客士，忧思一何深⑥。目感随气草，耳悲咏时禽⑦。寤寐多远念,缅然若飞沈⑧。愿托归风响,寄言遗所钦⑨。

【题解】

《悲哉行》,《乐府诗集》属《杂曲歌辞》。李善注引《歌录》:"《悲哉行》,魏明帝造。"陆机此首写春光明媚之时游子感物思念远人的悲怀。以阳春美景反衬心境之悲切,正所谓"以乐景写哀",倍增其哀。(王夫之《姜斋诗话》)陆机《文赋》云"悲落叶于劲秋,喜柔条于芳春",以悲属秋,以喜属春,那只是概括地指出情感易因季节风物而激动而已,并不是说哀乐之情与四季有固定的联系。事实上当某种感情强烈之时,季节变换只是触发、加强而不是改变原有的情感。陆机《春咏》云:"节运同可悲,莫若春气甚。"径直说出了"乐景"反倒触发悲情的体验。本诗也正是一个例子。

陆机此诗也反映出他在运用文辞、体物构思方面的造诣。"翩翩鸣鸠羽,喈喈仓庚吟",写眼前景,明朗如画,但其实是受《诗经》中语句影响的。"鸣鸠羽"着一"羽"字,是想要写出鸣鸠常常拍击翅膀的生动景象,那也与《礼记》的文字相关。"鲜云垂薄阴",企图描画出阳光透过皎洁轻云的景象,很可见出诗人体察外物之美和斟酌字眼的努力。"目感随气草,耳悲咏时禽",令人想起杜甫名句"感时花溅泪,恨别鸟惊心",其构思是十分近似的。陆机这些诗句,有时显得还有些不够圆熟,但只要细细体会,便仍为其诗心诗眼以及语言功夫感到欣喜。

诗载《文选》卷二十八、《乐府诗集》卷六十二、《陆士衡文集》卷六。今据《文选》录载。

【校注】

①春芳:一作"芳春"。

②"时鸟"句:曹植《节游赋》:"凯风发而时鸟谨。"《诗·邶风·凯风》:"睍睆黄鸟,载好其音。"

③"翩翩"二句:《诗·小雅·四牡》:"翩翩者鵻。"鸣鸠,郭璞《尔雅注》云其鸟"似山鹊而小,青黑色,短尾,多声"。《礼记·月令》:"季春之月……鸣鸠拂其羽。"郑玄注:"鸠鸣飞且翼相击。"此云"鸣鸠羽",着一"羽"字,即因其"拂其羽"之故。仓庚吟,"吟"原作"音",据《文选》五臣本、尤刻本《文

选》、陈八郎本《文选》、《陆士衡文集》、《六朝诗集》、《太平御览》卷二十改。仓庚，即黄莺、黄鹂。《诗·小雅·出车》："仓庚喈喈。"《毛诗草木鸟兽虫鱼疏》"黄鸟于飞"条："黄鸟，黄鹂留也，或谓之黄栗留，幽州人谓之黄莺，或谓之黄鸟，一名仓庚。……当葚熟时，来在桑间，故里语曰：'黄栗留，看我麦黄葚熟。'亦是应节趋时之鸟。"二句上承"时鸟"句。

④"幽兰"二句：《楚辞·离骚》："结幽兰以延伫。"长秀，泛指茂盛的草木。《大戴礼记·千乘》："养长秀，蕃庶物。"岑，山。《尔雅·释山》："山小而高，岑。"二句上承"蕙草"句。

⑤"女萝"二句：女萝，一种攀缘植物，又名兔丝。《毛诗草木鸟兽虫鱼疏》："女萝，今兔丝。蔓连草上生，黄赤如金。今合药兔丝子是也。"《诗·小雅·頍弁》："茑与女萝，施于松柏。蔓葛，葛蔓生，故曰蔓葛。"《周南·樛木》："南有樛木，葛藟累之。"《郑笺》："葛也藟也，得累而蔓之。"寻，循，犹言攀缘。

⑥"伤哉"二句："游客"，一作"客游"。二句承上二句，言己客游孤独，尚不如女萝、葛藤有所依附，故忧思愈深。

⑦"目感"二句：《艺文类聚》卷三引《京房占》："万物应节而生，随气而长。"禽，此指鸟。"禽"字本义谓走兽，后转指鸟类，而仍可指兽，或兼包鸟兽，甚至称鳖蜃之类。（参《说文》"禽"字段玉裁注、桂馥《义证》引阎若璩说）按：二句仍呼应上文"蕙草""时鸟"二句。

⑧"寤寐"二句：《诗·周南·关雎》："寤寐思服。"缅，远。沈（chén），沉没。飞沈，喻相隔辽远。

⑨"愿托"二句：归风，指归向家乡之风。张衡《舞赋》："惊雄逝兮孤雌翔，临归风兮思故乡。"所钦，谓所思念者。参卷一《赠从兄车骑》"愿言思所钦"注。

【汇评】

吴曾《能改斋漫录》卷八"目极千里伤春心"条：陆士衡乐府："游客春芳林，春芳伤客心。"杜子美："花近高楼伤客心。"皆本屈原"目极千里伤春心"。（按：此条又见吴开《优古堂诗话》）

何景明评：写芳春之景，神思欲飞。（见余碧泉刻《文选纂注》评本）

194

陆时雍《古诗镜》卷九:闻人倩"林有惊心鸟,园多夺目花",其诗已近律矣,犹病俚气。士衡"目感随气草,耳悲咏时禽",古体中更伤雅道。〇凡妆点造作,非稚即俚,纵得佳句,总不登大雅之堂矣。

王夫之《古诗评选》卷一:音响节族,全为谢客开先。平原所云"谢朝华""启夕秀"者,殆自谓此。

陈祚明《采菽堂古诗选》卷十:自寄土思,凄惋清逸。〇起二句便轻俊,已稍趋齐梁。〇"鲜云"句,"鲜"字、"垂"字、"薄"字并活,然尚浑。自此而下,述景流宕,景中有情,得兴体。〇"女萝"二句,酷似风人,言情于景物之中,情乃流动不滞也。但如此已足,翻嫌"目感"二句重述径露。诗以含蓄有余、令人徘徊为妙,写尽乃最忌。〇"长秀被高岑"语,殊秀。

何焯《义门读书记》卷四十七:缘情绮丽,斯为不负。

方廷珪评:("女萝"二句)不觉触动客心矣。(见乾隆三十二年仿范轩刻《昭明文选集成》)

王闿运《八代诗选》眉批:清劲。(据夏敬观《八代诗评》所附)

李详《杜诗证选》:(杜甫《陪章留守侯嘉州崔都督》"耳激洞门飙,目存寒谷冰")"目感随气草,耳悲咏时禽。"

短歌行

置酒高堂,悲歌临觞①。人寿几何,逝如朝霜②。时无重至,华不再扬③。蘋以春晖,兰以秋芳④。来日苦短,去日苦长⑤。今我不乐,蟋蟀在房⑥。乐以会兴,悲以别章⑦。岂曰无感,忧为子忘⑧。我酒既旨,我肴既臧⑨。短歌有咏,长夜无荒⑩。

【题解】

《短歌行》,《乐府诗集》属《相和歌辞·平调曲》。短歌,谓歌之曲调短。

与"长歌"相对。陆机此作,先言因人寿短促而悲歌,然后言当及时行乐,与友人宴饮以消忧。虽多用典故,但清朗警动,不乏风力。陆机之前,曹操、曹丕、曹睿、傅玄等均有《短歌行》之作,尤以曹操"对酒当歌"一首最为传诵。陆机此首意思与该首有相似处,然而曹操所作最后以"月明星稀,乌鹊南飞。绕树三匝,何枝可依? 山不厌高,水不厌深。周公吐哺,天下归心"结束,表现出招揽天下人才的宏伟气度,全诗也就显得深沉雄壮。那当然是陆机所没有的。曹操诗末这几句与上文若断若续,也更显出乐府的特色。至迟在西晋时,曹操此首是入乐歌唱的。陆机所作则大约纯是案头作品,不曾配入管弦。

诗载《文选》卷二十八、《乐府诗集》卷三十、《陆士衡文集》卷六。今据《文选》录载。

【校注】

①"置酒"二句:阮瑀诗:"置酒高堂上。"《史记·项羽本纪》:"项王乃悲歌慷慨。"曹植《陈审举表》:"临觞而扼腕矣。"

②"人寿"二句:"寿",一作"生"。《左传》襄公八年:"《周诗》有之曰:'俟河之清,人寿几何!'"曹植《送应氏》:"天地无终极,人命若朝霜。"

③"时无"二句:李善注引《论语摘辅像》:"谶曰:'时不再及。'""再扬",一作"再阳"。曹丕《丹霞蔽日行》:"华不再繁。"张华《感婚诗》:"荣华不再阳。"

④"蘋以"二句:蘋,水上浮萍之粗大者,可食用。《礼记·月令》:"季春之月……萍始生。"郑玄注:"萍,蓱也,其大者曰蘋。"《楚辞·九歌·少司命》:"秋兰兮青青。"又《离骚》:"纫秋兰以为佩。"王逸注:"兰,香草也,秋而芳。"二句言蘋只在春日滋长,兰只在秋日散发芬芳,是对上二句的说明。

⑤"来日"二句:《宋书·乐志》载《瑟调·善哉行》:"来日大难,口燥唇干。今日相乐,皆当喜欢。"曹植拟之,作《当来日大难》:"日苦短,乐有余。乃置玉樽办东厨。广情故,心相于。阖门置酒,和乐欣欣。"曹操《短歌行》:"去日苦多。"

⑥"今我"二句:房,在正室旁侧。蟋蟀由室外渐次迁居入堂室房内,乃深秋初冬景象。《诗·唐风·蟋蟀》:"蟋蟀在堂,岁聿其莫。今我不乐,日

196

月其除。"《郑笺》:"君可以自乐矣,今不自乐,日月且过去,不复暇为之。"按:《蟋蟀》诗意谓当及时行乐,此处二句亦自勉作乐之意,谓若不行乐,时已岁暮,将失去机会。

⑦"乐以"二句:兴,兴起,产生。章,显明。重点在上句。

⑧"岂曰"二句:《诗·秦风·无衣》:"岂曰无衣,与子同袍。"二句谓岂能无岁月之感,但为与子欢会而忘却忧愁。"为",一作"与"。

⑨"我酒"二句:旨,美。臧,善。《诗·小雅·频弁》:"尔酒既旨,尔殽既嘉。""殽""肴"通。

⑩"短歌"二句:"有咏",一作"可咏"。《史记·殷本纪》:"为长夜之饮。"李周翰注:"荒,废也。言虽歌咏乐饮,无得废于政事。"按:李周翰注可供参考。《诗·唐风·蟋蟀》:"好乐无荒。"该篇之主旨,本来是说既及时行乐,又有所节制。即《郑笺》所云:"荒,废乱也。……君之好乐,不当至于废乱政事。"何焯《义门读书记》卷四十七论陆机本篇云:"'忘忧'所以合欢,'无荒'所以知节。"与李周翰意同。而王念孙《读书杂志·余编》下卷《文选》云:"荒者,虚也。言无虚此长夜也。……此诗但言及时行乐,与《唐风》'好乐无荒'异义。"按:体会陆机此诗全文,以王念孙之说为长。

【汇评】

王世贞《艺苑卮言》卷三:陆士衡之"来日苦短,去日苦长",傅休奕之"志士惜日短,愁人知夜长",张季鹰之"荣与壮俱去,贱与老相寻",曹颜远之"富贵他人合,贫贱亲戚离",语若卑浅,而亦实境所就,故不忍多读。

郭正域评:("置酒"四句)粗厉猛起之语。(见万历三十年博古堂刻《新刊文选批评》)

陆时雍《古诗镜》卷九:意象浅促,更无余地。曹氏父子只意有余而言不尽。

王夫之《古诗评选》卷一:乐府之长,大端有二:一则悲壮戛发,一则旖旎柔入。曹氏父子各至其一,遂以狎主齐盟。平原别构一体,务从雅正,使被之管弦,恐益魏文之卧耳。顾其回翔不迫,优余不俭,于以涵泳志气,亦可为功。承西晋之波流,多为理语,然终不似荀勖、孙楚之满颊塾师气也。神以将容,平原之神固已濯濯,岂或者所可窥哉!虽然,神不若平原者,且

197

置此体可矣。

陈祚明《采菽堂古诗选》卷十：有亮音而无雄气，有调节而无变响。士衡诗大抵如此。

邵长蘅评：不若魏武之作远甚，然亦觉警朗可诵。（见陈云程补订《增订昭明文选集成详注》）

沈德潜《古诗源》：词亦清和，而雄气逸响，杳不可寻。

折杨柳行

邈矣垂天景，壮哉奋地雷①。隆隆岂久响，华华恒西隤②。日落似有竟，时逝恒若催③。仰悲朗月运，坐观璇盖回④。盛门无再入，衰房莫苦阎⑤。人生固已短，出处鲜为谐⑥。慷慨惟昔人，兴此千载怀⑦。升龙悲绝处，葛藟变条枚⑧。瘏痗岂虚叹，曾是感与摧⑨。弭意无足叹，愿言有余哀⑩。

【题解】

《折杨柳行》，《乐府诗集》属《相和歌辞·瑟调曲》，也曾歌入《大曲》。陆机此诗恐未曾入乐。诗意极为沉痛。言盛者不能长久，一去不返；人生短促，渐入衰境。欲出仕进取，却失所依据。乃感慨摧伤，哀痛无已。陆机家世本盛极一时，然而吴国灭亡，盛境不再。欲积极进取，投身仕途，又因政治环境险恶，孤立无援，如履薄冰，其心情之痛苦，可想而知。此诗当即其心境之写照。

诗载《乐府诗集》卷三十七、《陆士衡文集》卷七。今据《乐府诗集》录载。

【校注】

①"邈矣"二句：邈，远。此言日光照射极为辽远。董仲舒《士不遇赋》："遐哉邈矣。"《史记·陈丞相世家》："帝南过曲逆……曰：'壮哉，县！'"此处

以虚词入对偶句,而实借古人之语。《庄子·逍遥游》:"若垂天之云。"景,阳光。奋地,《周易·豫·象》:"雷出地奋。"李鼎祚《集解》引郑玄注:"奋,动也。雷动于地上。"

②"隆隆"二句:"隆隆",一作"丰隆",非是。《诗·大雅·云汉》"蕴隆虫虫"《毛传》:"隆隆而雷。"此处"隆隆",与下句"华华"对偶。华,《淮南子·墬形》"其华照下地"高诱注:"犹光也。"华华,犹煌煌,言光明也,美盛也。一作"华光",或许是不明"华华"之意而改。按:据《宋书·乐志》可知,魏时宫廷乐诗有《华华》篇,其辞已佚,但可推知当以"华华"发端。此处作"华华"不误。"恒",一作"但"。陨,落,下坠。《楚辞》刘向《九叹·远逝》:"日杳杳以西陨兮。"阮籍《咏怀》:"灼灼西陨日。"二句分承"壮哉""邈矣"二句。以上四句言虽盛而必衰。

③"日落"二句:竟,结束。曹操《步出夏门行》:"神龟虽寿,犹有竟时。"催,催促,言急忙不得暂息。傅咸《黏蝉赋》:"感时逝之若颓。"

④"仰悲"二句:曹丕《与吴质书》:"白日既匿,继以朗月。"璇,玉。璇盖,指天。古代言天文者有盖天说,以为天圆如张开之盖,地方如棋局。天不停回旋,如推磨向西转;日月东行,但随天而向西。故日月实东行而天牵之以西没。

⑤"盛门"二句:闿,《说文·门部》:"开也。"段玉裁注:"本义为开门。"《晏子春秋·外篇》:"夫盛之有衰,生之有死,天之分也。物有必至,事有常然,古之道也。"按:二句谓盛不可再而衰有必至,则莫以去盛入衰为苦。门、房,皆比喻之辞。陆机家族本为江南大族,祖、父皆为吴国重臣,正是"盛门"。吴亡则荣光倏然而逝。"盛门""衰房"之感,自是深切。

⑥"人生"二句:《荀子·王霸》:"人无百岁之寿。"出处,出仕与退隐。为古代士人立身处世之大事。《周易·系辞上》:"君子之道,或出或处,或默或语。"王弼注:"君子出处默语,不违其中。"鲜,少。谐,和谐。

⑦"慷慨"二句:"慷慨",一作"慨慨"。惟,思,思考。《古诗》(生年不满百):"常怀千岁忧。"

⑧"升龙"二句:升龙,喻君子之仕进。《易·乾》以龙比喻君子,龙能飞能潜,比君子之进退行藏。有"潜龙勿用""见龙在田""或跃在渊""飞龙在

天""亢龙有悔"等语。扬雄《法言·问明》:"亨龙潜升,其贞利乎!……时未可而潜,不亦贞乎? 时可而升,不亦利乎? 潜升在己,用之以时,不亦亨乎?"后世方才以龙专指圣人、天子。夏靖《答陆士衡》:"九五翻飞,利见大人。"即以"龙飞"指陆机。《颜氏家训·文章》:"潘尼《赠卢景宣诗》云'九五思龙飞'……今为此言,则朝廷之罪人也。"观颜氏语,可知以飞龙专指天子,乃后世之事。汉代魏晋诗文中以龙之潜升喻指君子者,其例甚多。即以用"升龙"字样者而言,上举扬雄《法言》外,如《盐铁论·毁学》:"李斯……奋翼高举,龙升骥骛。"应璩《与刘公幹书》:"鹢鹍栖翔凤之条,鼋鼍游升龙之川,识真者所为愤结也。"潘岳《故太常任府君画赞》:"翰飞公庭,龙升天路。"陆机《吴王郎中时从梁陈作》:"假翼鸣凤条,濯足升龙渊。"陆云《赠顾骠骑》:"之子于升,利见大人。"《答大将军祭酒顾令文》:"之子于升,亦跃于渊。"曹摅《赠韩德真》:"龙升在云,鱼沈于梁。"处,《淮南子·修务》"不遑启处"高诱注:"安也。"绝处,谓失其所安、失所依据。扬雄《反离骚》:"懿神龙之渊潜,俟庆云而将举。亡春风之被离兮,孰焉知龙之所处。"葛藟,两种植物,皆寄生攀援而生者。条枚,树枝和树干。变条枚,即"条枚变"。《诗·大雅·旱麓》:"莫莫葛藟,施于条枚。"条枚既变,则葛藟无所施,喻失去旧日所依附攀援之对象。二句承上文"出处鲜为谐",言君子欲进取而失所凭依。陆机于吴亡后既委身仕晋,初乃应杨骏之辟;骏被杀则事太子,太子旋为贾后废杀;赵王伦废贾后,杀张华,旋即篡位,张华于陆机有知遇之恩,机颇敬重之,而又不得不顺应赵王伦;伦诛,机为齐王冏下于狱。是其进退失据、不知所依之心情可以想见。此诗正反映此种心情,而不必定其为何事而作。旧说或以为此诗感于赵王伦篡位而作,或以为"升龙"指晋武帝薨,皆以"升龙"为指天子。依上下文意,以"升龙"为指仕进者,更为妥帖。

⑨"寤寐"二句:《诗·曹风·下泉》:"忾我寤叹。"《后汉书·和帝纪》举贤良方正诏:"寤寐永叹。"曾,乃,则。《诗·小雅·正月》:"曾是不意。"苏武诗:"长歌正激烈,中心怆以摧。"二句谓醒时睡时皆长叹,岂是无事空为,乃是感慨摧伤所致。

⑩"弭意"二句:弭,止息。《诗·邶风·二子乘舟》:"愿言思子。"《毛

200

传》:"愿,每也。"《孔疏》:"每有所言,思此二子。"苏武诗:"慷慨有余哀。"二句先承上文"寤寐岂虚叹",谓当止息忧思,不足为之叹息;然而又转折,谓每有所言,仍有不尽之哀伤。"无足叹",一作"无足欢",则谓欲止息忧思,然而无可欢之事,故每言辄有余哀。

鞠歌行

朝云升,应龙攀,乘风远游腾云端①。鼓钟歇,岂自欢?急弦高张思和弹②。时希值,年夙怨。循己虽易人知难③。王阳登,贡公欢。罕生既没国子叹④。嗟千载,岂虚言?邈矣远念情忾然⑤。

【题解】

《鞠歌行》,《乐府诗集》属《相和歌辞·平调曲》。《乐府诗集》载录陆机此首,其题解引陆机本人所作序,曰:"按《汉宫阁(当作阁)》,有含章鞠室、灵芝鞠室。后汉马防第宅卜临道,连阁(当作阁)、通池、鞠城弥于街路。《鞠歌》将谓此也?又东阿王诗'连骑击壤'(按曹植《名都篇》作"连翩击鞠壤"),或谓蹙鞠乎?三言七言。虽奇宝名器,不遇知己,终不见重,愿逢知己,以托意焉。"陆机推测《鞠歌》之得名,或许与鞠室、鞠城以及蹙鞠有关。所谓蹙鞠,即"蹴鞠"(蹙、蹴字通),是一种踢球运动,其球称为鞠,以皮革制成,内以毛物填充。而所谓鞠室、鞠城,乃掘地而成,犹如今之地下室。蹴鞠常在掘地而成、低于地面的区域内进行。如《汉书·霍去病传》载去病使兵士"穿域踏鞠",服虔注:"穿地作鞠室也。"踏鞠即蹴鞠,穿地即掘地。于是称低于地面之室为鞠室。鞠城亦即鞠室。(《文选》何晏《景福殿赋》李善注引李尤《鞠室铭》,《艺文类聚》卷五十四则作《鞠城铭》)当然鞠室未必都为蹴鞠之用,但其得名当由于此。陆机序又说《鞠歌行》古词咏"愿逢知己"之意。此与蹴鞠、鞠室似并无关联,则陆机所见也已经不是最初的歌词。

凡乐府后起歌辞内容或与初始之辞无关,仅用其曲调,此乃乐府通例。陆机此作,则正是慨叹知己难逢,与其所见古词相同。

此诗的格式是三言、三言、七言,这种格式早在先秦已经出现。例如《荀子·成相》全篇都是以三言、三言、七言、十一言为一个单位,然后由许多这样的单位组合而成,也就是说《成相》包含大量三、三、七的格式。有趣的是,《成相》很可能是采取了当时民间歌曲的形式。汉代直至魏晋时的歌谣和乐府,也一直都有这三、三、七的形式。乐府中的《平陵东》("平陵东,松柏桐"),由三组三、三、七插入两个七言句构成,而《陌上桑·楚辞钞》("今有人,山之阿")纯粹是八组三、三、七构成。晋代的《拂舞歌诗·淮南王篇》和《济济篇》也都部分或绝大部分是三、三、七式。至于这首《鞠歌行》的古词,陆机序也说得明白,是"三言七言"。因此陆机此作的格式并非他个人独创,而是承继古词,而且那是一种来自民间而又历史悠久的格式。

诗载《乐府诗集》卷三十三、《陆士衡文集》卷七。今据《乐府诗集》录载。

【校注】

①"朝云"三句:应龙,传说中一种有翼的龙,最为神妙。攀,攀援。此指乘云上升。曹植《七启》:"升龙攀而不逮。"《淮南子·主术》:"应龙乘云而举。"曹植《当墙欲高行》:"龙欲升天须浮云。"三句谓应龙虽神异,亦须乘云方能升天。

②"鼓钟"三句:鼓,敲击。《诗·小雅·鼓钟》:"鼓钟将将。"扬雄《解难》:"今夫弦者,高张急徽,追趋逐耆,则坐者不期而附矣。"曹丕《连珠》:"盖闻琴瑟高张则哀弹发。"高张急弦,谓张设其弦甚紧,则其声高。三句谓琴瑟虽奏动人之高声,然无钟声相和亦不为欢。

③"时希"三句:值,《说文》段玉裁注:"引申为当也。凡彼此相遇、相当曰值。"年,谓年齿、年龄。夙,早。愆,错过,失去。年夙愆,谓韶龄早逝。"循",当作"修",古书"循""修"多混用。《论语·宪问》:"子路问君子。子曰:'修己以敬。……修己以安人。……修己以安百姓。'"三句谓机会难得,年光早逝,虽自我修养但知己难逢。

④"王阳"三句:王阳,即西汉王吉,字子阳。与贡禹交好,时人称曰:

202

"王阳在位,贡公弹冠。"言王吉在位,则贡禹亦弹拂冠上尘土,将要出仕。登,谓仕进。(见《汉书·王吉传》)罕生,罕虎,字子皮,春秋郑臣。国子,指郑臣子产,子产之族为国氏。《左传》昭公十三年:"子产归,未至,闻子皮卒,哭,且曰:'吾已!无为为善矣,唯夫子知我。'"杜预注:"言子皮知己之善。"

⑤"嗟千"三句:刘歆《遂初赋》:"虽韫宝而求贾兮,嗟千载其焉合。"忾,《广雅·释诂》:"满也。"王念孙《疏证》:"谓气满也。"《礼记·祭义》:"忾然必有闻乎其叹息之声。"三句谓古人嗟叹遇合之事千载难逢,岂是空言?今我所念远矣,情思满怀。

【汇评】

陈祚明《采菽堂古诗选》卷十:宜存此体。诗亦稍有慨。

当置酒

置酒宴嘉宾,瞩回临飞观①。绝岭隔天余②,长屿横江半。日色花上绮,风光水中乱。三益既葳蕤,四始方葱粲③。

【题解】

《当置酒》,《乐府诗集》属《相和歌辞·平调曲》。但《乐府诗集》卷三十一载此诗归入梁简文帝(萧纲)名下,明人所编总集如《诗纪》《七十二家集》《汉魏六朝百三家集》《古诗镜》均作梁简文帝诗。而《陆士衡文集》《六朝诗集》云陆机作,宋人所编类书如《海录碎事》卷八、卷十九、《绀珠集》卷八、《类说》卷五十一均引"三益既葳蕤,四始方葱粲"二句,亦作陆机诗。逯钦立《先秦汉魏晋南北朝诗》据《诗纪》载入《简文集》,又曰:"诗可两存。"今观其句法用字,疑是简文所作,然无显证,姑存之。"日色"一联,写景颇明丽。

据《乐府诗集》录载。

【校注】

①"置酒"二句:《诗·小雅·鹿鸣》:"我有嘉宾,鼓瑟吹笙。""瞩回",一

作"瞻眺"。观(guàn),楼台,楼阁。高而可观望,故曰观。飞观,谓其高。王延寿《鲁灵光殿赋》:"阳榭外望,高楼飞观。"嵇康《琴赋》:"高轩飞观。"

②"绝岭"句:"天",一本作"丈"。余,末。天余,犹言天末、天边。

③"三益"二句:三益,代指良友。《论语·季氏》:"益者三友。……友直,友谅,友多闻,益矣。"《后汉书·冯衍传》衍上书自陈:"臣自惟无三益之才。"挚虞《答杜育诗》:"赖兹三益,如琢如切。葳蕤,盛多貌。四始,代指诗歌。汉儒说《诗》,有四始之说,而诸家不同。《毛诗·关雎序》云《风》《小雅》《大雅》《颂》"是谓四始,诗之至也",以其四者为王道兴衰之所由也。沈约《宋书·谢灵运传论》:"夫志动于中则歌咏外发。六义所因,四始攸系。"萧纲《玄虚公子赋》:"回还四始,出入三坟。"皆以四始代指诗歌。葱粲,郁盛貌。二句言座上嘉宾众多,吟诗亦复纷葩郁盛。

婕妤怨

婕妤去辞宠,淹留终不见①。寄情在玉阶,托意唯团扇②。春苔暗阶除,秋草芜高殿③。黄昏履綦绝,愁来空雨面④。

【题解】

《婕妤怨》,又名《班婕妤》,《乐府诗集》属《相和歌辞·楚调曲》。婕妤,亦作倢伃,宫内女官名。汉武帝时所设,其待遇与上卿相当,地位堪比列侯。(见《通典》卷三十四《内官》)班婕妤,班彪姑母,亦即班固的姑祖母。少有才学,汉成帝时选入宫,初为少使,俄而大幸,为婕妤。后渐失宠,为赵飞燕所潜,乃求入长信宫供养太后。曾作赋自伤悼。成帝崩,入陵园供奉,卒,也就葬于陵园之中。事见《汉书·外戚传》及《叙传》。其《自悼赋》载于《汉书·外戚传》,自属可信;旧说尚作有五言诗,见《文选》及《玉台新咏》,名为《怨歌行》或《怨诗》,则有人疑非班氏所为。至于陆机此首,乃伤悼班姬之作。逯钦立《汉诗别录·辨伪·班氏诗》论及之,云:"辞格不类晋人,《乐府》署名,容有讹误。"录以备参。

诗载《乐府诗集》卷四十三、《陆士衡文集》卷七。今据《乐府诗集》录载。

【校注】

①"淹留"：长久之意。《尔雅·释诂》："淹、留，久也。"《楚辞·离骚》："又何可以淹留。"

②"寄情"二句：班婕妤《自悼赋》："华殿尘兮玉阶苔。"《怨歌行》："新裂齐纨素，皎洁如霜雪。裁为合欢扇，团团似明月。出入君怀袖，动摇微风发。常恐秋节至，凉飙夺炎热。弃捐箧笥中，恩情中道绝。"二句谓班姬因玉阶生苔、团扇弃捐而悲叹自己的遭遇，也有述班姬作赋咏诗以自伤悼的意思。语含双关。"唯"字见其孤独，含有无处诉说、只能借咏扇自慰之意。

③"春苔"二句：除，台阶。《自悼赋》："中庭萋兮绿草生。"二句以景物衬托班姬之被弃孤独，分承上二句："春苔"句关联"玉阶"，"秋草"句关联团扇秋来捐弃。

④"黄昏"二句："黄昏"，一作"昏黄"。履，鞋。綦（qí），系履的带，一说履下的装饰。此处借称行迹。司马相如《长门赋》："日黄昏而望绝兮，怅独托于空堂。"《诗·邶风·燕燕》："瞻望弗及，泣涕如雨。"曹丕《燕歌行》："涕零雨面毁容颜。"按：二句从《自悼赋》生发："俯视兮丹墀，思君兮履綦。仰视兮云屋，双涕兮横流。"

【汇评】

王夫之《古诗评选》卷一：净。单举出辞宠一日写意，托笔早高，云胡不净？

王闿运《八代诗选》眉批：纤笔。（据夏敬观《八代诗评》所附）

燕歌行

四时代序逝不追，寒风习习落叶飞①。蟋蟀在堂露盈阶，念君远游常苦悲②。君何缅然久不归？贱妾悠悠心无违③。

白日既没明灯辉,寒禽赴林匹鸟栖④。双鸠关关宿河湄,忧来感物涕不晞⑤。非君之念思为谁? 别日何早会何迟⑥!

【题解】

《燕歌行》,《乐府诗集》属《相和歌辞·平调曲》。郭茂倩引《乐府广题》曰:"燕,地名也。言良人从役于燕,而为此曲。"今存最早歌词为曹丕"秋风萧瑟天气凉"及"别日何易会日难"二首,虽抒发闺人念远之情,但并无"从役于燕"之意。陆机所作受曹丕影响甚为显明,亦与燕地无关。南朝宋谢灵运言"念君行役怨边城",亦尚未明言燕地。至梁代萧子显、王褒等人,始言及黄龙、蓟城等燕地名。按《文选》载曹丕《燕歌行》题下李善注引《歌录》云:"燕,地名。犹楚宛之类。"似谓燕歌犹如楚歌、宛诗,乃以歌曲产生地命名,则并非"良人从役于燕"之义。郑樵《乐略·乐府总序》云:"《燕歌行》,其音本幽蓟。"其说是。《乐府广题》乃沈建所撰,见《通志·艺文略·乐类》《玉海·音乐》《宋史·艺文志》。沈建盖宋人,所说"从役于燕",仅据后世少数作品立言,盖想当然之辞,不能视为《燕歌行》曲调得名之缘由。李善注又曰:"此不言'古辞',起自此也。"是李善以《燕歌行》为曹丕首创。

诗载《玉台新咏》卷九、《乐府诗集》卷三十二、《陆士衡文集》卷七。今据《玉台新咏》录载。

【校注】

①"四时"二句:《楚辞·离骚》:"春与秋其代序。"潘岳《秋兴赋》:"四时忽其代序兮。"逝,往。一作"远"。曹植《行女哀辞》:"感逝者之不追。""寒风",一作"秋风"。习习,风吹貌。《诗·邶风·谷风》:"习习谷风。"

②"蟋蟀"二句:《诗·唐风·蟋蟀》:"蟋蟀在堂,岁聿其莫。""盈阶",一作"盈墀"。"远游",一作"客游"。曹丕《燕歌行》:"念君客游多思肠。""常苦悲",一作"恒苦悲",又一作"苦恒悲"。《古诗为焦仲卿妻作》:"心中常苦悲。"《塘上行》古辞:"念君常苦悲。"

③"君何"二句:缅,远。《诗·邶风·终风》:"悠悠我思。"违,《说文·辵部》:"离也。"心无违,言始终念念。曹丕《燕歌行》:"贱妾茕茕守空房,忧

来思君不敢忘。"陆机盖用其意。

④"白日"二句：曹丕《与朝歌令吴质书》："白日既匿，继以朗月。"曹植《当车已驾行》："明灯以继夕。""寒禽"，一作"夜禽"。匹，偶，成双对。《礼记·三年问》"失丧其群匹"郑玄注："匹，偶也。"匹鸟，雌雄成双的鸟。《诗·小雅·鸳鸯》："鸳鸯于飞。"《毛传》："鸳鸯，匹鸟。"《郑笺》："言其止则相耦，飞则为双。""鸟"，一作"乌"，又一作"鸣"。

⑤"双鸠"二句："鸠"，一作"鸣"。《诗·周南·关雎》："关关雎鸠，在河之洲。"河湄，河边。《小雅·巧言》："彼何人斯，居河之麋。"《毛传》："水草交谓之麋。""麋"即"湄"之借字。曹丕《善哉行》："忧来无方。"乐府《伤歌行》古辞："感物怀所思。""涕"，一作"泪"。晞，干，干燥。

⑥"别日"句："别日"，一作"离别"。曹丕《燕歌行》："别日何易会日难。"

【汇评】

陈祚明《采菽堂古诗选》卷十：平畅，其音差亮。

纪昀《玉台新咏》批语：此种亦是屋下屋，但词句流美耳。

梁甫吟

玉衡既已骖，羲和若飞凌①。四运寻环转，寒暑自相惩②。冉冉年时暮，迢迢天路徵③。招摇东北指，大火西南升④。悲风无绝响，玄云互相仍⑤。丰水凭川结，霜露弥天凝⑥。年命时相逝，庆云鲜克乘⑦。履信多愆期，思顺焉足凭⑧？忼忼临川响，非此孰为兴⑨？哀吟梁甫颠，慷慨独抚膺⑩。

【题解】

《梁甫吟》，《乐府诗集》属《相和歌辞·楚调曲》。梁甫，泰山下小山名。蔡邕《琴赋》列举琴曲，有"梁甫悲吟"之语（见《艺文类聚》卷四十四）。又蔡氏《琴操》有《梁山操》，云曾子耕于泰山之下，思念父母，乃作忧思之歌。此《梁山操》或即所谓"梁甫悲吟"。则汉时有琴曲《梁甫吟》。《三国志·诸葛亮传》云亮"好为《梁甫吟》"。今传诸葛亮《梁甫吟》歌词，咏"二桃杀三士"故事，见《乐府诗集》，亦不知真是诸葛亮所咏者否。郭茂倩又以为《梁甫吟》当是葬歌，言人死葬梁甫山。陆机之作慨叹年命易逝，处世为难，颇为激烈慷慨。

诗载《乐府诗集》卷四十一、《陆士衡文集》卷七。今据《乐府诗集》录载。

【校注】

①"玉衡"二句：玉衡，代指车。衡乃车辕前横木，下有两轭以扼两服马。玉衡，美称也。《楚辞》刘向《九叹·远游》："枉玉衡于炎火兮。"骖，驾。"既"，一作"固"。羲和，日御，为日驾车者。

②"四运"二句：四运，谓四时之气运转。《庄子·知北游》："阴阳四时运行，各得其序。"曹植《大暑赋》："节四运之常气兮。"寻，犹缘也。寻环，犹循环。惩，通"承"。一本正作"承"。

③"冉冉"二句：冉冉，行进貌。《楚辞·九章·悲回风》："时亦冉冉而将至。"曹丕《苍舒诔》："促促百年，亹亹行暮。"张衡《西京赋》："要羡门乎天路。"徵，《尔雅·释诂》："虚也。"邵晋涵《正义》："徵，清，言清虚也。"乃"澂"之借字，参《说文》"澂"段玉裁注、"徵"朱骏声《通训定声》。"澂"即"澄"之古字。天路澂，谓天空清澄。

④"招摇"二句：招摇，北斗第七星，在杓（斗柄）端。古以斗柄所指与季节相配合，参《拟明月皎夜光》"招摇西北指"注。《淮南子·时则》："季冬之月，招摇指丑。"又："孟春之月，招摇指寅。"丑、寅皆东北方向，丑偏北，寅偏东，此云"东北指"，当指丑，谓岁末也。大火，二十八宿之心宿，亦指房、心、尾三宿，参卷一《答贾谧》"大辰匿晖"注。古人观测大火昏、旦时在天空的位置以测定岁时季节。《左传》昭公三年"火（大火）中寒暑乃退"杜预注："心以季夏昏中而暑退，季冬旦中而寒退。"季夏之月大火黄昏时见于南方正中，以后逐渐往西，《诗·豳风·七月》所谓"七月流火"者也。此云"西南升"，即昏时见于西南，谓岁已寒。

⑤"悲风"二句：《古诗》："白杨多悲风。"玄云，乌云。《楚辞·九歌·大司命》："纷吾乘兮玄云。"仍，《广雅·释诂》："重也。"

⑥"丰水"二句：丰水，大水。凭、弥，皆满之意。结，谓结冰。

⑦"年命"二句：年命，人的年龄、寿命。《汉书·刑法志》元康四年诏："不得终其年命。"乐府《西门行》古辞："人寿非金石，年命安可期？"时，谓四时。一本作"特"。庆云，祥瑞之云。鲜，少。克，能。二句慨叹年寿与四时偕逝，欲乘云仙去亦少有成者。

⑧"履信"二句：履，履行。《周易·系辞上》："天之所助者顺也，人之所助者信也，履信思乎顺。"愆，错失。期，约。《周易·归妹》九四："归妹愆期。"二句反《系辞》之意，谓己虽守信而人多爽约，虽思乎顺而亦未得天之佑助。

⑨"忼忼"二句：忼忼，愤慨。一作"慷慨"。《论语·子罕》："子在川上曰：'逝者如斯夫，不舍昼夜！'""临川响"指此。潘岳《秋兴赋》："临川感流以叹逝兮。"兴，起，作。二句谓孔子满怀愤懑，临川而起叹息，不是为此又是为什么呢！

⑩"哀吟"二句：颠，指山顶。"慷慨"，一作"叹息"。

董逃行

和风习习薄林，柔条布叶垂阴①。鸣鸠拂羽相寻，仓鹒喈喈弄音②。感时悼逝伤心。日月相追周旋，万里倏忽几年③。人皆冉冉西迁，盛时一往不还④。慷慨乖念凄然⑤。昔为少年无忧，常怪秉烛夜游，翩翩宵征何求，于今知此有由，但为老去年遒⑥。盛固有衰不疑，长夜冥冥无期⑦。何不驱驰及时，聊乐永日自怡，赍此遗情何之⑧？人生居世为安，岂若及时为欢⑨？世道多故万端，忧虑纷错交颜⑩。老行及之长叹！

【题解】

《董逃行》,《乐府诗集》属《相和歌辞·清调曲》。一作"董桃行"。关于"董逃"或"董桃"之义,旧有三说。一、谓董卓逃亡。晋崔豹《古今注》云:"《董逃歌》,后汉游童所作也。后汉有董卓作乱,卒以逃亡。后人习之为歌章,乐府奏之,以为儆诫焉。"以为本是童谣,董卓失败逃亡之后,人们配以管弦而歌之,并被采入乐府。《后汉书·五行志》(实为晋人司马彪《续汉书·五行志》)载有童谣之词。《志》曰:"灵帝中平中,京都歌曰:'承乐世,董逃。游四郭,董逃。蒙天恩,董逃。带金紫,董逃。行谢恩,董逃。整车骑,董逃。垂欲发,董逃。与中辞,董逃。出西门,董逃。瞻宫殿,董逃。望京城,董逃。日夜绝,董逃。心摧伤,董逃。'按:董谓董卓也。言虽跋扈,纵有残暴,终归逃窜,至于灭族也。"刘昭注引应劭《风俗通》曰:"卓以董逃之歌主为己发,大禁绝之,死者千数。"又引杨孚《董卓传》曰:"卓改为'董安'。"应劭、杨孚都是汉末人。据此,童谣之传唱,在董卓败逃之前。二、谓王母仙桃。《宋书·乐志》清调载有乐府古辞一首,歌词曰"吾欲上谒从高山"云云,乃求仙之意。其曲调为《董桃行》。于是有人附会"桃"字。宋阮阅《诗话总龟》卷七《评论》引《乐府集》:"按《汉武内传》,王母觞帝,命侍女索桃,剩桃七枚,大如鸭子形,色正青,以四枚喙帝,因自食其三。帝收余核,王母问何为,帝曰欲种之。王母曰:'此桃三千岁一生实,奈何?'帝乃止。于是数过,命侍女董双成吹云和笙觞。作者取诸此耶?"三、谓董逃为古仙人名。郑樵《乐略》云:"疑此辞作于汉武之时,盖武帝有求仙之兴,董逃者,古仙人也。后汉游童竞歌之,终有董卓之乱,卒以逃亡,此则谣谶之言,因其所尚之歌,故有是事,实非起于后汉也。"以上三说,毕竟以第一说时代最早,比较可信。后二说均出于宋人(阮阅所引《乐府集》亦宋代著作),都是因古辞述求仙而附会。后汉京都游童之谣,当初是否为董卓而作,亦未可必。其歌词每句下有"董逃"或"董桃"二字,未必有义,只是取其音作为和声而已。后来制成曲调,也就用此二字为和声,也就以此将该曲命名为《董逃行》或《董桃行》了。文人为曲作词,也不必将此表示和声的字写入。(关于曲调名与和声的关系,参王运熙先生《论六朝清商曲中之和送声》。)

陆机此首仍咏年光抛人,世道多故,不若及时为欢之意。全诗每句六言,五句一换韵,颇为齐整。今存古辞咏游仙,句式为杂言,陆机之作与之不合。但《文选》曹植《箜篌引》李善注引《古董逃行》佚句:"年命冉冉我遒,零落下归山丘。"正是六言,叹人生短促,陆机应是拟之而作。按《诗经》中偶有六字为句者。《楚辞》六言句颇多,但都有"兮"字或其他虚词。那当然都算不得六言诗。真正的六言诗当起于汉代。《文选》李善注曾引东方朔六言诗两句,不知真伪。《后汉书》的《班固传》《孔融传》列举所作文字,都有"六言"一体。建安时期曹丕、曹植兄弟都有所作。曹丕的《董逃行》、曹植的《妾薄命行》都是乐府歌诗。魏时嵇康有《六言诗》十章。西晋傅玄《董逃行历九秋篇》洋洋大篇,凡十二章。嵇康、傅玄所作都是五句一换韵。将陆机此首放在这样的源流之中,可以看出他勇于尝试的态度以及对于前人的学习与发展。在我国诗歌史上,六言诗数量很少。宋代洪迈编撰《万首唐人绝句》,六言不满四十首。因此他慨叹道:"信乎其难也!"(《容斋三笔》)从这个角度而言,陆机的尝试也值得注意。

据《乐府诗集》卷三十四录载。

【校注】

①"和风"二句:习习,风吹貌。薄,迫近,至。曹丕《柳赋》:"柔条阿那。"张衡《西京赋》:"吐葩扬荣,布叶垂阴。"嵇康《赠秀才入军》:"春木载荣,布叶垂阴。""叶",一作"繁"。

②"鸣鸠"二句:拂羽,拍击翅膀。仓鹒,即仓庚、黄鸟。参《悲哉行》"翩翩鸣鸠羽,嘈嘈仓庚吟"注。《文选》嵇康《赠秀才入军》:"咬咬黄鸟,顾畴弄音。"李善注引《古歌》:"黄鸟鸣相追,咬咬弄好音。"

③"日月"二句:《周易·系辞下》:"日往则月来,月往则日来,日月相推而明生焉。"古人以为日与月相追逐。《周髀算经》:"日主昼,月主夜,昼夜为一日。日月俱起建星。月度疾,日度迟,日月相逐于二十九日三十日间。"曹丕《折杨柳行》:"倏忽行万亿。"

④"人皆"二句:冉冉,行进貌。《楚辞·离骚》:"老冉冉其将至兮。"西迁,指老去。《白虎通·五行》:"西方者,迁方也。万物迁落也。"《汉书·律历志》:"少阴者,西方。西,迁也。阴气迁落物,于时为秋。"按:古"西"读若

211

"先"，与"迁"同韵音近，故以迁释西。参刘晓东《匡谬正俗平议》卷八。西方于时为秋，于十二支为酉。《史记·律书》："酉者，万物之老也。"《白虎通·五行》："少阴……壮于酉。酉者，老也。"曹植《野田黄雀行》："盛时不再来。"后汉高义方《清诫》："形气各分离，一往不复还。"

⑤乖念：犹言违心，与夙心不合；情思违和，失于常度。

⑥"昔为"五句：《古诗》："生年不满百，常怀千岁忧。昼短苦夜长，何不秉烛游？"曹丕《与吴质书》："年一过往，何可攀援，古人思秉烛夜游，良有以也。"翩翩，往来急速貌。宵征，夜行。此指夜游而言。蔡邕《释诲》："眇翩翩而独征。"遒，《广雅·释诂》："迫也。"《文选》曹植《箜篌引》"百年忽我遒"李善注引《古董逃行》："年命冉冉我遒。"

⑦"盛固"二句：《左传》襄公八年"宣子赋《摽有梅》"杜预注："梅盛极则落，诗人以兴女色盛则有衰。"曹植《三良诗》："长夜何冥冥，一往不复还。"长夜，谓死也。

⑧"何不"三句：驱驰，谓奔走行乐，与上文"翩翩宵征"同意。《诗·唐风·山有枢》："何不日鼓瑟，且以喜乐，且以永日。"《毛传》："永，引也。"《孔疏》："何不日日鼓瑟而饮食之，且得以喜乐己身，且可以永长此日，何故弗为乎？言永日者，人而无事则日长难度，若饮食作乐，则忘忧愁，可以永长此日。"按：聊乐，即"且以喜乐"；永日，即"且以永日"。永，谓延长之。永日，乃夜以继日之意。曹植《节游赋》："聊永日而忘愁。"赍（jī），怀，抱。遗情，留情，谓留恋顾念，情不能已。曹植《洛神赋》："遗情想象。"诗意盖谓且忘怀行乐，不必怀抱什么难以割舍之情。

⑨"人生"二句：《史记·李斯列传》秦二世曰："夫人生居世间也，譬犹骋六骥过决隙也。"《古诗》"生年不满百"："为乐当及时。"

⑩"世道"三句：《后汉纪·殇帝纪》尚敏上疏："五经不修，世道凌迟。"交颜，交结于颜面。行，将，将要。

【汇评】

陈祚明《采菽堂古诗选》卷十：语差健，有曹氏遗韵。一解发端悠然，颇擅秀致。

月重轮行

　　人生一时，<small>月重轮</small> 盛年焉可恃^①？<small>月重轮</small> 吉凶倚伏，百年莫我与期^②。临川曷悲悼？兹去不从肩，<small>月重轮</small> 功名不勖之^③？善哉古人，扬声敷闻九服，身名流何穆^④！既自才难，既嘉运，亦易愆^⑤。俯仰行老，存没将何观^⑥？志士慷慨独长叹，独长叹！

【题解】

　　《月重轮行》，《乐府诗集》属《相和歌辞·瑟调曲》。月重轮，本是一种天文现象，谓月亮周围有圆规形晕彩。古人常以之为祥瑞。崔豹《古今注·音乐》："《日重光》《月重轮》，群臣为汉明帝所作也。明帝为太子，乐人作歌诗四章，以赞太子之德。一曰《日重光》，二曰《月重轮》，三曰《星重辉》，四曰《海重润》。汉末丧乱，后二章亡。旧说云：天子之德光明如日，规轮如月，众晖如星，沾润如海，太子皆比德，故云'重'尔。"按：陆机此诗与颂德无关，而以"月重轮"三字为和声。今以小字表示之。

　　诗载《乐府诗集》卷四十、《陆士衡文集》卷七。今据《乐府诗集》录载。

【校注】

　　①"盛年"句：谓人生短暂，盛年不可把捉。"恃"，一作"持"。"恃""持"字通。持，《说文·手部》："握也。"

　　②"吉凶"二句：《鹖冠子·世兵》："忧喜聚门，吉凶同域。"《老子》五十八章："祸兮福之所倚，福兮祸之所伏，孰知其极。"《荀子·王霸》："人无百岁之寿。"《古诗》："生年不满百……仙人王子乔，难可与等期。"期(qī)，约。

　　③"临川"三句：阮瑀诗："临川多悲风。"曷，何。临川悲悼，谓悲悼光阴逝去如流水。《论语·子罕》："子在川上曰：'逝者如斯夫，不舍昼夜！'""兹去"句费解。或"兹"指时光，谓时光不由肩畔而去，飞逝而人不觉也。勖

(xù)，勉力，努力。不勖之，反问语气，谓可不勉之乎？

④"扬声"二句：扬声，传扬名声。《大戴礼记·四代》："虑则节事于近而扬声于远。"敷，布，传播。闻，声闻，名声。敷闻、扬声义近。《尚书·文侯之命》："昭升于上，敷闻在下。"九服，自京都至远方的广大地域。皆服事天子，故曰"服"。《周礼·夏官·职方氏》："乃辨九服之邦国：方千里曰王畿，其外方五百里曰侯服，又其外方五百里曰甸服，又其外方五百里曰男服，又其外方五百里曰采服，又其外方五百里曰卫服，又其外方五百里曰蛮服，又其外方五百里曰夷服，又其外方五百里曰镇服，又其外方五百里曰藩服。"郑玄注："服，服事天子也。"《汉书·郦陆朱刘叔孙传赞》："身名俱荣。"穆，美也。按：身名，身与名，此处实偏于"名"义。

⑤"既自"三句：自，附于副词后，无显明意义，如同故自、正自、终自、犹自之"自"。《论语·泰伯》："孔子曰：'才难，不其然乎？'"何晏《集解》引孔安国曰："大才难得。"曹毗《夜听捣衣》："嗟此嘉运速。"陆云《晋故散骑常侍陆府君诔》："虽蹑嘉运，托景风云。"愆，错失。逯钦立《先秦汉魏晋南北朝诗》以为"既嘉运"之"既"为衍文，则"嘉运亦易愆"连读。谓立功扬名实为不易：既以大才难得，亦以嘉运易失。

⑥"俯仰"二句：《庄子·在宥》："其疾俯仰之间而再抚四海之外。"行，将。丁廙妻《寡妇赋》："痛存没之异路。"何观，谓无可观示，不足观也。一作"何所观"。二句谓俯仰之间便将老去，生前身后将默默不足观。

【汇评】

陈祚明《采菽堂古诗选》卷十：颇类傅休奕，壮不及，而古气相近。○自《鞠歌行》以下四首（按：指《鞠歌行》《顺东西门行》《日重光行》《月重轮行》），并用存乐府之体。若《百年歌》十章，后人苦相仿效，然多有俚语，不足存也。

日重光行

日重光 奈何天回薄①，日重光 冉冉其游如飞征。日重光 今我日华华之盛②，曰重光 倏忽过，亦安停！曰重光 盛往衰亦必来，曰重光 譬如四时，固恒相催③。曰重光 惟命有分可营，曰重光 但惆怅才志，曰重光 身没之后无遗名④。

【题解】

《日重光行》，《乐府诗集》属《相和歌辞·瑟调曲》。参《月重轮行》题解。

此首与《月重轮行》同一意旨，皆感叹人生短促易逝，忧念功名不立。"惟命有分可营"一句有积极进取之慨，亦见出魏晋时哲学思想之影响。

诗载《乐府诗集》卷四十、《陆士衡文集》卷七。今据《乐府诗集》录载。

【校注】

①"奈何"二句：薄，迫。天回薄，谓天象回转相迫。日月星在运行中有迫近之时，故曰"回薄"。贾谊《鵩鸟赋》："万物回薄兮，振荡相转。"按："奈何"二字贯至"飞征"，谓天象运转，其行如飞，为之奈何！

②华华：光明貌，参《折杨柳行》"华华恒西隤"注。

③"盛往"三句：《文子·守弱》："夫物盛则衰。"《庄子·则阳》："四时相代，相生相杀。"

④"惟命"三句：命，谓所禀之性命。命各有分，不可强求于分外，郭象注《庄子》颇强调于此，云："性各有极也，苟知其极，则毫分不可相跂。……小大之殊，各有定分，非羡欲所及。"（《逍遥游》注）又云："安其自然之分而已。"（《齐物论》注）然分内者亦不可不为，故注《徐无鬼》云："宜各尽其分也。"《在宥》陆德明《释文》云："物者莫足为也，分外也；而不可不为，分内也。"即是此意。此云"有分可营"，谓营其分内也。营，《诗·小雅·黍苗》"召伯营之"郑玄注："治也。"凡有所规度作为谓之营。"但"，一作"常"。钱培名《陆士衡集札记》云"但"字盖"恒"字之误。遗名，留名于后世。班固《幽通赋》："保身遗名。"曹大家注："言人生能保其身，死有遗名。"三句谓命内所有之分可以经营治为之，只是惆怅才志无所施展、死后默默无闻耳。"惆怅"二字贯至"无遗名"。

陈祚明《采菽堂古诗选》卷十：体须存。语能作健，似魏人。

挽歌三首

卜择考休贞，嘉命咸在兹①。凤驾警徒御，结辔顿重基②。龙幢被广柳，前驱矫轻旗③。殡宫何嘈嘈，哀响沸中闱④。中闱且勿谨，听我《薤露》诗⑤。死生各异伦，祖载当有时⑥。舍爵两楹位，启殡进灵轜⑦。饮饯觞莫举，出宿归无期⑧。帷衽旷遗影，栋宇与子辞⑨。周亲咸奔凑，友朋自远来⑩。翼翼飞轻轩，骎骎策素骐⑪。按辔遵长薄，送子长夜台⑫。呼子子不闻，泣子子不知。叹息重榇侧，念我畴昔时⑬。三秋犹足收，万世安可思⑭？殉没身易亡，救子非所能⑮。含言言哽咽，挥涕涕流离⑯。

【题解】

《挽歌》，《乐府诗集》属《相和歌辞·相和曲》。挽者，牵引。牵引灵柩时歌之，故曰挽歌。其起源甚早，先秦已有。《左传》哀公十一年："将战，公孙夏命其徒歌《虞殡》。"杜预注："《虞殡》，送葬歌曲。示必死。"作战前歌唱送葬之曲，以示必死之决心。孔颖达解释《虞殡》之义，谓依丧礼，出殡（死者入棺而未葬曰"殡"）下葬之后，送者返回须祭死者，其祭名"虞"。因为是出殡将虞之歌，故名《虞殡》。丧事本不应唱歌，但挽引灵柩之人唱此悲歌，有助哀之用。孔颖达认为《左传》里的《虞殡》便是后世之挽歌。《庄子》佚文亦云："绋讴所生，必乎斥苦。"（见《世说新语·任诞》注所引）绋是牵拉灵柩的绳索。庄子之意，谓牵引棺枢时很费力，故唱歌以整齐众人发力动作的节奏。此"绋讴"也就是挽歌。据《左传》和《庄子》，挽歌确起源甚早。

此种送葬唱挽歌的情形,历代成为礼制规定的一项节目,陆机生活的晋代亦然。据《晋书·礼志》记载,汉魏时,皇帝及大臣之丧,执绋者唱挽歌。西晋时制定新礼,以为既是丧礼,悲伤时不应歌唱,故除去唱挽歌一项。挚虞则以为,挽歌因执绋者倡和而为悲摧之声,也有感动送葬群众的作用。虽然不是经典所载,但却是历代相沿的做法。他还说《诗经》有"君子作歌,惟以告哀"之句,可见悲哀时唱歌,亦不以为嫌。最后挚虞的意见被采纳了。

挽歌本为历代相沿之丧仪,因为其声哀切动人,遂为人们所欣赏喜好。《后汉书·周举传》载,大将军梁商三月上巳日大会宾客,在洛水边设宴,并演唱歌曲,酒酣极欢。及至酒阑唱罢,竟然接着唱起《薤露》之歌。《薤露》就是一首挽歌。坐中宾客都被感动得泪下。《续汉书·五行志》刘昭注引《风俗通》,也说京师宾婚嘉会之上,酒酣之后,续以挽歌。均是其例。可见挽歌成了欣赏的对象,人们在哀切的歌声中获得情感的满足。

今所见歌辞以"挽歌"为题者,以魏缪袭所作为最早。陆机所作,除《文选》《乐府诗集》等所载三首之外,还有若干佚句见于类书等。从中可知,有拟想王侯下葬者和庶人下葬者两类。《文选》《乐府诗集》所载的完整的三首,据《文选集注》卷五十六引唐人陆善经说和《初学记》卷十四,乃是"王侯挽歌"。这三首分别写出殡、前往墓地和下葬之后的情景。第三首乃作死者自叹之词。颜之推《颜氏家训·文章》曾批评此种"为死人自叹之言"的写法,认为与挽歌原来的生者哀悼死者的本意相悖。其实陆机作此挽歌已经不是为了实用,而是抒发对于死的悲痛与厌惧,同时也可说是欲展现自己刻画尽致的本领。而且这种写法,并非陆机首创。缪袭《挽歌》云:"造化虽神明,安能复存我。"已是死者口气。时代更早的阮瑀,云"出圹望故乡,但见蒿与莱",同样如此。只不过阮氏所作题为《七哀》,不名《挽歌》罢了。陆机之后,如陶渊明的《挽歌》三首,鲍照的《代蒿里行》(《蒿里》也是挽歌)《代挽歌》,也都采取这样的写法。颜之推以学者眼光评诗人创作,未免迂执。至于描写之细致周到,尤其是绘声绘色地写圹中种种凄厉可怖情景,陆机之作真可谓淋漓尽致。

诗载《文选》卷二十八、《乐府诗集》卷十七、《陆士衡文集》卷七。今据《文选》录载。佚句附于三首之后。

【校注】

①"卜择"二句：卜，以龟甲占问决疑。用蓍草占问则曰筮。卜择，以龟卜决定墓地与葬日。先有所选择，然后以卜筮占问其吉否，若不吉，则另作选择，再行卜筮。据《礼记·杂记》及郑玄注，占问墓地，死者为大夫用龟卜，下大夫与士则用蓍筮。择葬日，大夫与士均用龟卜。考，稽考，谓审慎考计，观其合否。休，善。贞，卜问。命，谓卜筮所告，卜问所得之答案。嘉命，谓占问所得的好回答。按：诗言"卜择"，依诗意，当就择日而言。据《尚书·洪范》《仪礼·士丧礼》《白虎通·蓍龟》等，行占筮者不止一人，以示慎重。此言"咸在兹"，谓众占者卜问的结果都言此日为吉。又一解："咸在兹"，谓龟卜与蓍筮的结果、回答都说下葬宜在此日。虽《礼记》云择葬日用龟卜，但后世或也有兼用卜、筮二者的。王筠《昭明太子哀策文》："简辰请日，筮合龟贞。"即兼用龟筮。二句谓慎重举行占问之事以定葬日，所得吉利的答案都说在于此日。

②"夙驾"二句：夙，早。《诗·鄘风·定之方中》："星言夙驾。"警，敕戒，告命。一作"惊"。"惊""警"字通。徒御，指步行挽车者与驭马者。《诗·小雅·车攻》："徒御不惊。"结辔，犹言止驾。"结"，一作"总"。顿，止。重基，指山。李善注引《春秋运斗枢》："山者，地基也。"二句言出殡之日，清晨早已申命徒众备好车马，停止于山前。

③"龙幰"二句：幰，通"荒"，蒙于棺上的布。画以龙纹，故曰"龙幰"。被，蒙。柳，饰棺所用之盖，荒即蒙于其上，其形隆起，形似鳖甲。广柳，言其柳宽大。矫，举。送葬举旗，作为识别死者的标志。《礼记·檀弓下》："以死者为不可别已，故以其旗识之。"据李善注引贺循《葬礼》，旗上题写死者姓名，不为画饰。（贺循乃陆机同时人，陆机等曾上表荐之）曹丕《武帝哀策文》："前驱建旗，方相执戈。"亦言送葬之前驱举旗。前驱中包括方相。方相戴面具，执戈盾，先行入圹中，以戈击四隅，驱赶魍魉鬼物。以方相先驱，历代有之，左芬《晋元皇后杨氏诔》："方相仡仡，旌旗翻翻。"是晋代之例。陆机所写应是当时实况。

④"殡宫"二句：大敛之后，置尸于棺内，停于堂上，叫做"殡"。殡宫，指盛尸之棺所停放之处。《仪礼·既夕》："遂适殡宫。"按：据《仪礼》，自天子

至士,皆有正寝、燕寝,燕寝为日常起居之所,正寝只在斋戒以及疾病时居之。病重而死,小敛、大敛以至入棺停放,都在正寝内,故殡宫即正寝。闱(wéi),住处内的门。《说文·门部》:"闱,宫中之门也。"中闱,犹言闱中,即住处的门内。"闱",一作"闰"。

⑤"中闱"二句:"中闱",一作"闱中"。谨(huān),喧哗。一作"喧"。《薤露》,挽歌名。据说是西汉初年田横门人哀悼田横而作,言人命如薤叶上的露水,顷刻之间便已消灭。其词曰:"薤上朝露何易晞,露晞明朝更复落,人死一去何时归。"至汉武帝时,《薤露》专门用于为王公贵人送葬。(见崔豹《古今注》)

⑥"死生"二句:"死生",一作"生死"。李善注引范晔《后汉书》唐姬歌曰:"死生各异兮从此乖。"伦,类。祖,送葬将启程时,设奠,献酒于死者,称为"祖"。生时将出行饮饯称为"祖",死者将行饮酒,具有象征意义,亦称"祖"。《仪礼·既夕》:"有司请祖期。"郑玄注:"将行而饮酒曰祖。祖,始也。"载,指载棺于车上。《礼记·檀弓上》:"祖于庭,葬于墓。"《白虎通·崩薨》:"祖于庭何?尽孝子之恩也。祖者,始也。始载于庭也。乘轴车辞祖祢,故名为祖载也。"据《仪礼·既夕》,启殡之后,以轴车(一种专用的车,以轴代轮)载棺迁入祖庙,以象征生时出行必告辞尊者,故《白虎通》云"辞祖祢"。

⑦"舍爵"二句:舍,放置。爵,酒器。舍爵,谓置酒以祭奠。两楹,堂上有两楹。楹,柱也。两楹位,当指两楹之间。棺柩置于两楹间,启行之前设奠祭之。启殡,启动尸柩。輀(ér),放置棺柩的车。进灵輀,意谓举柩载于丧车。

⑧"饮饯"二句:饯,出行前祭道路之神,然后饮酒,名曰"饯"。《诗·邶风·泉水》:"出宿于泲,饮饯于祢。"二句分别承接上二句,仍分言"祖"与"载"。谓祖载之时,虽设奠,死者并不能举觞而饮;出而葬,一去无归。"饮饯"句,一作"饯饮怅莫反"。

⑨"帷衽"二句:衽(rèn),卧席。旷,空,空无所有。二句谓死者平时居处的帷幕卧席之间,再不见其光影遗留,所居屋宇与之永别。

⑩"周亲"二句:周,密,密切。《论语·尧曰》:"虽有周亲,不如仁人。"

219

《学而》:"有朋自远方来。"据《经典释文》,一本作"友朋自远方来"。自此以下,写奔丧前来之亲友。

⑪"翼翼"二句:翼翼,车行轻捷貌。骎(qīn)骎,马疾行貌。策,鞭策,驱赶马。素,白色。骐(qí),白马而其毛色有青黑纹路相交,名曰骐。二句写亲朋奔赴前来之状。

⑫"按辔"二句:按辔,勒紧缰绳,使马徐行。遵,循,沿。薄,草丛生名为薄。长薄,大片草丛。长夜台,指坟墓。墓中永不见日,故曰"长夜"。阮瑀《七哀》:"冥冥九泉室,漫漫长夜台。"二句仍写亲朋前来。上二句言疾行,此"按辔"句言徐行,皆亲友奔丧途中情景。或以为此二句写送葬(如【汇评】所引方廷珪语),非。第二首方是写送葬途中。"送子"句乃将然之辞,谓将要送子前往墓地。

⑬"叹息"二句:梫(chèn),棺。重,层。《礼记·檀弓上》:"天子之棺四重。"郑玄注:"诸公三重,诸侯再重,大夫一重,士不重。"畴昔,从前。二句谓送葬亲友叹息于棺柩之旁,思念往日与死者游从交往之时。我,亲友自谓。

⑭"三秋"二句:三秋,指深切的相思。《诗·王风·采葛》:"一日不见,如三秋兮。"三秋谓三个秋天即九个月。足,可。(参刘淇《助字辨略》卷五)万世,指永远。万世与三秋相对。谓生前相思虽然一日不见便如三秋,但其忧思犹可收拾;如今乃是万世永绝,其忧思之深,岂能忍受。

⑮"殉没"二句:谓不难一死以从逝者,但并不能以此而挽回其生命。上句即潘岳《寡妇赋》"感三良之殉秦兮,甘捐生而自引"意。

⑯"含言"二句:含言,欲言。挥涕,以手挥去眼泪。流离,垂泪的样子。"涕涕",一作"泪泪"。二句谓想要言说,但说起来便哽咽而说不下去;挥去泪水,但泪水仍流个不住。

【汇评】

　　陈祚明《采菽堂古诗选》卷十:"呼子"二句,几于至哀无泪,故弥质弥佳。○"殉没"二句,何遽言及此?

　　方廷珪评:按此篇从殡宫在家启行,因而在道,逐层描写,是极喧闹事,却是极悲怆事,色色俱绝。(见乾隆三十二年仿范轩刻《昭明文选集成》)

220

流离亲友思,惆怅神不泰①。素骖伫辒轩,玄驷骛飞盖②。哀鸣兴殡宫,回迟悲野外③。魂舆寂无响,但见冠与带④。备物象平生,长旌谁为旆⑤?悲风徽行轨,倾云结流蔼⑥。振策指灵丘,驾言从此逝⑦。

【校注】

①"流离"二句:流离,承上首末句"挥涕涕流离"而言。思,忧伤。《尔雅·释诂》:"悠、伤、忧,思也。"泰,安宁。

②"素骖"二句:素,白色。骖,三匹马,指驾车之马。伫,立。"辒轩",一作"辒车"。玄,黑色。驷,四匹马,亦指驾车之马。骛,马前行。"玄驷骛",一作"白驷挈"。盖,车盖。曹植《公宴诗》:"飞盖相追随。"上句写尚未启行,下句写行进于途中。

③"哀鸣"二句:殡宫,停柩之所。见上首"殡宫何嘈嘈"注。回迟,徘徊。野外,城郭之外。墓地必在野外,故送葬必出城。《白虎通·崩薨》:"葬于城郭外何? 死生别处,终始异居。《易》曰:'葬之中野。'"二句分承上二句,亦写未启行时及送葬途中。

④"魂舆"二句:魂舆,即魂车。原为死者生前所乘之车,葬时作为一种象征,乃灵魂之所凭依,故称魂车。又分为乘车、道车、藁车,三车皆载死者生前衣服。既葬之后,将三车所载衣服收敛于已空之柩车上而归,表示将死者之精气迎回家中,以其衣服乃死者精气所凭也。所谓送形而往,迎精而返。(参《仪礼·既夕》《士丧礼》之郑玄注及胡培翚《正义》)魂车载衣服,辒车载棺,二者非一事。上文"素骖"句指柩车,"玄驷"句应即指魂车。又,魂车在晋时又称容车。《通典》卷七十九载挚虞议曰:"按《礼》,葬有祥车,旷左,则今之容车也。……《士丧礼》有道车、乘车,以象生存。"魏晋人所作哀诔之文颇有述及容车者,如曹植《文帝诔》:"感容车之速征。"《三国志·魏书·文德郭皇后传》注引王沈《魏书》所载哀策文:"悲容车之向路。"左芬《晋元皇后杨氏诔》:"习习容车,朱服丹章;隐隐辒轩,弁绖缲裳。"张华《元

皇后哀策文》："寄象容车。"潘岳《南阳长公主诔》："容车戒路。"可知陆机所写，亦当时实况。

⑤"备物"二句：李善注引《礼记·檀弓下》："孔子谓为明器者，知丧道矣，备物而不可用也。"则李善以为"备物"指明器，即随葬器物。虽备而不可用，象征其生前所用而已。又，或指魂舆、冠带等言，亦象征其生前。长旌，指乘车（魂车之一）所载旌旗。《士丧礼》《既夕·记》云乘车除载衣服之外，还"载旜"以夸示其身份。（旜是旗的一种，通体同色。）旆，旌旗下垂的样子。谁为旆，犹言为谁低垂、为谁飘拂。乘车载旌旗，本为拟象平生，然毕竟其主人已经长逝不在，故云"为谁"。

⑥"悲风"二句："徽"，一作"鼓"，一作"激"。徽，《尔雅·释诂》："止也。"轨，原指车箱之下、两轮之间的空间。（见《说文·车部》"轨"字段玉裁注）此代指车。霭，通"霭"，云雨之气。二句谓悲风阻止车行，云气积压凝固，似欲倾崩。曹植《仲雍哀辞》："阴云回于素盖，悲风动其扶轮。"从风、云二者写送葬时悲凄气氛，陆机似受其影响。

⑦"振策"二句：振策，犹挥鞭。灵丘，指坟墓。曹植《感节赋》："岂吾乡之足顾，恋祖宗之灵丘。"《诗·邶风·泉水》："驾言出游。""驾言"句，谓驾车前往墓地，从此死者一去不返。

【汇评】

陈祚明《采菽堂古诗选》卷十："魂舆"四句，生动。

重阜何崔嵬，玄庐窜其间①。旁薄立四极，穹隆放苍天②。侧听阴沟涌，卧观天井悬③。广宵何寥廓，大暮安可晨④！人往有反岁，我行无归年⑤。昔居四民宅，今托万鬼邻⑥。昔为七尺躯，今成灰与尘⑦。金玉素所佩，鸿毛今不振⑧。丰肌飨蝼蚁，妍姿永夷泯⑨。寿堂延螭魅，虚无自相宾⑩。蝼蚁尔何怨⑪？螭魅我何亲？拊心痛荼毒，永叹莫为陈⑫。

【校注】

①"重阜"二句:阜,大而不高的土山。玄庐:指坟墓。玄有北方义,又有幽暗义。古代葬地在北郊。《礼记·檀弓下》:"葬于北方,北首,三代之达礼也,之幽之故也。"《孔疏》:"言葬于国北及北首者,鬼神尚幽暗,往诣幽冥故也。"李善注引曹植《曹嗜诔》:"痛玄庐之虚廓。"窅,《广雅·释诂》:"藏也。"

②"旁薄"二句:旁薄,广大,此指墓室之地面言。陆机以墓室象征大地之广衍,故云。"立",一作"云"。四极,此谓墓室四边之所至,象征大地之四极。《尔雅·释地》:"东至于泰远,西至于邠国,南至于濮铅,北至于祝栗,谓之四极。"穹隆,指穹隆式墓顶,象征天之体。古人浑天说以为天似穹隆形之盖。放,仿效,模仿。一作"效"。扬雄《太玄·玄告》:"天穹隆而周乎下,地旁薄而向乎上,人蓉蓉而处乎中。"二句谓死者居坟墓中,亦犹人在天地之间。

③"侧听"二句:阴沟,指墓中沟渠,象征江河。因在地下,故称阴沟。《史记·秦始皇本纪》云始皇墓中以水银为江河,即此类。天井,墓室顶部有彩绘,如同居室之藻井,以绘有天象,象征天空,故曰天井。据考古发掘,两汉、北魏、唐、五代、辽墓葬均发现有顶部绘画天象者。如一九八七年西安发现之西汉晚期墓葬,以青龙、白虎、朱雀、玄武四象及二十八宿绘于主室砖砌券顶,一九五九年山西平陆发现之东汉墓葬,其藻井绘有日、月及星百余颗等。参潘鼐编著《中国古天文图录》、徐振韬主编《中国古代天文学词典》。二句想象死者仍有视听,但已不能行动。

④"广宵"二句:宵,夜。广宵,犹言长夜、大暮。人死不复见天日,如处无尽之长夜。"宵"一作"霄",字通。寥廓,《文选》扬雄《甘泉赋》"闶阆阆其寥廓兮"李善注:"虚静貌。"张奂《遗命》:"地底冥冥,长无晓期。"《文选》陆机《叹逝赋》"寤大暮之同寐"李善注引缪袭《挽歌》:"大暮安可晨。"

⑤"我行"句:《吕氏春秋·知接》:"管仲有疾,桓公往问之。……管仲曰:'……今臣将有远行,胡可以问?'"以远行喻死。

⑥"昔居"二句:四民,指人民。《管子·小匡》:"士农工商四民者,国之石民也。""托",一作"为"。

223

⑦"昔为"二句:"躯",一作"体"。古以成年男子长七尺。《荀子·劝学》:"小人之学也,入乎耳,出乎口,口耳之间则四寸耳,曷足以美七尺之躯哉。"《淮南子·精神》:"吾生也有七尺之形,吾死也有一棺之土。"古尺短于今尺。《韩非子·说林上》:"夫死者始死而血,已血而衄,已衄而灰,已灰而土。"李善注引李尤《九曲歌》:"肌骨消灭随尘去。"

⑧"金玉"二句:素,往日,向来。一作"昔"。《战国策·赵策》:"鸿毛至轻也,而不能自举。"

⑨"丰肌"二句:司马相如《美人赋》:"弱骨丰肌。"《庄子·列御寇》:"庄子将死,弟子欲厚葬之。庄子曰:'吾以天地为棺椁,以日月为连璧,星辰为珠玑,万物为赍送。吾葬具岂不备耶?何以加此?'弟子曰:'吾恐乌鸢之食夫子也。'庄子曰:'在上为乌鸢食,在下为蝼蚁食,夺彼与此,何其偏也?'""妍姿",一作"妍骸",一作"形骸",又一作"形体"。夷,灭。《老子》十四章:"视之不见名曰夷。"

⑩"寿堂"二句:寿堂,当指墓中前室。墓有主室,棺枢所在;有前室,犹生时所居之堂。堂乃接引宾客处,故于此"延螭魅"。《北堂书钞》卷九十二引缪袭《挽歌》:"寿堂何冥冥,长夜永无期。欲呼舌无声,欲语口无辞。"又引傅玄《挽歌》:"寿堂闲且长,祖载归不还。"之所以称"寿"者,谓享命久长,高寿然后居此。如《后汉书·赵岐传》"先自为寿藏,图季札、子产、晏婴、叔向四像居宾位,又自画其像,居主位"李贤注所云:"寿藏,谓冢圹也。称寿者,取其久远之意也,犹如寿宫、寿器之类。"今日死者之衣犹称寿衣。延,引进,接待。虚无,谓不可见的鬼魅之类。"螭",一作"魑",字通。相宾,互相为宾主,今日此为主彼为宾,他日彼为主此为宾。上句谓魑魅来,主人(死者)接引之;下句谓鬼魅自相为主宾;皆在寿堂之内。

⑪"何怨","怨"一作"怒"。

⑫"拊心"二句:荼毒,苦叶与蜇虫,喻痛苦。《诗·大雅·桑柔》:"民之贪乱,宁为荼毒。"永叹,长叹。《小雅·小弁》:"假寐永叹。"莫为陈,谓无人知我之痛苦而为之陈述。

【汇评】

颜之推《颜氏家训·文章》:挽歌辞者,或云古者《虞殡》之歌,或云出自田横之客,皆为生者悼往苦哀之意。陆平原多为死人自叹之言,诗格既无此例,又乖制作本意。

陆时雍《古诗镜》卷九:长哭大恸,然而不悲,无情故也,更病太甚。凡过饰则损真好,尽则伤雅。故道贵中和,诗归《风》《雅》。

陈祚明《采菽堂古诗选》卷十:此首(指第三首)更条畅。"昔居"四句壮激,不似士衡常调。○三首并极悲凄。

方廷珪评:与潘安仁《悼亡诗》堪称千古绝调。(见乾隆三十二年仿范轩刻《昭明文选集成》)

庶人挽歌辞

死生各异方,昭非神色袭[①]。贵贱礼有差,外相盛已集[②]。魂衣何盈盈,旌旟何习习[③]。念彼平生时,延宾陟此帏[④]。宾阶有邻迹,我降无登辉[⑤]。陶犬不知吠,瓦鸡焉能飞[⑥]?安寝重丘下,仰闻板筑声[⑦]。

【题解】

陆机所作《挽歌》,除《文选》所载三首之外,类书等所录残篇佚句尚有若干,今汇聚于此。此首载《北堂书钞》卷九十二《礼仪部·挽歌》,当非完篇。同卷又引其中"陶犬"四句,题作《庶士挽歌辞》。

【校注】

①"死生"二句:《后汉书·皇后纪》载唐姬歌曰:"死生路异兮从此乖。"昭,昭然,明白,显然。昭非句,似谓死者神色已大变,与生时不相因袭。

②外相:外来之佐助行丧礼者。《左传》宣公十六年"原襄公相礼"杜预注:"相,佐也。"成公二年"使相告之曰'非礼也'"杜预注:"相,相礼者。"

③"魂衣"二句:魂衣,大敛时为死者着衣服,所剩余者祭祀时陈于灵座上,称魂衣。《周礼·春官·司服》"大丧,共其复衣服、敛衣服、奠衣服、庥

衣服"郑玄注:"奠衣服,今坐上魂衣也。"盈,满。盈盈,盛多貌。《北堂书钞》卷九十二引傅玄《挽歌》:"灵坐飞尘起,魂衣正委移。"旟旐(yú zhào),旗上画鸟隼为旟,画龟蛇为旐。《诗·大雅·桑柔》:"旟旐有翩。"此处泛指送葬车所载旌旗。习习,《诗·邶风·谷风》"习习谷风"《毛传》:"和舒貌。"

④"延宾"句:《仪礼·觐礼》:"摈者延之,曰升。"郑玄注:"延,进也。"延宾,谓引进宾客。陟,登。此指登堂。帏,指堂上帷幔。生时延宾在堂上,死后大殓及殡(奉尸入棺,置于坎内)也在堂上,故曰"此"。

⑤"宾阶"二句:宾阶,即西阶,宾客升堂由西阶。邻,连,相接连。邻迹,形容来吊宾客盛多,接连不断。我降,谓启殡之时灵柩由西阶而下。《礼记·檀弓上》:"大敛于阼,殡于客位。"阼,阼阶,东阶,平时主人升堂由东阶。大敛、殡皆在堂上,而在东、在西不同。殡既在西,启殡时亦当由西阶而下。登,又称"瓦豆",陶瓦所制盛器,亦作"镫"。此指盛油脂照明者,即灯。《急就章》卷三"锻铸铅锡镫锭鐎"颜师古注:"镫,所以盛膏夜然燎者也。"无登辉,谓灯光暗淡。

⑥"陶犬"二句:谓随葬之明器。"飞",一作"鸣"。

⑦"安寝"二句:重丘,指坟墓厚土。版筑,建筑填土时所用墙板及捣土所用之杵。此指建造坟墓堆土夯实而言。

挽歌辞

魂衣何盈盈,旟旐何习习。父母拊棺号,兄弟扶筵泣①。灵輀动轇轕,龙首矫崔嵬②。挽歌挟毂唱,嘈嘈一何悲③。浮云中容与,飘风不能回④。渊鱼仰失梁⑤,征乌俯坠飞。

【题解】

此首载于《太平御览》卷五百五十二《礼仪部·挽歌》。其中"魂衣何盈盈,旟旐何习习"与上一首重复,原来应是同一首,各有删节。类书引录文字常作删节，此其一例。

【校注】

①“父母”二句：拊，拍击。扶筵(yán)，持席。筵，席也。筵、席对举，筵为铺于地者，席为加于筵上者；散言之，筵、席义通。丧礼，小敛、大敛布席以卧死者，又设奠席以陈酒食祭品。此处之筵，恐指奠席而言，因上句云“拊棺”，是已大敛置尸于棺之后。其席用苇编成。《周礼・春官・司几筵》：“凡丧事，设苇席。”郑玄注：“凡丧事，谓凡奠也。”据《仪礼・士丧礼》，自始死之奠至小敛之奠，酒食祭品皆设于地，不用席。自大敛至葬，其奠皆设席。《司几筵》又云：“其柏席用萑。”萑如苇而细。何为柏席，诸说不同。郑众释“柏”为“迫”，谓紧贴地之席，苇席加于其上。又引或曰，云是载黍稷之席。郑玄则云“柏”字当作“椁”，椁席乃置于圹中供死者之神跪坐之具。则此“筵”也有可能指将要置于墓圹中之席。究竟何意，未详，姑录以上资料备考。

②“灵轜”二句：轜，丧车，载柩者。轇轕(jiāo gé)，杂乱貌。龙首，柩上设布盖以承幌，龙首鱼尾。司马彪《续汉书・礼仪志》云，柩车祖载之时，“千石以下，缁布盖墙，鱼龙首尾而已”。参上《挽歌》三首之一“龙幌被广柳”注。矫，举。崔嵬，高貌。

③“挽歌”二句：毂(gǔ)，车轮中央车辐所集聚之圆形部件，轴穿其中。此代指车。挟毂，在车两旁。嘈嘈，声音众多。苏武诗：“泠泠一何悲。”

④“浮云”二句：容与，《文选》江淹《别赋》“棹容与而未前”李周翰注：“不进貌。”飘，《说文・风部》：“回风也。”二句谓风云皆似凝止不动。

⑤“渊鱼”句：渊，深水。梁，指鱼梁，用以捕鱼。堵塞河之两边，中间空处以笱承之，鱼游则入笱中。此谓深水之鱼为悲声所感，遂浮游而出，乃失身于鱼梁。

士庶挽歌辞

埏埴为涂车，束薪作刍灵[①]。

①"埏埴"二句：见《太平御览》卷五百五十二《礼仪部·刍灵》。埏（shān），和泥。埴（zhí），黏土。《老子》十一章："埏埴以为器。"涂，泥。涂车，以泥为车。刍灵，编束茅草为人马。与死者有关，故称灵，犹灵柩、灵床之"灵"。《礼记·檀弓下》："涂车、刍灵，自古有之，明器之道也。"

王侯挽歌辞

孤魂虽有识，良接难为符①。操心玄茫内，注血治鬼区②。

【题解】

此四句见《北堂书钞》卷九十二《礼仪部·挽歌》。

【校注】

①"孤魂"二句：《汉书·贡禹传》禹上书："孤魂不归。"《三国志·魏书·高堂隆传》隆疾笃上疏："魂而有知，结草以报。""良接"句，未详。陈禹谟本《北堂书钞》"良接"作"冥漠"。二句似谓死者精魂虽仍有识知，但难有征验。

②"操心"二句：操心，秉心，用心。《孟子·尽心上》："孤臣孽子，其操心也危。"玄茫，谓幽玄茫远。注血，犹言倾注心血。马融《广成颂》："导鬼区，径神场。"二句谓死者用心于幽玄茫昧之中，倾注心血治理鬼域。死者为王侯，故云。

挽　　歌

五常侵轨仪，六气牵徽纆①。情和乏良聘，枝骈成鸩毒②。

此四句见吴棫《韵补》卷五"缧"字注。

【校注】

①"五常"二句:董仲舒《举贤良对策》:"夫仁谊礼知信,五常之道,王者所当修饬也。"《汉书·刑法志》:"夫人……怀五常之性。"轨仪,法度。《汉书·贾山传》"轨事之大者也"颜师古注:"轨谓法度也。"仪,《国语·周语》"百官轨仪"韦昭注:"法也。"《左传》昭公元年:"六气,曰阴阳风雨晦明也。"昭公二十五年:"民有好恶喜怒哀乐,生于六气。"杜预注:"此六者皆禀阴阳风雨晦明之气。"徽缧(mò),绳索。三股编成者曰徽,两股编成者曰缧。此喻法禁。二句谓人之性情为法度所侵夺拘牵。侵、牵,谓侵于、牵于也。

②"情和"二句:聘,聘问,媒人向女家询问。《急就章》卷三"妻妇聘嫁赍媵僮"颜师古注:"谓因媒而问也。""情和"句,以婚聘为喻,谓性情中和者竟乏良媒,无人过问。枝(qí)骈,枝指(手有六指)、骈拇(足拇指与第二指相连)。《庄子》有《骈拇》篇,以骈拇为赘余,指斥礼乐仁义、名利辩说等残生伤性。"骈拇"句谓人生所追求之功名财货等实为赘累,毒害人性。

挽　　辞

在昔良可悲,魂往一何戚①。念我平生时,人道多拘役②。

【题解】

此四句见《韵补》卷五"役"字注。

【校注】

①戚:悲。

②"念我"二句:曹植《送应氏》:"念我平生居。"《庄子·在宥》:"有天道,有人道。无为而尊者,天道也;有为而累者,人道也。"

百年歌

一十时,颜如蕣华晔有晖,体如飘风行如飞①。娈彼孺子相追随,终朝出游薄暮归,六情逸豫心无违②。清酒将炙奈乐何③!清酒将炙奈乐何!

二十时,肤体彩泽人理成,美目淑貌灼有荣④。被服冠带丽且清,光车骏马游都城,高谈雅步何盈盈⑤。清酒将炙奈乐何!清酒将炙奈乐何!

三十时,行成名立有令闻,力可扛鼎志干云,食如漏卮气如熏⑥。辞家观国综典文,高冠素带焕翩纷⑦。清酒将炙奈乐何!清酒将炙奈乐何!

四十时,体力克壮志方刚,跨州越郡还帝乡,出入承明拥大珰⑧。清酒将炙奈乐何!清酒将炙奈乐何!

五十时,荷旄仗节镇邦家,鼓钟嘈囋赵女歌,罗衣绰褋金翠华,言笑雅舞相经过⑨。清酒将炙奈乐何!清酒将炙奈乐何!

六十时,年亦耆艾业亦隆,骖驾四牡入紫宫,轩冕纳那翠云中,子孙昌盛家道丰⑩。清酒将炙奈乐何!清酒将炙奈乐何!

七十时,精爽颇损膂力愆,清水明镜不欲观,临乐对酒转无欢,揽形脩发独长叹⑪。

八十时,明已损目聪去耳,前言往行不复纪⑫。辞官致禄归桑梓,安车驷马入旧里⑬。乐事告终忧事始⑭。

九十时,日告耽瘁月告衰⑮,形体虽是志意非。多言谬误心多悲⑯，子孙朝拜或问谁。指景玩日虑安危，感念平生泪交挥⑰。

百岁时，盈数已登肌肉单，四支百节还相患⑱，目若浊镜口垂涎，呼吸喇嚘反侧难，茵褥滋味不复安⑲。

【题解】

《百年歌》，载《艺文类聚》卷四十三及《陆士衡文集》卷七，《艺文类聚》所载者比《陆士衡文集》少三句，不知是否今本《艺文类聚》已有缺佚。《初学记》卷十五、《太平御览》卷五百七十三并云："晋王道中、陆机并作。"王道中其人及其歌均不详。《类说》卷五十一《乐府解题》云《百年歌》"起总角至百年，历述幼小、丁壮、耆耄之状，每十年一首，陆士衡独至一百二十。"但今所见各本陆机之作亦止百年，无至一百二十者。按：《百年歌》此种体裁，或许起于民间，流传当亦久远。唐末李克用宴饮作乐，"伶人奏《百年歌》，至于衰老之际，声辞甚悲，坐上皆凄怆。"（《新五代史·唐本纪》）应也是自少及老，与陆机此篇同一机杼。宴席之上奏此悲歌，正与后汉时婚嫁宴上唱《挽歌》相同。

今据影宋钞本《陆士衡文集》载录。

【校注】

①"颜如"二句：蕣（shùn），又名木槿，其花朝生暮落。《诗·郑风·有女同车》："颜如舜华。"蕣华即舜华。晔，美盛貌。飘风，突然而起的疾风。《诗·小雅·何人斯》："彼何人斯，其为飘风。"《毛传》："飘风，暴起之风。"《神异经》："西海之外有鹄国焉……人行如飞，日千里。"

②"娈彼"三句：《艺文类聚》无"娈彼"句。娈，美好的样子。《诗·邶风·泉水》："娈彼诸姬。"孺子，稚子。终朝，自天明至进食时的一段时间。六情，泛指人的情感意想。《白虎通·情性》："六情者何谓也？喜怒哀乐爱恶。"逸豫，舒展喜乐。《诗·小雅·白驹》："逸豫无期。"曹植《离缴雁赋》："情逸豫而永康。"心无违，没有不顺心之事。

③"清酒"句："将"，原作"浆"，据《艺文类聚》改。以下诸首同。将，

《诗·周南·樛木》"福履将之"《郑笺》:"犹扶助也。"《召南·鹊巢》"百两将之"《毛传》:"送也。"清酒将炙,谓以清酒佐送炙肉也。奈乐何,快乐得不知如何是好,亦即乐不可支之意,犹如《世说新语·任诞》所云"桓子野每闻清歌,辄唤'奈何'"。

④"肤体"二句:"肤体彩泽",《艺文类聚》作"肤彩津泽"。理,《礼记·乐记》"礼也者,理之不可易者也"郑玄注:"犹事也。"人理成,谓人事已成就,兼指身体、性情、知识等而言。荣,谓容貌美好。阮籍《咏怀》:"昔日繁华子,安陵与龙阳。夭夭桃李花,灼灼有辉光。"

⑤"被服"三句:《艺文类聚》无"被服"句。《仪礼·士冠礼·记》:"二十而冠。"光车,华美装饰之车。雅步,谓行走姿态闲雅。陆云《为顾彦先赠妇》:"雅步擢纤腰,巧笑发皓齿。"古人行步注重姿态,男女皆然。萧涤非《汉魏六朝乐府文学史》第二编第三章《两汉民间乐府》论《陌上桑》曰:"汉世男女,皆各有步法。……《后汉书·马援传》:'勃(朱勃)衣方领,能矩步。'注云:'颈下施衿,领正方,学者之服。矩步者,回旋皆中规矩。'服既为学者之服,则'矩步'当亦学者之步,与此诗所谓'公府步'者必自不同。此汉士大夫步法之可考见者。度其间寸疾徐之节,必各有不同及难能之处,故彼传特表而出之,而此诗亦以为言也。闻一多先生云:'案古礼,尊贵者行迟,卑贱者行速,孙堪以县令谒府,而趋步迟缓,有近越礼,故遭谴斥。(见《后汉书·儒林·周泽传》)太守位尊,自当举趾舒泰,节度迟缓。此所谓公府步、府中趋,犹今人言官步矣。'则是官步中,又有尊卑之别焉。萧氏所言虽止于汉代,然可推想魏晋风尚,录以备参。盈盈,仪容美好。《广雅·释训》:"嬴嬴,容也。""盈""嬴"通。《陌上桑》:"盈盈公府步。"《古诗》"青青河畔草":"盈盈楼上女。"又"迢迢牵牛星":"盈盈一水间。"

⑥"行成"三句:《晋书·李重传》重奏曰:"(霍原)行成名立,缙绅慕之。"《史记·项羽本纪》:"力能扛鼎。"干云,入云。《盐铁论·诏圣》:"山高干云。"卮(zhī),一种圆形酒器。《淮南子·泛论》:"江河不能实漏卮。"曹植《与吴季重书》:"食若填巨壑,饮若灌漏卮。"熏,灼。气如熏,言其气焰之高。

⑦"辞家"二句:观国,谓在京城,近至尊,为王者之宾。《周易·观》六

四:"观国之光,利用宾于王。"王弼注:"居观之时,最近至尊,观国之光者
也。居近得位,明习国仪者也,故曰'利用宾于王'也。"综,理。典文,典册
文书。高冠,服之以示威仪。《楚辞·离骚》:"高余冠之岌岌兮,长余佩之
陆离。"王逸注:"尊其威仪,整其服饰。"素带,大夫以上皆素带,以素为之,
见《礼记·玉藻》。翩纷,犹缤纷,繁盛貌。"翩""缤"通。《楚辞·离骚》;
"佩缤纷其繁饰兮。"《艺文类聚》无"高冠"句。

⑧"体力"三句:克,能。《诗·小雅·采芑》:"方叔元老,克壮其犹。"方
刚,正值壮盛之时。《论语·季氏》:"及其壮也,血气方刚。""跨州"句,谓任
地方官员之后还至京都。帝乡,《庄子·天地》"乘彼白云,至于帝乡",指仙
都;《艺文类聚》卷十六引《东观汉记》"河南帝城多近臣,南阳帝乡多近亲",
指皇帝故乡;此处则指京都。承明,西汉殿名,在未央宫。《汉书·五行
志》:"又集未央宫承明殿屋上。"又东汉、魏、晋时洛阳宫殿有承明门。《后
汉书·陈蕃传》:"曹节等矫诏诛(窦)武等,蕃时年七十余,闻难作,将官属
诸生八十余人,并拔刃突入承明门。"此东汉宫殿之承明门。魏晋时北宫建
始殿亦有承明门,曹植《赠白马王彪》"谒帝承明庐",即此门。(见《三国
志·魏书·文帝纪》裴松之注)应璩《杂诗》:"出入承明庐,车服一何焕。"
拥,《广雅·释诂》:"持也。"珰,冠饰,饰于武冠之上,以黄金为之,在冠前,
附以金蝉,称赵惠文冠,相传是战国时赵武灵王效胡服所创,赐与贵臣。后
汉时为侍中、中常侍所服。(见《续汉书·舆服志》)拥大珰,拥有加珰之武
冠,谓为近臣也。韦诞《叙志赋》:"拥大珰于帝侧。"

⑨"荷旄"四句:荷,举。《诗·小雅·无羊》"何蓑何笠"《毛传》:"何,揭
也。""何""荷"通。旄,旗名。古以牦牛尾附着于旗竿上,故谓此旗为旄。
(参《说文·㫃部》"旄"字段玉裁注)《诗·鄘风·干旄》:"孑孑干旄,在浚之
郊。"《郑笺》:"《周礼》:孤卿建旃,大夫建物。首皆注旄焉。谓卿大夫出行
乃有旌旄。《小雅·出车》:"建彼旄矣。"谓将帅受命出征建旄。此云荷旄,
亦出镇征行也。仗,通"杖"。《说文·木部》:"杖,持也。"节,符节,臣受命
外出,持节作为信物。《周礼·地官·序官》"掌节"郑玄注:"犹信也,行者
所执之信。"荷旄仗节,谓受君命出行。《文选》任昉《宣德皇后令》"拥旄司
部"李善注引班固《涿邪山祝文》:"仗节拥旄,钲人伐鼓。"镇邦家,谓镇守一

233

方。嘈囔，声音盛大貌。赵女，以妖冶善音乐著称。李斯《谏逐客书》："佳冶窈窕，赵女不立于侧也。"《史记·货殖列传》："今夫赵女郑姬，设形容，揳鸣琴。"缤粲（cuì càn），鲜明貌。曹植《洛神赋》："披罗衣之璀粲兮。"应玚《迷迭赋》："振纤枝之翠粲。"嵇康《琴赋》："新衣翠粲。"缤粲即翠粲、璀粲。金翠，黄金与翠鸟羽，指首饰。曹植《洛神赋》："戴金翠之首饰。"李善注引司马彪《续汉书》："太皇后花胜上为金凤，以翡翠为毛羽。"又引刘骃骉《玄根赋》："戴金翠，珥珠玑。"华，有光彩。《诗·卫风·氓》："言笑晏晏。"阮籍《咏怀》："赵李相经过。"

⑩"年亦"四句：耆、艾，皆老之意。骖，驾车马在两旁者曰骖。牡，雄兽。《诗·小雅·采薇》："驾彼四牡。"紫宫，皇宫。天上星垣有紫微，又称紫宫，乃天皇大帝北辰星所居。（见《史记·天官书》"中宫天极星"《索隐》引《春秋合诚图》、《初学记》卷二十六引《春秋合诚图》）人间帝王拟象之，建宫亦称紫宫。轩冕，贵族所服用之车与礼服。《左传》哀公十五年："服冕乘轩。"杜预注："冕，大夫服；轩，大夫车。"纳那，未详，疑是盛美鲜明之貌。《广弘明集》卷二十九上萧子云《玄圃园讲赋》："銮纳那而垂藻，箫和鸣以承箫。"唐宋诗文屡见"纳纳"一语，如《法苑珠林》卷二十一《观佛部·感应缘》："观其行迹……足迹纳纳，来往不住。"杜甫《野望》"纳纳乾坤大"，刘禹锡《踏潮歌》"归涛纳纳景昭昭"，宋祁《早发大偓》"春流纳纳深"，梅尧臣《石笋峰》"明明落溪口，纳纳喧滩齿"，沈与求《十里岩石壁》"下田纳纳禾稼茂"，"纳纳"皆有盛多、广大之意。纳那、纳纳当意近。翠云，翠乃鲜明之意。冯衍《显志赋》："乘翠云而相佯。"家道，家族存在、发展之状况。《周易·家人·彖》："父父子子兄兄弟弟夫夫妇妇而家道正。"

⑪"精爽"四句：精爽，犹神明，谓精神、聪明。《左传》昭公七年："是以有精爽，至于神明。"杜预注："爽，明也。"《孔疏》："盖精亦神也，爽亦明也。精是神之未著，爽是明之未昭。言……养此精爽，至于神明也。"膂，《方言》卷六："力也。"《诗·小雅·北山》："旅力方刚，经营四方。""旅"即"膂"之借字。愆，失去。《汉书·韩安国传》："清水明镜，不可以形逃。"颜师古注："言美恶皆见。"嵇蕃《答赵景真书》："对荣宴而不乐，临清觞而无欢。"揽，《广雅·释诂》："持也。"揽形，谓持其形仪、不失态也。脩发，即修发，"脩"

"修"通。修发，谓修饰头发，与"揽形"意相承。又，揽，通"览"，揽形，谓观其形貌。亦通。"脩"，一作"羞"。羞发，谓因白发而羞惭。

⑫"明已"二句："损目"，谓损于目。《艺文类聚》无"目"字。《周易·大畜·象》："君子以多识前言往行，以畜其德。"

⑬"辞官"二句：致，归还。致禄，谓归还俸禄于君，即"致仕"之意。《国语·鲁语》："子冶归，致禄而不出。"桑梓，故里。《诗·小雅·小弁》："维桑与梓，必恭敬止。"谓桑树、梓树乃父亲所种植，不敢不恭恭敬敬。后世乃以"桑梓"代指故乡。安车，有座位、行驶安稳之车。汉时赏赐臣下常以安车驷马，大臣致仕时亦赐之。《汉书·杜延年传》："延年遂称病笃，赐安车驷马，罢，就第。"颜师古注："安车，坐乘之车也。"

⑭"乐事"句：《庄子·知北游》："乐未毕也，哀又继之。"曹丕《与朝歌令吴质书》："乐往哀来，怆然伤怀。"李善注引《列女传》："陶答子妻曰：乐极必哀。"

⑮耽瘁：即沉悴，沉滞病悴之意。"耽""沉"通。马融《樗蒲赋》："胜贵欢悦，负者沉悴。"傅咸《申怀赋》："悲伍员之沉悴。"

⑯多言：《艺文类聚》作"言多"，疑是。

⑰"指景"二句：指景，指顾日影。玩，贪爱。玩日，贪爱时日，生怕时光逝去。《左传》昭公元年："赵孟视荫曰：'朝夕不相及，谁能待五（按：谓五年)！'后子出而告人曰：'赵孟将死矣。主民，玩岁而愒日。其与几何？'"杜预注："荫，日景也。赵孟意衰，以日景自喻，故言'朝夕不相及，谁能待五'。玩、愒，皆贪也。言不能久。"交挥，谓两手交相挥去泪水。形容涕泪之多。潘岳《夏侯常侍诔》："进涕交挥。"

⑱"盈数"二句：盈数，谓百年。单，通"殚"，尽也。四支，即四肢。百节，谓身体各处关节。《吕氏春秋·开春》："饮食居处适，则九窍、百节、千脉皆通利矣。"《淮南子·缪称》："心扰则百节皆乱。"相患，谓互相妨碍。

⑲"呼吸"二句：噸蹙，攒眉皱额貌。呼吸噸蹙，谓连呼吸也觉困苦。《诗·周南·关雎》："辗转反侧。"茵，褥。滋味，谓美味。《礼记·月令》："薄滋味。"

郑樵《通志》卷四十九《乐略·遗声》:《百年歌》。陆机作,十年为一章,共十章。言句泛滥无可采。

钱锺书《管锥编·太平广记》第一〇一则:(同昌)公主死,李可及进《叹百年》曲,声词哀怨。按《旧唐书·曹确传》亦记"伶官李可及为《叹百年》舞曲……词语凄怆,闻者流涕"。敦煌写本曲子中有《丈夫百岁篇》《女人百岁篇》,当是其类。欧阳修《五代史·唐本纪》记李克用置酒三垂冈,"伶人奏《百年歌》,至于衰老之际,声辞甚悲,坐上皆凄怆",亦谓此也。《陆机集》有《百年歌》十首,则雅言之导夫先路者。

秋胡行

道虽一致,涂有万端①。吉凶纷蔼,休咎之源②。人鲜知命③,命未易观。生亦何惜,功名所勤④。

【题解】

《秋胡行》,《乐府诗集》属《相和歌辞·清调曲》。秋胡,鲁人,仕宦于外,日久归家。见道旁妇人采桑,乃调戏之,欲赠以金,妇人严词拒绝之。至家,方始知刚才所见之采桑妇即其妻。妻以丈夫行为下流,既愤且羞,乃自投于河而死。事见刘向《列女传》。郭茂倩引《乐府解题》曰:"后人哀而赋之,为《秋胡行》。"陆机此篇叹人生之难,已与本事无关。诗载《艺文类聚》卷四十一、《乐府诗集》卷三十六、《陆士衡文集》卷七。今据《艺文类聚》录载。

【校注】

①"道虽"二句:《周易·系辞下》:"天下同归而殊途,一致而百虑。"《史记·礼书》太史公曰:"人道经纬万端。"

②"吉凶"二句:《周易·系辞上》:"方以类聚,物以群分,吉凶生矣。"

《系辞下》:"爱恶相攻而吉凶生。"纷蔼,繁多貌。休,美。咎,祸殃。《汉书·刘向传》:"箕子为武王陈五行阴阳休咎之应。"

③"人鲜"句:鲜,少。命,指天命。《周易·系辞上》:"乐天知命,故不忧。"

④勤:《吕氏春秋·不广》"勤天子之难"高诱注:"忧也。""勤"字《乐府诗集》卷三十六同,《陆士衡文集》作"叹",当是以为"勤"字出韵,故改。按:"勤"字于《广韵》属欣韵,"源"元韵,"端""观"桓韵。汉晋之间,"勤"字真部,"源""端""观"元部,二部可以通押。(参罗常培、周祖谟《汉魏晋南北朝韵部演变研究》)此句"勤"字不误。"生亦"二句,谓生命不足惜,但如何建立功名,是我所忧虑的。

顺东西门行

出西门,望天庭,阳谷既虚崦嵫盈①。感朝露,悲人生,逝者若斯安得停②!桑枢戒,蟋蟀鸣,我今不乐岁聿征③。迨未暮,及时平,置酒高堂宴友生④。激朗笛,弹哀筝,取乐今日尽欢情⑤。

【题解】

《顺东西门行》,《乐府诗集》属《相和歌辞·瑟调曲》。陆机此作,意与古辞同,谓当及时行乐。其句式则为三、三、七言,与其《鞠歌行》全同。(据《乐府诗集》,《艺文类聚》所载则通篇为七言,但仅有六句,非完篇。)诗载《乐府诗集》卷三十七、《陆士衡文集》卷七。今据《乐府诗集》录载。

【校注】

①"出西"三句:《相和歌辞·瑟调曲·西门行》古辞言人命短促,应当及时行乐。其发端云:"出西门,步念之,今日不作乐,当待何时。"陆机此作当受其影响。扬雄《法言·修身》:"仰天庭而知天下之居卑也哉。"王延寿

《鲁灵光殿赋》："仰看天庭。"阳谷，即汤谷、旸谷，日出处。崦嵫（yān zī），山名，日入之处。《楚辞·离骚》："望崦嵫而勿迫。"按：此三、三、七言。《艺文类聚》《陆士衡文集》"出"上有"日"字，则成七言二句。

②"感朝"三句：《汉书·苏武传》李陵谓武："人生如朝露。"《古诗》："年命如朝露。"曹操《短歌行》："人生几何？譬如朝露，去日苦多。"逝者，"逝"原作"游"，据《艺文类聚》卷四十二、《陆士衡文集》改。《论语·子罕》："子在川上曰：'逝者如斯夫，不舍昼夜！'"

③"桑枢"三句：枢，门臼，容门轴者。桑枢，以桑木弯曲成圈形作为门臼，乃贫家陋居之物。《庄子·让王》："原宪居鲁，环堵之室，茨以生草，蓬户不完，桑以为枢，而瓮牖二室，褐以为塞，上漏下湿。匡坐而弦。子贡乘大马，中绀而表素，轩车不容巷，往见原宪。原宪华冠縰履，杖藜而应门。子贡曰：'嘻，先生何病！'原宪应之曰：'宪闻之，无财谓之贫，学而不能行谓之病。今宪贫也，非病也。'子贡逡巡而有愧色。原宪笑曰：'夫希世而行，比周而友，学以为人，教以为己，仁义之慝，舆马之饰，宪不忍为也。'"《淮南子·原道》："环堵之室，茨之以生茅，蓬户瓮牖，揉桑为枢，上漏下湿……此齐民之所为形植黎黑，忧悲而不得志也。圣人处之，不为愁悴怨怼，而不失其所以自乐也。是何也？则内有以通于天机，而不以贵贱贫富劳逸失其志德者也。"此云"桑枢戒"，取其虽贫而不妨碍其乐之意。《诗·唐风·蟋蟀》序："刺晋僖公也。俭不中礼，故作是诗以闵之，欲其及时以礼自虞乐也。"其诗云："蟋蟀在堂，岁聿其莫。今我不乐，日月其除。"蟋蟀由野而渐入于堂，谓秋气已深。此云"蟋蟀鸣"，实即蟋蟀在堂而鸣之意，谓岁月流逝已届深秋。聿（yù），助词。"我今"句，将"今我不乐，日月其除"合为一句，谓如若今日不作乐寻欢，岁月流逝，将失去寻乐之机会。

④"迨未"二句：迨，及、趁。未暮，谓岁未暮。时平，谓时世清平。阮瑀诗："置酒高堂上，友朋集光辉。"友生，朋友。《诗·小雅·伐木》："矧伊人矣，不求友生。"按："迨未"二句《艺文类聚》《陆士衡文集》作"迨未年暮及世平"，则成七言一句。

⑤"激朗"二句：朗笛，谓笛声嘹亮。哀筝，筝乐动人。曹丕《与朝歌令吴质书》："哀筝顺耳。"张衡《西京赋》："取乐今日，遑恤我后。"吴质《答东阿

238

王书》："欲倾海为酒,并山为肴,伐竹云梦,斩梓泗滨,然后极雅意,尽欢情。"

【汇评】

陈祚明《采菽堂古诗选》卷十:校《鞠歌行》尤亮。

上留田行

　　嗟行人之蔼蔼,骏马陟原风驰,轻舟泛川雷迈①。寒往暑来相寻,零雪霏霏集宇,悲风徘徊入襟②。岁华冉冉方除,我思缠绵未纾,感时悼逝凄如③。

【题解】

《上留田行》,《乐府诗集》属《相和歌辞·瑟调曲》。崔豹《古今注》:"上留田,地名也。其地人有父母死兄不字其孤弟者,邻人为其弟作悲歌,以讽其兄,故曰《上留田》。"郭茂倩引《乐府广题》:"盖汉世人也。云:'里中有啼儿,似类亲父子。回车问啼儿,慷慨不可止。'"按:崔豹所云,为其本事,其后盖以"上留田"三字为和声。观《乐府诗集》所载曹丕、谢灵运所作各一首,内容与本事无关,而每句下有"上留田"三字,即和声。陆机此首本来应也是如此。

诗载《艺文类聚》卷四十一、《乐府诗集》卷三十八、《陆士衡文集》卷七。今据《艺文类聚》录载。

【校注】

①"嗟行"三句:蔼蔼,盛多貌。王褒《四子讲德论》:"风驰雨集。"嵇康《赠秀才入军》:"风驰电逝。"《三国志·吴书·陆抗传》抗上疏:"泛舟顺流,舳舻千里,星奔电迈。"

②"寒往"三句:《周易·系辞下》:"寒往则暑来,暑往则寒来,寒暑相推而岁成焉。"相寻,相循。郑玄《诗谱序》:"刺怨相寻。"《诗·小雅·采薇》:

"雨雪霏霏。"集,止。《古诗》:"白杨多悲风。"徘徊,描写风或作或止、或强或弱而留连不去之状。《楚辞》东方朔《七谏·自悲》:"徐风至而徘徊兮。"

③"岁华"三句:《诗·唐风·蟋蟀》:"日月其除。"《毛传》:"除,去也。"左芬《离思赋》:"思缠绵以增慕。"凄如,凄然。

【汇评】

王夫之《古诗评选》卷一:六言音体劲促,尤易入俗。静秀安详,此为首出矣。

陈祚明《采菽堂古诗选》卷十:分章用韵,别是一格。

陇西行

我静如镜,民动如烟①。事以形兆,应以象悬②。岂曰无才?世鲜兴贤③。

【题解】

《陇西行》,《乐府诗集》属《相和歌辞·瑟调曲》。郭茂倩曰:"一曰《步出夏门行》。"诗载《艺文类聚》卷四十一、《乐府诗集》卷三十七、《陆士衡文集》卷七。今据《艺文类聚》录载。

【校注】

①"我静"二句:《庄子·天道》:"圣人之心静乎,天地之鉴也,万物之镜也。"《应帝王》:"至人之用心若镜,不将不逆,应而不藏,故能胜物而不伤。"《天下》:"其动若水,其静若镜,其应若响。"《荀子·富国》:"飞鸟凫雁若烟海。"杨倞注:"远望如烟之覆海,皆言多。"《淮南子·主术》:"飞鸟归之若烟云。"《董逃行》古辞:"百鸟集,来如烟。"按:《汉书·叙传》"述文纪第四":"我德如风,民应如草。"曹植《七启》:"民望如草,我泽如春。"皆以"我""民"对举,"我"谓治民者。陆机当受其影响。

②"事以"二句:《周易·系辞上》:"在天成象,在地成形。"韩康伯注:"象,况日月星辰;形,况山川草木也。悬象运转以成昏明。"兆,《国语·吴

语》"天占既兆"韦昭注:"见也。"应,回应,应答。《周易·系辞上》:"县(悬)象著明,莫大乎日月。"二句谓凡事皆如有形而可见;回应之亦如天象之悬,灼然无隐。两"以"皆"如""若"之义。

③"岂曰"二句:《诗·秦风·无衣》:"岂曰无衣。"傅玄《傅子·举贤》:"贤能之士,何世无之?……顾求与不求耳。"鲜,少。兴,《广雅·释诂》:"举也。"《周礼·地官·乡大夫》:"考其德行道艺而兴贤者能者。"

【汇评】

谭元春评:"风草"之言已奇矣,"民动如烟"写出情状,更使人辗然而笑。(《古诗归》卷八)

锺惺评:"静"字说镜,亦妙。○偶然妙语,经思则失之。(《古诗归》卷八)

张玉穀《古诗赏析》:首二民、我双提,形容动静,造句奇特。……陆诗四言多平实铺排,惟此简峭,取之。

驾言出北阙行

驾言出北阙①,踟蹰遵山陵。长松何郁郁,丘墓互相承②。念昔殂没子,悠悠不可胜③。安寝重冥庐,天壤莫能兴④。人生何期促,忽如朝露凝⑤。辛苦百年间,戚戚如履冰⑥。仁智亦何补,迁化有明征⑦。求仙鲜克仙,太虚安可凌⑧?良会罄美服,对酒宴同声⑨。

【题解】

《驾言出北阙行》,《乐府诗集》属《杂曲歌辞》。《艺文类聚》卷四十一载此篇,不全,在《古驱车上东门行》(按:即《古诗》"驱车上东门")之后,而首句"驾言出北阙"之上有"驱马上东门"五字。明人冯惟讷《诗纪》、清人冯舒《艺文类聚》校记、钱培名《陆士衡文集札记》皆以为此五字当是题下之注,而陆机此首乃拟《驱车上东门》所作。《乐府诗集》载此诗,亦在《驱车上东门行》之后。今观其诗,确颇似拟《驱车上东门》之作。

诗载《乐府诗集》卷六十一、《陆士衡文集》卷七。今据《乐府诗集》录载。

【校注】

①"驾言"句:《诗·邶风·泉水》:"驾言出游,以写我忧。"北阙,指北城门外所建双阙。洛阳北有邙山,为墓葬集中之地。

②"长松"二句:《古诗》:"松柏夹广路。"李善注引仲长统《昌言》:"古之葬者,松柏梧桐以识其坟。"杜笃《首阳山赋》:"长松落落。"郁郁,茂盛。丘墓,坟墓。相承,相接。言其多。

③"念昔"二句:《诗·小雅·小宛》:"我心忧伤,念昔先人。"殂(cú),死。悠悠,忧思。胜,任,承受。"悠悠"句,谓忧思难以承受。

④"安寝"二句:重,《说文·重部》:"厚也。"冥,《说文·冥部》:"幽也。"重冥,谓层层黑暗,幽暗之极。重冥庐,指墓穴。兴,起。二句谓死者静卧墓室内,天地之间无有能使之兴起者。

⑤"人生"二句:忽,倏忽。参《顺东西门行》"感朝露,悲人生"注。

⑥"戚戚"句:戚,悲忧。《楚辞·九章·悲回风》:"居戚戚而不解。"《诗·小雅·小旻》:"战战兢兢,如临深渊,如履薄冰。"

⑦"仁智"二句:《管子·君臣下》:"神圣者王,仁智者君。"《荀子·君道》:"仁知之极也,夫是之谓圣人。"汉武帝《悼李夫人赋》:"忽迁化而不反兮。"仁与智乃评骘人物之高标。此谓纵使有仁智之德,于生死之事亦无所补,终将化为异物,此有明证无可疑者。征,证。

⑧"求仙"二句:《诗·大雅·荡》:"鲜克有终。"太虚,指天。《庄子·知北游》:"不游乎太虚。"曹植《仙人篇》:"轻举凌太虚。""安可",一作"不可"。

⑨"良会"二句:《古诗》:"今日良宴会。"罄,尽。服,服用,不仅指衣服。罄美服,谓精美之器用衣饰皆尽其所有。曹操《短歌行》:"对酒当歌,人生几何?"同声,相应和之友人。《周易·乾·文言》:"同声相应,同气相求。"

太山吟

太山一何高,迢迢造天庭①。峻极周已远,曾云郁冥冥②。
梁甫亦有馆,蒿里亦有亭③。幽涂延万鬼,神房集百灵④。长
吟太山侧,慷慨激楚声⑤。

【题解】

《太山吟》,《乐府诗集》属《相和歌辞·楚调曲》。郭茂倩引《乐府解题》
曰:"《泰山吟》,言人死精魄归于泰山。亦《薤露》《蒿里》之类也。"按:太山,
即泰山,一名岱宗,为东岳,相传为人死鬼魂聚集之地,而其神主管人之死
亡。顾炎武以为此说法起于西汉之末。《日知录》卷三十"泰山治鬼"云:
"自哀平之际,而谶纬之书出,然后有如《遁甲开山图》所云'泰山在左,亢父
在右,亢父知生,梁父(泰山下小山)主死',《博物志》所云'泰山一曰天孙,
言为天帝之孙,主召人魂魄,知生命之长短'者。其见于史者,则《后汉书·
方术传》许峻自云'尝笃病三年不愈,乃谒泰山请命',《乌桓传》'死者神灵
归赤山,赤山在辽东西北数千里,如中国人死者魂神归泰山也',《三国志·
管辂传》谓其弟辰曰:'但恐至泰山治鬼,不得治生人,如何?'而古辞《怨诗
行》云:'齐度游四方,名系泰山录。人间乐未央,忽然归东岳。'陈思王《驱
车篇》云:'魂神所系属,逝者感斯征。'刘桢《赠五官中郎将诗》云:'常恐游
岱宗,不复见故人。'应璩《百一诗》云:'年命在桑榆,东岳与我期。'然则鬼
论之兴,其在东京之世乎?"参见赵翼《陔余丛考》卷三十五"泰山治鬼"、俞
樾《茶香室丛钞》卷十六。

诗载《艺文类聚》卷四十二、《乐府诗集》卷四十一、《陆士衡文集》卷七。
今据《艺文类聚》录载。

【校注】

①"太山"二句:曹丕《折杨柳行》:"西山一何高,高高殊无极。"《古诗》:

"迢迢牵牛星。"造,至。

②"峻极"二句:峻,高。极,至,到。《诗·大雅·崧高》:"崧高维岳,骏极于天。""峻""骏"通。峻极,即"峻极于天"之意,歇后语。已,通"以",而也。周已远,言其范围周遍而遥远,形容其广大。曾云,重云,言云层之厚。冥冥,幽暗。

③"梁甫"二句:梁甫,小山名,在泰山下。《史记·封禅书》张守节《正义》引《括地志》:"在兖州泗水县北八十里。"蒿里,相传为死人所居处。《汉书·武五子传》广陵厉王胥歌曰:"蒿里召兮郭门阅。"颜师古注:"蒿里,死人里。"馆、亭,供行旅者食宿的客舍。亭为乡以下行政建制,有馆舍以供食宿。按:陆机此处以蒿里亦为泰山下山名,乃从俗之误。泰山下有山名高里,至于蒿里,乃传说中之死人里,但并不明其在何处。因泰山主管死人,而高里山在其下,遂误指高里为蒿里。《汉书·武帝纪》颜师古注曰:"误以高里为蒿里,混同一事。文学之士共有此谬,陆士衡尚不免,况其余乎!"

④"幽涂"二句:延,引进。《初学记》卷五引《尸子》:"泰山之中有神房、阿阁。"灵,灵魂,亦指鬼魂而言。

⑤激楚:急激哀厉之声。楚地风气激急,故有"激楚"之语。参卷一《招隐》"激楚伫兰林"注。

【汇评】

顾炎武曰:泰安州西南二里,俗名蒿里山者,高里山之讹也。《史记·封禅书》:"十二月甲午朔上亲禅高里。"《汉书·武帝纪》:"(太初元年)十二月禅高里。"注:"伏俨曰:'山名,在泰山下。'"乃若蒿里之名,见于古挽歌,不言其地。《汉书·武五子传》:'蒿里召兮郭门阅。'注:"师古曰:'蒿里,死人里。'"审若此山为死人之里,武帝何所取而禅祭之乎?自晋陆机《泰山吟》始以梁父、蒿里并列,而后之言鬼者因之,遂令古昔帝王降禅之坛,一变而为阎王、鬼伯之祠矣。(清修《山东通志》卷三十五之十五《艺文志》十五引)

陈祚明《采菽堂古诗选》卷十:正惟不作章法,顿挫反有余情。○有馆、有亭,如亲见之。

244

棹歌行

迟迟暮春日,天气柔且嘉①。元吉隆初巳,濯秽游黄河②。龙舟浮鹢首,羽旗垂藻葩③。乘风宣飞景,逍遥戏中波④。名讴激清唱,榜人纵棹歌⑤。投纶沉洪川,飞缴入紫霞⑥。

【题解】

《棹歌行》,《乐府诗集》属《相和歌辞·瑟调曲》。棹,船桨。棹歌,犹言船歌。陆机此作描写暮春时节乘船游乐情景。诗载《艺文类聚》卷四十二、《乐府诗集》卷四十、《陆士衡文集》卷七。今据《艺文类聚》录载。

【校注】

①"迟迟"二句:《诗·豳风·七月》:"春日迟迟。"《毛传》:"迟迟,舒缓也。"谓给人舒缓之感。《大雅·抑》:"无不柔嘉。"《郑笺》:"柔,安;嘉,善也。"

②"元吉"二句:元吉,大吉。《周易·坤》六五:"黄裳元吉。"《孔疏》:"元,大也。"隆,重视。初巳,即上巳,指三月第一个巳日。古时风俗,于此日赴流水边洗濯,去除积垢病痛,祈求福祉。见《续汉书·礼仪志》。应劭《风俗通》卷八"禊":"巳者,祉也。邪疾已去,祈介祉也。"巳、祉音近,故联想及之。元吉,即"介祉"之意。其事称为修禊。"元吉"句谓求大吉祉,故重视上巳日也。自魏以后,行其事于三月三日,不拘于上巳之日。(据《宋书》及《晋书》之《礼志》)又据《南齐书·礼志》,西晋时官员及百姓皆修禊于洛水边。此云"游黄河",盖洛水入黄河处。

③"龙舟"二句:龙舟,雕画龙的形象的大船。鹢(yì),一种大水鸟。画鹢于船头,故称鹢首。或以为有平服波浪的作用。《淮南子·本经》:"龙舟鹢首,浮吹以娱。"张衡《西京赋》:"浮鹢首。"薛综注:"船头象鹢鸟,厌水神。"羽旗,以鸟羽为饰的旗。宋玉《高唐赋》:"建羽旗。"李善注:《周礼》曰

245

'析羽为旌',谓破五色鸟羽为之也。"张衡《西京赋》:"建羽旗。"李善注引《琴道》:"雍门周曰:'水嬉则建羽旗。'"藻,有文采。葩,花。言旗上羽毛下垂,如美丽之花朵。

④"乘风"二句:宣,《左传》昭公十二年"宠光之不宣"杜预注:"扬也。"飞景,犹言流光。此句状其船乘风而驶,流光溢彩。《诗·郑风·清人》:"河上乎逍遥。"中波,波中。

⑤"名讴"二句:名讴,著名的歌者。曹植《箜篌引》:"京洛出名讴。"榜(bàng),船桨、船,行船亦称榜。榜人,指挥行船者,亦领唱船歌。《汉书·司马相如传》相如为《天子游猎之赋》:"榜人歌。"张揖曰:"榜人,船长也,主倡声而歌者也。"纵,放。纵棹歌,放声唱船歌。

⑥"投纶"二句:纶,绳。投纶,谓投出钓绳,垂钓。缴(zhuó),生丝缕,指系箭之线。飞缴,射出带线的箭。

东武吟行

投迹短世间,高步长生闱①。濯发冒云冠,洗身被羽衣②。饥从韩众餐,寒就佚女栖④。

【题解】

《东武吟行》,《乐府诗集》属《相和歌辞·楚调曲》。《文选》嵇康《琴赋》"《东武》《太山》"李善注引左思《齐都赋》注:"《东武》《太山》,皆齐之土风谣歌讴吟之曲名也。"东武乃地名。西汉立东武县,为琅邪郡治所,在今山东诸城。其东南海边有琅邪山,山上有台,台上有神泉、神庙。相传自齐太公以来,即于其地祭神。秦始皇、汉武帝皆因袭之。又有徐山,相传乃齐人徐福率童男女入海求仙处。按:自战国齐威王、宣王至秦皇、汉武,皆好神仙,遣方士入海求不死之方。秦皇、汉武皆曾巡行海畔,至琅邪,实抱有与神仙相遇之冀望。(参《史记·秦始皇本纪》《封禅书》、《汉书·武帝纪》《郊祀志》及《太平寰宇记》"密州诸城县"条)陆机此诗咏游仙,或与此种背景有关。

诗载《艺文类聚》卷四十一、《乐府诗集》卷四十一、《陆士衡文集》卷七。今据《艺文类聚》录载。

【校注】

①"投迹"二句：投，《周易略例·明爻通变》"投戈散地"邢璹注："置也。"投迹，犹言置足、行步。《庄子·天地》："投迹者众。"扬雄《解嘲》："欲行者拟足而投迹。"世，《吕氏春秋·用民》"古昔多由布衣定一世者矣"高诱注："终一人之身为世。"《汉书·叙传》"述惠纪第二"："孝惠短世。"高步，犹大步。闬，门。

②"濯发"二句：《楚辞·离骚》："朝濯发乎洧盘。"冒，覆盖，此处为戴之意。云冠，出世者所戴。《楚辞·九章·涉江》："余幼好此奇服兮，年既老而不衰。……冠切云之崔嵬。"王逸注："其高切青云也。"《汉书·郊祀志》："使使衣羽衣，夜立白茅上。五利将军亦衣羽衣，立白茅上受印。"颜师古注："羽衣，以鸟羽为衣，取其神仙飞翔之意也。"曹植《平陵东》："被我羽衣乘飞龙。"

③"饥从"二句："韩"，原作"寒"，据《乐府诗集》卷四十一、《陆士衡文集》改。韩众，仙人名，又作韩终。传说其以服食成仙。《楚辞·远游》："羡韩众之得一。"《太平御览》卷九百六十八引郭子横《洞冥记》："琳国去长安九千里，多生玉叶李，色如碧玉，五千岁一实，酸苦。韩终常食之，亦名韩终李也。"《抱朴子内篇·仙药》："韩终服菖蒲十三年，身生毛，目视书万言，皆诵之，冬袒不寒。"《艺文类聚》卷九十八引《抱朴子》："山芝者，韩终所食也。与天地相极，延年寿，通神明矣。"佚女，美女，此当指《离骚》所谓"有娀之佚女"，具有神仙色彩。王逸注："有娀，国名。佚，美也。谓帝喾之妃契母简狄也，配圣帝，生贤子。"按：神仙家谓房中亦成仙之术，故就佚女栖也。

饮酒乐

蒲萄四时芳醇，琉璃千钟旧宾①。夜饮舞迟销烛，朝醒弦促催人②。

【题解】

《饮酒乐》，《乐府诗集》属《杂曲歌辞》。据郭茂倩引《乐苑》，乃商调曲。此首《乐府诗集》两收。卷七十四载此四句，云陆机作；卷七十七则云陈陆琼作，题为《还台乐》，且多出"春风秋月恒好，欢醉日月言新"两句。《陆士衡文集》载入卷七。明清以至今日学者，于其归属各有主张，迄未能定。今姑且据《乐府诗集》录载备考。

【校注】

①"蒲萄"二句：蒲萄，指蒲萄酒。蒲萄传入中国，盖始于汉武帝时。《史记·大宛列传》载，西域大宛、安息等国有蒲萄酒。大宛"俗嗜酒，马嗜苜蓿，汉使取其实来，于是天子始种苜蓿、蒲陶肥饶地。……外国使来众，则离宫别观旁尽种蒲陶、苜蓿极望。"《艺文类聚》卷八十七引《晋宫阁名》："华林园蒲萄百七十八株。"琉璃，美石。《汉书·西域传》云罽宾国出"珠玑、珊瑚、虎魄、璧流离。"孟康曰："流离（《说文解字·玉部》"瑠"字段玉裁注云"流离"上脱"璧"字)，青色如玉。"颜师古注："《魏略》云：大秦国出赤白黑黄青绿缥绀红紫十种流离。孟言青色，不博通也。此盖自然之物，采泽光润，逾于众玉，其色不恒。今俗所用，皆销冶石汁，加以众药，灌而为之，尤虚脆不贞，实非真物。"《地理志》："有黄支国……多异物。自武帝以来，皆献见。有译长，属黄门，与应募者俱入海，市明珠、璧流离、奇石异物。"段玉裁云"璧流离"三字为名，乃胡语音译，省作"流离"，又改其字作"琉璃"。钟，酒器。《论衡·语增》："传语曰：文王饮酒千钟。"成公绥《正旦大会行礼歌》："旨酒千钟。"旧宾，故旧宾客。

②"夜饮"二句:《诗·小雅·湛露》:"厌厌夜饮,不醉无归。"舞迟,舞态舒缓。弦促,弦声促迫。催人,谓催人及时作乐。二句谓歌舞作乐日夜不绝。

饮酒乐

饮酒须饮多,人生能几何?百年须受乐,莫厌管弦歌。

【题解】

此首《乐府诗集》在卷七十四陆机《饮酒乐》("蒲萄四时芳醇"四句)之后,无作者名。冯惟讷《诗纪》、张燮《七十二家集》、张溥《汉魏六朝百三家集》均录入《陆机集》中,梅鼎祚《古乐苑》作无名氏,逯钦立《先秦汉魏晋南北朝诗·晋诗》卷五《陆机集》不载。今亦疑非陆机诗,姑附录备考。

独寒吟

雪夜远思君,寒窗独不寐①。

【校注】

①此二句见《乐府诗集》卷七十六陶弘景《寒夜怨》题解引《乐府解题》。

怨　诗

后薪随后积,前鱼复谁怜①。

【校注】

①"后薪"二句：谓前宠被后宠所夺。《史记·汲黯列传》："始黯列为九卿，而公孙弘、张汤为小吏。及弘、汤稍益贵，与黯同位。……已而弘至丞相，封为侯，汤至御史大夫，故黯时丞相史皆与黯同列，或尊用过之。黯褊心，不能无少望，见上，前言曰：'陛下用群臣如积薪耳，后来者居上。'"《战国策·魏策》："魏王与龙阳君共船而钓，龙阳君得十余鱼而涕下。王曰：'有所不安乎如是，何不相告也？'对曰：'臣无敢不安也。'王曰：'然则何为涕出？'曰：'臣为王之所得鱼也。'王曰：'何谓也？'对曰：'臣之始得鱼也，臣甚喜，后得又益大，今臣直欲弃臣前之所得矣。今以臣凶恶，而得为王拂枕席。今臣爵至人君，走人于庭，辟人于途。四海之内，美人亦甚多矣，闻臣之得幸于王也，必褰裳而趋王。臣亦犹曩臣之前所得鱼也，臣亦将弃矣，臣安能无涕出乎？'"按：二句见旧题朱胜非《绀珠集》卷八，云陆机《怨诗》。又见《乐府诗集》卷四十一，为刘孝威《怨诗》之末二句，云"后薪随复积，前鱼谁复怜"。疑是刘孝威作，姑录以备考。

陆机诗歌总评

张华评

人之作文，患于不才；至子为文，乃患太多也。（见《世说新语·文学》注引《文章传》）

陆云《与兄平原书》

答少明诗亦未为妙，省之如不悲苦，无恻然伤心言。今重复精之。一日见正叔，与兄读（朱晓海《陆云与兄平原书臆次褊说》云当乙作"读兄"）古五言诗，此生叹息欲得之。

兄文章之高远绝异，不可复称言。然犹皆欲微多，但清新相接，不以此为病耳。若复令小省，恐其妙欲不见可复称极。不审兄由以为尔不。

仲宣文，如兄言，实得张公力。如子桓书，亦自不乃重之。兄诗多胜其《思亲》耳。

孙绰评

潘文烂若披锦，无处不善；陆文若排沙简金，往往见宝。（见《世说新语·文学》）

潘文浅而净，陆文深而芜。（见《世说新语·文学》）

沈约《宋书·谢灵运传论》

降及元康，潘、陆特秀，律异班、贾，体变曹、王。缛旨星稠，繁文绮合。缀平台之逸响，采南皮之高韵。遗风余烈，事极江右。

裴子野评

其五言为诗家，则苏、李自出，曹、刘伟其风力，潘、陆固其枝柯。(见《通典》卷十六)

檀道鸾《续晋阳秋》

自司马相如、王褒、扬雄诸贤，世尚赋颂，皆体则《诗》《骚》，傍综百家之言。及至建安，而诗章大盛。逮乎西朝之末，潘、陆之徒虽时有质文，而宗归不异也。(《世说新语·文学》注引)

刘勰《文心雕龙》

晋世群才，稍入轻绮。张、潘、左、陆，比肩诗衢。采缛于正始，力柔于建安。或析文以为妙，或流靡以自妍。此其大略也。(《明诗》)

子建、士衡，咸有佳篇，并无诏伶人，故事谢丝管。俗称乖调，盖未思也。(《乐府》)

安仁轻敏，故锋发而韵流；士衡矜重，故情繁而辞隐。(《体性》)

诗人综韵，率多清切；《楚辞》辞楚，故讹韵实繁。及张华

论韵,谓士衡多楚,《文赋》亦称知楚不易。可谓衔灵均之余声,失黄钟之正响也。(《声律》)

锺嵘《诗品》

太康中,三张、二陆、两潘、一左,勃尔复兴,踵武前王,风流未沫,亦文章之中兴也。(《诗品序》)

昔曹、刘殆文章之圣,陆、谢为体贰之才。(《下品序》)

晋平原相陆机诗:其源出于陈思,才高辞赡,举体华美。气少于公幹,文劣于仲宣。尚规矩,不贵绮错,有伤直致之奇。然其咀嚼英华,厌饫膏泽,文章之渊泉也。张公叹其大才,信矣。(《上品》)

余常言陆才如海,潘才如江。(《上品》"晋黄门郎潘岳"条)

严羽《沧浪诗话·诗评》

黄初之后,惟阮籍《咏怀》之作,极为高古,有建安风骨。晋人舍陶渊明、阮嗣宗外,惟左太冲高出一时。陆士衡独在诸公之下。

元好问《论诗绝句》

斗靡夸多费览观,陆文犹恨冗于潘。心声只要传心了,布谷澜翻可是难。(自注:陆芜而潘净,语见《世说》)

陈绎曾《诗谱》

士衡才思有余,但胸中书太多。所拟能痛割舍,乃佳耳。

安磐《颐山诗话》

陆士衡之诗,锺嵘谓为太康之英,安仁、景阳为辅,与陈思、谢客并称。严羽谓士衡独在诸公之下。二者孰是?试参之:盖士衡绮练精绝,学富而辞赡,才逸而体华,嵘之论亦是。若以风骨、气格言之,是诚在曹、刘、二张、左、阮之下也。

王世贞《艺苑卮言》

陆士衡翩翩藻秀,颇见才致,无奈俳弱何。(卷三)

孙兴公云:"潘文浅而净,陆文深而芜。"又云:"潘文烂若披锦,无处不善;陆文若排沙拣金,往往见宝。"又茂先尝谓士衡曰:"人患才少,子患才多。"然则陆之文病在多而芜也。余不以为然。陆病不在多,而在模拟,寡自然之致。(卷三)

士衡、康乐,已于古调中出俳偶。(卷三)

今人……又以俳偶之罪归之三谢,识者谓起自陆平原。然《毛诗》已有之,曰:"觏闵既多,受侮不少。"(卷四)

胡应麟《诗薮》

四言汉多主格,魏多主词,虽体有古近,各自所长。晋诸作者,浮慕《三百》,欲去文存质,而繁靡板垛,无论古调,并工语失之。今观二陆、潘、郑诸集,连篇累牍,绝无省发,虽多奚为?(《内篇》卷一)

叔夜《送人从军》至十九首,已开晋宋四言门户。然雄辞彩语，错互其间，未令人厌。至士龙兄弟，泛澜靡冗，动辄千言，读之数行，掩卷思睡。说者谓五言之变，昉于潘、陆，不知四言之亡，亦晋诸子为之也。（《内篇》卷一）

（五言古诗）晋则嗣宗《咏怀》，兴寄冲远；太冲《咏史》，骨力莽苍。虽途辙稍歧，一代杰作也。安仁、士衡，实曰冢嫡，而俳偶渐开。康乐风神华畅，似得天授，而骈俪已极。至于玄晖，古意尽矣。（《内篇》卷二）

晋宋之交，古今诗道升降之大限乎？魏承汉后，虽浸尚华靡，而淳朴余风，隐约尚在。……士衡、安仁，一变而俳偶愈工，淳朴愈散，汉道尽矣。（《外编》卷二）

平原气骨远非太冲比，然仲默亟称阮、陆，献吉并推陆、谢，以其体备才兼，嗣魏开宋耳。（《外编》卷二）

锺记室以士衡为晋代之英，严沧浪以士衡独在诸公之下，二语虽各举所知，咸自有谓。学者精心体味，两得其说乃佳。（《外编》卷二）

许学夷《诗源辩体》

建安五言，再流而为太康。然建安体虽渐入敷叙，语虽渐入构结，犹有浑成之气。至陆士衡诸公，则风气始漓，其习渐移，故其体渐俳偶，语渐雕刻，而古体遂淆矣。此五言之再变也。（卷五）

《三百篇》有"觏闵既多，受侮不少""发彼小豝，殪此大兕"，《十九首》有"胡马依北风，越鸟巢南枝""青青河畔草，郁郁园中柳"，曹子建有"始出严霜结，今来白露晞""秋兰被长阪，朱华冒绿池"等句，皆文势偶然，非用意俳偶也。用意俳

偶,自陆士衡始。(卷五)

士衡五言,如《赠从兄》《赠冯文罴》《代顾彦先》等篇,体尚委婉,语尚悠圆,但不尽纯耳。至如《从军行》《饮马长城窟》《门有车马客》《苦寒行》《前缓声歌》《齐讴行》等,则体皆敷叙,语皆构结,而更入于俳偶雕刻矣。中如"怀往欢绝端,悼来忧成绪""永叹遵北渚,遗思结南津""夕息抱影寐,朝徂衔思往""丰条并春盛,落叶后秋衰""淑气与时陨,余芳随风捐""男欢智倾愚,女爱衰避妍""淑貌色斯升,哀音承颜作""福钟恒有兆,祸集非无端""烈心厉劲秋,丽服鲜芳春""规行无旷迹,矩步岂逮人"等句,皆俳偶雕刻者也。(卷五)

士衡五言,如"悲情临川结,苦言随风吟""惊飙褰反信,归云难寄音""飞阁缨虹带,曾台冒云冠""和气飞清响,鲜云垂薄阴""夏条集鲜藻,寒冰结冲波""遗芳结飞飙,浮影映清湍"等句,斯可称工。至如"回渠绕曲陌,通波扶直阡""目感随气草,耳悲咏时禽""乐会良自古,悼别岂独今""年往迅劲矢,时来亮急弦""盛门无再入,衰房莫苦开"等句,则伤于拙矣。工则易伤于拙耳。(卷五)

士衡五言,俳偶雕刻,渐失浑成之气,而声韵粗悍,复少温厚之风。如"逍遥春王圃,踯躅千亩田""回渠绕曲陌,通波扶直阡""无迹有所匿,寂漠声必沉。肆目眇弗及,缅然若双潜""鸣玉岂朴儒,凭轼皆俊民。烈心厉劲秋,丽服鲜芳春"等句,皆声韵粗悍者也。(卷五)

士衡乐府五言,体制声调与子建相类,而俳偶雕刻,愈失其体,时称曹、陆为乖调是也。昭明录子建、士衡而多遗汉人乐府,似不能知。(卷五)

陆士衡五言,体虽渐入俳偶,语虽渐入雕刻,其古体犹有

256

存者。(卷五)

严沧浪云："左太冲高出一时，陆士衡独在诸公之下。"予尝为四家品第：太冲浑成独冠；士衡雕刻伤拙，而气格犹胜；景阳华彩俊逸，而气稍不及；安仁体制既亡，气格亦降，察其才力，实在士衡之下。元美谓安仁气力胜士衡，误矣。锺嵘云："陆才如海，潘才如江。"(卷五)

冯复京《说诗补遗》

陆士衡诗，其源实出陈思，但不得其神韵，而得其丽词。《文赋》云"诗缘情而绮靡"，正其一生膏肓之疾。(卷三)

又：士衡情苦旨繁，下笔芜杂，古人已病之。如云"沈欢滞不起"，曰"沈"、曰"滞"、曰"不起"，赘之甚矣，况下句又云"欢沈难克兴"耶！"离鸟悲旧林"，又继以"思鸟有悲音"；"歧路良可遵"，又继以"将遂殊涂轨"；"振策陟崇丘"，又继以"倚簪登高岩"。"倏忽几何间""朝徂衔思往""偏栖独只翼"，一句中"倏忽""几何""徂""往""偏""独"赘用。《罗敷歌》"清川""清尘""清湍""清响"交错，文体益芜。大致则才藻有余，骨气不足，故其造端中路，整比组织，犹有词采，至于结束，多懦茶不振。如"长歌乘我闲""商榷为此歌""垂庆惠皇家""行行遂成篇""愿言叹以嗟""安处抚清琴"，皆兴尽力竭，无可奈何，放庸音以足曲耳。(卷三)

又：又如"救子非所能""昔居四民宅""掇蜂灭天道""衰房莫苦开""幽途延万鬼""良会罄美服""思乐乐难诱""忆君是妾夫""于今知有由""欢醉日月言新""子孙昌盛家道丰"，岂玄圃积玉、杂以瓦砾耶？(卷三)

谭元春《古诗归》

二陆才名，千古一词。然手重不能运，语滞不能清，腹之所有，不暇再择，韵之所遇，不能少变。大陆一生笔墨，只留得"民动如烟"四字；小陆佳处，只"天地则尔，户庭已悠"二语耳。（卷八）

锺惺《古诗归》

陆、潘之病，在情为辞没而不能自出。（卷八）

太冲笔舌灵动远出潘、陆上。使潘、陆作《三都赋》，有其才，决不能有其情思。（卷八）

陆时雍《诗镜总论》

精神聚而色泽生，此非雕琢之所能为也。精神道宝，闪闪着地，文之至也。晋诗如丛彩为花，绝少生韵。士衡病靡，太冲病憍，安仁病浮，二张病塞。语曰："情生于文，文生于情。"此言可以药晋人之病。

素而绚，卑而未始不高者，渊明也。艰哉士衡之苦于缛绣而不华也。

冯班《钝吟杂录》

陆士衡对偶已繁，用事之密，始于颜延之。后代对偶之祖也。（卷五《严氏纠谬》）

258

元遗山不解陆士衡，比之于布谷，知其胸中未尝有古人一字也。（卷七《戒子帖》）

贺贻孙《诗筏》

史称潘岳、陆机而后，文士莫及，惟江右称潘陆、江左称颜谢而已。然安仁诗赋佳处，仅见之于哀悼语中；士衡惊才绝艳，乃其为诗，不及其《文赋》《豪士赋序》《吊魏武帝文》《辨亡》《五等诸侯论》远甚。盖惊才绝艳，宜于文，不宜于诗。其谓"诗缘情而绮靡"，即此"绮靡"二字，便非知诗者。然则潘、陆故非颜、谢匹也。

叶矫然《龙性堂诗话初集》

士衡独步江东，《入洛》《于承明》等作，怨思苦语，声泪迸落。至读其乐府，于逐臣弃友、祸福倚伏、休咎相乘之故，反复三叹，详哉言之。宜其忧谗畏讥，奉身引退，不图有覆巢之痛也。秋风莼鲙，华亭鹤唳，可同日语哉？韩非《说难》而不免于难，叔夜《养生》而竟戕其生，自古文人，智不逮言，吾于平原，有余恫焉。

毛先舒《诗辩坻》

曹植始开奇宕，顿失汉音；陆机笃尚高华，竟变魏制。（卷一）

王元美评诗，弹射命中。然论陆机云"俳弱"。机调虽俳，而藻思沉丽，何渠云弱。（卷二）

平原骈整,时发隽思,一变而为康乐侯,遂辟一家蹊术。亡论对偶精切处肇三谢之端,若"沈欢难克兴,心乱谁为理""无迹有所匿,寂寞声必沉""惊飙褰反信,归云难寄音",皆客儿佳处所自出也。(卷二)

"高谈一何绮,蔚若朝霞烂",以色喻声;"芳气随风结,哀响馥若兰",以气喻声。皆士衡之藻思。(卷二)

士衡、灵运才气略等,结撰同方。然灵运隽掩其雄,士衡雄掩其隽,故后之论者,遂无复云谢出于陆耳。(卷二)

又陆诗雄整,谢诗抑扬,何(大复)谓平原"语俳体不俳",康乐"语体皆俳",考其名实,酷当易位。(卷二)

士衡之诗,才太高,意太浓,法太整。(卷二)

陆士衡"此思亦何思,思君徽与音",又"曷为复以兹,曾是怀苦心",又"亲戚弟与兄",又"偏栖独只翼",潘安仁"周遑仲惊惕",鲍明远"身热头且痛",张茂先"吏道何其迫,窘然坐自拘",江文通"浪迹无妍蚩,然后君子道",散在篇帙,不觉锤拙,一经拈出,涉笔可憎。(卷二)

谭(元春)云二陆诗,"手重不能运,语滞不能清,腹之所有,不暇再择,韵之所遇,不能稍变",此砭颇中机、云之病。然小陆又差秀,不得并讥。且士衡笔墨虽滞,而气干华整。盖黄初既邈,降为太康,骈俪之中,犹存古法。故客儿禀之以抉其幽,明远依之以厉其气,俾诸公逦迤修饰,不遽落于梁陈纤调者,谁之力欤?至"民动如烟""户庭已幽"语,特稍有生致,亦何足深赏。(卷四)

叶燮《原诗》

《三百篇》一变而为苏、李,再变而为建安、黄初。建安、

黄初之诗,大约敦厚而浑朴,中正而达情。一变而为晋,如陆机之缠绵铺丽,左思之卓荦磅礴,各不同也。(《内篇上》)

陈祚明《采菽堂古诗选》

士衡诗束身奉古,亦步亦趋。在法必安,选言亦雅,思无越畔,语无逸幅。造情既浅,抒响不高。拟古乐府稍见萧森,追步《十九首》便伤平浅。至于述志赠答,皆不及情。夫破亡之余,辞家远宦,若以流离为感,则悲有千条;倘怀甄录之欣,亦幸逢一旦。哀乐两柄,易得淋漓,乃敷旨浅庸,性情不出。岂余生之遭难,畏出口以招尤,故抑志就平,意满不叙,若脱纶之鬣,初放微波,圉圉未舒,有怀靳展乎?大较衷情本浅,乏于激昂者矣。

陆士衡诗如都邑近郊良家村妇,约黄束素,并仿长安大家,妆饰既无新裁,举止亦多详稳。

何焯《义门读书记》

陆士衡乐府 数诗(按:指《文选》所录十七首)沉着痛快,可以直追曹、王。颜延年专写仿其典丽,则偶人而已。(卷四十七)

又:陆士衡之乐府虽本前人之意,实能自开风气,所以可尚。韩卿(按:陆厥字)生永明、天监之时,而规橅前人,略不能自出新意,岂非所谓失肉余皮者乎!(卷四十七)

沈德潜《古诗源》

士衡诗亦推大家,然意欲逞博而胸少慧珠,笔又不足以举之,遂开出排偶一家。西京以来空灵矫健之气不复存矣。降自梁陈,专工队仗,边幅复狭,令阅者白日欲卧,未必非士衡为之滥觞也。兹特取能运动者十二章,见士衡诗中亦有不专堆砌者。(卷七)

谢康乐诗亦多用排,然能造意,便与潘、陆辈迥别。(卷七)

士衡以名将之后,破国亡家,称情而言,必多哀怨,乃词旨敷浅,但工涂泽,复何贵乎?(卷七)

苏李、《十九首》每近于风,士衡辈以作赋之体行之,所以未能感人。(卷七)

潘、陆诗如剪彩为花,绝少生韵。(卷七)

又《说诗晬语》

四言诗缔造良难。于《三百篇》太离不得,太肖不得。太离则失其源,太肖只袭其貌也。韦孟《讽谏》《在邹》之作,肃肃穆穆,未离雅正。刘琨《答卢谌》篇,拙重之中,感激豪荡,准之变雅,似离而合。张华、二陆、潘岳辈,恹恹欲息矣。渊明《停云》《时运》等篇,清腴简远,别成一格。

黄子云《野鸿诗的》

平原四言,差强人意。至五言、乐府,一味排比敷衍,间多硬句,且踵前人步伐,不能流露性情,均无足观。当日偶为茂先一语之褒,故得名驰江左。昭明喜平调,又多采录。后因沿袭而不觉,实晋诗中之下乘也。

262

方廷珪《昭明文选集成》

二陆诗与潘极相似,但潘安舒多,陆刻苦多,微不同耳。陆过刻苦处便有累句,同颜延年、谢灵运。然其天才颖出,能发人难显之情。在西晋,二人自当分道扬镳。至若兼二家之美,必当推建安中之子建乎?

施补华《岘佣说诗》

大谢山水游览之作,极为巉削可喜。巉削可矫平熟,巉削却失浑厚。故大谢之诗,胜于陆士衡之平、颜延之之涩;然视左太冲、郭景纯已逊自然,何以望子建、嗣宗之项背乎?

五言古诗,不废排比对偶。然如陆士衡则伤气,如颜延之则窒机,盖整密中不可无疏宕也。

牟愿相《小澥草堂杂论诗》

陆士衡机　诗如木神土鬼,诳人香火。《诗小评》

潘、陆才名,古今无异辞。然未免钝根,定无凤慧。《杂论诗》

方东树《昭昧詹言》

读万卷书,又深解古人文法,而其气懦弱、其辞平缓无奇者,陆士衡是也。岂真患才之多与,抑人之得天者固各有所限也?如荀子义理本领岂不足,而文乃不如李斯。故知诗文虽贵本领义理,而其工妙,又别有能事在。(卷一)

263

汉、魏、阮公、陶公、杜、韩，皆全是自道己意，而笔力强，文法妙，言皆有本。寻其意绪，皆一线明白，有归宿，令人了然。其余名家，多不免客气假象，并非从自家胸臆性真流出。如醴陵《杂拟》、陆士衡等《拟古》，吾不知其何为而作也。（卷一）

士衡《文赋》，论至精微，而所自造未能臻于古作者，岂时代为之也？刘彦和亦然。（卷一）

李杜皆推服明远，称曰"俊逸"。盖取其有气，以洗茂先、休奕、二陆、三张之靡弱。今以士衡所拟乐府、《古诗》与明远相比，可见。（卷六）

厉志《白华山人诗说》

陆士衡诗，组织工丽有之，谓其柔脆则未也。愚观士衡诗，转觉字字有力，语语欲飞。（卷二）

刘熙载《艺概》

陆士衡诗粗枝大叶，有失出，无失入，平实处不妨屡见。正其无人之见存，所以独到处亦跻卓绝。岂如沾沾戋戋者，才出一言，便欲人道好耶！（《诗概》）

刘彦和谓士衡矜重，而近世论陆诗者，或以累句訾之。然有累句，无轻句，便是大家品位。（《诗概》）

士衡乐府，金石之音，风云之气，能令读者惊心动魄。虽子建诸乐府，且不得专美于前，他何论焉！（《诗概》）

图书在版编目（CIP）数据

陆机诗全集 / 杨明著 . -- 武汉：崇文书局，
2022.3（2025.7 重印）
（中国古典诗词校注评丛书）
ISBN 978-7-5403-6553-0

Ⅰ. ①陆… Ⅱ. ①杨… Ⅲ. ①古典诗歌－诗集－中国
－西晋时代 Ⅳ. ① I222.737.1

中国版本图书馆 CIP 数据核字（2021）第 259192 号

出 品 人：韩　敏
选题策划：王重阳
责任编辑：陈金鑫
封面设计：杨　艳
责任校对：董　颖
责任印制：邵雨奇

陆机诗全集：汇校汇注汇评
LUJI SHI QUANJI:HUIJIAO HUIZHU HUIPING
出版发行：长江出版传媒 | 崇文书局
地　　址：武汉市雄楚大街 268 号 C 座 11 层
电　　话：(027)87677133　邮政编码　430070
印　　刷：湖北恒泰印务有限公司
开　　本：880mm×1230mm　1/32
印　　张：9.125
字　　数：270 千
版　　次：2022 年 3 月第 1 版
印　　次：2025 年 7 月第 2 次印刷
定　　价：58.00 元

中国古典诗词校注评丛书

（已出书目）

诗经全集	韩偓诗全集
汉乐府全集	李煜全集
曹操全集	花间集笺注
曹丕全集	林逋诗全集
曹植全集	张先诗词全集
陆机诗全集	欧阳修词全集
谢朓全集	苏轼词全集
庾信诗全集	秦观词全集
陈子昂诗全集	周邦彦词全集
孟浩然诗全集	李清照全集
王维诗全集	陈与义诗词全集
高适诗全集	张元幹词全集
杜甫诗全集	朱淑真词全集
韦应物诗全集	辛弃疾诗词全集
刘禹锡诗全集	姜夔词全集
元稹诗全集	吴文英词全集
李贺全集	草堂诗馀
温庭筠词全集	王阳明诗全集
李商隐诗全集	纳兰词全集
韦庄诗词全集	龚自珍诗全集
晏几道词全集	